한국 문학과 전통

한국 문학과 전통

이금희

국학자료원

서 문

　처음 '우리 문학과 전통'이라는 강의를 개설한 것은, 한국 문학을 전공하지 않은 학생들에게도 우리의 문학을 알리고 이해시켜 과거와 현대가 무관하지 않고, 과거의 작품들이 현대인의 정서와 다르지 않음을 작품을 통해 증명해 보려는 데 있었다. 이러한 까닭으로 강의 시간 중에 당대의 시대환경이나 작가의 개성적인 면을 감안하여 많은 작품들을 살피면서도, 시대를 뛰어넘어 현대인의 삶과 연관시켜 고전작품들을 재해석하도록 한 결과 기대 이상의 성과를 거두었다.

　몇 년간 이 강의를 지속해 오면서도 마땅한 교재가 없었다. 그리하여 학생들로 하여금 스스로 작품들을 찾아 읽게 하거나 때로는 필요한 작품을 부분적으로 프린트를 하여 나누어 주기도 했으나, 번거롭기도 하고 불편하기도 하여 몇 학기 전부터 프린트를 중심으로 하여 교재 준비를 하였다.

　이 책은 주로 우리의 고전작품들을 살피었다. 그러나 이 책에는 필요에 따라 현대작품도 수록하여 고전작품들과 비교할 수 있도록 했다. 또한 이 책에서는 우리 문학의 뿌리인 설화로부터 삼국시대의 향가, 고려시대의 가요

및 가전 작품들, 조선시대의 시가 및 수필과 소설, 궁중문학작품 등을 살피도록 했다.

특히 이 책에는 설화와 소설 및 궁중문학에 비중을 두었다. 곧 '인간의 삶'의 원형질이 담겨 있는 설화를 통해 신화 속의 인물들과 일반인들의 다양한 삶을 탐색하여 현대인들의 삶에 반영하도록 했고, 설화의 확장이라 할 소설을 통해서는 당대의 구체화된 삶에 나타난 인간의 제반사를 다각적인 측면에서 살펴 당대의 현실과 이상을 살피도록 했다. 그리고 문학의 영역에서나 문화적 가치로도 매우 중요한 궁중문학을 통해서는 각 궁궐의 위상에 대한 이해를 돕기 위해 사진 자료를 활용했다. 또한 궁중문학과 궁궐과의 관계 및 궁중문학과 당대인들의 삶의 면면을 역사적인 사실과 연관시켜 재음미하도록 했다.

이 이외에도 향가를 통해 삶과 죽음 및 무속과의 관계를, 가전(체) 작품들을 통해 사물을 바라보는 눈과 삶의 자세를 눈여겨보도록 했다. 시조나 가사를 통해서는 작가들의 정서를 비교해 보도록 했고, 여성 작가들의 작품들도 비교하여 여성 삶의 층위를 살펴보도록 했다.

이 책은 대학생들뿐만 아니라 일반인들의 교양서로서도 유용하다. 즉 각 시대에서 산출된 문학작품들에 대한 이해를 돕기 위해 '작품 감상' 앞에 간단한 해설을 서술했고, '작품 감상' 뒤에는 '연습 문제'를 통해 작품 감상의

심화를 유도했다. 또 이 책은 학습의 현장감을 살리기 위해 작품의 원문을 그대로 옮기기도 했고, 경우에 따라서는 현대어로 고쳐 현실감을 맛보도록 했으며, 평소 접하기 어려운 고어나 고사는 주를 달아서 이해하기 쉽도록 했다. 그러면서도 교양서로서의 성격을 살리기 위해 일부 학자의 편벽된 논리보다 일반론을 선호하여 일일이 주를 달지 않고 풀어쓰기도 했는데, 이 점에 대해서는 이해를 바란다.

주지하는 바와 같이 '우리의 문학과 전통'은 별개가 아니다. 부디 이 책을 통해 한국 문학에 대한 이해와 전통의 의미를 새로운 시각으로 되새길 수 있기를 바랄 뿐이다. 그리고 어려운 여건 속에서도 출판을 쾌히 승낙해 주신 국학자료원 정찬용 사장님과 무더운 날씨에도 이 원고를 위해 애써 주신 관계자들께도 이 자리를 빌어 심심한 사의를 표한다.

2004년 8월
한강의 물줄기와 더불어
이 금 희

목 차

서 문 ·· 5

목 차 ·· 9

Ⅰ. 고전문학을 읽는 즐거움 ································· 13

Ⅱ. 설화와 인간의 삶 ··· 17

작품 감상 <여성> ··· 20

  1. 웅녀(단군신화) ··· 20

  2. 유화(주몽신화) ··· 22

  3. 평강공주와 온달 ··· 24

  4. 경희 : 나혜석 ·· 28

  5. 낙랑공주와 호동왕자 ····································· 60

  6. 효녀 지은 ·· 63

  7. 설씨녀 ··· 65

  8. 도미의 아내 ··· 68

작품감상 <남성> ··· 70

  1. 김춘추와 선도해 ··· 70

2. 화왕계 : 설총 ·· 75

3. 김현과 호랑이 ···································· 78

4. 조신 이야기 ·· 81

5. 아이를 묻은 손순(孫順) ····················· 84

6. 최치원과 두 여자의 무덤 ······················· 86

Ⅲ. 향가와 인간의 삶 ······································· 89

작품 감상 ·· 91

1. 제망매가 : 월명사 ······························· 91

2. 처용가 : 처용 ·································· 92

Ⅳ. 고려시대 문학과 인간의 삶 ······················ 93

작품 감상 ·· 95

1. 정석가 : 작자 미상 ··························· 95

2. 국순전 : 임춘 ·································· 97

3. 국선생전 : 이규보 ···························· 103

4. 청강사자현부전 : 이규보 ···················· 108

V. 조선시대 문학과 인간의 삶 ·······························113

작품 감상 : 시조 및 한시·가사·편지·수필 ························ 115

　1. 시조 및 한시(漢詩) ······································· 115
　　－ 맹사성·왕방연·황진이·정철·박인로·윤선도·윤선도·
　　작자 미상·김수장 －

　2. 가사 ··· 120
　　2-1. 면앙정가(俛仰亭歌) : 송순 ···························· 120
　　2-2. 규원가 : 허난설헌 ·································· 125
　　2-3. 속미인곡(續美人曲) : 정 철 ························· 128
　　2-4. 선상탄(船上嘆) : 박인로 ·························· 130
　　2-5. 용부가(庸婦歌) : 작자 미상 ······················ 133

　3. 편지 : 송덕봉 ·· 136

　4. 수필 ··· 138
　　4-1. 문장 공부 : 정약용 ································ 138
　　4-2. 조침문(弔針文) : 유씨 ···························· 140
　　4-3. 역사와 낭만의 도시들 : 이금희 ·················· 142

작품 감상 : 소설 ·· 161

　1. 사씨남정기 : 김만중 ·································· 161

　2. 열녀춘향수절가 : 작자 미상 ························ 170

  3. 김인향전 : 작자 미상 ·· 175

  4. 홍계월전 : 작자 미상 ·· 206

  5. 열녀함양박씨전 : 박지원 ···································· 230

Ⅵ. 궁중문학과 인간의 삶 ···237

조선조의 궁궐 ·· 238

작품 감상 ·· 253

  1. 계축일기 ··· 253

  2. 인현왕후전 ··· 270

  3. 한중록 : 혜경궁 홍씨 ······································ 301

Ⅶ. 우리 문학과 전통 ···307

Ⅰ. 고전문학을 읽는 즐거움

　고전문학이라 하면 현대를 살아가는 젊은이들은 호기심보다는 따분하고 지루하고 재미없는 것으로 생각하는 사람이 많다. 그러나 곰곰이 다시 생각해 보면 고전문학작품이란 우리의 선인들이 당대의 삶의 현장에서 일어난 희로애락을 형상화한 것으로, 이는 화석과 같이 굳어져 버린 것이 아니라 그 분들의 숨결이 오늘날에도 살아 숨쉬는 생명체로 존재한다.

　우리가 고전작품을 즐겨 접해야 하는 이유는 드넓은 고전의 바다에서 유유히 항해하면서, 오랜 세월 동안 다듬어져 온 선인들의 삶의 진수를 간접적으로나마 경험하여 현실을 직시하고 미래의 삶을 투시하는 즐거움을 누리기 위해서이다.

　우리의 고전문학은 반만년의 역사 속에서 걸러지고 닳아지고 씻겨지면서 정제되어 왔다. 시가이든 산문의 형태이든 이것은 우리의 선인들이 오랜 세월 동안 음미하고 향유해 온 마음의 고향이다.

　우리는 때로 우리의 고전작품 속에서 인생의 의미와 삶의 가치를 찾기도 하고, 한 잔의 차를 마시며 허무에 떠는 취객과 대화를 나누기도 하며, 질탕하게 노는 무리들과 함께 어울리다가 자신을 다스려 몸을 추스르기도 한다.

　가을 바람이 불어 오면 그윽한 향기가 배어나는 찻잔에 눈을 돌려, 천천히 우리나는 녹차의 색깔과 은은한 향기 속에서 삶과 죽음을 갈라 놓는 바람과 마주하며, 월명사(月明師)의 <제망매가>를 떠올려 보자. 죽은 누이를 위해 재를 올리는 월명사! 현세에서의 이별의 슬픔을 감당하기 어려워 내세에서도 다시 만나게 되리라는 그의 기원과 확신은, 죽음에 대한 공포를 지니고 있는 우리에게 따뜻한 위로가 될 것이다.

비가 오는 날에는 처마끝에 떨어지는 낙수소리를 들으며 영월로 유배된 단종(端宗)과 그 주변인물들을 생각해 보자. 삼면이 물이요 다른 한 면이 절벽으로 되어 있는 청령포에 어린 단종을 유배시켜 놓은 후, 왕방연이 흐르는 물가에 앉아 내밀하게 울고 있는 여울물로 자신의 슬픔을 비유한 시조를 어찌 잊을 수 있으랴!

달빛이 곱게 단장을 하고 창가에 내려앉은 밤에는 규방에서 짓는 한숨소리에 귀를 귀울여 보자. 월하(月下)의 연분으로 부부가 되었건만, 매화가 몇 번이나 피었다 져도 소식조차 없는 임을 애타게 기다리며 '나는 왜 조선에서 태어나고, 왜 여자로 태어났으며, 왜 김성립의 아내가 되었는가' 하고 한탄하며 젊은 나이에 신선의 세계로 돌아가버린 허난설헌의 아픔을 이해해 보자.

꽃잎이 펄펄 휘날리는 봄날에는 술잔을 들어 권하는 송강(松江)의 모습을 보자. 유한한 인생에 대한 허무를 체득한 송강! 현세에서 부귀영화를 누리며 살다가 화려한 상여로 북망산에 가거나, 빈털터리로 죽어 거적데기로 덮여가나 한 번 죽으면 그만이니, 살아 있을 때 취하여 즐기자는 그의 권주가(勸酒歌)! 때로 우리도 일상을 벗어던지고 한 번쯤 그의 잔을 받아 마시고 잠시 취락의 세계에 빠져 보자.

하루의 일을 마치고 해가 뉘엿뉘엿 질 무렵, 마당에 멍석을 깔아 놓고 끼리끼리 어울려 질탕하게 노는 무리와 뒤섞이는 꿈을 꾸어 보자. 낮의 노동에서 오는 고달픔을 털어버리고, 어두움이 주는 편안함에 평소에는 입도 뻥긋하지 못했던 양반에 대한 야유와 조롱을 마음껏 하는 밤의 열기에도 휩싸여 보자. 그리고 신비스러운 성(性)이나 인생의 복잡다단한 문제를 손과 입으로 걸쭉하게 늘어 놓아 사람들을 박장대소하게 하거나 분노하게 하는 이들과도 함께 어울리면서 '우리'라는 한바탕의 황홀한 축제를 창출해 보자.

희끄무레하게 먼동이 터 오는 이른 아침에 거울을 들여다 보며 이규보(李奎報)의 <때묻은 거울(鏡說)>을 뼈아프게 생각해 보자. 흔히 사물의 본질을 알려고는 하지 않고 겉으로 드러나 있는 현상으로만 파악하려 하는 어리석음을 꼬집어 주는 이 글! 우리는 이 글을 우리들 마음의 스승으로 삼아, 때때로 거울을 들여다 보고 또 들여다 보면서 우리의 마음을 다스리고 우리의 몸을 추스르곤 하자.

이렇듯 우리는 고전의 거대한 바다에 몸을 맡기고 바람이 불면 부는 대로, 비가 오면 오는 대로, 달빛이 창가에 내리거나 꽃잎이 휘날리면 또 휘날리는 대로, 유한한 인생과 눈물, 달빛에 어려 있는 한숨과 고독, 꽃잎처럼 휘날리는 취선(醉仙)의 허무에, 우리도 몸과 마음을 담그어 보자.

어스름하게 황혼이 깔리면 삶의 고달픔을 뒤로 한 채 흥겹게 돌아가는 장단에 한바탕 어우러지기도 하고, 또 먼동이 터 오면 거울을 들여다 보며 마음과 몸을 다스리고 추스르니, 어찌 고전의 바다에서 유유히 산책하지 않을 수가 있겠으며, 어찌 그 매혹적인 바다에 흠뻑 취하지 않을 수 있겠는가!

II. 설화와 인간의 삶

　　『삼국사기』와 『삼국유사』에 기술되어 있는 설화 속에는 인간의 삶의 모습이 여러 양상으로 나타나 있다. 이 두 책에는 국가의 시조신 및 왕, 지배계층과 일반 서민, 여성과 남성 등등 여러 계층 인물들의 삶이 망라되어 있다.

　　신화 속의 인물 중에서 먼저 자식을 출산한 여성들의 삶을 보건대, 우리 민족의 시조인 단군의 어머니와 고구려 동명왕의 어머니에 대해서는 그 동안 신화의 인물로만 간주했을 뿐, 비범한 아들을 낳은 여성이나 어머니로서의 삶에는 관심을 두지 않았다. 이들 신화 속에 나오는 인물들의 결혼과 가족 관계 및 어머니로서의 역할은 어떠했는지 그 양상을 살펴 보자.

　　웅녀는 애초에 곰이었다. 곰은 호랑이와 더불어 동굴 속에서 지내면서 환웅에게 사람이 되기를 기원하자, 환웅이 약쑥 한 줌과 마늘 20개를 주며 백일 동안 햇빛을 보지 않으면 사람이 될 것이라 했다. 이에 곰은 3,7일을 금기하여 여자가 되었으나 호랑이는 참지 못하여 사람이 되지 못했다.

　　사람으로 변신한 웅녀는 인내심이 강한 여성이면서도 자신의 운명을 개척하기 위해 적극적이고도 능동적으로 행동했다. 그녀는 사람이 되는 것만으로는 만족하지 않고 어머니가 되고 싶어 매번 신단나무 밑으로 가서 수태하기를 빌자, 이에 환웅이 거짓 변하여 그녀와 결혼하여 단군을 낳게 된다.

이와 같이 웅녀는 사람이 되기 위해 온갖 어려움을 이겨냈고, 여자가 된 후에는 새 생명을 출산하는 어머니가 되기 위해 적극적이고도 능동적인 행동을 취하여 마침내 그녀가 원하는 바를 다 이루었다. 이러한 웅녀의 인내심과 적극성은 우리 나라 여성의 한 원형을 이루고 있다.

환웅이 제석천왕인 환인의 서자라 하여 그의 가족관계가 하늘과 연관되어 나타난 반면, 웅녀는 애초에 곰으로서 가족관계가 나타나지 않는다. 가족이 없는 웅녀는 절실히 가족을 원하여 수태하기를 희망했고, 하늘에서 3천 명의 무리를 거느리고 내려온 환웅은 지상의 인물이 필요하여 웅녀의 소원을 들어준 것이다. 이처럼 곰에서 여자로, 하늘의 인물에서 지상의 인물로 변신하여 결합한 두 사람은 범상하지 않은 아들을 낳았다.

수태하기 전까지 자신과의 싸움을 치열하게 벌여야 했던 웅녀는 아들을 낳은 후에는 어머니로서의 특별한 역할이 나타나지 않는데, 그것은 그녀의 아들 단군이 세상과 갈등을 일으키지 않고 조화를 이루며 살아갔기 때문이다.

유화는 물의 신 하백의 딸이다. 물은 산과 마찬가지로 신의 세계다. 신의 세계에서 생활해오던 유화는 웅녀와는 달리 사람이 되게 해달라고 빌거나 수태하기를 원하지도 않았다. 더욱이 그녀는 부모와 동생들이 있어서 외로운 존재가 아니었다.

어느 날 유화는 하느님의 아들이라고 자칭하는 해모수를 만났는데, 그 남자가 유화를 웅신산 밑 압록강가로 유인하여 욕을 보인 후 가서 돌아오지 않았다. 이 사실을 뒤늦게 안 유화의 부모는 중매 없이 외간 남자를 좇았다 하여 책망하고 유화를 태백산 남쪽 우발수로 귀양을 보냈다. 이처럼 유화는 부모슬하에서 동생들과 안락하게 지내다가 뜻하지 않은 해모수와의 인연으로 고난을 겪는다.

북부여왕 금와가 이 일을 이상히 여겨 유화를 데려다 집에 가두어 두었더니, 유화가 햇빛으로 인해 잉태하게 되었다. 그런데 유화의 잉태는 웅녀의 경우와는 다르다. 웅녀가 여자로 변신하면서부터 수태하기를 원하여 어머니로서의 마음가짐이 준비되었다면, 유화는 본인의 의사와는 상관없이 해모수에게 유인되어 성폭행을 당한 후 금와왕의 집에서 햇빛으로 인해 잉태하였다. 따라서 웅녀가 수태하기 위해 적극적이었다면, 유화는 수태에 특별한 관심을 갖지 않았을 뿐 아니라 웅녀처럼 어머니가 될 준비도 미처 되지 않은 상태였다.

초기 유화의 고난은 웅녀에 비해 처절하지 않았다. 애초에 웅녀는 자신이 원하는 바를 이루기 위해 어떠한 고난도 감수하는 능동성을 보였다면, 유화는 주어진 일을 감수하기만 하는 피동적인 인물이었다. 유화가 해모수와 결합한 것도, 귀양을 가서 지낸 것도, 금와왕을 만나 그를 따라 그 궁궐에 가서 머문 것도 그녀가 능동적으로 행한 것은 아니었다. 그런데 유화가 낳은 알이 우여곡절을 겪은 후 아기(아들)가 되자, 피동적이기만 했던 유화는 점차 변하여 위기에 처한 아들을 구하는 등 어머니로서의 역할을 능동적으로 수행한다.

이와 같이 웅녀와 유화가 자식을 낳은 후에 행동이 상반된 것은, 고조선의 시조인 단군의 시대와 동부여에서 태어나 어린 시절을 보내야 했던 주몽의 시대가 같지 않기 때문이다. 곧 단군은 세상과 갈등이 없었기 때문에 웅녀는 어머니로서의 특별한 역할을 할 필요가 없었으나, 주몽은 태어나면서부터 세상과 갈등관계를 가졌기 때문에 어머니의 손길이 필요했다. 알로 태어나 우여곡절 끝에 다시 어머니에게로 온 후에야 그 껍질을 깨고 나왔듯, 주몽은 일정기간동안 특별한 보살핌이 필요하여 유화는 그 어머니의 역할을 충실히 한 것이다.

1. 웅녀(단군신화)

고기(古記)에 "옛날 환인(桓因 - 帝釋天王이다)의 서자 환웅(桓雄)이 자주 천하에 뜻을 두고 인간 세상을 탐내므로, 아버지가 아들의 뜻을 알고 삼위(三危) 태백을 내려다보니 인간 세상을 이룩할 만하므로 천부인(天符印) 3개를 주어 가서 다스리게 하였다. 환웅은 이에 3천 명의 무리를 거느리고 태백산(太白山) 꼭대기(즉 太白이니 지금의 묘향산이다) 신단(神壇)나무 밑으로 내려왔으니, 이것이 곧 신시(神市)요, 이 분을 환웅천왕이라 한다"고 했다.

풍백(風伯), 우사(雨師), 운사(雲師)를 거느리고 주곡(主穀), 주명(主命), 주병(主病), 주형(主刑), 주선악(主善惡) 등 인간 세상의 3백 60여 가지 일을 주로 하여 세상을 다스리며 교화하였다.

이때 곰 하나와 범 하나가 한 굴에서 살면서 항상 신웅(神雄)에게 빌어 사람이 되기를 원하매, 신웅이 약쑥 한 줌과 마늘 20개를 주시며 "너희들이 이것을 먹고 1백 일만 햇빛을 보지 않으면 사람의 모습을 얻으리라." 하였다. 곰과 범이 그것을 얻어먹고 3,7일을 금기하여 곰은 여자가 되었으나, 범은 참지를 못하여 사람이 되지 못하였다.

곰이 여자로 되기는 했으나 서로 혼인할 사람이 없어 항상 신단나무 밑에서 수태하기를 빌고 원했다. 그래서 환웅이 거짓 변하여 결혼하여 아들을 낳으니, 이가 곧 단군왕검이다. 당요(唐堯) 즉위한 지 50년 경인(庚寅 - 당요가 즉위한 해가 무진인즉 50년은 정사요 경인이 아니니, 사실이 아닌가 의심스럽다)으로 평양성(지금의 西京)에 도읍하고, 비로소 '조선'이라 했다. 다시 백악(白岳) 아사달로 도읍을 옮겼으니, 아사달은 또한 궁홀산(弓忽山 - 弓은 方으로도 썼다)이라고도 하며 금미달(今彌達)이라고도 한다.

1천 5백 년 동안 다스리다가 주 호왕(周 虎王 - 武王)이 즉위한 기묘년에 기자(箕子)를 조선에 봉하므로, 단군은 장당경(藏唐京)으로 옮겼다가 뒤에 다시 아사달산에 숨어 산신이 되었으니, 수가 1천 9백 8세였다고 한다.

-『삼국유사』 권1 -

■ 연습문제 ■

1) 『삼국사기』와 『삼국유사』를 조사해 보자.
2) 설화를 정리해 보자.
3) 단군의 선조(先祖)를 살펴 보자.
4) 웅녀의 삶을 정리해 보자.

2. 유화(주몽신화)

동부여의 금와(金蛙)가 왕위에 올랐을 때 태백산 남쪽 우발수(優渤水)에서 한 여인을 만났다. 금와는 그 여인에게 신분을 물으니, 그 여인은 금와에게 이렇게 대답했다.

"저는 하백(河伯)의 딸로 이름은 유화(柳花)라고 합니다. 여러 아우들과 밖에 나와 놀고 있을 때 한 남자가 나타나, 자기는 천제(天帝)의 아들 해모수(解慕漱)라 하면서 저를 웅신산(熊神山) 밑 압록강 가에 있는 집 속으로 유인해 가서, 몰래 정을 통해 놓고 가서는 되돌아오지 않았습니다. 저의 부모님은 제가 중매도 없이 혼인을 했다고 책망하며, 이곳으로 귀양을 보냈습니다."

금와는 그 여인을 이상히 여겨 방 속에 가두어 두었더니, 햇빛이 방 속으로 비치었다. 그 여인이 몸을 비해 가니 햇빛이 또 따라 비치었다. 그로 인하여 태기가 있어 알 하나를 낳으니, 크기가 다섯 되나 되었다. 왕은 그것을 버려 개와 돼지에게 주었으나 모두 먹지 않는다. 또 길에 내버리게 했더니 소와 말이 피해 가고, 또 들판에 버렸더니 새와 짐승들이 알을 덮어 주었다. 이상히 여긴 왕이 이 알을 쪼개보려고 했으나 쪼개지지도 않자, 왕은 하는 수 없이 이 알을 그 여인에게 돌려주었다.

그 여인은 천으로 알을 싸서 따뜻한 곳에 놓아두었더니, 한 아이가 껍질을 깨고 알 속에서 나왔다. 아이는 골격과 외양이 영특하고 기이했다. 나이 겨우 일곱 살에 기골이 준수해서 범인과 달랐다. 스스로 활과 화살을 만들어 쏘기만 하면 백발백중이었다. 그 나라의 풍속에 활을 잘 쏘는 것을 주몽(朱蒙)이라 하였으므로, 이 아이의 이름을 주몽이라고 지었다.

금와에게는 아들 칠형제가 있었는데 늘 주몽과 함께 놀았으나 그 재주가 주몽을 따르지 못했다. 맏아들 대소(帶素)가 금와왕에게 말했다.

"주몽은 사람의 소생이 아닙니다. 만약 일찍이 없애지 아니하면 후환이 있을까 염려되옵니다."

그러나 왕은 아들의 말을 듣지 않고 주몽에게 말을 기르는 소임을 맡겼다. 주몽은 좋은 말을 알아보아 좋은 말은 적게 먹여서 여위게 하고, 나쁜 말은 잘 먹여서 살지게 했다. 왕은 살진 말은 자기가 타고 여윈 말은 주몽에게 주었다.

그런데 왕의 여러 아들들과 신하들은 어떻게든 주몽을 죽여 없애려고 꾀하니, 주몽의 어머니가 이 사실을 알고 그에게 말했다.

"이 나라 사람들이 장차 너를 죽이려고 하니, 네 재능과 지략으로 어디를 간들 살지 못하겠느냐? 빨리 대책을 세우도록 해라."

이에 주몽은 오이(烏伊) 등 세 사람과 벗을 삼아 엄수(淹水)에 이르러 물을 향해서 말했다.

"나는 천제의 아들이요 하백의 손자다. 오늘 도망해 가는데 뒤쫓는 자가 거의 닥치게 되었으니 어찌하면 좋겠느냐?"

이때 갑자기 물고기와 자라가 모여들어 다리를 만들어 주었다. 주몽 일행이 건너자, 고기와 자라는 곧 흩어져 뒤쫓던 기병(騎兵)들은 건널 수 없게 되었다.

주몽은 졸본주(卒本州)에 이르러 드디어 도읍을 정했다. 미처 궁실을 짓지 못해서 비류수(沸流水) 위에 옥사(屋舍)를 짓고 거처하면서 국호를 '고구려'라 하고, 국호로 인하여 고(高)로써 성씨를 삼았다. 이때 주몽의 나이 열두 살이었다.

- 『삼국유사』 권1 -

■ 연습문제 ■

1) 유화와 웅녀의 가족관계를 살펴 보자.
2) 유화와 웅녀의 삶을 비교해 보자.
3) 주몽과 단군의 삶을 비교해 보자.
4) <동명왕편>과 비교해 보자.

3. 평강공주와 온달

온달은 고구려 평강왕(平岡王) 때 사람이다. 용모가 기이하게 생겨 우스웠으나 마음만은 착했다. 그는 집이 몹시 가난하므로 늘 밥을 빌어 어머니를 봉양하였고, 다 떨어진 옷과 낡은 신발을 신고 시정(市井)을 왕래하였으므로, 모든 사람들이 그를 보고 '바보 온달'이라고 하였다.

이때 평강왕의 어린 공주가 울기를 잘하므로 왕은 희롱하는 말로 말했다.

"너는 늘 울기만 하여 나의 귀를 요란스럽게 하니, 커서도 반드시 사대부의 아내가 될 수는 없으리라. 꼭 바보 온달에게나 시집보내겠다."

왕은 공주가 울 때마다 늘 이 말을 되풀이했다.

평강공주가 자라 16세가 되었을 때, 왕은 그를 상부(上部)의 고씨(高氏)에게 시집보내려 하자, 공주가 말했다.

"대왕께서는 늘 말씀하시기를, 너를 꼭 온달에게 시집보내겠다고 하시옵더니, 이제 와서 무슨 까닭으로 전에 하신 말씀을 고치시나이까? 필부(匹夫)도 오히려 식언(食言)을 하지 아니하옵는데, 하물며 지존(至尊)하신 분의 말씀으로 어찌 그러하실 수 있겠사옵니까? 그러므로 왕자(王者)에게는 희언(戲言)이 없다고 합니다. 지금 대왕께서 명하심은 잘못된 것이므로 소녀는 감히 그 명령을 받들지 못하겠나이다."

왕은 크게 노해서 말했다.

"너는 나의 말을 듣지 않으니, 곧 내 딸이 아니다. 어찌 함께 살 수 있겠느냐? 마땅히 네가 가고 싶은 데로 가라."

이에 공주는 귀중한 가락지 수십 개를 팔꿈치에 맨 뒤에 궁궐을 나와 혼자서 걸어가다가, 길에서 어떤 사람을 만나 온달의 집을 물었다. 공주는 그 사람이 가르쳐준 대로 찾아 갔다. 온달의 집에는 온달의 눈먼 노모가 혼자서 집을 보고 있었다. 공주는 그 노모 앞에 나아가 절하고, 아들이 있는 곳을 묻자,

노모는 대답했다.

"내 아들은 가난하고 또한 누추하므로 귀한 사람이 가까이할 바가 못됩니다. 지금 그대에게서 풍겨오는 냄새를 맡고 말소리를 들으니, 그 냄새가 이상하게 향기롭고, 그대의 손을 만져보니 마치 솜처럼 부드럽군요. 천하에 귀한 분 같은데 어느 댁에서 여기를 오셨는지요? 내 아들은 주림을 참지 못하여 느릅나무 껍질을 벗기러 산으로 간 지 오래 되었으나, 아직도 돌아오지를 않는군요."

공주는 곧 온달을 찾아 나섰다. 산 밑에 이르니 온달이 느릅나무 껍질을 벗겨서 지고 오는 것이었다. 공주는 그에게 마음속에 품고 있던 말을 했다. 그랬더니 온달은 성난 모양으로 안색을 바꾸며 말했다.

"이곳은 어린 여자가 다닐 곳이 아니다. 반드시 사람이 아니고 여우나 귀신일 것이다. 나에게 가까이 오지 말아라."

말을 마치자 온달은 뒤도 돌아다보지 않고 가버렸다.

공주는 홀로 온달의 뒤를 따라 와서 그날 밤은 그 집 사립문 밑에서 자고, 다음날 아침에 다시 집안으로 들어가서 그들 모자에게 자세한 이야기를 했으나, 온달은 여전히 공주를 의심해서 마음을 결정하지 못하였다.

이때 그 어머니가 말했다.

"나의 아들은 어리석으므로 귀인의 배필이 되기에 부족하고, 우리 집은 누추하여 귀인이 거처할 곳으로는 마땅하지 않습니다."

공주는 대답했다.

"옛사람의 말에, 한 말의 곡식이라도 찧을 수 있으면 오히려 족하고, 한 자의 베라도 꿰맬 수 있으면 오히려 족하다고 하였습니다. 진실로 한 마음, 한 뜻이라면, 반드시 부귀를 누려야만 같이 살 수 있는 것이겠습니까?"

공주는 곧 금가락지를 팔아서 밭과 집이며 노비와 우마(牛馬)와 기물(器物)을 사들여 소용되는 기구를 모두 마련했다.

처음에 말을 사러 갈 때, 공주는 온달에게 말했다.

"조심할 것은, 시정에서 일반 장사꾼의 말을 사지 않도록 하십시오. 국마(國馬)로 병이 나서 야위어 놓아버리는 것이 보이면 이를 가려 사고, 그런 것이 없으면 좋은 말을 샀다가 뒤에 그런 말과 바꿔 오시오."

온달은 그 말대로 말을 사왔다. 공주는 이 말을 아주 정성껏 길렀다. 말은 날마다 살지고 건강해졌다.

고구려는 해마다 3월 3일에 낙랑(樂浪)의 산언덕에 모여 사냥을 하여 사로잡은 돼지와 사슴 등을 가지고 하늘과 산천의 신에게 제사를 지냈다. 그 날이 되면 왕도 사냥을 나가고, 군신들과 오부(五部)의 군사들이 모두 왕을 따라 나갔다.

이때 온달은 집에서 기른 말을 타고 왕을 수행하였다. 그는 남보다 앞에서 달려갔고, 또한 사냥하여 잡은 짐승도 제일 많아 다른 사람이 그를 따르지 못하였다. 왕은 그를 불러 오게 하여 성명을 묻고는 놀라며 또한 그를 특별히 칭찬했다.

후주(後周)의 무제(武帝)가 군사를 일으켜 요동으로 쳐들어 왔을 때, 왕이 군사를 거느리고 나가 배산(拜山)의 들에서 적을 맞아 싸우게 되자, 온달은 선봉이 되어 날쌔게 싸워 적 수십 명을 베어 죽이니, 모든 군사들이 이 틈을 타서 달려들어 힘써 적을 무찔러 크게 승리했다.

개선하여 돌아온 뒤 전공을 의논할 때에 모두 온달을 제일로 내세우지 않는 사람이 없었다. 왕은 크게 기뻐하여 감탄하며,

"이 사람이 곧 나의 사위다."

하고 마침내 예를 갖추어 그를 사위로 맞아들이고 벼슬을 주어 대형(大兄)을 삼았다. 이로부터 총애함이 두텁고, 그 위엄과 권세가 날로 성하였다.

양강왕(陽岡王)이 즉위하자 온달은 왕에게 아뢰었다.

"신라가 우리 한강 이북의 땅을 빼앗아 군(郡), 현(縣)으로 만들었기 때문에 백성들은 원통함에 젖어 언제나 부모의 나라를 잊어버리지 않고 있사옵니다. 원컨대 대왕께서 신을 어리석고 불초하다 마시고 군사를 내어 주시면

한번 나아가 싸워 우리의 땅을 회복하겠나이다.”
하니 왕은 이를 허락했다.

온달은 군사를 거느리고 떠날 때, 맹세하여 말했다.

“내 계립현(鷄立峴)과 죽령의 서쪽 땅을 우리 땅으로 돌리지 못하면, 돌아오지 않을 것이다.”

온달은 신라군과 아차성(阿且城) 밑에서 싸우다가, 마침내 적의 화살에 맞아 전사했다. 그를 장사지내려고 했으나 영구(靈柩)가 땅에서 조금도 움직이지 않자, 공주가 와서 관을 어루만지며 말했다.

“죽고 사는 것은 이미 결판이 났사오니, 마음 놓고 돌아가시오.”
하니 그때에야 비로소 관이 움직여 장사를 지낼 수 있었다. 왕은 이 말을 듣고 크게 슬퍼하며 통곡했다.

- 『삼국사기』 권45 -

■ 연습문제 ■

1) ‘울음’의 의미를 생각해 보자.
2) ‘왕자(王者)는 희언(戲言)이 없다’고 한 것은 무엇인가?
3) 공주가 온달을 설득한 내용은 무엇인가?
4) 공주가 ‘온달의 관을 움직일 수 있었던 것’에 대하여 생각해 보자.

4. 경희[1] : 나혜석

1

"아이구, 무슨 장마가 그렇게 심해요"
하며 담뱃불을 붙이는 뚱뚱한 마님은 오래간만에 오신 사돈마님이다.
"그러게 말이지요. 심한 장마에 아이들이 병(病)이나 아니났습니까. 그동안
하인도 한 번 못 보냈어요."
하며 마주 앉아 담뱃불을 붙이는 머리가 희끗희끗하고 이마에 주름살이 두어
줄 보이는 마님은 이 이철원(李鐵源)댁 주인마님이다.
"아이구, 별말씀을 다하십니다. 나 역시 그랬어요. 아이들은 충실하나 어멈
이 어째 수일 전부터 배가 아프다고 하더니 오늘은 일어나 다니는 것을 보고
왔어요."
"어지간히 날이 더워야지요. 조금 잘못하면 병나기가 쉬워요. 그래서 좀
걱정이 되셨겠습니까?"
"이제 나았으니까요 마음이 놓여요. 그런데 애기가 일본서 와서 얼마나
반가우셔요"
하며 사돈마님은 잊었던 일을 깜짝 놀라 생각하는 듯이 말을 한다.
"먼 데다가 보내고 늘 마음이 놓이지 않다가 그래도 일 년에 한 번씩이라도
오니까 집안이 든든해요"
주인마님 김 부인은 담뱃대를 재떨이에 탁탁친다.
"그렇다 마다요. 아들이라도 마음이 아니 놓일 텐데 처녀를 그런 먼 데다
보내시고 그렇지 않겠습니까. 그런데 몸이나 충실했었는지요"
"네, 별 병은 아니났나 보아요 제 말은 아무 고생도 아니된다 하나 어미

---

1) 나혜석의 <경희>는 1918년 3월 《여자계》 제2호에 실린 소설이다.

걱정시킬까보아 하는 말이지, 그 좀 주리고 고생이 되었겠어요 그래서 얼굴이 꺼칠해요."

하며 뒷곁을 향하여,

"아가, 아가 서문안 사돈마님이 널 보러 오셨다."

한다.

"네."

하고 대답하는 경희는 지금 시원한 뒷마루에서 오래간만에 만난 오라버니댁과 앉아서 오라버니댁은 버선을 깁고 경희는 앉은재봉틀에 자기 오라버니 양복 속적삼을 하며 일본서 지낼 때에 어느 날 어디를 가다가 하마터면 전차에 칠 뻔하였더란 말, 그래서 지금이라도 생각만하면 몸이 아슬아슬하다는 말이며, 겨울이 오면 도무지 다리를 펴고 자본 적이 없고 그래서 아침에 일어나면 다리가 꼿꼿했다는 말, 일본에는 하루 걸러 비가 오는데 한 번은 비가 심하게 퍼붓고 학교 상학 시간은 늦어서 그 굽 높은 나막신을 신고 부지런히 가다가 넘어져서 다리에 가죽이 벗겨지고 우산이 모두 찢어지고 옷에 흙이 묻어 어찌나 부끄러웠었는지 몰랐었더라는 말, 학교에서 공부하던 이야기, 길에 다니며 보던 이야기 끝에 마침 어느 때 활동사진에서 보았던 어느 아이가 아버지가 장난을 못하게 하니까 아버지를 팔아 버리려고 광고를 써서 제 집 문밖 큰 나무에다가 붙였더니 그때 마침 그 아이만한 6, 7세된 남매가 부모를 잃어버리고 방황하다가 꼭 두 푼 남은 돈을 꺼내 들고 이 광고대로 아버지를 사려고 문을 두드리던 양을 반쯤 이야기하는 중이었다.

오라버니댁은 어느덧 바느질을 무릎에다가 놓고,

"하하 허허!"

하며 재미있게 듣고 앉았던 때라,

"그래서 어떻게 되었소" 묻다가 눈살을 찌푸리며,

"얼른 다녀 오" 간절히 청을 한다.

옆에 앉아서 빨래에 풀을 먹이며 열심히 듣고 앉았던 시월이도 혀를 툭툭

찬다.

"아무렴 내 얼른 다녀오리다."

경희는 이렇게 대답하고 제 이야기에 재미있어 하는 것이 기뻐서 웃으며 앞마루로 간다.

경희는 사돈마님 앞에 절을 겸손히 하며 인사를 여쭈었다. 일 년 동안이나 잊어버렸던 절을 일전에 집에 도착할 때에 아버지 어머니에게 하였으므로 이번에 한 절은 익숙하였다. 경희는 속으로 일본서 날마다 세로가로 뛰며 장난하던 생각을 하고 지금은 이렇게 얌전하다 하며 웃었다.

"아이구, 그 좋던 얼굴이 어쩌면 저렇게 못 되었나, 오죽 고생이 심했을라고."

사돈마님은 자비스러운 음성으로 말을 한다. 일부러 경희의 손목을 잡아 만졌다.

"꼭 시집살이한 손 같구나. 여학생들 손은 비단결 같다는데 네 손은 왜 이러냐."

"살성(性)이 곱지 못해서 그래요."

경희는 고개를 수그린다.

"제 손으로 빨래해 입고 밥까지 해 먹었다니까 그렇지요."

경희의 어머니는 담배를 다시 붙이면서 말을 한다.

"저런, 그러면 집에서도 아니하던 것을 객지에 가서 하는구나. 네 일본학교 규칙은 그러냐?"

사돈마님은 깜짝 놀랐다. 경희는 아무 말도 아니한다.

"무얼요. 제가 제 고생을 사느라고 그러지요. 그것 누가 시키면 하겠습니까. 학비도 넉넉히 보내주지마는 그 애는 바쁜 것이 재미라고 한답니다."

김 부인은 아무 뜻없이 어제 저녁에 자릿속에서 딸에게 들은 이야기를 한다.

"그건 왜 그리 고생을 하나."

사돈마님은 경희의 이마 위에 너펄너펄 내려온 머리카락을 두 귀밑에다

끼워주며 적삼 위로 등의 살도 만져 보고 얼굴도 쓰다듬어 준다.

"일본에는 겨울에도 불도 아니땐대지. 그리고 반찬은 감질이 나도록 조금 준대지 그것 어찌 사니?"

"네. 불은 아니때나 견디어나면 관계치 않아요. 반찬도 꼭 먹을 만치 주지 모자르거나 그렇지는 아니해요."

"그러자니 모두가 고생이지. 그런데 네 형은 그동안 병이 나서 너를 못보러 왔다. 아마 오늘 저녁 꼭 올 터이지."

"네. 좀 보내 주세요. 벌써부터 어찌 보고 싶었는지 몰라요."

"암 그렇지. 너 왔다는 말을 듣고 나도 보고 싶어 하였는데 형제끼리 그렇지 않으랴."

이 마님은 원래 시집을 멀리 와서 부모형제를 몹시 그리워해 본 경험이 있는 터라 이 말에는 깊은 동정이 나타난다.

"거기를 또 가나? 이제 그만 곱게 앉았다가 부잣집으로 시집가서 아들딸 낳고 재미스럽게 살지 그렇게 고생할 것 무엇 있니?"

아직 알지 못하여 그렇게 하지 못하는 것을 일러주는 것 같이 경희에 대하여 말을 하다가 마주 앉은 경희 어머니에게 눈을 향하여,

"그렇지 않소. 내 말이 옳지요."
하는 것 같았다.

"네. 하던 공부 마칠 때까지 가야지요."

"그것은 그리 많이 해 무엇하니. 사내니 고을을 간단 말이냐? 군주사(郡主事)라도 한단 말이냐? 지금 세상에 사내도 배워 가지고 쓸 데가 없어서 쩔쩔 매는데…… ."

이 마님은 여간 걱정스러워 하지 아니한다. 그리고 대관절 계집애를 일본까지 보내어 공부를 시키는 사돈영감과 마님이며 또 그렇게 배우면 대체 무엇하자는 것인지를 몰라 답답해 한 적은 오래 전부터였으나, 다른 집과 달라 사돈집 일이라 속으로는 늘 '저 계집애를 누가 데려가나' 욕을 하면서도 할 수

있는 대로는 모른 체하여 왔다가, 오늘 우연한 좋은 기회에 걱정해 오던 것을
말한 것이다.

경희는 이 마님 입에서 '어서 시집을 가거라. 공부는 해서 무엇하니' 꼭
이 말이 나올 줄 알았다. 속으로 '옳지 그럴 줄 알았지' 하였다. 그리고 어제
오셨던 이모님 입에서 나오던 말이며 경희를 보실 때마다 걱정하시는 큰어머
니 말씀과 모드 일치되는 것을 알았다. 또 작년 여름에 듣던 말을 금년 여름에
도 듣게 되었다. 경희의 입술은 간질간질 하였다.

'먹고 입고만 하는 것이 사람이 아니라 배우고 알아야 사람이에요. 당신댁
처럼 영감 아들간에 첩이 넷이나 있는 것도 배우지 못한 까닭이고 그것으로
속을 썩이는 당신도 알지 못한 죄이에요. 그러니까 여편네가 시집가서 시앗을
보지 않도록 하는 것도 가르쳐야 하고 여편네 두고 첩을 얻지 못하게 하는
것도 가르쳐야만 합니다.' 하고 싶었었다.

그러나 이 마님 입에서는 반드시 오늘 아침에 다녀가신 할머니의 말씀과
같은,

"애, 옛날에는 여편네가 배우지 않아도 수부다남(壽富多男)하고 잘만 살
아왔다. 여편네는 동서남북도 몰라야 복이 많단다. 애, 공부한 여학생들도
보리방아만 찧게 되더라. 사내가 첩 하나도 둘 줄 모르면 그것이 사내냐?"
하던 말씀과 같이 꼭이 마님도 할 줄 알았다. 경희는 '쇠귀에 경을 읽지' 하고
제 입만 아프고 저만 오늘 저녁에 또 이 생각으로 잠을 못 자게 될 것을
생각하였다. 또 말만 시작하게 되면 답답하여서 속이 불과 같이 탈 것, 자연
오랫동안 되면 뒷마루에서는 기다릴 것을 생각하여 차라리 일체 입을 다물었
다. 더구나 이 마님은 입이 걸어서 한 말을 들으면 열 말쯤 거짓말을 보태어
여학생의 말이라면 어떻든지 흉만 보고 욕만 하기로는 수단이 용한 줄을 알았
다. 그래서 이 마님 귀에는 좀처럼한 변명이라든지 설명도 조금도 곧이가
들리지 않을 줄도 짐작하였다. 그리고 어느때 경희의 형님이 경희더러,

"애, 우리 시어머니 앞에서는 아무 말도 하지 마라. 더구나 시집 이야기는

일체 말아라. '여학생들은 예사로 시집 말들을 하더라. 아이구 망칙한 세상도 많아라. 우리 자랄 때는 어디서 처녀가 시집 말을 해보아.' 하신다. 그뿐 아니라 여러 여학생 험담을 어디가서 그렇게 듣고 오시는지 듣고 오시면 꼭 나들으라고 빗대놓고 하시는 말씀이 정말 내 동생이 학생이어서 그런지 도무지 듣기 싫더라. 일본가면 계집애 버리느니 별별 못들을 말씀을 다 하신단다. 그러니 아무쪼록 말을 조심해라."

한 부탁을 받은 것도 있다.

경희는 또 이 마님 입에서 무슨 말이 나올까봐 마음이 조릿조릿하였다. 그래서 다른 말이 시작되기 전에 뒷마루로 달아나려고 궁둥이가 들썩들썩하였다.

"이따가 급히 입을 오라범 속적삼을 하던 것이 있어서 가보아야겠습니다." 고 경희는 앓던 이가 빠진 것만큼 시원하게 그 앞을 면하고 뒷마루로 나서며 숨을 한 번 쉬었다.

"왜 그리 늦었소? 그래서 그 아버지를 어떻게 했소."

오라버니댁은 그동안 버선 한 짝을 다 기워놓고 또 한 짝에 앞볼을 대이다가 경희를 보자 무릎 위에다가 놓고 바싹 가까이 앉으며 궁금하던 이야기 끝을 재우쳐 묻는다. 경희의 눈살은 찌푸려졌다. 두 뺨이 실쭉해졌다. 시월이는 빨래를 개키다가 경희의 얼굴을 눈결에 슬쩍보고 눈치를 채었다.

"작은 아씨 서문안댁 마님이 또 시집 말씀을 하시지요?"

아침에 경희가 할머니가 다녀가신 뒤에 마루에서 혼잣말로, '시집을 갈 때 가더라도 하도 여러 번 들으니까 인제 도무지 싫어 죽겠다' 하던 말을 시월이가 부엌에서 들었다. 지금도 자세히는 들리지 않으나 그런 말을 하는 것 같았다. 그래서 작은 아씨의 얼굴이 저렇게 불량하거니 하였다. 경희는 웃었다. 그리고 바느질을 붙들며 이야기 끝을 연속한다. 앞마루에서는 여전히 두 마님은 서로 술도 권하며 담배도 잡수면서 경희의 말을 한다.

"애기가 바느질을 다해요?"

"네. 바느질도 곧잘 해요. 남정의 윗옷은 못하지요마는 제 옷은 꿰매어 입지요."

"아이구, 저런 어느 틈에 바느질을 다 배웠어요. 양복 속적삼을 다해요. 학생도 바느질을 다 하나요."

이 마님은 과연 여학생은 바늘을 쥘 줄도 모르는 줄 알았다. 더구나 경희와 같이 서울로 일본으로 쏘다니며 공부한다 하고 덜렁하고 꼭 사내 같은 학생이 제 옷을 꿰매어 입는다는 말에 놀란다. 그러나 역시 속으로는 '그 바느질 꼴이 오죽할까' 하였다. 김 부인은 딸의 칭찬 같으나 묻는 말에 마지못하여 대답한다.

"어디 바느질이나 제법 앉아서 배울 새나 있나요. 그래도 차차 철이 나면 자연히 의사가 나나 보아요. 가르치지 아니해도 저절로 꿰매게 되던구먼요. 어려운 공부를 하면 의사가 트이나 봐요."

김 부인은 말끝을 끊었다가 다시 말을 한다. 이 마님 귀에는 꼭 거짓말 같다.

"양복 속적삼은 작년 여름에 남대문 밖에서 일녀(日女)가 와서 가르치던 재봉틀 바느질 강습소(講習所)에를 날마다 다니며 배웠지요. 제 조카들의 양복도 해서 입히고 모자도 해서 씌우고 또 제 오라비 여름 양복까지 했어요. 일어(日語)를 아니까 선생하고 친하게 되어서 다른 사람에게는 가르쳐주지 않는 것까지 다 가르쳐 주더래요. 낮에는 배워가지고 와서는 밤이면 꼭 열두 시 새로 한 시까지 앉아서 배운 것을 보고 그대로 그리고 모두 치수를 적고 했어요. 나는 그게 무엇인가 하였더니 나중에 재봉틀회사 감독이 와서 그러는데, '이제까지 일어로만 한 것이어서 부인네들 가르치기에 불편하더니 따님이 만든 책으로 퍽 유익하게 쓰겠습니다' 하는 말에 그런 것인 줄 알았어요. 좀 가르치면 어디든지 그렇게 쓸 데가 있더구먼요. 그뿐 아니라 그 점잖은 일본사람들에게도 어찌 존대를 받는지 몰라요. 그 애가 왔단 말을 어디서 들었는지 감독이 일부러 일전에 또 찾아왔어요. 일본서 졸업하고는 기어이 자기 회사의 일을 보아 달라고 하더래요. 처음에는 월급 천오백 냥은 쉽대요. 차차 오르면 3년 안에 이천오백 냥을 받는다는 데요. 다른 여자는 제일 많은 것이 칠백쉰 냥이라는데 아마 그애는 일본까지 가서 공부한 까닭인가 보아요. 저것도 그애가 재봉틀에 한 것입니다."

하며 맞은편 벽에 유리에 늘어 걸어 놓은, 앞에 물이 흐르고 뒤에 나무가 총총한 촌(村) 경치를 턱으로 가리킨다. 경희의 어머니는 결코 여기까지 딸의 말을 하려고 한 것이 아니었다. 한 것이 자연 월급 말까지 하게 된 것은 부지중에 여기까지 말하였다. 김 부인은 다른 부인들보다 더구나 이 사돈마님보다는 훨씬 개명(開明)을 한 부인이다. 근본 성품도 결코 남의 흉을 보는 부인이 아니었고 혹 부인네들이 모여 여학생들의 못된 점을 꺼내어 흉을 보던지 하면 그렇지 않다고까지 반대를 한 적도 많으니, 이것은 대개 자기 딸 경희를 기특히 아는 까닭으로 여학생은 바느질을 못 한다든가, 빨래를 아니 한다든가, 살림살이를 할 줄 모른다든가 하는 말이 모두 일부러 흉을 만들어 말하거니 했다. 그러나 공부해서 무엇하는지, 왜 경희가 일본까지 가서 공부를 하는지, 졸업을 하면 무엇에 쓰는지는 역시 김 부인도 다른 부인과 같이 몰랐다. 혹 여러 부인이 모여서,

"따님은 그렇게 공부를 시켜서 무엇하나요?"

질문을 하면,

"누가 아나요, 이 세상에는 계집애라도 배워야 한다니까요."

이렇게 자기 아들에게 늘 들어오던 말로 어물어물 대답을 할 뿐이었다.

김 부인은 과연 알았다. 공부를 많이 할수록 존대를 받고 월급도 많이 받는 것을 알았다. 그렇게 번질한 양복을 입고 금시곗줄을 늘인 점잖은 감독이 조그마한 여자를 일부러 찾아와서 절을 수없이 하는 것이라든지, 종일 한 달 30일을 악을 쓰고 속을 태우는 보통학교 교사는 많아야 육백스무 냥이고 보통 오백 냥인데,

"천천히 놀면서 일 년에 병풍 두 짝 만이라도 잘만 놓아주시면 월급을 꼭

사십 원씩은 드리지요.”

하는 말에, 김 부인은 과연 공부라는 것은 꼭해야 할 것이고, 하면 조금 하는 것보다 일본까지 보내서 시켜야만 할 것을 알았다.

그리고 어느 날 저녁에 경희가,

“공부를 하면 많이 해야겠어요. 그래야 남에게 존대를 받을 뿐 아니라, 저도 사람 노릇을 할 것 같아요.”

하던 말이, 아마 이래서 그랬던가 보다 하였다.

김 부인은 이제부터는 의심없이 확실히 자기 아들이 경희를 왜 일본까지 보내라고 애를 쓰던 것, 지금 세상에는 여자도 남자와 같이 많이 가르쳐야 할 것을 알았다. 그래서 김 부인은 이제까지 누가,

“따님은 공부를 그렇게 시켜 무엇합니까?”

물으면 등에서 땀이 흐르고 얼굴이 벌겋게 취해지며, 이럴 때마다 아들만 없으면 금방이라도 데려다가 시집을 보내고 싶은 생각도 많았었으나, 지금 생각하니 아들이 뒤에 있어서 자기 부부가 경희를 데려다 시집을 보내지 못하게 한 것이 다행하게 생각된다.

그리고 지금부터는 누가 묻던지간에 여자도 공부를 시켜야 의사가 나서 가르치지 아니한 바느질도 할 줄 알고, 일본까지 보내 공부를 많이 시켜야 존대를 받는 것을 분명히 설명까지라도 할 것 같다. 그래서 오늘도 사돈마님 앞에서도 부지중 여기까지 말을 하는 김 부인의 태도는 조금도 주저하는 빛도 없고, 그 얼굴에는 기쁨이 가득하고 그 눈에는 ‘나는 이러한 영광을 누리고 이러한 재미를 본다’ 하는 표정이 가득하다.

사돈마님은 반신반의로 어떻든 끝까지 들었다. 처음에는 물론 거짓말로 들을 뿐만 아니라, 속으로 ‘너는 아마 큰 계집애를 버려놓고 이제 시집 보낼 것이 걱정이니까 저렇게 없는 칭찬을 하나보구나’ 하며, 이야기 하는 김 부인의 눈이며 입을 노려보고 앉았다. 그러나 이야기가 점점 길어갈수록 그럴 듯하다. 더구나 감독이 왔더란 말이며 존대를 하더란 것이며, 사내도 여간한

군주사(郡主事) 쯤은 바랄 수도 없는 월급을 이천 냥까지 주겠더란 말을 들을 때는, '설마 저렇게까지 거짓말을 할까' 하는 생각이 난다.

사돈마님은 아직도 참말로는 알고 싶지 않으나 어쩐지 김 부인의 말이 거짓말같지 아니하다. 또 벽에 걸린 수(繡)도 확실히 자기 눈으로 볼 뿐 아니라, 쉴새없이 바퀴구르는 재봉틀소리가 당장 자기 귀에 들린다. 마님 마음은 도무지 이상하다. 무슨 큰 실패나 한 것도 같다. 양심은 스스로 자복(自服)하였다.

"내가 여학생을 잘못 알아 왔다. 정말 이 집 딸과 같이 계집애도 공부를 시켜야겠다. 어서 우리집에 가서 내외시키던 손녀딸들을 내일부터 학교에 보내야겠다."

고 꼭 결심을 했다.

눈앞이 아물아물해 오고 귀가 찡- 한다. 아무 말 없이 눈만 껌뻑껌뻑하고 앉았다. 뒷곁으로 불어들어오는 시원한 바람 중에는 젊은 웃음소리가 사(沙)접시를 깨뜨릴만치 재미스럽게 싸여 들어온다.

2

"이 더운데 작은 아씨 무얼 그렇게 하십니까?"

마루 끝에 떡 함지를 힘없이 놓으며 땀을 씻는다. 얼굴은 억죽억죽 얽고 머리는 평양머리를 해서 얹고 알록달록한 면주수건을 아무렇게나 쓴 나이가 한 사십가량 된 떡장사는 으레히 하루에 한 번씩 이 집을 들린다.

"심심하니까 장난 좀 하오."

경희는 앞치마를 치고 마루 끝에 서서 서투른 칼질로 파를 썬다.

"어느 틈에 김치 담그는 것을 다 배우셨어요. 날마다 다니며 보아야 작은 아씨는 도무지 노시는 것을 못 보았습니다. 책을 보시지 않으면 글씨를 쓰시고, 바느질을 아니 하시면 저렇게 김치를 담그시고…… ."

"여편네가 여편네 할 일을 하는 것이 무엇이 그리 신통할 것이 있소."

"작은 아씨 같은 이나 그렇지 어느 여학생이 그렇게 마음을 먹는 이가 있나요.”

떡장사는 무릎을 치며 경희의 앞으로 바짝 앉는다. 경희는 빙긋이 웃는다.

“그건 떡장사가 잘못 안 것이지 여학생은 사람 아니오. 여학생도 옷을 입어야 살고 음식을 먹어야 살 것 아니오?”

“아이구, 그러게 말이지요. 누가 아니래요. 그러나 작은 아씨같이 그렇게 아는 여학생이 어디 있어요?”

“칭찬 많이 받았으니 떡이나 한 스무 냥어치 살까!”

“아이구 어멈을 저렇게 아시네. 떡 팔아 먹을려고 그런 것은 아니예요.”

변덕이 뒤룩뒤룩한 두 뺨의 살이 축 처진다. 그리고 ‘너는 나를 잘못 아는구나’ 하는 원망으로 두둑한 입술이 삐죽한다. 경희는 곁눈으로 보았다. 그 마음을 짐작하였다.

“아니요. 부러 그랬지 칭찬을 받으니까 좋아서…… .”

“아니에요. 칭찬이 아니라 정말이에요.”

다시 정다이 바짝 앉으며 ‘허허…… ’ 너털웃음을 한 판 내쉰다.

“정말 몇 해를 두고 날마다 다니며 보아야 작은 아씨처럼 낮잠 한 번도 주무시지 않고 꼭 무엇을 하시는 아씨는 처음 보았어요.”

“떡장사 오기 전에 자고 떡장사가 가면 또 자는 걸 보지를 못하였지.”

“또 저렇게 우스운 말씀을 하시네. 떡장사가 아무 때나 아침에도 다녀가고 낮에도 다녀가고 저녁때도 다녀가지, 학교에 다니는 학생같이 시간을 맞춰서 다니나요! 응? 그렇지 않소.”

하며 툇마루에서 맷돌에 풀갈고 있는 시월이를 본다. 시월이는,

“그래요. 어디가 아프시기 전에는 한 번도 낮잠 주무시는 일 없어요.”

“여보, 떡장사 떡이 사 쉬면 어찌 하려고 이렇게 한가히 앉아서 이야기를 하오.”

“아니 관계치 않아요.”

떡장사의 말소리는 아무 힘이 없다. 떡장사는 이 작은 아씨가,

“그래서 어쨌소”

하며 받아만 주면 이야기 할 것이 많았다. 저의 집 떡방아 찧던 일꾼에게서 들은, 요새 신문에 어느 여학생이 학교 간다고 나가서는 며칠 아니 들어오는 고로 수색을 해보니까 어느 사내에게 꾀임을 받아서 첩이 되었더란 말이며, 어느 집에는 며느리를 여학생을 얻어왔더니 버선 깁는데 올도 찾을 줄 몰라 모두 삐뚜로 대었더란 말, 밥을 하였는데 반은 태웠더란 말, 날마다 사방으로 쏘다니며 평균 한 마디씩 들어온 여학생의 험담을 하려면 부지기수였다.

그래서 이렇게 신이 나서 무릎을 치고 바짝들어 앉았으나, 경희의 말대답이 너무 냉정하고 점잖으므로 떡장사의 속에서 뻗쳐오르던 것이 어느덧 거품 꺼지듯이 꺼졌다. 떡장사의 마음은 무엇을 잃은 것 같이 공연히 서운하다. 떡바구니를 들고 일어설까말까 하나 어쩐지 딱 일어설 수도 없다. 그래서 떡바구니를 두 손으로 누른 채로 앉아서 모른 체하고 칼질하는 경희의 모양을 아래 위로 훑어도 보고, 마루를 보며 선반 위에 얹힌 소반의 수효도 세어 보고 정신없이 얼빠진 것 같이 앉았다.

“흰떡 댓 냥어치하고 개피떡 두 냥 반어치만 내놓게.”

김 부인은 고운 돗자리 위에서 부채질을 하면서 드러누웠다가 딸 경희가 좋아하는 개피떡하고, 아들이 잘 먹는 흰떡을 내놓으라 하고 주머니에서 돈을 꺼낸다.

떡장사는 멀건이 앉았다가 깜짝 놀라 내놓으라는 떡 수효를 되풀이해 세어서 내놓고는 뒤도 돌아보지를 않고 떡바구니를 이고 나가다가, 다시 이 댁을 오지 못하면 떡을 못팔게 될 생각을 하고,

“작은 아씨 내일 또 와요. 히히히.”

하며 대문을 나서서는 큰 숨을 쉬었다.

생삼팔(生三八) 두루마기 고름을 달고 앉았던 경희의 오라버니댁이며, 경희며, 시월이며 서로 얼굴들을 쳐다보며 말없이 씽긋씽긋 웃는다. 경희는 속으로 기뻐한다. 무엇을 얻은 것 같다. 떡장사가 다시는 남의 흉을 보지 않으리라

생각할 때에 큰 교육을 한 것도 같다. 경희는 칼자루를 들고 앉아서 무슨 생각을 곰곰이 한다.

"참 애기는 못할 것이 없다."

얼굴에 수색(愁色)이 가득하여 시름없이 두 손을 마주잡고 앉았다가 간단히 이 말을 하고는 다시 입을 꾹 다물며 한숨을 산이 꺼지도록 쉬는 한 여인에게는 아무도 모르는 큰 걱정과 설움이 있는 것 같다. 이 여인은 근 이십년 동안이나 이 집과 친하게 다니는 여인이라 경희의 형제들은 아주머니라 하고, 이 여인은 경희의 형제를 자기의 친 조카들 같이 귀애(貴愛)한다. 그래서 심심하여도 이 집으로 오고, 속이 상할 때도 이 집으로 와서 웃고 간다. 그런데 이 여인의 얼굴은 항상 검은 구름이 끼이고 좋은 일을 보든지 즐거운 일을 당하든지 끝에는 반드시 휘─ 한숨을 쉬우는 쌓이고 쌓인 설움의 원인을 알고 보면 누구라도 동정을 아니 할 수 없다.

이 여인은 노년(老年) 과부라 남편을 잃은 후로 애절복통을 하다가 다만 재미를 붙이고 낙(樂)을 삼는 것은 천행만행(千幸萬幸)으로 얻은 유복자 수남(壽男)이가 있음이라. 하루 지나면 수남이도 조금 크고 한 해 지나면 수남이가 한 살이 는다. 겨울이면 추울까 여름이면 더울까 밤에 자다가도 곤히 자는 수남의 투덕투덕한 볼기짝을 몇 번씩 투덕투덕하던 세상에 둘도 없는 귀한 아들은, 어느덧 나이 십육 세에 이르러 사방에서 혼인하자는 말이 끊일 새 없었다.

수남이 어머니는 새로이 며느리를 얻어 혼자 재미를 볼 것이며, 남편이 없이 혼자 폐백 받을 생각을 하다가 자릿속에서 눈물도 많이 흘렸다. 그러나 행여 이렇게 눈물을 흘려 귀중한 아들에게 사위스러울까봐 할 수 있는 대로는 슬픔을 기쁨으로 돌려 생각하고 눈물을 웃음으로 이루려 하였다.

그래서 알뜰살뜰히 돈이며 패물 등속을 며느리 얻으면 주려고 모았다. 유일무이(唯一無二)의 아들을 장가들이는 데는 꺼리는 것도 많고 보는 것도 많았다. 그래 며느리 선을 시어머니가 보면 아들이 가난하게 산다고 하는

고로, 수남이 어머니는 일체 중매에게 맡기고 궁합이 맞는 것으로만 혼인을 정하였다.

새 며느리를 얻고 아들과 며느리 사이에 옥 같은 손녀며 금 같은 손자를 보아 집안이 떠들썩하고 재미가 퍼부을 것을 상상하며 기다리던 며느리는, 과연 오늘의 이 한숨을 쉬게 하는 원수이다. 열일곱에 시집온 후로 팔 년이 되도록 시어머니 저고리 하나도 꿰매어 정다이 드려보지 못한 철천지한을 시어머니 가슴에 안겨 준 이 며느리라. 수남이 어머니는 본래 성품이 순하고 덕스러우므로 아무쪼록 이 며느리를 잘 가르치고 잘 만들려고 애도 무한히 쓰고 남 모르게 복장도 많이 쳤다. 이러면 나을까 저렇게 하면 사람이 될까 하여 혼자 궁구(窮究)도 많이 하고 타이르고 가르치기도 수없이 하였으나, 어제가 오늘 같고 내일도 일반이라, 바늘을 쥐어 주면 곧 졸고 앉았고, 밥을 하라면 죽은 쑤어 놓으나 거기다가 나이가 먹어 갈수록 마음만 엉뚱해 가는 것은 더구나 사람을 기가 막히게 한다.

이러니 때로 속이 상하고 날로 기가 막히는 수남이 어머니는 이 집에 올 때마다 이 집 며느리가 시어머니 저고리를 얌전히 하는 것을 보면, '나는 이 며느리 손에 저렇게 저고리 하나도 얻어 입어 보지 못하나 하며 한숨이 나오고, 경희의 부지런한 것을 볼 때에, '나는 왜 저런 민첩한 며느리를 얻지 못하였는가' 하며 한숨을 쉬는 것은 자연한 인정이리라.

그러므로 이렇게 멀건이 앉아서 경희의 김치담그는 양을 보며, 또 떡장사가 한참 떠들고 간 뒤에 간단한 이 말을 하는 끝에 한숨을 쉬는 그 얼굴은 차마 볼 수가 없다. 머리를 숙이고 골몰히 칼질하던 경희는 이미 아주머니의 설움의 원인을 아는 터라, 그 한숨소리가 들리자 온몸이 찌르르 하도록 동정이 간다.

경희는 이 자극을 받는 동시에 이와 같이 조선(朝鮮) 안에 여러 불행한 가정의 형편이 방금 제 눈앞에 보이는 것 같았다. 경희는 굳게 맹세하였다.

"내가 가질 가정은 결코 그런 가정이 아니다. 나뿐 아니라 내 자손, 내 친구, 내 문인(門人)들이 만들 가정도 결코 이렇게 불행하게 하지 않는다.

오냐, 내가 꼭 한다.”

하였다.

경희는 껑충 뛴다. 안부엌에서 땀을 뻘뻘 흘리며 풀 쑤는 시월이를 따라간다.

“애, 나하고 하자. 부뚜막에 올라앉아서 풀막대기로 저으랴? 아궁이 앞에 앉아서 때랴? 어떤 것을 하였으면 좋겠니? 너 하라는 대로 할 터이니, 두 가지를 다 할 줄 안다.”

“아이구, 그만 두셔요. 더운데.”

시월이는 더운데 혼자 풀을 저으면서 불을 때느라고 끙끙하던 중이다.

“아이구, 이년의 팔자.”

한탄을 하며 눈을 멀건이 뜨고 밀짚을 끌어다 때고 앉았던 때라, 작은 아씨의 이 말 한 마디는 더운 중에 바람 같고, 괴로움에 웃음이다. 시월이는 속으로,

“저녁 진지에는 작은 아씨 즐기시는 옥수수를 어디 가서 맛있는 것을 얻어다가 쪄서 드려야겠다.”

하였다. 마지못하여,

“그러면 불을 때세요. 제가 풀을 저을 것이니…… .”

“그래, 어려운 것은 오랫동안 졸업한 네가 해라.”

경희는 불을 때고 시월이는 풀을 젓는다. 위에서는 ‘푸푸’ ‘부글부글’ 하는 소리, 아래에서는 밀짚이 탁탁 튀는 소리, 마치 경희가 동경(東京) 음악학교 연주회석에서 듣던 관현악주소리 같기도 하다. 또 아궁이 저 속에서 밀짚끝에 불이 댕기며 점점 불빛이 강하게 번지는 동시에 차차 아궁이까지 가까워지자, 또 점점 불꽃이 약해져 가는 것은 마치 피아노 저끝에서 이끝까지 칠 때에 ‘붕붕’ 하던 것이 점점 ‘띵띵’ 하도록 되는 음률과 같아 보인다.

‘열심히 젓고 앉은 시월이는 이러한 재미스러운 것을 모르겠구나’ 하고 제 생각을 하다가, 저는 조금이라도 이 묘한 미감(美感)을 느낄 줄 아는 것이 얼마큼 행복하다고도 생각하였다. 그러나 저보다 몇십백 배 묘한 미감을 느끼

는 자가 있으려니 생각할 때에, 제 눈을 빼어버리고도 싶고, 제 머리를 두드려 바치고도 싶다. 뻘건 불꽃이 별안간 파란 빛으로 변한다. '아 이것도 사람인 가, 밥이 아깝다' 하였다.

경희는 부지중,

"재미도 스럽다."

하였다.

"대체 작은 아씨는 별것도 다 재미있다고 하십니다. 빨래하면 땟국물 흐르 는 것도 재미있다고 하시고, 마루 걸레질을 치시면 아직 안친 한편 쪽 마루의 뿌연 것이 재미있다 하시고, 마당을 쓸면 티끌 많아지는 것이 재미있다고 하시고, 나중에는 무엇까지 재미있다고 하실는지, 뒷간에 구데기 끓는 것은 재미있지 않으셔요?"

경희는 속으로,

"오냐, 물론 그것까지 재미있게 보여야 할 것이다. 그러나 내 눈은 언제나 그렇게 밝아지고, 내 머리는 어느 때나 거기까지 발달될는지 불쌍하고 한심스 럽다."

하였다.

"애, 그런데 말끝이 나왔으니까 말인데, 빨래 언제 하니?"

"왜요? 모레는 해야겠어요."

"그러면 저녁때 늦지?"

"아마 늦을 걸요."

"일찍 끝이 나더라도 개천에 게 살아라. 그러면 건너방 아씨하고 저녁 해 놓을 테니 늦게 돌아와서 잡수어라. 내 손으로 한 밥맛이 어떤가 보아라. 히 히히."

시월이도 같이 웃는다. 어쩌면 사람이 저렇게 인정스러운가 한다.

"누가 나 먹으라고 단 참외나 주었으면 저 작은 아씨 갖다 드리게."

속으로 혼잣말을 한다.

과연 시월이는 그렇게 고마운 소리를 들을 때마다 황송스러워 어찌 할 수가 없다. 그래서 입이 있으나 어떻게 말할 줄도 모르고 다만 작은 아씨가 잘 먹는 과일은 아는지라, 제가 돈이 있으면 사다가라도 드리고 싶으나 돈은 없으므로 사지는 못하되, 틈틈이 어디 가서 옥수수며 살구는 곧잘 구해다가 드렸다. 이렇게 경희와 시월이 사이는 사이가 좋을 뿐 아니라, 이번에 경희가 일본서 올 때에 시월이의 자식 점동(點童)이에게는 큰댁 애기네들보다 더 좋은 장난감을 사다가 준 것은 뼈가 녹기 전까지는 잊을 수가 없다.

"애, 그런데 너와 일할 것이 꼭 하나 있다."

"무엇이예요?"

"글쎄 무엇이든지 내가 하자면 하겠니?"

"아무렴요, 하지요!"

"너, 왜 그렇게 우물뚜껑을 더럽게 해놓니. 도무지 더러워서 볼 수가 없다. 그러니 내일부터 설음질 뒤에는 꼭 날마다 나하고 우물뚜껑을 치우지. 너 혼자만 하라는 것은 아니다. 그렇게 하겠니?"

"네. 제가 혼자 날마다 치우지요."

"아니 나하고 같이 해…… 재미스럽게 하하하."

"또 재미요? 하하하하."

부엌이 떠들썩하다. 안마루에서 들으시던 경희 어머니는 '또 웃음이 시작되었군' 하신다.

"아이 무엇이 그리 우순지 그 애가 오면 밤낮 셋이 몰려다니며 웃는 소리에 도무지 산란해 못 견디겠어요. 젊었을 때는 말똥구르는 것이 다 우습다더니, 그야말로 그런가봐요"

수남 어머니에 대하여 말을 한다.

"웃는 것밖에 좋은 일이 어디 있습니까. 댁에를 오면 산 것 같습니다."

수남 어머니는 또 휘…… 한숨을 쉰다. 마루에 혼자 떨어져 바느질하던 건넌방 색시는 웃음소리가 들리자 한 발에 신을 신고, 한 발에 짚신을 끌며

부엌 문지방을 들어서며,

"무슨 이야기요? 나도…… ."

한다.

3

"마누라, 주무시오?"

이철원은 사랑에서 들어와 안방문을 열고 경희와 김 부인 자는 모기장 속으로 들어선다. 김 부인은 깜짝 놀라 일어나 앉는다.

"왜 그러셔요, 어디가 편찮으셔요?"

"아-니, 공연히 잠이 아니와서…… ."

"왜요?"

이때에 마루 벽에 걸린 자명종은 한 번을 땡 친다.

"드러누워서 곰곰 생각을 하다가 마누라하고 의논을 하러 들어왔소!"

"무얼이오?"

"경희 혼일일 말이오. 도무지 걱정이 되어 잠이 와야지."

"나 역시 그래요."

"이번 혼처는 꼭 놓치지를 말고 해야지 그만한 곳 없소. 그 신랑 아버지 되는 자하고 난 전부터 익숙히 아는 터이니까 다시 알아볼 것도 없고, 당자(當者)도 그만하면 쓰지 별아이 어디 있나. 장자이니까 그 많은 재산 다 상속될 터이고, 또 경희는 그런 대갓집 맏며느리감이지…… ."

"글쎄, 나도 그만한 혼처가 없을 줄 알지마는 제가 그렇게 열길이나 뛰고 싫다는 것을 어떻게 한단 말이요 그렇게 싫다고 하는 것을 억지로 보내었다가 나중에 불길한 일이나 있으면, 자식이라도 그 원망을 어떻게 듣잔 말이오 …… ."

"아……니 불길할 일이 있을 까닭이 있나. 인품이 그만 하겠다, 추수(秋收)를 수천 석 하겠다. 그만하면 그만이지 그러면 어떻게 하잔 말이요 계집애가 열아홉 살이 적소?"

김 부인은 잠잠히 있다. 이철원은 혀를 톡톡 차며 후회를 한다.

"내가 잘못이지, 계집애를 일본까지 보내다니, 계집애가 시집가기를 싫다니 그런 망칙한 일이 어디 있어. 남이 알까봐 무섭지. 벌써 적합한 혼처를 몇 군데 놓쳤으니 어떻게 하잔 말이야…… 아아…… ."

"그러면 혼인을 언제로 하잔 말이오?"

"저만 대답하면 지금이라도 곧 하지. 오늘도 재촉 편지가 왔는데…… 이왕 계집애라도 그만치 가르쳐 놓았으니까 옛날처럼 부모끼리 할 수는 없고 해서, 벌써 사흘째 불러다가 타이르나 도무지 말을 들어 먹어야지. 계집년이 되지 못한 고집은 왜그리 센지, 신랑 삼촌은 기어이 조카 며느리를 삼아야겠다고 몇 번을 그러는지 모르는데…… ."

"그래 무엇이라고 대답하셨소?"

"글쎄, 남부끄럽게 계집애더러 물어본다나 무엇이라나. 그렇지 않아도 큰 계집애를 일본까지 보냈으니 어떠니 하고 욕들을 하는데, 그래서 생각해 본다 고 했지."

"그러면 거기서는 기다리겠소 그래."

"암, 그게 벌써 올 정 월부터 말이 있던 것인데, 동네집 시악시 믿고 장가 못 간다더니…… ."

"아이, 그러면 속히 조만간 결정을 내야겠는데 어떻게 하나. 저는 기어이 하던 공부를 마치기 전에는 죽에도 시집은 아니가겠다 하는데, 그리고 더구나 그런 부잣집에 가서 치맛자락 늘이고 싶은 마음은 꿈에도 없다고 한다오. 그래서 제 동생 시집갈 때도 제 것으로 해놓은 고운 옷은 모두 주었습네다. 비단치마 속에 근심과 설움이 있느니라 한다오. 그 말도 옳긴 옳아."

김 부인은 자기도 남부럽지 않게 이제껏 부귀하게 살아왔으나, 자기 남편이 젊었을 때 방탕하여서 속이 상하던 일과, 철원군수로 갔을 때도 첩이 두셋씩 되어 남몰래 속이 썩던 생각을 하고, 경희가 이런 말을 할 때마다 말은 아니하나 속으로 딴은, '네 말이 옳다' 한 적이 많았다.

"아이 아니꼬운 년, 그러기에 계집애를 가르치면 건방져서 못 쓴단 말이야…… 아직 철을 몰라서 그렇지…… 글쎄 그것도 그렇잖소 오죽한 집에서 혼인을 거꾸로 한단 말이오. 오죽 형이 못났으면 아우가 먼저 시집을 가더란 말이오. 김 판사 집도 우리집 내용을 다 아는 터이니까 혼인도 하자지, 누가 거꾸로 혼인한 집 색시를 데려갈려겠소 아이 이번에는 꼭 해야지…… ."

부인의 말을 들으며 그럴 듯하게 생각하던 이철원은 이 거꾸로 혼인한 생각을 하면 마음이 급자기 졸여진다. 그리고 생각할수록 이번 김 판사집 혼처를 놓치면 다시는 그런 문벌 있고 재산 있는 혼처를 얻을 수가 없는 것 같다. 그래서 두 말할 것 없이 이번 혼인은 강제로라도 시킬 결심이 일어난다. 이철원은 벌떡 일어선다.

"계집애가 공부는 그렇게 해서 무엇해? 그만치 알았으면 그만이지 일본은 누가 또 보내기는 하구? 이번에는 무관내지. 기어이 그 혼처하고 해야지. 내일 또 한 번 불러다가 아니 듣거든 물을 것 없이 곧 해버려야지…… ."

노기(怒氣)가 가득하다. 김 부인은 '그렇게 하시오' 라든지 '마시오' 라든지 무엇이라고 대답할 수가 없다. 다만 시름없이 자기가 풍병(風病)으로 누울 때마다 경희를 시집보내기 전에 돌아갈까봐 아슬아슬하던 생각을 하며,

"딴은 하나 남은 경희를 마저 내 생전에 시집을 보내놓아야 내가 죽어도 눈을 감겠는데."
할 뿐이다.

이철원은 일어서다가 다시 앉으며 나직한 소리로 묻는다.

"그런데 일본 보내서 버리지는 않은 모양이오?"

"아니요. 그 전보다 더 부지런해졌어요. 아침이면 제일 먼저 일어납네다. 그래서 마루 걸레질이며 마당이며 멀쩡게 치워놓지요. 그 뿐인가요. 떡하면 떡방아 다 찧도록 체질해 주지…… 그러게 시월이는 좋아서 죽겠다지요 ……."

김 부인은 과연 경희가 일하는 것을 볼 때마다 큰 안심을 점점 찾았다. 그것은 경희를 일본 보낸 후로는 남들이 비난할 때마다 입으로는 말을 아니하나, 항상 마음으로 염려되는 것은 '경희가 만일에 일본까지 공부를 갔다고 난체를 한다든지, 공부한 위세로 사내같이 앉아서 먹자든지 하면 그 꼴을 어떻게 남이 부끄러워 보잔 말인고' 하고 미상불 걱정이 된 것은, 어머니된 자의 딸을 사랑하는 자연한 정(情)이라.

경희가 일본서 오던 그 이튿날부터 앞치마를 치고 부엌으로 들어갈 때 오래간만에 쉬러온 딸이라 말리기는 하였으나, 속으로는 큰 숨을 쉴만치 안심을 얻은 것이다. 경희 가족은 누구나 다 아는 바와 같이 경희의 마루걸레질, 다락 벽장 치움새는 전부터 유명하였다. 그래서 경희가 서울 학교에 있을 때 일년에 세 번씩 휴가를 오면 으레 다락 벽장이 속속까지 목욕을 하게 되었다.

또 김 부인의 마음에도 경희가 치우지 않으면 아니 맞도록 되었다. 그래서 다락이 지저분하다든지 벽장이 어수선하게 되면 벌써 경희가 올 날이 며칠 아니남은 것을 안다. 그리고 경희가 집에 온 그 이튿날은 경희를 보러오는 사촌 형님들이며 할머니 큰 어머니는 한 번씩 열어보고,

"다락 벽장이 분(粉)을 발랐구나."

하시며,

"깨끗하기도 하다."

하시며 칭찬을 하시었다. 이것이 경희가 집에 오는 그 전날밤부터 기뻐하는 것이고, 경희가 집에 온 제일의 표적이었다.

김 부인은 이번에 경희가 일본서 오면 연년(年年) 세 번씩 목욕을 시켜주던 다락 벽장도 치워주지 아니할 줄만 알았다. 그러나 여전히 집에 도착하면서 부모님에게 인사 여쭙고는 첫 번으로 다락 벽장을 열었다. 그리고 그 이튿날 종일 치웠다. 그런데 이번 경희의 소제법(掃除法)은 전과는 전혀 다르다. 전에 경희의 소제방법은 기계적이었다. 동쪽에 놓았던 제기며 서쪽 벽에 걸린 표주박을 쓸고 문질러서는 그 놓았던 자리에 그대로 놓을 줄만 알았다. 그래서

있던 거미줄만 없고 쌓였던 먼지만 털면 이것이 소제인 줄만 알았다.

그러나 이번 소제방법은 다르다. 건조적(建造的)이고 응용적이다. 가정학에서 배운 질서, 위생학에서 배운 정리, 또 도화(圖畵)시간에 배운 색과 색의 조화, 음악 시간에 배운 장단의 음률을 이용하여, 지금까지의 위치를 전혀 뜯어 고치게 된다. 자기(瓷器)를 도기(陶器) 옆에다가 놓아보고 칠첩반상을 칠기(漆器)에도 담아본다. 주발 밑에는 주발보다 큰 사발을 받쳐도 본다. 흰 은쟁반 위로 노르스름한 전골방아치도 늘어놓아본다. 큰 항아리 다음에는 병(瓶)을 놓는다. 그리고 전에는 컴컴한 다락 속에서 먼지 냄새에 눈살도 찌푸렸을 뿐 아니라 종일 땀을 흘리고 소제하는 것은 가족에게 들을 칭찬의 보수(報酬)를 받으려 함이었다. 그러나 이번에는 이것도 다르다.

경희는 컴컴한 속에서 제 몸이 이리저리 운동케 하는 것이 여간 재미스럽게 생각되지 않았다. 일부러 빗자루를 놓고 쥐똥을 집어 냄새도 맡아보았다. 그리고 경희가 종일 일하는 것은 아무 바라는 보수도 없다. 다만 제가 저 할 일을 하는 것밖에 아무것도 없다. 이렇게 경희의 일동일정(一動一靜)의 내막에는 자각이 생기고 의식적으로 되는 동시에 외형으로 활동할 일은 때로 많아진다. 그래서 경희는 할 일이 많다.

만일 경희의 친한 동무가 있어서 경희의 할 일 중에 하나라도 해준다면 비록 그 물건이 경희의 손에 있다하더라도 그것은 경의의 것이 아니라 동무의 것이다. 이러므로 경희가 좋은 것을 갖고 싶고 남보다 많이 갖고 싶을진대 경희의 힘으로 능히 할 만한 일은 행여나 털끝 만한 일이라도 남더러 해달라고 할 것이 아니다. 조금이라도 남에게 빼앗길 것이 아니다. 아아, 다행이다. 경희의 넙적다리에는 살이 쪘고 팔뚝은 굵다. 경희는 이 살이 다 빠져서 걸을 수가 없을 때까지 팔뚝의 힘이 없어서 늘어질 때까지 할 일이 무한이다. 경희가 가질 물건도 무수하다. 그러므로 낮잠을 한 번 자고 나면 그 시간 자리가 완연히 턱이 난다. 종일 일을 하고 나면 경희는 반드시 조금씩 자라난다. 경희가 갖는 것은 하나씩 늘어난다. 경희는 이렇게 아침부터 저녁까지 얻기 위하여

자라갈 욕심으로 제 힘껏 일을 한다.

이철원도 자기 딸이 일하는 것을 날마다 본다. 또 속으로 기특하게도 여긴다. 그러나 이렇게 자기 부인에게 물어본 것은 이철원도 역시 김 부인과 같이 경희를 자기 아들의 권고에 못 이겨 일본까지 보내었으나 항상 버릴까봐 염려되던 것은 사실이었다. 그러므로 오늘 저녁에 부부가 앉아서 혼처에 대한 걱정이라든지, 그애 버릴까봐 염려하던 것을 안심하는 부모의 애정은 그 두 얼굴에 띠운 웃음 속에 가득하다. 아무러한 지우(知友)며 형제며 효자인들 어찌 부모가 염려, 기뻐하시는 참기쁨 같으리오. 이철원은 혼인하자고 할 곳이 없을까봐 바짝 졸였던 마음이 조금 누그러졌다. 그러나 마루로 내려서며 마른 기침 한 번을 하며, '내일은 세상 없어도 하여야지' 하는 결심의 말은 누구의 명령을 가지고라도 능히 깨뜨릴 수 없을 것같이 보인다.

새벽닭이 새날을 고한다. 까맣던 밤이 백색으로 활짝 열린다. 동창(東窓)의 장지 한 편이 차차 밝아오며 모기장 한 끝으로부터 점점 연두색을 물들인다. 곤히 자던 경희의 눈은 띄웠다. 경희는 또 오늘 종일 제 일을 시작할 기쁨에 취하여 벌떡 일어나서 방을 나선다.

4

때는 바로 오정(午正)이라 안마루에서는 점심상이 벌어졌다. 경희는 사랑에서 들어온다. 시월이며 건넌방 형님은 간절히 점심먹기를 권하나 들은 체도 아니하고 골방으로 들어서며 사방 방문을 꼭꼭 닫는다. 경희는 흑흑 느껴운다. 방바닥에 엎드리기도 하다가 일어나 앉기도 하고, 또 일어나서 벽에다 머리를 부딪친다. 기둥을 불끈 안고 펑펑 돈다. 경희는 어찌할 줄 몰라 쩔쩔 맨다. 경희의 조그마한 가슴은 불같이 타온다. 걸린 수건자락으로 눈물을 씻으며 이따금 하는 말은,

"아이구, 어찌하나…… ."

할 뿐이다.

그리고 '이 집에 있으면 밥이 없어지고 옷이 없어질 터이니까 나를 어서 다른 집으로 쫓으려나 보다' 하는 원망도 생긴다. 마치 이 넓고 넓은 세상 위에 제 조그마한 몸을 둘 곳도 없는 것 같이도 생각된다. '이런 쓸데없고 주체스러운 것이 왜 생겨났나' 할 때마다 그쳤던 눈물은 다시 비오듯 쏟아진다. 누가 와서 만일 말린다 하면 그 사람하고 싸움도 할 것 같다. 그리고 그 사람의 머리를 한 번에 잡아 뽑을 것도 같고, 그 사람의 얼굴에서 피가 냇물과 같이 흐르도록 박박 할퀴고 쥐어 뜯을 것도 같다. 이렇게 사방 창이 꼭꼭 닫힌 조그마한 어두침침한 골방 속에서 이리 부딪고 저리 부딪는 경희의 운명은 어떠한가!

경희의 앞에는 지금 두 길이 있다. 그 길은 희미하지도 않고 또렷한 두 길이다. 한 길은 쌀이 곳간에 쌓이고 돈이 많고 귀염도 받고 밟기도 쉬울 황토(黃土)요, 가기도 쉽고 찾기도 어렵지 않은 탄탄대로이다. 그러나 한 길에는 제 팔이 아프도록 보리방아를 찧어야 겨우 얻어먹게 되고, 종일 땀을 흘리고 남의 일을 해주어야 겨우 몇푼 돈이라도 얻어보게 된다. 이르는 곳마다 천대뿐이오, 사랑의 맛은 꿈에도 맛보지 못할 터이다. 발부리에서 피가 흐르도록 험한 돌을 밟아야 한다. 그 길은 뚝 떨어지는 절벽도 있고 날카로운 산정(山頂)도 있다. 물도 건너야 하고 언덕도 넘어야 하고 수없이 꼬부라진 길이요, 갈수록 험하고 찾기 어려운 길이다. 경희의 앞에 있는 이 두 길 중에 하나를 오늘 택해야만 하고 지금 꼭 정해야 한다. 오늘 택한 이상에는 내일 바꿀 수 없다. 지금 정한 마음이 이따가 급변할 리도 만무하다. 아아, 경희의 발은 이 두 길 중에 어느 길에 내놓아야 할까. 이것은 교사가 가르칠 것도 아니고 친구가 있어서 충고한데도 쓸데없다. 경희 제 몸이 저 갈 길을 택해야만 그것이 오래 유지할 것이고, 제 정신으로 한 것이라야 변경이 없을 터이다. 경희는 또 한 번 머리를 부딪고,

"아이구, 어찌하면 좋은가!"

한다.

경희도 여자다. 더구나 조선 사회에서 살아온 여자다. 조선 가정의 인습에 파묻힌 여자다. 여자란 온량유순(溫良柔順)해야만 쓴다는 사회의 면목(面目)이고, 여자의 생명은 삼종지도(三從之道)라는 가정의 교육이다. 일어서려면 압박하려는 주위(周圍)요, 움직이면 사방에서 들어오는 욕이다. 다정하게 손 붙잡고 충고하는 동무의 말은 열 사람 한 입같이,

"편하게 전(前)과 같이 살다가 죽읍세다."
함이다.

경희의 눈으로는 비단옷도 보고 경희의 입으로는 약식 전골도 먹었다. 아아, 경희는 어느 길을 택하여야 당연한가? 어떻게 살아야만 좋은가? 마치 길가에 탄평으로 몸을 늘려 기어가던 뱀의 꽁지를 지팡이 끝으로 조금 건드리면 늘어졌던 몸이 바짝 오그러지며 눈방울이 대룩대룩하고 뾰족한 혀를 독기있게 자주 내미는 모양같이 이러한 생각을 할 때마다 경희의 몸에 매달린 두 팔이며 늘어진 두 다리가 바짝 가슴속으로 뱃속으로 오그러 들어온다. 마치 어느 장난감 상점에 놓은 대가리와 몸뚱이뿐인 장난감같이 된다. 그리고 십삼 관(貫)의 체중이 급자기 백지 한 장만치 되어 바람에 날리는 것 같다. 또 머릿속은 저도알만치 띵하고 서늘해진다. 눈도 깜빡거릴 줄 모르고 벽에 구멍이라도 뚫을 것 같다. 등에는 땀이 흠뻑 고이고 사지는 죽은 사람과 같이 차디차다.

"아이구, 어찌하면 좋은가…… ."

경희는 벙어리가 된 것 같다. 아무 말도 할 줄 모르고 꼭 한 마디 할 줄 아는 말은 이말뿐이다.

경희는 제 몸을 만져본다. 왼편 손목을 바른편 손으로, 바른편 손목을 왼편 손으로 쥐어본다. 머리를 흔들어도 본다. 크지도 않고 조그마한 이 몸…… 이 몸을 어떻게 서야 할까 , 이 몸을 어디로 향하여야 좋은가…… 경희는 다시 제 몸을 위에서부터 아래까지 훑어본다. 이 몸에 비단 치마를 늘이고 이 머리에 비취옥잠(翡翠玉簪)을 꽂아볼까, 대갓댁 맏며느리 얼마나 위엄스러울까. 새애개 새색시 놀음이 얼마나 재미있을까? 시부모의 사랑인들 얼마나

많을까. 지금 이렇게 천동(賤童)이던 몸이 부모님에게 얼마나 귀염을 받을까. 친척인들 오죽 부러워하고 우러러볼까. 잘못하였다. 아아 잘못하였다. 왜, 아버지가,

"정하자."

하실 때에,

"네."

하지를 못하고,

"안 돼요."

했나. 아아 왜 그랬나. 어떻게 하려고 그렇게 대답을 하였나! 그런 부귀를 왜 싫다고 했나. 그런 자리를 놓치면 나중에 어찌하잔 말인가, 아버지 말씀과 같이 고생을 몰라 그런가보다, 철이 아니나서 그런가보다.

"나중에 후회하리라."

하시더니 벌써 후회막급인가보다. 아아 어찌하나, 때가 더 되기 전에 지금 사랑에 나가서 아버지 앞에 자복(自服)할까보다.

"제가 잘못 생각하였습니다."

고 그렇게 할까? 아니다, 그렇게 할 터이다. 그것이 적당한 길이다. 그리고 귀찮은 공부도 그만둘 터이다. 가지마라시는 일본도 또다시 아니가겠다. 이 길인가보다, 이 길이 밟을 길인가보다. 아, 그렇게 정하자. 그러나…… .

"아이구, 어찌하면 좋은가…… ."

경희의 눈은 말똥말똥하다. 전신이 천근만근이나 되도록 무거워졌다. 머리 위에는 큰 동철(銅鐵) 투구를 들씌운 것같이 무겁다. 오그라졌던 두 팔 두 다리는 어느덧 나와서 척 늘어졌다. 도로 전신이 오그라진다. '어찌하려고 그런 대담스러운 대답을 하였나' 하고

아버지가,

"계집애라는 것은 시집가서 아들딸 낳고 시부모 섬기고 남편을 공경하면 그만이니라."

하실 때에,

"그것은 옛날 말이에요. 지금은 계집애도 사람이라 해요. 사람인 이상에는 못할 것이 없다고 해요. 사내와 같이 돈도 벌 수 있고, 사내와 같이 벼슬도 할 수 있어요. 사내가 하는 것은 무엇이든지 하는 세상이에요."

하던 생각을 하며 아버지가 담뱃대를 드시고,

"뭐 어쩌고 어째. 네까짓 계집애가 하긴 무얼해. 일본가서 하라는 공부는 아니하고 귀한 돈 없애고 그까짓 엉뚱한 소리만 배워가지고 왔어?"

하시던 무서운 눈을 생각하며 몸을 흠찔한다.

과연 그렇다. 나 같은 것이 무얼하나. 남들이 하는 말을 흉내내는 것이 아닌가. 아아 과연 사람 노릇하기가 쉬운 것이 아니다. 남자와 같이 모든 것을 하는 여자는 평범한 여자가 아닐 터이다. 사천 년 내의 습관을 깨뜨리고 나서는 여자는 웬만한 학문, 여간한 천재가 아니고서는 될 수 없다. 나폴레옹 시대에 파리의 전 인심을 움직이게 하던 슬라루 부인과 같은 미묘한 이해력, 요설(饒舌)한 웅변(雄辯), 그런 기재(機才)한 사회적 인물이 아니고서는 될 수 없다. 달필(達筆)의 논문가(論文家), 명쾌한 경제서(經濟書)의 저자로 이름을 날린 영국 여권론의 용장(勇將) 횟드 부인과 같은 어론(語論)에 정경(精勁)하고 의지가 강고(強固)한 자가 아니고는 될 수 없다. 아아 이렇게 쉽지 못하다. 이만한 실력, 이러한 희생이 들어야만 되는 것이다.

경희가 이제껏 배웠다는 학문을 톡톡 털어 보아도 그것은 깜짝 놀랄만치 아무것도 없다. 남이 제 앞에서 춤을 추고 노래를 하나 참으로 좋아할 줄을 모르고, 진정으로 웃어줄 줄을 모르는 백치(白痴) 같은 감각을 가졌다. 한마디 대답을 하려면 얼굴이 벌게지고 어서(語序)를 찾을 줄 모르는 둔설(鈍舌)을 가졌다. 조금 괴로우면 싫어, 조금 맞기만 하여도 통곡을 하는 못된 억병(臆病)이 있다. 이 사람이 이러는 대로 저 사람이 저러는 대로, 동풍이 부는 대로 서풍이 부는 대로 쏠리고 따라가도 고칠 수 없이 애약(哀弱)한 의지가 들어 앉았다. 이것이 사람인가. 이것을 가진 위인이 사람 노릇을 하잔 말인가. 이까짓 남들 다 하는 ㄱㄴ쯤의 학문으로, 남들 다 지을 줄 아는 삼시 밥먹을 때 오른손에 숟가락 잡을 줄 아는 것쯤으로는 벌써 틀렸다. 어림도 없는 허영심이다. 만일 고금(古今) 사업가의 각 부인들이 알면 코웃음을 웃을 터이다. 정말 엉뚱한 소리다.

"아이구, 어찌하면 좋은가…… ."

여기까지 제 몸을 반성한 경희의 생각에는 저를 맏며느리로 데려가려는 김 판사집도 딱하다. 또 저 같은 천치가 그런 부귀한 집에서 데려갈려면 고개를 숙이고 '네네' 소녀를 바치며 얼른 가야 할 것이 당연한 일인데, 싫다고 하는 것은 제가 생각하여도 괘씸한 일이다. 그리고 아버지며 어머니며 그의 여러 친척 할머니 아주머니가 저를 볼 때마다 시집 못 보낼까봐 걱정들을 하는 것이 당연한 일인 것도 같다.

경희는 이제까지 비녀 쪽진 부인들을 보면 매우 불쌍히 생각하였다.

"저것이 무엇을 알고 저렇게 어른이 되었나. 남편에게 대한 사랑도 모르고 기계같이 본능적으로만 저렇게 금수와 같이 살아가는구나. 자식을 귀애(貴愛) 하는 것은 밥이나 많이 먹이고 고기나 많이 먹일 줄만 알았지, 좋은 학문을 가르칠 줄은 모르는구나. 저것도 사람인가."

하는 교만한 눈으로 보아왔다.

그러나 웬일인지 오늘은 그 부인네들이 모두 장하게 보인다. 설거지 하는 시월이 머리에도 비녀가 쪽져진 것이 저보다 훨씬 나은 것도 같이 보인다. 담 사이로 농민의 자식들의 우는 소리가 들리는 것도 저보다 훨씬 나은 딴 세상 같다. 아무리 생각하여도 저는 저 같은 어른이 될 수 없을 것 같고, 제 몸으로는 저와 같은 아이를 낳을 수가 없는 것 같다.

"저와 같이 이렇게 가기 어려운 시집을 어쩌면 그렇게들 많이 갔고, 저와 같이 이렇게 어렵게 자식의 교육을 이리저리 궁구하는 것을 저렇게 쉽게 잘들 살아가누."

생각을 한즉, 저는 아무것도 아니다. 그 부인들은 자기보다 몇십 배 낫다.

"어떻게 저렇게들 쉽게 비녀들을 쪽찌게 되었나? 어쩌면 저렇게 자식들을 많이 낳아가지고 구순히들 잘사누 참 장하다."

경희는 생각할수록 그네들이 장하다. 그리고 저는 이렇게도 시집가기가 어려운 것이 도무지 이상스럽다.

"그 부인네들이 장한가? 내가 장한가? 이 부인네들이 사람일까? 내가 사람일까?"

이 모순이 경희의 깊은 잠을 깨우는 큰 번민이다.

"그러면 어찌하여야 장한 사람이 되나."

하는 것이 경희의 머리가 무거워지는 고통이다.

"아이구, 어찌하나. 내가 그렇게 될 줄 알았을까…… ."

한 마디가 늘었다. 동시에 경희의 머리 끝이 우쩍 위로 올라간다. 그리고 경희의 뻔뻔한 얼굴, 넙적한 입, 길쭉한 사지의 형상이 모두 스러지고 조그마한 밀짚 끝에 깜짝깜짝하는 불꽃 같은 무엇이 바람에 떠 있는 것 같다. 방안은 후끈후끈하다. 부지중에 사방 창을 열어 제쳤다.

뜨거운 강한 광선이 별안간에 왈칵 대드는 것은 편싸움꾼의 양편이 육모방망이를 들고,

"자…… ."

하며 대드는 것 같이 깜짝 놀랄만치 강하게 쪼여 들어온다. 오색이 혼잡한 백일홍 활련화(活年花) 위로는 연락부절(連絡不絶)하게 호랑나비 노랑나비가 오고가고 한다. 배나무 위에 까치 보금자리에는 까만 새끼 대가리가 들락날락하며, 어미 까치가 먹을 것을 가지고 오는 것을 기다리고 있다. 댑싸리 그늘 밑에는 탑실개가 쓰러져 쿨쿨 자고 있다. 그 배는 불룩하다. 울타리 밑으로 굼벵이 잡으러 다니는 어미닭의 뒤로는 대여섯 마리의 병아리가 줄줄 따라간다. 경희는 얼빠진 것같이 멀건이 앉아서 보다가 몸을 일부러 움직이었다.

"저것! 저것은 개다. 저것은 꽃이고 저것은 닭이다. 저것은 배나무다. 그리고 저기 매달린 것은 배다. 저 하늘에 뜬 것은 까치다. 저것은 항아리고 저것은

절구다.”

이렇게 경희는 눈에 보이는 대로 그 명칭을 불러 본다. 옆에 놓인 머릿장도 만져 본다. 그 위에 개어서 얹은 명주이불도 쓰다듬어 본다.

“그러면 내 명칭(名稱)은 무엇인가? 사람이지! 꼭 사람이다.”

경희는 벽(壁)에 걸린 체경(體鏡)에 제 몸을 비추어 본다. 입도 벌려 보고 눈도 끔적여 본다. 팔도 들어보고 다리도 내어놓아 본다. 분명히 사람 모양이다. 그리고 드러누운 탑실개와 굼벵이 찍으러 다니는 닭과 또 까치와 저를 비교해 본다. 저것들은 금수(禽獸), 즉 하등동물(下等動物)이라고 동물학에서 배웠다. 그러나 저와 같이 옷을 입고 말을 하고 걸어다니고 손으로 일하는 것은 만물의 영장인 사람이라고 배웠다. 그러면 저도 이런 귀한 사람이로다.

아아 대답 잘했다. 아버지가,

“그리로 시집가면 좋은 옷에 생전 배불리 먹다 죽지 않겠니?”

하실 때에 그 무서운 아버지 앞에서 평생 처음으로 벌벌 떨며 대답하였다.

“아버지, 안자(顔子)의 말씀에도 일단사(一簞食)와 일표음(一瓢飮)에 낙역재기중(樂亦在其中)이라는 말씀이 없습니까? 먹고만 살다 죽으면 그것은 사람이 아니라 금수(禽獸)이지요. 보리밥이라도 제 노력으로 제 밥을 제가 먹는 것이 사람인 줄 압니다. 조상이 벌어놓은 밥 그것을 그대로 받은 남편의 그 밥을 또 그대로 얻어먹고 있는 것은 우리집 개나 일반(一般)이지요.”

하였다. 그렇다. 먹고 죽으면 그것은 하등동물이다. 더구나 제 손가락 하나 움직이지 않고 조상의 재물을 받아가지고 제가 만들기는 둘째쳐놓고 받은 것도 쓸 줄 몰라 술이나 기생에게 쓸데없이 낭비하는 사람이 아니라 금수와 같이 배 두드리다가 죽는 부자들의 가정에는 별별 비참한 일이 많다. 태(殆)히 금수와 구별할 수도 없는 일이 많다. 그런 자는 사람의 가죽을 잠깐 빌어다가 쓴 것이지 조금도 사람이 아니다. 저 댑싸리 그늘 밑에 드러누우려 하여도 개가 비웃고 그 자리가 아깝다고 할 터이다.

그렇다. 고(苦)로움이 지나면 낙(樂)이 있고 울음이 다하면 웃음이 오고

하는 것이 금수와 다른 사람이다. 금수가 능(能)치 못한 생각을 하고 창조를 해내는 것이 사람이다. 사람이 번 쌀, 사람이 먹고 남은 밥찌꺼기를 바라고 있는 금수, 주면 좋다는 금수와 다른 사람은 제 힘으로 찾고 제 실력으로 얻는다.

이것은 조금도 모순이 없는 사람과 금수와의 차별이다. 조금도 의심없는 진리이다.

경희도 사람이다. 그 다음에는 여자다. 그러면 여자라는 것보다 먼저 사람이다.

또 조선사회의 여자보다 먼저 우주안 전인류의 여성이다. 이철원 김 부인의 딸보다 먼저 하나님의 딸이다. 여하튼 두말 할 것 없이 사람의 형상이다. 그 형상은 잠깐 들씌운 가죽뿐 아니라 내장의 구조도 확실히 금수가 아니라 사람이다.

"오냐, 사람이다. 사람으로 보이지 않는 험한 길을 찾지 않으면 누구더러 찾으라 하리! 산정(山頂)에 올라서서 내려다보는 것도 사람이 할 것이다. 오냐, 이 팔은 무엇하자는 팔이고 이 다리는 어디 쓰자는 다리냐?"

경희는 두 팔을 번쩍 들었다 두 다리로 껑충 뛰었다.

빤빤한 햇빛이 스르르 누그러진다. 남치맛빛 같은 하늘빛이 유연(油然)히 떠오른 검은 구름에 가리운다. 남풍이 곱게 살살 불어 들어온다. 그 바람에는 화분(花粉)과 향기가 싸여들어온다. 눈앞에 번개가 번쩍번쩍하고 어깨 위로 우뢰소리가 우루루루 한다. 조금 있으면 여름 소나기가 쏟아질 터이다.

경희의 정신은 황홀하다. 경희의 키는 별안간 엿 늘어지듯 부쩍 늘어진 것 같다. 그리고 목(目)은 모든 얼굴을 가리우는 것 같다. 그대로 푹 엎드리어 합장으로 기도를 올린다.

하나님! 하나님의 딸이 여기 있습니다. 아버지! 내 생명은 많은 축복을 가졌습니다.

보십시오! 내 눈과 내 귀는 이렇게 활동하지 않습니까?
하나님! 내게 무한한 광영(光榮)과 힘을 내려 주십시오
내게 있는 힘을 다하여 일하오리다.
상(賞)을 주시든지 벌(罰)을 내리시든지 마음대로 부리시옵소서.

■ 연습문제 ■

1) 작가에 대하여 알아 보자.
2) <경희>와 평강공주의 삶을 비교해 보자.
3) <경희>의 성장과정을 살펴 보자.
4) 이 작품을 시대와 연관시켜 살펴 보자.

5. 낙랑공주와 호동왕자

고구려 대무신왕(大武神王) 4월에 왕자 호동(好童)이 옥저(沃沮)를 유람하고 있었다. 마침 낙랑(樂浪)의 왕 최이(崔理)가 여기에 나왔다가 호동을 만나게 되어, 왕은 호동에게 물었다.

"그대의 얼굴을 보니 보통사람 같지 않은데, 혹 고구려 대무신왕의 아들이 아닌가?"

하고 최이는 마침내 호동을 데리고 함께 낙랑으로 돌아와 그의 딸을 호동의 아내로 맞게 했다.

뒤에 호동은 고구려로 돌아왔다. 호동은 몰래 사람을 최씨녀에게 보내어 말했다.

"만약 그대 나라의 무고(武庫)에 들어가 고각(鼓角)을 부순다면, 내가 곧 예로써 그대를 맞을 것이나, 그렇지 않으면 맞지 않을 것이오."

낙랑에는 고각이 있는데, 만약 적병이 오면 스스로 울기 때문에 이를 깨뜨려 버리라고 한 것이었다. 이 말을 들은 최씨녀는 날카로운 칼을 가지고 가만히 무고 속에 들어가 고각을 부숴버리고 말았다. 그리고는 이 사실을 호동에게 알렸다. 호등은 즉시 왕에게 낙랑을 습격해 들어가도록 권했다.

이때 최이는 고각이 울지 않으므로 방비를 하지 않고 있다가, 고구려 군사가 성 아래까지 당도하여 엄습한 뒤에야 고각이 부서진 것을 알았다. 최이는 곧 고각을 부순 딸을 죽이고 나와 항복했다.(혹자는 말하기를 "낙랑을 쳐 없애기 위하여 드디어 혼인하기를 청하여 그의 딸을 데려다가 며느리를 삼은 다음 그를 본국에 돌려보내서 그 병기를 파괴하게 하였다"고 한다)

겨울 11월에 왕의 아들 호동이 자살했다. 호동은 왕의 둘째왕비인 갈사왕(曷思王)의 손녀 소생이었다. 그의 얼굴이 아름답고 곱게 생겨서 왕이 매우 귀여워하였기 때문에 호동이라고 불렀다. 맏왕비는 호동이 종통을 빼앗아 태

자가 될까 염려하여 왕에게 참소하여 말하기를,

"호동은 나를 무례하게 대접하여 간통하려는 위험이 있다."

고 하니 왕이 말하기를,

"너는 호동이 다른 사람의 소생이라 하여 미워하느냐?"

하였다. 맏왕비는 왕이 자기의 말을 믿지 않음을 알고 화가 장차 자기에게 미칠 것을 두려워하여 그만 울면서 말하였다.

"청컨대 대왕께서 가만히 지켜보소서. 만약 이런 일이 없다면 내 자신이 처단을 받겠습니다."

이 때에는 왕이 호동을 의심하지 않을 수 없어서 그에게 죄를 주려 하였다. 누가 호동에게 말하기를,

"그대는 왜 자신이 해명하지 않는가?"

하니 호동이 대답하기를,

"내가 만일 해명한다면 이것은 어머니의 죄악을 드러내는 것이며 왕에게 근심을 끼치는 것이니, 어찌 효성이라 할 수 있겠는가?"

하고 곧 칼을 물고 엎어져 죽었다.

> 저자의 평 : 이제 왕은 참소하는 말을 믿어 죄없는 사랑하는 아들을 죽였으니, 그의 어질지 못함은 족히 말할 것도 없다. 그러나 호동에게도 죄가 없을 수 없다. 왜냐하면 자식이 아비에게서 꾸지람을 들었을 때는 응당 순(舜)이 고수(瞽瞍)에게 하듯이, 조금 때리면 맞고 크게 때리면 피하여 아비로 하여금 옳지 못한 데로 빠져들어 가지 않도록 해야 할 것이다. 호동은 이러한 방향에로 나갈 줄 모르고 죽지 않을 일에 죽었으니, 이것은 사소한 체면을 차리기에 구애되어 대의를 알지 못했다고 할 수 있으니, 호동은 옛날 공자(公子) 신생(申生)[2]의 행동에나 비할까?

- 『삼국사기』 권14 -

---

2) 중국 전국시대 진(晋)나라 헌공의 아들인데 진후의 애첩 여희가 헌공의 식사에 독약을 넣고 이것을 공자 신생이 한 것으로 참소했는데, 신생은 신성으로 도망하여 목을 찔러 죽었다.

1) 호동 왕자와 낙랑 왕의 성격을 비교해 보자.
2) 낙랑공주와 호동왕자의 삶을 살펴 보자.
3) 호동왕자의 가족관계를 살펴 보자.
4) '호동왕자의 자살'에 대한 자신의 생각을 정리해 보자.

6. 효녀 지은

효녀 지은(知恩)은 한기부(韓岐部) 연권(連權)의 딸이다. 그 성품이 지극히 효성스러웠다. 그는 어려서 아버지를 여의고 홀로 그 어머니를 봉양하며, 나이 서른 두 살이 되었는데도 오히려 시집을 가지 않고 밤낮으로 어머니의 곁을 떠나지 않았다. 그러나 집이 가난하여 잘 봉양할 수 없게 되자, 지은은 남의 일도 하여 주고, 혹은 이집 저집 돌아다니며 밥을 빌어오기도 하여 어머니를 봉양했다. 그러나 날이 갈수록 곤궁함을 이기지 못하여 드디어는 부잣집에 청하여 몸을 팔아 그 집 종이 되고, 그 값으로 쌀 10 여석을 얻기로 했다.

이때부터 효녀 지은은 그 부잣집에서 하루 종일 일을 해주고 날이 저물어서야 집으로 돌아와 밥을 지어 어머니를 봉양했다. 이렇게 3,4일을 지낸 어느 날, 어머니가 딸을 보고 말했다.

"지난날에는 먹는 것이 맛이 있더니, 요사이는 밥은 비록 좋으나 맛이 좋은 줄 모르겠고, 간장(肝腸)을 칼로 찌르는 것과 같으니, 이것이 무슨 까닭이란 말이냐?"

이 말을 들은 지은은 사실대로 말씀을 드렸다. 딸의 얘기를 듣고 난 어머니는,

"나 때문에 네가 남의 종이 될 바에야 차라리 내가 빨리 죽는 것만 같지 못하다."

하고 소리를 내어 크게 통곡하는 것이었다. 딸도 또한 통곡하니, 길가는 사람들도 슬픔을 느끼게 했다.

이에 효종랑(孝宗郎)이 나와 놀다가 이것을 보았다. 그는 집으로 돌아와서 부모에게 청하여 집에 있는 조 1백 석과 의복을 보내주고, 또 효녀 지은을 종으로 산 주인에게 곡식을 변상하여 주어 양민이 되게 했다. 이를 본 낭도(郎徒) 몇 천 명도 각각 조 1 석씩을 거두어 보내게 되었다.

  왕도 이 소식을 듣고 벼 5백 석과 집 한 채를 하사하고, 정역(征役)의 구실을 면제시켜 주었다. 또 곡물이 많아서 나쁜 도적들이 있을까 하여 유사(有司)에게 명하여 군사를 보내어 당번으로 지키도록 했다. 그 마을을 표방하여 '효양방(孝養坊)'이라 했다.

- 『삼국사기』 권48 -

▨ 연습문제 ▨

1) 지은의 '효행'에 대하여 생각해 보자.
2) <아이를 묻은 손순>의 효와 비교해 보자.
3) 효의 현대적 의미를 생각해 보자.

7. 설씨녀

설씨녀는 신라 율리의 민가 여자다. 비록 구차하고 문벌이 없는 고단(孤單)한 집안에 태어났으나, 안색이 단정하고 지조와 행실이 수양되어 보는 이마다 곱다고 하지 않는 사람이 없었다. 그러나 감히 그를 범하지는 못했다.

진평왕 때 설씨녀의 아버지는 늙은 몸으로 정곡을 지키는 당번으로 가게 되었다. 설씨녀는 늙고 병약한 아버지를 차마 멀리 보낼 수 없었으나, 여자의 몸이라서 함께 가서 모실 수 없음을 한탄하면서 스스로 수심 속에 싸여 있었다.

이때 사량부에 사는 가실이란 소년이 있었다. 그는 비록 집이 가난하고 또한 볼품도 없었지만, 그 뜻을 수양한 곧은 남자였다.

그는 일찍부터 설씨녀의 아름다운 자태를 좋아했으나 감히 말을 못하고 있던 중이었다. 설씨녀의 늙은 아버지가 군대를 따라 간다는 말을 듣고 마침내 설씨녀를 찾아가서 청했다.

"나는 비록 나약한 사람이지만 일찍부터 의지와 기개를 자부하고 있소. 원컨대 불초한 몸이나 아버님의 병역을 대신하려 하오."

설씨녀는 매우 기뻐하며 안으로 들어가서 아버지께 이를 알렸다. 설씨녀의 아버지는 가실을 불러 보고 말했다.

"듣건대 그대가 늙은 내가 갈 것을 대신한다 하니, 기쁘고 송구스러운 마음을 이길 수가 없네. 그대의 소원대로 은혜를 갚고 싶으니 어리석고 천해도 버리지 않는다면 내 어린 딸을 아내로 맞음이 어떤가?"

가실은 두 번 절하고 말했다.

"감히 바라지 못할 일이오나 이는 제가 원하던 바였습니다."

이에 가실이 물러 나와 혼인 날짜를 결정하자고 청하니, 설씨녀는 말했다.

"혼인이란 인륜대사이므로 창졸히 할 수는 없는 것입니다. 내 이미 마음을 허락했으니, 죽는 한이 있더라도 이를 어기지는 않을 것입니다. 원컨대 그대는 방어하는 곳으로 나가십시오. 임무를 마치고 교대하고 돌아온 뒤 택일하여 성례를 해도 늦지 않을 것입니다.”

말을 마치자 그는 곧 거울을 꺼내어 반을 갈라서 각각 한 쪽씩 나눠 가지며 말했다.

“이것을 신표로 하는 것이오니, 훗날 꼭 이를 합쳐 보도록 합시다.”

가실에게는 말 한 필이 있었다. 가실은 설씨녀를 보고 말했다.

“이 말은 천하에 드문 양마(良馬)로 훗날 반드시 쓸 데가 있을 것이오. 이제 내가 간 뒤에는 기를 사람이 없으니, 청컨대 그대가 이 말을 맡아서 길러 주오.”

그들이 작별의 인사를 나눈 뒤, 가실은 마침내 목적지를 향해 떠났다.

그런데 나라에서는 연고가 있어 제때에 사람을 뽑아 보내어 교대를 시키지 않았다. 그래서 가실은 6년이나 근무했으나 돌아오지를 못했다.

이에 설씨녀의 아버지는 딸에게 일렀다.

“애초에 3년 기한을 하고 떠났는데 이제 이미 그 기간이 훨씬 지났으니, 다른 사람에게 시집가는 것이 좋을 듯하다.”

설씨녀는 아버지의 말을 듣자 이렇게 대답했다.

“본디 아버님을 편안하게 해드리기 위해여 억지로 가실과 약혼을 했던 것입니다. 가실은 이를 믿었으므로 오랫동안 군대에 가 굶주림과 추위에 고생하고 있습니다. 더구나 적의 경계에 접해 있기 때문에 손에서 병장기를 놓을 사이도 없고, 호구(虎口) 앞에 가까이 있는 것과 같아서 늘 적에게 씹힐까 걱정입니다. 그런 터에 신의를 저버리고 언약을 지키지 않는다면 이 어찌 사람의 정의(情誼)라 하겠습니까? 그런 까닭으로 감히 아버님의 명을 좇지 못하겠사오니, 청컨대 두 번 다시 이 말씀은 하시지 않도록 해주십시오.”

그러나 아버지는, 자기는 이미 늙어 나이가 90세에 이르고, 또 딸의 나이가 차서 배우지가 없을까 걱정이 되어, 그는 강제로라도 딸을 시집보내려고 몰래 마을 사람과 혼인을 정하고 잔칫날을 잡아 그 사람을 불러들이려 했다.

　이를 안 설씨녀는 굳게 거절하고 몰래 도망하려 하였다. 그러나 뜻을 이루지 못했다. 그녀는 외양간에 이르러 가실이 두고 간 말을 보고 크게 탄식하며 눈물을 흘리고 있었다.

　이때 마침 가실이 돌아왔다. 그러나 형상이 마치 해골처럼 마르고 옷이 남루하여 집안사람들은 그를 알아보지 못하고 딴 사람이라고 말했다. 가실은 곧 앞으로 나아가 몸에 지녔던 깨진 거울 조각을 던졌다. 설씨녀는 이를 받아 들고 기쁨에 넘쳐 소리내어 우니, 그의 아버지와 집안사람들도 기뻐하며, 마침내 새로 날을 잡아 혼인하여 백년해로하였다.

- 『삼국사기』 권48 -

▓　연습문제　▓

1) 설씨녀와 '효녀 지은'의 삶을 비교해 보자.
2) 가실의 행위를 살펴 보자.
3) '거울'의 의미를 생각해 보자.

8. 도미의 아내

　도미(都彌)는 백제 사람이다. 비록 미천한 백성이었으나, 자못 의리를 아는 사람이었다. 그의 아내 또한 용모가 아름답고 절개를 지켜 사람들의 칭찬을 받았다.

　이때 개루왕(蓋婁王)이 이 이야기를 듣고 도미를 불러 말했다.

　"무릇 부인의 덕은 비록 정절을 위주로 한다고 하나, 만약 어둡고 사람이 없는 곳에서 교묘한 말로 꾀면 능히 그 마음이 움직이지 않는 자가 없을 것이다."

고 하자, 도미는 대답했다.

　"사람의 마음은 가히 헤아릴 수 없는 것이기는 하오나, 신의 아내만은 비록 죽는 일이 있더라도 두 마음을 갖지 않을 사람이옵니다."

하니 왕은 도미 아내의 마음을 시험해 보고 싶었다. 왕은 일을 만들어 도미를 궁궐에 잡아두고, 측근 신하 한 사람을 왕처럼 꾸며 왕의 의복을 입혀서 말을 태워 도미의 집으로 보냈다.

　그 신하는 밤에 도미의 집에 당도하여 먼저 사람을 시켜 왕이 왔다고 알리고는, 도미의 아내를 불러 말했다.

　"내 너의 용모가 아름답다는 말을 듣고, 너를 좋아한 지 오래다. 이제 도미와의 내기에 내가 이겨 너를 얻게 되었다. 내일 너를 궁인(宮人)으로 만들게 했으니, 이후부터 네 몸은 나의 것이 되었도다."

하고는 드디어 왕은 도미의 아내를 범하려 하자 그녀는 말했다.

　"국왕께서는 망령된 말씀이 없으실 줄 아옵는데, 감히 순종치 않겠사옵니까? 청컨대 대왕께서는 먼저 방으로 들어가옵소서. 옷을 갈아입고 곧 들어가 모시겠사옵니다."

　도미의 아내는 물러 나와 한 계집종을 자기처럼 꾸며가지고 모시게 했다.

왕은 나중에 자기가 속은 것을 알고 크게 노하여 도미를 애매한 죄로 몰아 다스려, 마침내 그의 두 눈동자를 뺀 후 사람을 시켜 그를 작은 배에 실어 강물 위에 띄워버렸다. 그렇게 한 후 왕은 도미의 아내를 궁궐로 끌어들여 강제로 간음하려 하니, 도미의 아내는 말했다.

"남편을 이미 잃고 다만 혼자 몸이 되고 보니, 능히 스스로 살 수가 없을 것 같습니다. 더구나 대왕을 모시게 된 바에 어찌 감히 명을 받들지 않겠사옵니까? 그러하오나 지금은 마침 경도로 온 몸이 더러우니, 청컨대 다른 날을 기다려 깨끗하게 목욕을 한 다음 모시러 오겠나이다."

왕은 그 말을 믿고 이를 허락했다.

도미의 아내는 마침내 도망하여 강가에 이르렀다. 그러나 배가 없어 능히 강을 건너지 못하고 하늘을 우러러 통곡했다. 그러자 갑자기 조각배 한 척이 나타나 물결을 따라 오고 있었다.

그녀는 이 배를 타고 천성도(泉城島)에 이르러 도미를 만났는데, 아직 죽지 않고 살아있었으므로 풀뿌리를 파서 먹으며 굶주림을 면했다.

그들이 함께 배를 타고 고구려의 산산(蒜山) 밑에 이르자, 고구려 사람들이 이를 불쌍히 여기고 옷과 밥을 주었다. 그들은 마침내 그곳에서 살면서 생을 마쳤다.

- 『삼국사기』 권48 -

■ 연습문제 ■

1) 도미와 도미 아내의 삶을 정리해 보자.
2) 왕의 행위를 살펴 보자.
3) '미래의 부부'에 대한 자신의 생각을 정리해 보자.

1. 김춘추와 선도해

신라 선덕여왕(善德女王) 11년에 백제가 대량주(大梁州)를 침공해 와 신라군이 패했다. 이 싸움에서 김춘추(金春秋)의 딸 고타소랑(古陁炤娘)과 그 남편 품석(品釋)이 함께 전사했다.

춘추는 이를 원통히 여겨 고구려의 군사를 청하여 백제에게 원수를 갚으려 하니, 왕은 이를 허락했다.

춘추가 고구려로 떠날 즈음, 김유신에게 말하였다.

"나는 공과 한 마음 한 몸으로 나라의 팔다리가 되어 왔소. 이제 내가 고구려에 들어갔다가 해를 입는다면 공이 무심하지는 않겠지요?"

유신은 대답했다.

"공이 만일 고구려에 갔다가 돌아오지 않으면 나의 말발굽이 반드시 고구려와 백제 두 나라 궁정을 짓밟아 버릴 것이오. 이와 같이 아니하고서야 장차 무슨 면목으로 나라 사람들을 볼 수 있으리오."

이에 춘추는 기뻐하며 유신과 서로 손가락을 깨물어 피를 내어 맹세했다.

춘추는,

"내 계획한 날짜로 60일이면 돌아올 것 같소. 그러나 만약 이때에 돌아오지 않으면 곧 다시 볼 기약이 없을 것이오."

하고 서로 작별했다. 그 뒤에 유신은 압양주(押梁州)의 군주(軍主)가 되었다.

춘추는 사간(沙干) 훈신(訓信)과 함께 고구려를 향해 떠나, 대매현에 이르니, 현인(縣人) 사간 두사지(豆斯支)가 청포(靑布) 3백 보(步)를 기증했다.

춘추가 고구려로 들어가니, 고구려왕은 태대대로(太大對盧) 개금(蓋金)을 보내어 춘추공을 맞아들이게 하고, 또 성대한 잔치를 베풀어 극진히 대접했다.

그런데 고구려의 어떤 사람이 왕에게 아뢰기를,

"신라의 사자는 보통사람이 아니옵고, 그가 지금 온 것은 우리나라의 형세를 염탐하러 온 것으로 보입니다. 왕께서는 그를 죽여 후환이 없게 하십시오.”
하자 왕은 그 말을 좇아 엉뚱한 질문으로 대답하기 곤란하게 만들어서 욕을
보이려고 하였다.

왕은 말했다.

“마목현(麻木峴)은 죽령(竹嶺)과 함께 본디 우리나라의 땅이요. 만약 이를
돌려주지 않으면 돌아갈 수 없을 것이오.”
하니 춘추가 대답하기를,

“나라의 땅을 한 신하가 마음대로 할 수 없으므로 감히 명령을 받을 수
없습니다.”
하니 왕은 크게 노하여 그를 옥에 가두고 죽이고자 했으나 그 뜻을 이루지
못했다.

이때 춘추는 먼저 사간 두사지에게서 받아가지고 온 청포 3백 보를 비밀히
왕의 충신 선도해(先道解)에게 선물했다. 도해는 성찬을 갖추어 가지고 와서
함께 술을 마셨다. 술이 취하자 도해는 농담 삼아 춘추에게 말했다.

“그대는 일찍이 거북과 토끼의 이야기를 듣지 못하였소?”

그러면서 그가 춘추에게 들려준 이야기는 이러했다.

옛날에 동해 용왕의 딸이 심장병이 들어서 앓고 있었는데, 의사의 말이
토끼의 간을 얻어서 약을 지어 써야만 치료할 수 있을 것이라고 했다. 그러나
바다 가운데에 토끼가 있을 리 없으므로 어떻게 할 도리가 없었다.

이때 한 거북이가 용왕에게 아뢰기를,

“제가 능히 토끼의 간을 구해올 것입니다.”
하고 거북은 마침내 육지로 올라가서 토끼를 만나 말했다.

“바다 가운데에 한 섬이 있는데 샘물이 맑고 돌도 깨끗하며, 숲이 무성하고
좋은 과실도 많이 열린다. 또 그곳은 춥지도 덥지도 않고 매나 독수리 같은
것들이 감히 침범할 수 없는 곳이다. 만약 그곳에 가면 편안하게 살 수 있어,
아무런 근심도 없을 것이다.”

하고 토끼를 꾀어, 거북이는 토끼를 등에 업고 바다에 떠서 용궁을 향하여 한 2,3 리쯤 가다가 토끼를 돌아보고 말했다.

"사실은 지금 용왕의 따님이 병환이 나서 앓고 있는데 꼭 토끼의 간을 약으로 써야 낫겠다고 하는 까닭에, 내가 수고로움을 무릅쓰고 너를 업고 가는 것이다."

토끼가 이 말을 듣고,

"아아, 그런가? 나는 신명(神明)의 후예로서 능히 오장(五臟)을 꺼내어 깨끗이 씻어 가지고 이를 다시 넣을 수 있다. 그런데 요즘 마음이 좀 답답해서 간을 꺼내어 깨끗이 씻어서 잠시 동안 바위 밑에 놓아두었는데, 네가 섬이 하도 좋다고 하는 바람에 그 말만 듣고 급히 오느라고 그만 간을 그대로 두고 왔구나. 내 간은 아직 그곳에 있는데 다시 돌아가서 간을 가지고 오지 않으면 어찌 네가 구하려는 간을 가지고 갈 수 있겠는가? 나는 비록 간이 없어도 살 수가 있으니, 그러면 어찌 둘이 다 좋은 일이 아니겠는가?"

거북이는 토끼의 이 말을 그대로 믿고 도로 토끼를 업고 돌아서서 육지로 올라오니, 토끼는 풀숲으로 뛰어 들어가면서 거북이에게 말하기를,

"거북아, 너는 참으로 어리석구나. 어찌 간이 없이 사는 놈이 있겠느냐?" 하였다.

거북이는 아무 말도 못하고 그대로 돌아갔다.

대개 이런 이야기였다.

춘추는 도해가 자기에게 들려준 이 이야기를 듣고 그 뜻의 비유를 깨닫고, 그는 곧 왕에게 글을 보내어 말했다.

"마목현과 죽령의 두 영(嶺)은 본래 고구려의 땅이므로 신이 귀국하면 우리 임금에게 청하여 곧 돌려보내도록 하겠습니다. 저의 말을 믿지 못하시겠다면, 이는 동녘에서 뜨는 해의 밝은 빛을 두고 의심하는 것과 같은 것입니다."

글을 본 고구려 왕은 기뻐했다.

한현 춘추가 고구려로 들어간 지 60일이 지나도록 돌아오지 않자, 유신은

국내에서 용사 3천 명을 뽑아 놓고 그들에게 말하기를,

"내 듣건대 사람의 위태로운 것을 보고 목숨을 내어 놓으며, 어려운 일을 당해서 몸을 바치는 것이 열사(烈士)의 뜻이라 한다. 대장부 한 사람이 죽기를 기하면 백 사람을 당할 수 있고, 백 사람이 죽기를 기하면 천 사람을 당할 수 있고, 천 사람이 죽기를 기하면 만 사람을 당할 수 있은즉, 이렇게 되면 가히 천하를 좌우할 수 있을 것이다. 지금 우리 나라의 어진 재상이 다른 나라에 잡혀 구속을 당하고 있으니, 환난(患亂)을 당하지 않을까 염려된다."

하니 용사들은 모두 말했다.

"비록 만 번 죽고 한 번 살 수 있는 속으로 들어가더라도, 감히 장군의 명령을 따르지 않겠습니까?"

이에 유신은 마침내 왕에게 청하여 출정할 것을 기약하였다.

이때 고구려의 첩자인 중 덕창(德昌)이 이러한 사실을 고구려의 왕에게 알렸다.

왕은 먼저 춘추가 맹세하는 말도 들었고, 또 첩자로부터 신라가 결의한 말을 들었으므로 춘추를 감히 더 붙들어 두지 못하고, 후하게 예대(禮待)를 하여 돌려보냈다.

춘추는 고구려의 지경을 나오자마자 그 전송자에게 말하기를,

"나는 백제와의 숙원을 풀려고 고구려에 구원병을 청하러 왔었던 거요. 왕께서는 이를 허락하지 않고 도리어 우리 땅을 요구하였소. 그러나 이는 내 마음대로 처리할 수 있는 것이 아니요. 먼저 그대 나라의 왕께 글을 올려 그렇게 하겠다고 한 것은, 오직 죽음을 면하고자 도모한 것뿐이요."

- 『삼국사기』 권41 -

1) 김춘추가 고구려로 구원병을 요청하러 간 이유는 무엇인가?
2) 선도해의 삶을 살펴 보자.
3) 귀토설화의 의미를 살펴 보자.
4) 김춘추와 김유신과의 관계를 살펴 보자. .

2. 화왕계 : 설총

설총의 자(字)는 총지(聰智)로 조부는 내마(奈麻) 담날(談捺)이고, 부친은
원효(元曉)이다. 원효는 처음에 중이 되어 불서에 해박하였으나, 다시 속인으
로 돌아와서 스스로 소성거사(小姓居士)라 호하였다.

설총은 성질이 명예(明銳)하고 나면서부터 도를 깨달아 알았다. 또한 신라
말로써 구경(九經)을 풀어 읽게 하여 후생들을 훈도하였으므로, 지금에 이르
기까지 학자의 으뜸으로 삼는다. 또 글을 짓는데도 능했다. 그러나 세상에
전하는 것이 없고, 다만 지금 남쪽 지방에 혹 그가 지은 비명(碑銘)이 있으나,
글자가 결락(缺落)되어 가히 읽을 수 없어 무슨 뜻인지 알지 못한다.

어느 해 한여름이었다. 신문왕(神文王)이 높고 밝은 방에 있으면서 설총을
돌아보고 말했다.

"오늘은 오랫동안 오던 비도 개고 훈풍이 서늘하게 불어오니, 오히려 진수
성찬이나 서글픈 음악을 듣는 것보다는 고상한 이야기와 멋있는 익살로 울적
한 마음을 푸는 것이 좋을 듯하오. 그대는 기이한 이야기가 있거든 나를 위해
이야기해 주지 않겠는가?

이에 설총은 이야기를 꺼냈다.

"신이 듣자오니, 옛나 화왕(花王)이 처음 오시매 이를 향기로운 정원에
심고 푸른 장막으로 보호했습니다. 상춘가절을 당하여 예쁜 꽃을 피우니 다른
온갖 꽃보다 유달리 아름다웠습니다. 이에 가까운 곳에서부터 먼 곳에 이르기
까지 아름다운 영기(靈氣)와 예쁜 꽃들이 분주히 화왕을 뵈려고 달려오지
않는 이가 없었고, 오직 미치지 못할까 염려했다고 합니다. 이때 홀연히 한
아름다운 사람이 있어, 붉은 얼굴에 옥같은 이에 깨끗한 옷으로 몸을 단장하고,
홀로 맵시있는 걸음걸이로 화왕의 앞으로 와서 말하기를, '첩은 흰 눈 같은
모래 밭을 밟고 거울 같은 맑은 바다를 대하며, 봄비에 목욕하여 더러운 때를

씻고, 상쾌하고 맑은 바람을 맞으며 뜻대로 사는데, 이름은 장미라고 합니다. 이제 임금님의 높으신 덕이 있음을 듣고, 향기로운 침소에서 모실까 하여 찾아온 것입니다. 임금님께서는 저를 거두어 주소서.’ 하였습니다. 이때 또 한 사람의 장부(丈夫)가 있었습니다. 베옷에 가죽 허리띠를 매고 백발을 휘날리며 손에는 지팡이를 짚고 쇠약한 걸음걸이로 허리를 굽히고 와서 말했습니다. ‘저는 서울 밖의 큰 길가에 사옵니다. 아래로는 창망한 들 경치를 굽어보고, 위로는 높이 솟아 우뚝우뚝한 산악의 경치를 의지하고 사는데 이름은 백두옹(白頭翁)이라고 합니다. 가만히 말씀드릴 것은, 임금님은 좌우에서 온갖 물건을 충족하게 공급하여 고량진미(膏粱珍味)로써 비를 부르게 하고, 차와 술로써 정신을 맑에 하시옵니다. 그렇더라도 좋은 약을 상자에 충분히 저장하여 놓고서 원기를 돋우고, 모진 돌로써 온갖 독소를 깨끗이 없애버려야 할 것입니다. 그런 때문에 비록 사마(絲麻)가 있더라도 관괴(菅蒯)를 버리지 않고 모든 군자들은 모자라는 것에 대비하지 않음이 없다 하오니즉, 화왕께서도 역시 이런 뜻이 있는지 모르겠습니다.’ 하였습니다. 그런데 어떤 사람이 말하기를, ‘둘이 왔는데 누구를 취하고 누구를 버리겠습니까?’ 하니, 화왕은, ‘장부의 말이 또한 도리에 합당함이 있으나, 아름다운 사람을 얻기도 쉽지 않으니 장차 어찌하면 좋을꼬?’ 하더랍니다. 이에 장부는 다시 앞으로 나아가, ‘저는 임금께서 총명하시어 옳은 도리를 아실 것이라고 생각했기 때문에 여기에 왔던 것입니다. 그런데 지금 보니 그렇질 못하옵니다. 무릇 임금된 자는 간사하고 아첨하는 자를 친근하게 하지 말고, 정직한 자를 멀리 하지 않는 것이 좋습니다. 그러므로 맹자(孟子)는 불우하게 평생을 마쳤으며, 풍당랑(馮唐郎 : 중국 한나라 때 사람)도 몰래 머리를 희게 하였습니다. 옛날부터 이와 같은데 전들 말을 어떻게 하겠습니까?’ 하고 말하니, 화왕은 그제서야, ‘내가 잘못했다, 내가 잘못했다.’고 하였다 합니다.”

왕은 그 말을 듣고 쓸쓸한 표정을 지으며 말했다.

“그대의 우언(寓言)에는 실로 깊은 뜻이 있으니, 청컨대 이를 써 두어 임금이 된 자의 경계하는 말로 삼으라.”
하고 왕은 마침내 설총을 높은 벼슬로 뽑아 올렸다.

- 『삼국사기』 권46 -

■　**연습문제**　■

1) 화왕, 장미, 백두옹을 정리해 보자.
2) 왕이 ‘내가 잘못했다’고 한 이유는 무엇인가?
3) 이 작품의 의미를 다시 생각해 보자.

3. 김현과 호랑이

　신라 풍속에 해마다 2월이 되면 초8일로부터 15일까지 도성(都城)의 남녀들이 다투어 흥륜사(興輪寺)의 전탑을 돌면서 복회(福會)라 하였다. 원성왕 때 낭군(郎君) 김현이라는 이가 밤이 깊도록 홀로 돌면서 쉬지 않았다. 한 처녀가 염불하며 따라 돌아 서로 감동하여 눈짓을 하다가 돌기를 끝내고 한 곳에 끌고 가서 정을 통했다. 그러자 여자가 돌아가므로 김현도 따라가니, 여자가 거절하며 사양하나 억지로 따라갔다.

　서산 기슭에 가서 초가집으로 들어가는데 늙은 노파가 있어 묻기를,

　"데리고 오는 이가 누구냐?"

한다. 여자가 전후 서정을 말하니, 노파가 이르되,

　"비록 좋은 일이지만 없는 것만은 못하다. 그러나 이미 된 일을 어찌할 수 있느냐. 아직 은밀한 곳에 숨겨 두어라. 너희 형제들이 사나운 짓을 할까 두렵다."

하니 여자가 낭군을 데려가 깊숙이 숨겼다.

　조금 있자 범 세 마리가 소리를 지르며 들어와 사람의 말을 하기를,

　"집에 비린내가 나는데 요기하면 좋겠다."

하니 노파와 여자가 꾸짖었다.

　"너희들 코가 잘못된 것이다. 미친 소리 마라"

하자 때마침 하늘에서 외치는 소리가 있는데,

　"너희가 생명을 해침이 너무 많으니, 마땅히 하나를 죽여서 그 악행을 경계하겠다."

하니 세 짐승들이 듣고는 모두 근심스러운 빛이었다.

　여자가 말하기를,

　"세 형이 멀리 피하여 스스로 경계하면 내가 대신 그 벌을 받겠노라."

하니 모두 기뻐하여 머리를 숙이고 꼬리를 치며 달아나 버렸다.

여자가 들어와 낭군에게 고하였다.

"처음에 제가 서방님께서 이런 나쁜 무리에게 오시는 것을 부끄러워서 사양하였지만, 이제는 이미 숨길 수가 없으니 감히 속에 잇는 말씀을 하겠습니다. 천첩이 낭군에게 비록 그 종류는 다르나 하루 저녁을 즐거이 모셨으니 부부로 맺은 의가 중합니다. 세 형들이 악한 것을 하늘이 이미 싫어하니, 한 집의 재앙을 제가 당할까 합니다. 모르는 사람의 손에 죽는 것보다 낭군의 칼에 쓰러져 은덕을 갚는 것이 어찌 낫지 않겠습니까. 첩이 내일 시장에 가서 해를 심히 끼치면 사람들이 나에게 어찌할 수도 없을 것이므로, 대왕은 반드시 높은 벼슬을 현상으로 나를 잡게 할 것이니, 낭군은 겁내지 말고 성 북쪽 숲속으로 나를 쫓아오시면 내가 기다리겠습니다."

김현이 말하였다.

"사람이 사람을 사귀는 것이 떳떳한 도리이고 다른 유(類)와 사귀는 것은 대개 상도가 아니나, 이미 조용히 만난 것은 천행이 많은 터인데 어찌 차마 배필의 죽음을 팔아서 일생의 녹을 요행으로 바라겠는가."

여자가 말하기를,

"낭군은 이런 말씀을 하지 마소서. 지금 첩의 수명은 천명이요, 또한 나의 소원이며 낭군에게는 경사이고 우리 겨레에게는 복이 되고 나라에서는 즐거울 일이니, 하나가 죽어 다섯 가지 이로움을 구비하니 어찌 어길 수가 있습니까? 다만 첩을 위하여 절을 짓고 진전(眞詮)을 강하여 좋은 업보를 도와주시면 낭군의 은혜가 막대합니다."

하고 서로 울며 이별하였다.

다음 날 과연 맹호가 성안에 들어와 장난이 심하여 감히 당할 자가 없는지라, 원성왕이 듣고 영을 내렸다.

"범을 잡는 자는 2급의 벼슬을 주리라."

김현이 대궐에 나아가,

"소신이 잡을 수 있습니다."

하니 이에 먼저 벼슬을 주어 격려하였다.

김현이 간단한 무장을 하고 숲속으로 들어가니, 범이 낭자로 변하여 기쁜 듯이 웃으며 말하였다.

"어젯밤 낭군과 나눈 은근한 정담을 소홀히 하지 마십시오. 오늘 내 발톱에 상처를 입은 사람은 모두 흥륜사 된장을 바르고 그 절의 나발(螺鉢) 소리를 들으면 나을 것입니다."

이에 김현이 찼던 칼을 가지고 스스로 목을 찔러 쓰러지니, 곧 범이었다. 김현이 숲 밖으로 나와 자랑하되,

"지금 이 범을 쉽게 잡았노라."

하고 그 사유는 누설하지 않고 다만 시키던 대로 하였더니, 상처에 모두 효험이 있었다. 지금도 민간에서는 범한테 입은 상처에는 그 처방을 쓰고 있다.

-『삼국유사』권5 -

■ 연습문제 ■

1) 호랑이 설화를 조사해 보자.
2) '변신(變身)의 양상'을 살펴 보자.
3) '인간과 다른 유(類)와의 인연 관계'를 살펴 보자.

4. 조신 이야기

옛날, 서라벌을 서울로 삼았던 신라시대의 이야기이다.

세규사(世達寺)의 장원(莊園)은 명주(溟州) 날리군(捺李郡)에 있었는데, 본사(本寺)에서 중 조신(調信)을 보내어 장원의 관리를 맡겼는데, 조신이 장원에 와서 태수 김흔공(金昕公)의 딸을 깊이 사모하여 누차 낙산사 관음보살 앞에 나아가서 그 여자와 인연 맺어 주기를 가만히 빌었다.

그런데 몇 년 후 그 여자가 출가를 하자, 조신은 또 법당에 가서 관음보살이 자기의 소원을 이루게 해주지 않음을 원망하여 슬피 울며 날이 저물도록 있다가 심신이 노곤하여 잠깐 졸았다.

문득 꿈에 김씨 낭자가 조용히 문으로 들어와서 반가이 웃으며 말했다. "저는 일찍이 스님을 잠깐 보고 알게 되어 마음속으로 사랑하여 아직껏 잠시도 잊지 못했습니다. 부모님의 명에 못 이겨 억지로 다른 사람에게 시집을 가기는 했으나, 이제라도 부부가 되고 싶어 이렇게 왔습니다."

조신은 매우 기뻐 그녀와 함께 향리(鄕里)로 돌아와 부부가 되어 40여 년을 같이 살면서 자녀 다섯을 두었다. 그러나 그의 집은 다만 벽뿐이요, 조식(粗食)조차 대지 못하는 형편이었다. 마침내 형세가 가난에 견디다 못해 서로 이끌고 사방으로 다니면서 입에 풀칠을 하기에도 바빴다.

이렇게 10 년을 초야에 두루 유랑하니, 옷은 해져 몸을 가리지 못했다. 마침 명주 해현령을 지나는데 15살이 된 큰 아이다 홀연히 굶어 죽자, 통곡하며 길가에 묻어 주었다.

그들은 나머지 네 명을 자녀를 데리고 우곡현에 이르러 기가에 모옥(茅屋)을 짓고 살았는데, 그들 부부는 늙고 병들었으며 또 굶주려서 일어나지도 못했다. 10살 먹은 딸아이가 밥을 얻으러 다니다가 마을 개에게 물려 아파 죽겠다고 소리치며 앞에 와 눕자, 부모도 흐느끼며 목이 메어 눈물이 몇 줄기나 흘렀다.

부인은 눈물을 닦으면서 창졸히 말했다.

"내가 처음 당신을 만났을 때는 얼굴도 아름답고 나이도 젊었으며, 의복도 많고 깨끗했습니다. 한 가지 맛있는 음식이라도 당신과 나누어 먹었고, 따뜻한 옷도 당신과 나누어 입으면서 함께 산 지 50 년이 되었으니, 정도 많이 들었고 사랑도 깊었으니 실로 두터운 인연이라 하겠습니다. 그러나 근년에 와서는 늙고 병은 해가 갈수록 깊어 기한(飢寒)이 날로 심합니다. 방 한 칸, 국 한 그릇도 남이 빌려 주려 않으니, 문간마다 부끄러움이 산보다 무겁고, 어린 것들의 춥고 주림을 돌아볼 겨를이 없으니 부부간이라 하여 사랑할 마음이 있겠습니까? 홍안과 미소도 덧없는 풀잎의 이슬이 되고, 지란(芝蘭) 같던 언약도 바람 앞의 버들가지가 되었습니다. 당신은 내가 있어 더 누가 되고, 나는 당신이 있어 걱정이 더욱 많습니다. 생각건대 옛날 즐거웠던 것이 오늘 우환의 자취가 되었습니다. 당신이나 내가 어찌하여 이렇게까지 되었습니까? 여러 마리 새가 함께 굶어죽는 것보다는 차라리 짝 잃은 난새가 거울을 향해 짝을 부르는 것만 못할 것입니다. 추우면 버리고 더우면 친하고 하는 것은 인정상 못할 일이지만, 행하고 그치고 하는 것은 인력으로 되는 것은 아니며, 헤어지고 만나고 하는 것도 운수가 있는 것입니다. 청컨대 제 말을 좇아 헤어지도록 하십시다."

조신은 이 말을 듣고 크게 기뻐했다. 각기 아이 둘씩을 데리고 막 떠나려 할 때, 부인이 말했다.

"저는 고향으로 가겠습니다. 당신은 남쪽으로 가십시오."

막 헤어져 길을 떠나려 할 때, 깨어 보니 한낱 꿈이었다. 타다 남은 등잔불이 깜빡거리고 밤이 막 새려 하였다.

아침이 되자 수염과 머리털은 모두 희어져버렸다. 생각할수록 망연하여 세상일에 뜻이 없었다. 괴롭게 사는 것도 이미 싫어지고, 한평생 신고(辛苦)를 겪고 난 것 같았다. 탐염(貪染)의 마음도 깨끗이 얼음 녹듯 없어져 버렸다.

이에 관음보살의 상을 대하기가 부끄러워져서 참회하기를 마지않았다.

　돌아와 해현에 묻은 아이를 파보니, 그것은 돌부처였다. 이것을 물로 씻어 근처 절에 모셨다.

　서울로 돌아와 장원의 소임을 그만두고, 사재(私財)를 기울여 정토사(淨土寺)를 세우고 부지런히 착한 일을 닦았다. 그 후에 어떻게 세상을 떠났는지는 알 수 없다.

-『삼국유사』권3 -

■　연습문제　■

1) 작품의 구조를 살펴 보자.
2) <구운몽>과 비교해 보자.
3) 조신의 삶에 대해 토론해 보자.

5. 아이를 묻은 손순(孫順)

손순은 모량리 사람이다. 그의 아버지 학산(鶴山)이 세상을 떠나자, 아내와 함께 남의 집에 몸을 팔아 곡식을 얻어서 늙은 어머니를 봉양했다. 어머니의 이름은 운오(運烏)였다.

손순에게는 어린아이가 있었다. 이 아이가 늘 늙은 어머니의 음식을 빼앗아 먹는 것을 보고 손순은 민망스러웠다. 손순은 그의 아내에게 말했다.

"아이는 다시 얻을 수 있지만 어머니는 다시 구할 수 없는 일이요. 아이가 그 음식을 빼앗아 먹어 어머니께서 굶주림이 더욱 심하시니, 이 아이를 땅에 묻어버려 어머님을 배부르게 해드려야겠소"

하고 손순은 아이를 업고 취산(醉山) 북쪽의 들로 갔다. 아이를 묻으려고 땅을 파는데 문득 돌로 된 종(鐘)이 땅 속에서 나왔다. 매우 이상하게 생긴 종이었다. 그들 부부는 놀랍고 괴이하게 여겨 잠깐 숲 속의 나무 위에 걸어 놓고 두드려 보았다. 종소리가 은은하여 들을 만했다.

그의 아내는 말했다.

"이 이상한 물건을 얻은 것은 아마 이 아이의 복인 듯합니다. 묻어서는 안될 것 같습니다."

남편도 또한 그렇게 생각되어 아이와 돌종을 지고 집으로 돌아왔다. 그들은 그 종을 들보에 매달아 놓고 두드렸다. 그 종소리가 대궐에까지 들렸다.

흥덕왕(興德王)이 이 소리를 듣고 측근의 신하에게 말했다.

"서쪽 교외에서 이상한 종소리가 나는데 그 소리가 맑고 멀리 들리니, 보통 종이 아닌 모양이요. 빨리 알아보도록 하오."

왕의 명을 받은 사자(使者)가 손순의 집에까지 찾아가 알아보고, 왕에게 사실을 자세히 아뢰자, 왕은 말했다.

"옛날에 곽거(郭巨)가 아들을 파묻을 때 하늘이 금으로 된 솥을 주었다더니, 이제 손순이 아이를 묻으매 땅에서 돌솥이 나왔도다. 이는 전세의 효와 후세의 효를 천지가 함께 살피신 것이다.”
하고 이에 손순에게 집 한 채를 내리고 해마다 메벼 50 석을 주고, 효성이 지극함을 표창했다.

손순은 자기의 옛집을 내놓아 절로 삼고, 절 이름을 홍효사(弘孝寺)라 하고, 돌종을 그 절에 달아 두었다.

진성왕(眞聖王) 때에 후백제의 횡포한 도적이 그 마을에 쳐들어와서 종은 없어지고 절만 남아 있다. 그 종을 얻은 곳을 완호평(完乎坪)이라고 했다. 지금은 잘못 전해져 지량평(枝良坪)이라고 한다.

- 『삼국유사』 권5 -

▓   **연습문제**   ▓

1) 손순과 ‘효녀 지은’의 효를 비교해 보자.
2) ‘손순의 효’를 토론해 보자.
3) ‘현대인의 효’에 대해 자신의 견해를 정리해 보자.

6. 최치원과 두 여자의 무덤

최치원이 열두 살 때 당나라에 유학을 가서 그곳 과거시험에 급제하여 표수현위(漂水縣尉)가 되었을 때의 일이다.

어느 날 표수현 남쪽에 있는 초현관(招賢館)으로 놀러 갔더니, 바로 초현관 앞 언덕에 오래된 무덤이 있었는데, 쌍녀분(雙女墳)이라 했다. 이곳은 원래 고금 명현들의 유람지여서, 최치원은 갑자기 시흥이 나서 시 한 수를 지어 그 석문(石門)에다 붙여놓고 돌아왔다.

그랬더니 홀연 취금이라는 여자가 홍대(紅袋)를 가지고 앞에 나타났다. 그 여자는 팔낭자와 구낭자의 심부름으로 왔다고 하면서, 그 홍대 속에서 화답하는 시 두 수를 꺼내주는 것이었다.

최치원이 그 시를 읽어보니 아름다운 시였다. 그리고 시 뒤폭에,

"외로운 혼이 속인을 두려워하여 성명을 감추었으나, 용서하신다면 한 번 만나고 싶습니다."

하고 씌어 있었다.

최치원은 호기심이 생겨 곧 시로써 만나고 싶다는 뜻을 썼다. 취금이 그것을 가지고 돌아갔다. 조금 뒤에 두 여자가 나타났는데 모두 천하의 미인들이어서 최치원은 놀랍고도 기뻐 두 여자를 맞아 인사를 나누었다.

그 여자들은 다른 사람이 아니라, 그곳 표수현 초성향(楚城鄕)에 사는 장씨의 두 딸이었다. 언니는 18세, 동생은 16세 때에 혼담이 있어 언니는 염상(鹽商)에게, 동생은 고(估)에게 각각 정혼이 되었다. 그러나 둘이 다 마음에 들지 않아 이 때문에 병이 되어 일찍 죽고 말았다는 것이다.

인사를 마친 후 세 사람은 시로써 화답하며 놀았다. 또 취금의 고운 노래를 들으며 한층 흥겹게 놀았다. 그런 뒤 최치원이 두 여자에게 슬며시 구애(求愛)를 했다. 두 여자는 쾌히 승낙했다. 그날 밤 세 사람이 함께 자리에 들어

서로 사랑하는 정이 깊어졌다.

　어느덧 시간이 흘러 닭이 울었다. 두 여자는 놀라 자리에서 일어났다. 그들은 하룻밤 동침의 기쁨과 파경의 기약이 없음을 슬퍼하는 시를 각각 지어 놓고 떠나려 하자, 최치원은 그 시를 받아 보고 자기도 모르게 눈물을 흘리고 있었다. 두 여자는 말했다.

　"혹 이곳에 다시 오는 기회가 있으시거든 황폐한 무덤에 손질이나 해주십시오."

　말을 마치자 간 곳이 없었다.

　이튿날 아침 최치원이 그 무덤을 다시 찾으니 풀만 무성했다. 감회가 무량하여 방황하며 읊조리다가 장가(長歌)를 지어 위로했다.

　그 후 최치원은 본국에 돌아와 산수간에서 지내다가, 마지막에는 가야산 해인사(海印寺)에 숨어 세상을 마쳤다.

- 『태평통재』[3] -

■　　**연습문제**　　■

1) 두 여성의 결혼관을 살펴 보자.
2) '사랑'이란 무엇인가?
3) '최치원의 삶'을 토론해 보자.

---

3) 조선조 초기에 성 임(成 任)이 중국과 우리 나라 역대 문헌에서 기문이설(奇聞異說)을 뽑아 집대성한 책. 『수이전』의 일문인 <최치원>과 <보개(寶開)>가 실려 있다.

III. 향가와 인간의 삶

우리의 시가(詩歌)는 원래 노래와 밀접한 관계를 지니고 있다. 향가(鄕歌) 또한 시가이므로 노래와 밀접하다고 하겠으나, 현재로서는 향가의 '악조'를 알 수 없다.

향가의 문학적 형식으로는 4구체, 8구체, 10구체로 구분한다. 4구체로는 <서동요>, <헌화가>, <도솔가>, <풍요>가 있고, 8구체로는 <모죽지랑가>, <처용가>가 있으며, <제망매가>를 비롯한 나머지 작품들은 10구체이다.

한자(漢字)의 음과 뜻을 이용하여 우리말을 향찰(鄕札)로 표기한 향가는, 『삼국유사』에 14수, 『균여전』에 11수가 수록되어 전해지고 있다.

향가가 향유된 시기는 <서동요>가 창작된 진평왕대(579-631년)로부터 <처용가>(헌강왕 5년 : 879년)까지로 보거나, 혹은 균여대사가 지은 11수까지(균여가 죽은 해 : 고려 광종 24년 : 973년)로 보기도 하고, 학자에 따라서는 향유기간을 더 길게 잡기도 한다.[1]

---

1) 학자에 따라서는 향가를 형성기(1~3세기), 전성기(7세기 말~9세기 말), 쇠퇴기(10~12세기)로 구분하고, 향가는 고려속요와 경기체가가 출현함으로 말미암아 소멸

  향가의 작가로는 월명사, 충담사, 희명, 융천사, 신충, 처용랑 등인데, 화랑
들과 승려들이 주류를 이루고 있다. 향가의 작가 중 일부는 실존인물이라기보
다 그 배경설화와 연관되어 이름지어진 가공인물일 것이라는 견해도 있다.
가령 <도천수대비가(禱千手大悲歌)>의 작가 희명(希明)은 자비로운 천수
대비(千手大悲)에게 눈이 먼 자식의 눈을 다시 밝게 해 달라는 기원을 한
것이므로 그 이름이 '희명(希明)'이라는 것이다. 충담사(忠談師)의 경우도
경덕왕에게 '왕이 왕답게 올바른 정치를 하여 백성들을 편안하게 해야 한다'
고 충성스럽게 말(忠談)한 것이므로 그 이름이 충담사라는 것이다. 이 이외에
도 '신충(信忠)', '월명사(月明師)' 융천사(融天師)' 등도 노래의 내용과 작
가의 이름이 상관이 있다고 보는 것이다.
  반면 작가나 신분에 대한 논란이 있는 작품도 있다. 가령 <원왕생가(願往
生歌)>처럼 작가를 광덕 혹은 광덕의 아내 등으로 보거나, <헌화가>의 작가
노옹(老翁)의 신분을 농민, 선승(禪僧), 신적인 인물 등으로 본다든지, <처용
가>의 처용도 화랑, 무부(巫夫), 지방호족, 이슬람 상인 등으로 보는 경우이다.
  『삼국유사』에 전해지는 신라의 향가가 비록 14수뿐이라고 해도, 그 가운데
에는 민요적인 것과 종교적인 것, 또 서정적인 것과 무속적인 것 등 내용이
다양하다. 따라서 이들 작품을 살펴 보면 위로는 왕으로부터 일반인에 이르기
까지의 삶이, 또 국가의 안위(安危)로부터 한 개인의 간절한 소망까지가 망라
되어 있다.
  천 년의 세월을 뛰어넘어 이들의 꿈과 고뇌를 접해 보도록 하자.

한 것으로 보고 있다.

1. 제망매가(祭亡妹歌) : 월명사

생사(生死) 길은
예 있으매 두려워
나는 간다는 말도
못다 이르고 가느뇨.
어느 가을 이른 바람에
이에 저에 떨어질 잎처럼,
한 가지에 나고
가는 곳 모르온저.
아! 미타찰(彌陀刹)에 만나볼 나
도(道) 닦아 기다리겠노라.

월명이 일찍이 죽은 누이를 위하여 재를 올리며 향가를 지어 제사했더니, 갑자기 바람이 불어 지전(紙錢)을 날려 서쪽으로 사라졌다.

- 『삼국유사』 권5 -

▨ 연습문제 ▨

1) 향가를 정리해 보자.
2) '생사(生死)의 길'에 대해 생각해 보자.
3) '월명사의 죽음관'을 정리해 보자.

2. 처용가 : 처용

동경(東京) 밝은 달에
밤들이 노니다가
들어 자리를 보니
다리가 넷이러라.
둘은 내해였고
둘은 누구핸고
본디 내해다마는
빼앗은 것을 어찌하리오.

이때 역신(疫神)은 모습을 드러내어 무릎 앞에 꿇어 엎드려 말하기를,
"내가 공의 아내를 흠모하여 죄를 범했는데, 공은 노하지 않으니 그 미덕에
감복했습니다. 지금 이후로는 공의 얼굴을 그린 것만 보아도, 그 집에는 들어
가지 않기로 맹세하겠습니다."
하였다. 이 말에 따라 사람들은 처용의 모습을 문에 붙여서 사기(邪氣)를
물리치고, 경사스런 일을 맞는다고 하였다.

- 『삼국유사』 권2 처용랑 -

연습문제

1) 처용의 행위를 토론해 보자.
2) 처용과 역신(疫神)과의 관계를 살펴 보자.
3) <처용가>의 후대 변모 양상을 살펴 보자.

IV. 고려시대 문학과 인간의 삶

  고려시대는 문학이나 문화, 또 종교 등 모든 면에서 다양성이 인정된 시대라고 할 수 있다. 이러한 것을 단적으로 보여주는 것은 고려속요이다.
  고려가요[1]는 <청산별곡>과 같은 속요(俗謠)류[2]와 <한림별곡>과 같은 경기체가(景幾體歌)류로 구분할 수 있다. 흔히 속요는 일반대중들이 향유한 노래요, 경기체가는 사대부들의 노래라고 알려져 왔는데, 속요류 전체를 대중들의 노래라고 단정하는 것은 재고할 필요가 있다.
  경기체가(景幾體歌)는 그 형태의 다양성[3]에도 불구하고 노래의 끝에 '00景긔엇더하니잇고'라는 구(句)가 있는 데에서 그 명칭이 유래하였다. 이러한 용어가 우리의 문헌상에 최초로 나타난 것은 고려 고종(高宗) 때의 <한림별

---

1) 학자에 따라 고려가요를 속요(별곡)류만 지칭하기도 하고 속요류와 경기체가(별곡체) 모두를 지칭하기도 한다. 여기에서는 속요류와 경기체가를 아우르는 것으로 '고려가요'라는 용어를 사용했는데, 일부에서는 '고려가요'라는 용어 대신에 '별곡'이라 하기도 한다.
2) 속요류는 입에서 입으로 전해지다가, 조선조에 와서 문헌에 정착됨.
3) 조선조 중기 이후에는 경기체가의 형태가 많은 변모를 하게 됨.

곡>이다.

<한림별곡>이 창작된 고려조 중기는 국, 내외적으로 혼란한 시대였으나, 한편으로는 한문화(漢文化)가 꽃을 피우기 시작하여 문학적으로는 『파한집』 등 시화집(詩話集)과 또 <국순전>, <국선생전> 등과 같은 가전(체소설) 및 사문학(詞文學) 작품들이 새로운 문학장르로서 등장하기도 했다.

고려조 중기에 창작된 가전(假傳 : 假傳體小說)은 당시 실세(失勢)한 문인들에게 적절한 문학양식이 되어 '시대문학'으로까지 성행하게 되었다. 왜냐하면 당시의 고려사회는 직언(直言)할 수 없는 사회여건이었기 때문에 가전은 당시 실세한 문인들의 '설분의 문학용기'로 활용되어, 작가들은 자신의 경세관이나 윤리관을 사물에 가탁(假託)해서 경세(警世), 계세(戒世)하였다.

1. 정석가(鄭石歌) : 작자 미상

딩아 돌하 당금(當今)에 계상이다
딩아 돌하 당금(當今)에 계상이다
선왕성대(先王聖代)예 노니ᄋ와지이다

삭삭기 셰몰애 별헤 나는
삭삭기 셰몰애 별헤 나는
구은밤 닷되를 심고이다

그바미 우미 도다 삭나거시아
그바미 우미 도다 삭나거시아
유덕(有德)ᄒ신 님믈 여히아와지이다

옥(玉)으로 연(蓮)ㅅ고즐 사교이다
옥(玉)으로 연(蓮)ㅅ고즐 사교이다
바회 우희 접주(接柱)ᄒ요이다

그고지 삼동(三同)이 퓌거시아
그고지 삼동(三同)이 퓌거시아
유덕(有德)ᄒ신 님 여히아와지이다

므쇠로 텰릭을 몰아 나는
므쇠로 텰릭을 몰아 나는
철사(鐵絲)로 주름 바고이다

그오시 다 헐어시아
그오시 다 헐어시아
유덕(有德)ᄒ신 님 여히아와지이다

므쇠로 한쇼를 디여다가
므쇠로 한쇼를 디여다가
철수산(鐵樹山)에 노호이다

그쇠 철초(鐵草)를 머거아
그쇠 철초(鐵草)를 머거아
유덕(有德)ᄒ신 님 여히아와지이다

구스리 바회예 디신들
구스리 바회예 디신들
긴힛ᄃ 그츠리잇가

즈믄히롤 외오곰 녀신들
즈믄히롤 외오곰 녀신들
신(信)잇ᄃ 그츠리잇가

- 『악장가사』 -

■ 연습문제 ■

1) 고려가요의 개념을 조사해 보자.
2) 고려가요의 미학을 다양한 측면에서 살펴 보자.
3) '혼성가요'의 의미를 생각해 보자.
4) <정석가>의 특징을 정리해 보자.

2. 국순전(麴醇傳) : 임춘

국순(麴醇)의 자는 자후(子厚)다. 국순이란 '누룩술'이란 뜻이요, 자후는
글자대로 '흐뭇하다'는 말이다. 그 조상은 농서(隴西) 사람으로 90대 할아버
지 모(牟)가 순(舜)임금 시대에 농사에 대한 행정을 맡았던 후직(后稷)이라는
현인을 도와서 만백성을 먹여 살리고 즐겁게 해 준 공로가 있었다.

모(牟)라는 글자는 보리를 뜻한다. 보리는 사람이 먹는 식량이 되고 있다.
그러니까 보리의 먼 후손이 누룩술이 되었다는 이야기다. 옛적부터 인간을
먹여 살린 공로를 『시경』에서는 이렇게 노래했다.

"내게 그 보리를 물려주었도다."

모는 처음에 나가서 벼슬을 하지 않고 숨어 살면서 말하기를,

"나는 반드시 농사를 지어야 먹으리라."

하면서 농토 속에 묻혀 살고 있었다.

이러한 모에게 자손이 있다는 말을 임금이 듣고, 조서(詔書)를 내려 수레를
보내서 그를 불렀다. 그가 사는 근처의 고을마다 명령을 내려, 그의 집에 후하
게 예물을 보내어 받도록 했다. 그리고 임금은 신하에게 명하여 친히 그의
집에 가서 신분이 귀하고 천한 것을 잊고 교분을 맺어서 세속 사람과 함께
사귀게 했다. 그리하여 점점 상대방을 감화시켜서 가까워지게 되었다.

이에 모는 기뻐하여 말한다.

"내 일을 성사시켜 주는 것은 친구라고 하더니, 그 말이 과연 옳구나."

이런 후로 차츰 그의 맑고 덕이 있다는 소문이 퍼져 임금의 귀에까지 들리
게 되었다. 임금은 그에게 정문(旌門)을 내려 표창해 주었다. 그리고 임금을
좇아 원구(圓丘)에 제사지내게 하고, 그의 공로로 해서 중산후(中山侯)를
봉하고, 식읍(食邑) 1만호에, 실지로 수입하는 것은 5천호가 되게 하고 성(姓)
을 국씨(麴氏)라고 하사했다.

그의 5대손은 성왕(成王)을 도와서 사직(社稷) 지키는 것을 자기의 책임으로 여겨 태평스럽게 술에 취해 사는 좋은 세상을 이루었다.

그러나 강왕(康王)이 왕위에 오르면서부터 점점 대접이 시원찮아지더니, 마침내는 금고(禁錮)를 시키고 심지어 국가의 명령으로 꼼짝 못하게 했다. 그래서 후세에 와서는 현저하게 나타난 자가 없이 모두 민간에 숨어 지낼 뿐이었다.

위(魏)나라 초에 순(醇)의 아비 주(酎)가 세상에 이름이 나기 시작했다. 그는 실상 소주다. 상서랑(尙書郎) 서막(徐邈)과 알게 되었다. 서막은 조정에 나가서까지 주(酎)의 말을 하여 언제나 그의 말이 입에서 떠나지 않았다.

어느 날 임금에게 아뢰는 자가 있었다.

"서막이 국주(麴酎)와 사사로이 친하게 지내오니, 이것을 그대로 두었다가는 장차 조정을 어지럽힐 것이옵니다."

이 말을 듣고 임금은 서막을 불러 그 내용을 물으니, 서막은 머리를 조아리며 사과한다.

"신이 국주와 친하게 지내는 것은 그에게 성인(聖人)의 덕이 있사옵기로, 때때로 그 덕을 마셨을 뿐이옵니다."

임금은 서막을 책망해 내보내고 말았다.

진(晋)나라 세상이 되었다. 주는 세상이 장차 어지러울 것을 미리 알았다. 그는 항상 유령(劉伶)·완적(阮籍)[1]의 무리들과 죽림(竹林) 속에서 놀다가 세상을 마치고 말았다.

순(醇)은 도량이 넓고 커서 마치 끝없는 만경(萬頃)의 바다 물결과도 같았다. 억지로 맑게 하려고 해도 더 맑아지지도 않고, 일부러 휘저어도 더 흐려지지도 않는다. 그 풍미란 한 세상을 뒤덮어 자못 그 기운을 사람에게 빌려 주기도 한다.

---

1) 이들은 모두 진(晋)나라 때 죽림칠현(竹林七賢)의 한 사람들. 죽림칠현들은 당시 세상을 외면하고 술을 마시면서 소위 청담(淸談)을 일삼았다. 그중에서도 유령은 특히 술을 좋아했다.

어느 날 섭법사(葉法師)에게 나가서 종일토록 함께 담론한 일이 있었다. 이 때 온 좌중 사람들은 그의 말을 듣고 모두 허리를 잡아, 이로부터 그의 이름이 세상에 알려지기 시작했다. 그를 국처사(麴處士)라고 불렀다. 이리하여 위로는 공경대부(公卿大夫)와 신선, 방사(方士)[2]로부터 심지어는 남의 집 머슴, 나무꾼, 오랑캐나 외국의 사람들까지도 그의 향기나 이름만 들어도 이내 모두 부러워하고 사모했다.

이들은 여럿이 많이 모였다가도 만일 국처사가 오지 않으면 모두 쓸쓸한 표정으로 입을 모아,

"국처사가 없으면 자리가 즐겁지 못하다."

했다. 그가 당시 사람들에게 소중히 여겨진 것은 대개 이러했다.

태위(太尉) 산도(山濤)[3]는 감식(鑑識)이 있는 사람이었다. 어느 날 그를 보고 말했다.

"어느 놈의 늙은 할미가 이런 영악한 아이를 낳았단 말인가. 그러나 천하 사람들을 그르칠 사람은 바람 이 사람일 것이다."

관청에서 그를 불러 청주종사(靑州從事)로 삼았다. 그러나 격(鬲)의 위에 있는 것이 마땅한 벼슬 자리가 아니라고 해서 다시 바꾸어 평원독우(平原督郵)를 시켰더니, 얼마 되지 않아서 탄식하며 말했다.

"내가 이까짓 쌀 닷말 때문에 남의 앞에 허리를 굽힌단 말이냐. 차라리 마을에 있는 아이들과 함께 술자리에 가서 서서 이야기하면서 노는 것이 낫겠다."

고 하고, 벼슬을 내놓고 돌아갔다.

이 때 관상을 잘 보는 사람 하나가 있었는데,

"그대는 붉은 기운이 얼굴에 떠오르고 있으니, 뒤에 가서는 반드시 귀하게 되어 천종(千鍾)의 녹(祿)을 받게 될 것이오 잠시 있으면 누군가가 비싼 값을

---

2) 신선의 술법을 닦는 사람. 또는 도사(道士).
3) 진나라 때 죽림칠현의 한 사람.

내고 데려갈 것이니, 그 때를 기다리시오."

진(陳)의 후주(後主) 때가 되었다. 양가(良家)의 아들로서 주객원외랑이 되었다. 임금은 그의 도량이 큰 것을 알아보고 보통 사람보다 다르게 여겨 앞으로 높이 올려 쓸 마음을 가졌다. 이내 쇠로 만든 사발로 덮어서 걸러 가지고 벼슬을 올려 광록대부예빈랑(光祿大夫禮賓郞)으로 삼고 작(爵)을 올려 공(公)으로 삼았다.

이로부터 어느 때나 임금과 신하가 회의를 할 때에는 반드시 순을 시켜 잔을 치우게 했다. 순은 행동하고 수작하는 것이 임금과 신하들의 뜻에 아주 맞았다.

임금은 몹시 그를 칭찬하여 말했다.

"경이야말로 이른바 곧고도 맑은 사람이라. 내 마음을 열어 주고 내 마음을 일깨워 주는구나."

이리하여 순은 권리를 얻어 마음대로 일을 하게 되었다. 어진 사람을 사귀고 손님을 접대하는 것, 늙은이를 받들어 술과 고기를 주는 일, 귀신에게 제사지내고 종묘에 제사지내는 일들은 이로부터 모두 순이 맡아서 했다. 임금이 밤에 잔치를 벌일 때에도 오직 순과 궁인(宮人)만이 곁에서 모실 수 있었고, 그 밖의 사람은 아무리 가까운 신하라도 옆에 오지 못했다.

이로부터 임금은 날마다 몹시 취해서 정사 일을 전폐하게 되었다. 순은 또 임금의 입에 마치 재갈을 먹이듯이 해서 아무런 말도 못하게 했다. 이렇게 되고 보니 예법을 아는 전비들은 순을 마치 원수처럼 미워하게 되었다. 하지만 임금은 항상 순을 보호해 주었다. 그 이외에 순은 또 재산 모으는 것을 몹시 좋아했다. 그래서 당시 여론은 그를 비루하게 여겼다.

어느 날 임금이 묻기를,

"경(卿)은 무슨 버릇이 있는가?"

하니 순이 대답했다.

"옛날에 두예(杜預)는 『좌전(左傳)을 읽는 버릇이 있었고, 왕제(王濟)는 말 타는 버릇이 있었사온데, 신(臣)은 돈 모으는 버릇이 있습니다."

이 말을 듣고 임금은 한 번 크게 웃고는 더욱 그를 돌보아 주었다.

어느 날 순은 임금 앞에 나아가 뵙게 되었다. 순은 본래 입에서 냄새가 났다. 이것을 임금은 싫어해서 말했다.

"이제 경은 이미 늙어서 내 앞에서 일을 하지 못하겠는가?"

순은 말을 알아듣고 관(冠)을 벗고 사죄한다.

"신이 작(爵)을 받고도 사양하지 않으면 끝내는 몸을 망칠 염려가 있사옵니다. 바라옵건대 신을 사삿집으로 돌아가게 해 주시면, 신은 그것으로 저의 분수를 알겠나이다."

이에 임금은 좌우 신하들에게 명하여 순을 부축하여 집으로 돌려보냈다. 그러나 집으로 돌아온 순은 갑자기 병이 들어 죽고 말았다.

순에게는 아들이 없다. 그 족제(族弟) 청(淸)이 있는데, 당나라에 벼슬하여 내공봉(內供奉)까지 지냈다. 이로부터 그의 자손이 온 중국에 번지게 되었다.

사신(史臣)은 말한다.

국씨(麴氏)는 그 조상이 백성에게 공이 있었고, 청백(淸白)한 것을 그 자손에게 물려주었다. 그것은 마치 창(鬯)이 주(周)에 있는 것과 같아서 향기로운 덕이 황천(皇天)에까지 미쳤으니, 가위 그 할아비의 풍도가 있다고 하겠다. 순은 들로 다니는 병에 지나지 못하는 지혜를 가지고 독을 묻은 들창에서 일어나, 일찍이 쇠로 만든 뚜껑을 덮는 금구(金甌)에 선발되었다. 그리하여 술단지와 음식 만드는 도마 사이에 서서 담소를 하면서도, 종시 옳은 것을 받아들이고 그른 것을 물리치지 못해서, 왕실이 어지러워 엎어지는데도 이를 붙들지 못해서, 결국 천하 사람들의 치소거리가 되었으니, 옛날 거원(巨源)[4] 의 말이 믿을 만하도다.

---

4) 죽림칠현의 한 사람인 산도(山濤).

1) 가전의 형식을 살펴 보자.
2) '술'에 대한 작가의 견해를 살펴 보자.
3) <국선생전>과 비교해 보자.

3. 국선생전(麴先生傳) : 이규보

국성(麴聖)의 자는 중지(中之)니, 바로 주천(酒泉)에 사는 사람이다. 국성이란 맑은 술을 말하는 것이요, 중지란 곤드레 만드레를 뜻한다.

어렸을 때는 서막(徐邈)[1]에게 귀여움을 받았다. 심지어 서막이 그의 이름과 자를 지어주기까지 했다.

그의 먼 조상은 원래 온(溫)이라는 땅에 살았다. 힘껏 농사를 지어서 넉넉하게 먹고 살았다. 정(鄭)나라가 주나라를 칠 때 잡아 갔었기 때문에 그 자손들이 혹 정나라에 흩어져 살기도 한다.

국성의 증조(曾祖)는 그 이름이 역사에 실려 있지 않다. 조부 모(牟)가 주천이라는 곳으로 이사 와서 살기 시작하여 드디어 주천 사람이 되었다.

그의 아버지 차(醝)는 벼슬을 했다. 그의 집에서는 처음 하는 벼슬이다. 차란 '흰 술'을 뜻한다. 차는 평원독우가 되어서, 사농경(司農卿) 곡씨(穀氏)의 딸과 결혼해서 성(聖)을 낳았다.

성은 어려서부터 도량이 넓었다. 손님들이 그 아버지를 보러 왔다가도, 성을 유심히 보고 귀여워했다.

"이 아이의 마음과 도량이 몹시 크고 넓어서 출렁거리고 넘실거려 마치 만경의 물결과도 같소. 더 맑게 하려 해도 맑아지지 않고, 흔들어도 더 흐려지지 않고 그러나 그대와 이야기하느니보다는 차라리 성과 함께 즐기는 것이 낫겠소"

성은 자라나자 중산의 유령, 심양의 도잠(陶潛)과 함께 친구가 되어 사귀었다. 이 두 사람은 말했다.

"단 하루 동안이라도 국성을 만나보지 못하면 마음속에 비루한 생각과 이상

---

1) 진(晉) 나라 때 벼슬이 중서사인(中書舍人)에 이름. 술을 좋아했고, 일찍이 『곡량전(穀梁傳)』에 주를 달았다.

한 생각이 싹튼다.”

이들은 서로 만나기만 하면 며칠이 되도록 모든 일들을 잊고 마음으로 취하고야 헤어졌다. 국가에서 성에게 조구연(糟丘椽)을 시켰지만 부임하지 않았다. 또 청주종사로 불러, 공경(公卿)들이 계속하여 그를 조정에 천거했다. 이에 임금은 조서를 내리고 공거(公車)를 보내서 불러 보고 눈짓하여 말했다.

“저 사람이 바로 주천의 국성인가? 내 그대의 향기로운 이름을 들은 지 오래다.”

이보다 앞서 태사(太史)가 임금께 아뢰었다.

“지금 주기성(酒旗星)이 크게 빛을 냅니다.”

이렇게 아뢰고 나서 얼마 안 되어 성이 도착하니, 임금은 태사의 말을 생각하고 더욱 성을 기특하게 여겼다. 임금은 즉시 성에게 주객랑중(主客郞中) 벼슬을 주고, 얼마 안 되어 국자제주(國子祭酒)로 옮겨 예의사(禮儀使)를 겸하게 했다.

이로부터 모든 조회의 잔치나 종묘의 제사·식(薦食)·진작(進酌)의 예에는 모든 것이 임금의 뜻에 맞지 않는 것이 없었다. 이에 임금은 그의 그릇이 믿음직하다 해서 승진시켜 승정원 재상으로 있게 하고 융숭하게 대접했다. 그는 출입할 때는 교자를 탄 채로 대궐에 오르도록 하고, 국선생이라 하고 이름을 부르지 않았다. 혹 임금이 마음에 불쾌한 일이 있을 때라도 성이 들어와 뵙기만 하면 임금은 마음이 풀어져 웃었다. 성이 사랑을 받는 것이 대체로 이와 같았다.

원래 성은 성질이 구수하고도 아량이 있었다. 날이 갈수록 사람들과 친근해졌고, 특히 임금과는 조금도 스스럼이 없이 가까워졌다. 자연 임금의 사랑을 받게 되어 항상 따라다니면서 잔치 자리에서 함께 놀았다.

성에게는 세 아들이 있었다. 혹(酷)과 폭(폭)과 역(醳)이다. 혹은 독한 술, 폭은 진한 술, 역은 쓴 술이다. 이들은 그 아버지가 임금의 사랑을 받는 것을 믿고 방자하게 굴었다. 중서령 모영(毛穎)이 임금에게 글을 올려 탄핵했다.

모영은 곧 붓이다. 그 글은 이러했다.

"행신(倖臣)이 폐하의 사랑을 독차지하고 있는 것을 천하 사람들이 모두 병통으로 알고 있습니다. 이제 국성이 조그만 신임을 받고 조정에 쓰이고 있어 요행히 벼슬이 삼품2)에 올라서, 많은 도둑을 궁중으로 끌어들이고 사람들을 휘감아서 해치기를 일삼고 있사옵니다. 이것을 보고 모든 사람들이 분하게 여겨 소리치고 반대하며 머리를 앓고 가슴을 아파합니다. 이것이야말로 국가의 병통을 바로잡는 충신이 아니옵고, 실상 만백성에게 해독을 주는 도둑이옵니다. 더구나 성의 자식 셋은 제 아비가 폐하께 총애받는 것을 믿고, 제 마음대로 세상에 횡행하고 방자하게 굴어서 모든 사람들이 다 괴로워하고 있사옵니다. 바라옵건대 이들에게 모수 사형을 내리시어 모든 사람들의 입을 막게 하시옵소서."

이에 아들 혹 등 세 형제는 즉시 독약을 마시고 자살했다. 성도 죄를 받아 서인으로 폐해졌다. 한편 치이자(鴟夷子)도 성과 친하게 지냈다 해서 수레에서 떨어져 자살했다.

처음에 치이자는 우스개 말을 잘해서 임금의 사랑을 받았다. 자연 국성과 친하게 지내게 되어 임금이 출입할 때면 항상 수레에 실려 다녔다. 어느 날 치이자는 몸이 곤해서 누워 있었다.

성은 희롱하여 말했다.

"자네는 배는 크지만 속이 텅 비었으니, 그 속에 무엇이 있는가?"

치이자가 대답했다.

"자네들 수백 명은 넉넉히 용납할 수 있지."

이들은 이렇게 항상 서로 우스개 말을 하고 지냈다.

성이 이미 벼슬을 그만두자 제(薺) 고을과 격(鬲) 마을 사이에는 도둑들이 떼지어 일어났다. 제는 배꼽, 격은 가슴을 뜻한다. 이에 임금은 이 고을의 도둑들을 토벌시키고자 명을 내렸다. 하지만 적임자가 쉽게 물색되지 않았다.

---

2) 여기에서는 술 중에서 삼품 벼슬의 격에 올랐다는 뜻.

하는 수 없이 다시 성을 기용해서 원수로 삼아 토벌하도록 했다. 성은 부하 군사를 몹시 엄하고 통솔했고, 또 모든 고생을 군사들과 같이 했다. 수성(愁城)에 물을 대어 한 번 싸움에 이를 함락시키고 나서 거기에 장락판(長樂坂)3)을 쌓고 회군하여 돌아왔다. 임금은 그 공로로 해서 상동후(湘東侯)에 봉했다.

그런 지 2년이 지났다. 성은 소를 올려 물러나기를 청했다.

"신은 본래 가난한 집 자식이옵니다. 어려서는 몸이 빈천해서 이곳저곳으로 남에게 팔려 다니는 신세였습니다. 그러다가 우연히 폐하를 뵙게 되자, 폐하께서는 마음을 터 놓으시고 신을 받아들이시어 할 수 없는 몸을 건져 주시어 강호의 모든 사람들과 같이 용납해 주셨습니다. 하오나 신은 일을 크게 하시는 데 더함이 없었고, 국가의 체면을 조금도 더 빛나게 하지 못했습니다. 저번에 제 몸을 삼가지 못한 탓으로 시골로 물러나 편안히 있었사온데, 비록 엷은 이슬은 거의 다 말랐사오나 그래도 요행히 남은 이슬방울이 있어, 감히 해와 달이 밝은 것을 기뻐하면서 다시금 찌꺼기와 티를 열어젖힐 수가 있나이다. 또한 물이 그릇에 차면 엎어진다는 것은 모든 물건의 올바른 이치이옵니다. 이제 신은 몸이 마르고 소변이 통하지 않는 병이 있어 목숨이 경각에 달려 있사옵니다. 바라옵건대 폐하께서는 명령을 내리시어 신으로 하여금 물러가 여생을 보내게 하여 주시옵소서."

그러나 임금은 이를 승낙하지 않고 중사(中事)를 보내어, 송계(松桂)·창포 등 약을 가지고 그 집에 가서 병을 돌보아 주게 했다.

성은 여러 번 글을 올려 이를 사양했다. 임금은 부득이 이를 허락하여 마침내 고향으로 돌려보내어, 그는 천수대로 살다가 조용히 세상을 떠났다.

그의 아우는 현(賢)이다. 현은 즉 탁주다. 그는 벼슬이 2천석(石)에 올랐다. 아들이 넷인데 익·두·앙·남이다. 익은 색주(色酒)요, 두는 중양주(重釀酒), 앙은 막걸리, 남은 과주(果酒)다. 이들은 도화즙을 마셔 신선이 되기를 배웠다. 또 성의 조카들에게 주·만·염이 있었다. 이들은 모두 적(籍)을 평

---

3) 장락(長樂)이란 길이 즐거워한다는 뜻.

씨(萍氏)에게로 소속시켰다.

사신(史臣)이 말한다.

국씨는 원래 대대로 내려오면서 농가 사람들이었다. 성이 유독 넉넉한 덕이 있고 맑은 재주가 있어서 당시 임금의 심복이 되어 국가의 정사에까지 참예하고, 임금의 마음을 깨우쳐 주어, 태평스러운 푸짐한 공을 이루었으니 장한 일이다. 그러나 임금의 사랑이 극도에 달하자 마침내 거의 국가의 기강을 어지럽히고 화가 그 아들에게까지 미쳤다. 하지만 이런 일은 실상 그에게는 유감이 될 것이 없다 하겠다. 그는 만절(晩節)이 넉넉한 것을 알고 자기 스스로 물러나서 마침내 천수(天壽)로 세상을 마치게 되었다. 『주역』에 "기미를 보아서 일을 해 나간다(見機而作)"는 말이 있는데, 성이야말로 거의 여기에 가깝다고 하겠다.

▧ 연습문제 ▧

1) <국순전>과 비교해 보자.
2) '술'에 대한 작가관을 살펴 보자.
3) <청강사자현부전>과 비교해 보자.

4. 청강사자현부전(清江使者玄夫傳) : 이규보

현부(玄夫)[1]는 어떠한 사람인지 알 수 없다. 어떤 이는 그의 조상을 신(神)이라고도 하는데, 형제 열다섯 사람이 모두 몸집이 크고 힘이 세었다. 하느님이 그들에게 오산(五山)을 바다에 빠지지 않도록 붙들라고 명령하였다. 그러나 자손 대에 이르자 형체가 점점 왜소해지고 힘으로도 이름난 자가 없어졌다. 다만 복서(卜筮)[2]로 업(業)을 삼고, 때로는 풍수사상을 익혀 지리에 대한 이해를 살펴주곤 했다. 사는 곳이 일정하지 않기 때문에 고향이나 세계(世系)[3]에 대해서는 자세히 알지 못한다.

그의 먼 조상 문갑(文甲)은 중국 요(堯)임금 때에 낙수(洛水)[4] 가에서 숨어 살았는데, 임금이 그가 훌륭하다는 소문을 듣고 흰 보석 구슬을 가져가서 그를 초빙하니, 그는 신기한 그림을 등에 지고 와서 임금에게 바치자, 임금은 그 뜻을 가상히 여겨 그를 낙수후(洛水侯)로 봉하였다.

그의 증조는 스스로 '하느님의 사자(使者)'라고 하며 그 이름은 밝히지 않은 채 『홍범구주(洪範九疇)[5]를 가져와 우(禹)임금에게 바쳤고, 그의 할아버지는 백약(白若)인데 하나라 때에 옹난을(翁難乙)을 도와 곤오(昆吾)에서 솥을 만드는 데 공을 세웠다.

그의 아버지 중광(重光)은 나면서부터 왼편 겨드랑이에 이런 글자가 있었다.

"나는 달의 아들 중광인데, 나를 얻은 자가 평범한 서인이면 제후가 될 것이고, 제후라면 제왕이 될 것이다."

---

1) 거북의 별명. 검은(玄)옷을 입은 사내(夫)란 뜻임.
2) 점(占)을 치는 일. 원래 동물 점(占)이 복(卜)이고, 식물 점(占)이 서(筮)임.
3) 혈족관계.
4) 황하의 지류.
5) 통치 철학서. 하(夏)나라 우(禹)임금 때 낙수에서 나온 거북의 등에 있었다는 9장(九章)으로 된 문장.

그리하여 그 옆구리 글씨를 따서 이름을 지었던 것이다.

현부(玄夫)는 도량이 원대하였는데, 그의 어머니는 요광성(瑤光星)이 품 속으로 들어오는 꿈을 꾸고 그를 임신했다고 하였다. 그가 태어나자 관상쟁이가 말하기를,

"이 아이는 등에 평평한 언덕을 지었는데, 여러 별을 문채로 그렸으니 반드시 신성하게 될 상(相)이오."

하였다.

그가 어른이 되자 역서(曆書)와 점치는 일에 밝아 천지의 음양이나 추위와 더위, 비와 바람, 그믐과 보름, 재화와 행복 같은 천지 기운의 변화에 대하여 모르는 것이 없었다. 또 신선들이 행한다는 공기 호흡으로 죽지 않는 법을 배웠다. 그의 성품은 호랑이를 좋아하여 늘 갑옷을 입고 다녔는데 임금이 그의 소문을 듣고 특사를 보내어 그를 초빙하니, 현부가 오만스럽게 그 사자를 돌아보지도 않고 노래하기를,

진흙 속에 놀아도
그 즐거움 한이 없구나.
높은 벼슬 받는 총영
내 어찌 바랄손가!

하고 웃으며 떠나갔다.

그 뒤 송나라 원왕(元王) 때에 예저[6]가 그를 억지로 임금에게 데려갔다. 이보다 앞서 임금의 꿈에 검은 복장을 하고 수레를 탄 자가 와서 아뢰기를,

"나는 청강사자(清江使者)인데 곧 임금님을 뵈려고 합니다."

하였다.

그 다음 날 예저가 과연 현부를 데리고 와서 임금을 뵙기를 청하자, 임금이

---

6) 송나라의 어부.

매우 기뻐하며 현부에게 벼슬을 주려고 하니, 현부가 아뢰기를,

"신이 예저의 간청을 거절하지 못하였고, 또 임금님의 훌륭하신 덕을 흠모하여 이렇게 오기는 왔습니다마는 벼슬하고 싶은 생각은 없습니다. 그래도 임금님께서는 신을 놓아 보내지 않으시렵니까?"

하니 임금이 어쩔 수 없이 그를 돌려보내려고 하였다.

그러다가 위평(衛平)7)의 간언으로 그를 붙잡아 두고 수형승(水衡丞)8)을 시켰다가 도수사자(都水使者)9)로 옮겨 주고, 또 대사령(大史令)10)으로 승진시켜 주었다. 그리고 나라의 인재를 등용한다거나 큰 행사를 행한다거나 그 밖에 일이 있을 때마다, 그에게 자문을 구하여 시행하였다.

임금이 일찍이 그에게 장난삼아 말하기를,

"자네는 신명(神明)의 후예이고 또 앞날에 대한 점도 잘 치는데, 어찌하여 자신의 운명을 미리 점치지 못하고, 예저와 같은 어부의 꾀임에 빠져 과인의 조정에 들어오게 되었는가?"

하니 현부가 대답하기를,

"아무리 눈이 밝은 자도 못 보는 것이 있고, 아무리 남다른 지혜를 가진 자도 미처 헤아리지 못하는 것이 있는 것이 있는 법입니다."

하니 임금이 웃었다.

그 뒤로 그가 어떻게 되었는지는 아무도 모른다. 다만 지금까지 귀족들은 그의 덕을 흠모하여 황금으로 그의 형상을 만들어 허리에 차고 다녔다.

현부의 맏아들은 원서(元緒)11)인데, 사람들에게 붙잡혀 삶겨 죽었다. 그는 죽을 때에 탄식하기를,

"길흉을 점쳐 보지 않고 길을 떠났다가 이렇게 붙잡혀 삶겨 죽는구나. 그러

---

7) 송나라 원왕의 신하로, 박사(博士)의 자리에 있었다.
8) 상림원(上林苑)을 관장하고, 세입(稅入)을 맡던 관직.
9) 산과 늪의 일을 맡던 관직.
10) 일관(日官), 천관(天官), 천문(天文)을 맡던 관직. 또 사관(史官)의 우두머리란 뜻도 있다.
11) 거북의 별칭.

나 남산에 있는 저 나무들을 다 모아다가 불을 때어도 나를 태우지는 못할 것이다.”

하였으니 그의 비분강개함이 이 정도였다.

둘째 아들은 원저(元宁)12)인데 중국의 남쪽 지방인 오월(吳越) 땅을 떠돌아다니면서 스스로 ‘통현선생(洞玄先生)’13)이라 일컬었다. 또 그 다음 아들은 이름이 알려지지 않았는데 몸집이 너무 작고 점도 칠 줄 몰랐으며, 오로지 나무에 기어올라가서 매미나 잡는 것으로 생활하다가 역시 사람들에게 잡혀서 삶겨 죽었다.

그 종족들 중에는 간혹 도를 깨우쳐 천 년 동안을 죽지 않고 어디를 가든 그가 가는 곳에는 푸른 구름이 덮이곤 한 자도 있었고, 혹은 관리에 등용되기도 하여 세상에서 ‘현의독우(玄衣督郵)14)라 불린 자도 있었다.

사신(史臣)이 말한다.

“지극히 작은 것을 살펴보고 앞으로 일어날 징조를 예측하는 데 있어서, 성인들도 간혹 어긋날 때가 있다. 마찬가지로 현부의 지혜로도 능히 예저의 술책을 막지 못하고, 또 두 아들이 삶겨 죽는 액운도 미리 구하지 못하였으니, 하물며 그 나머지 사람들이야 더 말하여 무엇하겠는가? 옛날 공자는 광(匡)이라는 곳에서 액운을 당하였고, 또 그의 제자 자로(子路)는 젓 담겨 죽는 횡액을 면치 못하였으니, 아, 신중하지 않을 수 있겠는가!”

■ 연습문제 ■

1) <국선생전>과 <청강사자현부전>의 특징을 살펴보자.
2) 서두, 행적, 결말의 특징을 살펴보자.
3) 현부와 인간과의 관계를 살펴보자.

---

12) 거북의 별칭.
13) 오묘한 경지에 훤히 통한 선생이란 뜻임.
14) 거북의 별칭.

Ⅴ. 조선시대 문학과 인간의 삶

　　조선조 사회는 고려 말부터 대두되기 시작한 '성리학적 이념'이 주류를
이루는 시대였다. 따라서 문학도 이러한 시대정신에서 자유롭지 못하여 인간
의 자연스러운 감정을 드러내기보다 '도(道)'라는 명제를 염두에 둔 결과,
작품 속에 관념성이 강하게 드러나 있기도 한다.

　　이와는 달리 조선조의 신분사회에서 비교적 자유로운 계층의 사람들은 일
상생활에서 경험하는 일들, 곧 사랑과 이별 등의 기쁨과 슬픔 등을 사실적으로
표현하여 일상인들의 현실적 정서를 대변해 주기도 한다.

　　여성들의 작품들도 크게 두 흐름으로 나눌 수 있다. 즉 당대의 이념에 얽매
여 규방에서 눈물짓는 여성과, '삼종지도'에 사로잡힌 남편을 글로써 깨우치
는 여성이 있어서, 양반가의 여성이라 해도 삶의 양상이 한결같지 않음을
보여 주고 있다.

　　수필은 그 범위가 광범위하다. 그러한 까닭에 작가는 자유자재로 자신의
뜻을 펼치고 감정을 풀어내어 사물을 논하고 주장을 펼치기도 하며, 때로는
다른 사람을 설득하기도 한다. 그런가 하면 하찮은 것에도 심혈을 기울여

자신의 감정을 엮어 놓기도 한다. 따라서 수필 속에는 작가의 전모가 그대로 드러나기 때문에, 좋은 글을 쓰기 위해서는 손끝의 '문장 공부'보다 자신을 먼저 닦으라는 가르침은 재삼 음미할 만하다.

조선조 후기에 찬란한 꽃을 피웠던 소설들도 낭만성을 중시하는 것이 있는가 하면, 두 눈 부릅뜨고 현실을 직시하여 현실의 여러 모순을 날카롭게 지적한 작품들도 있다. 특히 여성독자를 의식한 소설들 중에는 소설의 배경을 중국으로 하면서도 당대의 윤리를 강조하여 윤리의식을 고취시키는가 하면, 한편으로는 남성보다 여성의 영웅성을 두드러지게 드러내어 여성독자의 쾌감을 조장하기도 한 경우도 있다. 그리고 처, 첩형이나 계모형 소설들을 통해 열등한 자들을 악한 존재로 규정하였는데, 당대의 이러한 의식도 살펴 볼 필요가 있다.

흔히 종합예술이라고 하는 판소리계소설들은 '종합예술'이라는 말에 걸맞게 시가와 산문이 교직되고 재미와 교훈 등이 혼효되어 국민들에게 큰 호응을 얻었다. 특히 이들 소설들은 작품 속에 서민의식이 강하게 들어 있어 지배계층에 대한 비판이나 풍자성이 강하다. 반면에 또 이들 소설들은 양반들을 후원자로 둔 까닭에 양반들의 취향을 수용하여 당대의 이념도 도외시하지 않았다. 그렇기 때문에 판소리계소설들은 어느 한 계층만의 전유물이 아니라 신분을 초월하여 향유하는 국민문학으로까지 뿌리를 내리기도 했다.

1. 시조 및 한시(漢詩)

- 맹사성 -

강호에 봄이 드니 미친 흥이 절로 난다
탁료(濁醪) 계변(溪邊)에 금린어(錦鱗漁) 안주로다
이몸이 한가(閑暇)하옴도 역군은(亦君恩)이샷다

강호에 여름이 드니 초당(草堂)에 일이 없다
유신(有信)한 강파(江波)는 보이느니 바람이로다
이몸이 서늘하옴도 역군은(亦君恩)이샷다

강호에 가을이 드니 고기마다 살쪄있다
소정(小艇)에 그물 실어 흘리 띄어 던져두고
이몸이 소일(消日)하옴도 역군은(亦君恩)이샷다

강호에 겨울이 드니 눈 깊이 자히남다
삿갓 비기 쓰고 누역으로 옷을 삼아
이몸이 춥지 아니하옴도 역군은(亦君恩)이샷다

- 왕방연 -

천만리(千萬里) 머나 먼 길에 고운 님 여희옵고
내 마음 둘 데 없어 냇가에 앉았으니
저 물도 내 마음 같아서 울어 밤길 가누나.

- 황진이 -

청산리(靑山裏) 벽계수(碧溪水)야 수이 감을 즈랑마라
일도(一到) 창해(滄海)하면 다시 오기 어려우니
명월(明月)이 만공사(滿空山)ᄒ니 쉬여간들 엇더리

산은 녯 산이로되 물은 녯물 아니로다
주야(晝夜)에 흐르거든 녯물이 이실소냐
인걸(人傑)도 물과 ᄀᆞᆺ도다 가고 아니 오는도다

어져 내 일이여 그릴 줄을 모로던가
이시라 ᄒ더면 가랴마ᄂᆞᆫ 제 구태야
보내고 그리ᄂᆞᆫ 정(情)은 나도 몰나ᄒ노라

내 언제 무신(無信)ᄒ여 님을 언제 속엿관데
월침(月沈) 삼경(三更)에 온 뜻이 전혀 없네
추풍(秋風)에 지ᄂᆞᆫ 닙 소리야 낸들 어이 ᄒ리오

동짓달 기나긴 밤을 한 허리를 둘에 내어
춘풍 이불아래 서리서리 넣었다가
어른님 오시는 밤이어드란 굽이굽이 펴리라

청산은 내 뜻이요 녹수(綠水)는 임의 정이
녹수 흘러간들 청산이야 가실손가
녹수도 청산 못잊어 울며 밤길 예놋다

누가 곤산(崑山)의 옥을 캐내어(誰斷崑山玉)
직녀의 빗을 만들었던고(裁成織女梳)
견우와 한 번 이별한 후에(牽牛一去後)
슬퍼서 벽공(碧空)에 던졌다오(愁擲碧空虛)

- 정철 -

이고진 저 늘그니 짐프러 나를 주오
나는 졈엇거니 돌히라 무거울가
늘거도 셜웨라커든 짐을 조차 지실가

흔잔(盞) 먹새근여(그려) 또흔잔(盞) 먹새근여(그려)
곳것거 산(算)노코 무진무진(無盡無盡) 먹새근여(그려)
이몸 죽은 후면 지게우헤 거적덥혀 주리혀 매어가나
유소보장(流蘇寶帳)의 만인(萬人)이 우러예나
어욱새 속새 덥가나모 백양(白楊)속에(숲에) 가기곳가면
누른해 흰달 ㄱ는비 굴근눈 쇼쇼리브람 불제 뉘흔잔(盞) 먹쟈흘고
흐믈며 무덤우헤 잔나비 프람 불제 뉘우춘들 엇디리

- 박인로 -

반중(盤中) 조홍(早紅)감이 고아도 보이ᄂ다
유자(柚子) 안이라도 품엄 즉도 ᄒ다마는
품어가 반기리 업슬새 글노 설워ᄒᄂ이다

형제(兄弟) 내실적의 동기(同氣)로 삼겨시니
골육지친(骨肉至親)이 형제(兄弟) ᄀ치 즁(重)ᄒ넌가

일생(一生)에 우애지정(友愛之情)을 흔 몸굿치 흐리라

- 윤선도 -

내벗이 몇인가 하니 水石과 松竹이라
東山에 달 오르니 그 더욱 반갑구나
두어라 이 다섯 밖에 또 더하여 무엇하리

구름 빛이 좋다 하나 검기를 자주 한다
바람 소리 맑다 하나 그칠 때가 많은도다
맑고도 그칠 때 없기는 물뿐인가 하노라

꽃은 무슨 일로 피면서 쉬이 지고
풀은 어이 하여 푸르는 듯 누르나니
아마도 변치 않음은 바위뿐인가 하노라

더우면 꽃이 피고 추우면 잎 지거늘
소나무야 너는 어찌 눈 서리를 모르느냐
지하의 뿌리 곧은 줄을 그것으로 아노라

나무도 아닌 것이 풀도 아닌 것이
곧기는 뉘 시키며 속은 어이 비었느냐
저렇고 사시에 푸르니 그를 좋아하노라

작은 것이 높이 떠서 만물을 다 비치니
밤중의 광명이 너만한 이 또 있느냐
보고도 말 아니하니 내 벗인가 하노라

- 윤선도 -

잔들고 혼자 앉아 먼뫼흘 바라보니
그리던 임이 오다 반가움이 이러하랴
말씀도 웃음도 아녀도 못내 좋아 하노라

- 작자 미상 -

중놈은 승년의 머리털 손에 층층 휘감아 쥐고 승년은 중놈의 상투를 풀쳐
잡고 두 끄등이 마조잡고 이왼고 저왼고 작작공이 쳤는데 뭇 소경놈이 굿보는
구나
어디서 귀먹은 벙어리는 외다옳다 하나니.

- 김수장 -

바둑이 검둥이 청삽사리 중에 저 노랑 암캐같이 얄미우랴
미운 임 오면 반겨 내닫고 고운님 오면 캉캉 즞어 못오게 한다
문밖에 개장사가거든 찬찬 동혀 주리라.

▨ 연습문제 ▨

1) 맹사성과 왕방연의 시조를 비교해 보자.
2) 황진이의 시조 및 한시(漢詩)의 특성을 살펴 보자.
3) 정철과 박인로, 윤선도의 시조를 비교해 보자.
4) 사설시조의 미학을 살펴 보자.

2. 가사

2-1. 면앙정가(俛仰亭歌) : 송순

무등산 한 줄기 산이 동쪽으로 뻗어 있어
(무등산을) 멀리 떼어 버리고 나와 제월봉이 되었거늘
끝없는 넓은 들에 무슨 생각을 하느라고
일곱 굽이가 한데 움츠리어 우뚝우뚝 벌여 놓은 듯,
그 가운데 굽이는 구멍에 든 늙은 용이
선잠을 막 깨어 머리를 앉혀 놓은 듯하며
넓은 반석 위에 松竹을 헤치고
정자를 앉혀 놓았으니 마치 구름 탄 푸른 학이
천리를 가려고 날개를 벌린 듯하다.
옥천산 용천산에서 흐르는 냇물이
정자 앞 넓은 들에 잇달아 퍼져 있으니
넓으면서도 길며 푸르면서도 희구나.
마치 쌍룡이 몸을 뒤트는 듯도 하고
긴 비단을 펼쳐 놓은 듯도 하니
대체 어디로 가려고 무슨 일이 바빠서
달려가는 듯 따라가는 듯
밤낮을 쉬지 않고 흐른다.
물 따라 벌여 있는 물가의 모래밭은
눈같이 하얗게 퍼졌는데
어지러운 기러기는 무엇을 통정하려고
앉았다 내려갔다 모였다 흩어졌다 하며

갈대꽃을 사이에 두고 울면서
서로 따라 다니는고
넓은 길 저쪽의 긴 하늘 아래
두르고 꽂은 듯한 것은
산인가 병풍인가 그림인가 아닌가.
높은 듯 낮은 듯 끊어지는 듯 있는 듯
숨기도 하고 보이기도 하며 가기도 하고
머물기도 하며 어지러운 가운데,
유명한 체 뽐내며 하늘도 두려워하지 않고
우뚝 선 것이 여러 산봉인데
그 중 추월산을 머리 삼고
용귀산 몽선산 불대산 어등산
용진산 금성산이 허공에 벌여져 있는데,
원근의 푸른 언덕에 펼쳐진 모양도
많기도 많구나.
흰 구름과 뿌연 안개와 노을,
푸른 것은 산아지랑이
많은 바위와 골짜기를 제집을 삼아 두고
들락날락하며 아양도 떠는구나!
오르기도 하고 내리기도 하며
넓고 먼 하늘에 떠나가기도 하고
넓은 벌판으로 건너가기도 하여
푸르락 붉으락 옅으락 짙으락
저녁 때 지는 해와 섞이어
실비마저 뿌리는구나!
뚜껑 없는 가마를 재촉해 타고

소나무 아래 굽은 길로 오가는 때에
푸른 버들에서 우는 노랑 꾀꼬리는
흥에 겨워 아양을 떠는구나!
나뭇가지 사이가 우거져
푸른 나무 그늘이 한창인 때에
긴 난간에서 긴 졸음을 내어 펴니
물 위에 서늘한 바람이야 그칠 줄 모르는구나!
된서리 걷힌 후에 산 빛이
수놓은 비단 물결 같구나!
누렇게 익은 곡식은 또 어찌
넓은 들에 퍼져 있는고?
고깃배의 고동소리도 흥을 이기지 못하여
달을 따라 부는구나!
초목이 다 떨어진 후에
산과 강이 묻혀 있거늘
조물주가 야단스러워 얼음과 눈으로
자연을 꾸며 내니
눈에 덮인 아름다운 자연이
눈 아래 펼쳐 있구나!
자연도 풍성하구나,
간 곳마다 아름다운 경치로다.
인간 세상을 떠나 와도 내 몸이 틈이 없다.
이것도 보려 하고 저것도 들으려고
바람도 쏘이고 달도 맞이하려고 하니
밤은 언제 줍고 고기는 언제 낚으며
사립문은 누가 닫고 떨어진 꽃은

누가 쓸 것인가?
아름다운 자연을 구경하느라고
아침의 시간이 항상 모자라는데
저녁이라고 자연이 아름답지 아니할까.
오늘도 구경할 시간이 부족한데
내일이라고 시간이 넉넉할 것인가?
이 산에 앉아 보고 저 산에 걸어보니
번거로운 마음이면서도 아름다운 자연은
버릴 것이 전혀 없다.
쉴 사이가 없는데 이 아름다운 자연을
올 길이나마 전할 틈이 있으랴.
다만 하나의 푸른 명아주 지팡이가
다 못 쓰게 되어 가는구나!
술이 익었는데 벗이 없을 것인가.
노래를 부르게 하며 악기를 타게 하며
악기를 끌어당기게 하며 흔들면서
온갖 아름다운 소리로 취흥을 재촉하니
근심이 있으며 시름이 붙었으랴!
누웠다 앉았다가 굽으렸다 젖혔다가
시를 읊었다 휘파람을 불었다가 하며
마음 놓고 노니
천지도 넓고 넓으며 세월도 한가하다.
태평성세를 모르고 지내더니
이 때야말로 태평성세로구나!
신선이 어떻던지, 이 몸이 곧 신선이로다.
강산풍월에 묻혀 내 평생을 다 누리면

악양루 위에 이태백이 살아온다 할지라도
넓고 끝없이 정다운 회포야말로
이보다 더할 것인가!
이 몸이 이렇게 지내는 것도 또한 임금의 은혜이시로다.

2-2. 규원가 : 허난설헌

엊그제 젊었더니 어찌 벌써 다 늙어버렸는가?
소년행락(少年行樂) 생각하니 말해도 속절없구나.
늙어서 서러운 말 하자니 목이 멘다.
부생모육(父生母育) 신고(辛苦)하여 이내 몸 길러낼 때
공후배필(公侯配匹)은 못 바라도 군자(君子)의 좋은 짝 바라더니
삼생(三生)의 원망스러운 업보(業報)요 월하(月下)의 연분(緣分)으로
장안의 놀기 좋아하고 경박한 사람을 꿈 같이 만나서
당시에 마음 쓰기 살어름 디디는 듯,
삼오이팔(三五二八) 겨우 지나 아름다운 모습 저절로 나타나니
이 얼굴 이 태도로 백년기약(百年期約) 하였더니,
세월이 빨리 지나고 조물주가 다 시샘하여
세월이 베틀의 베올 사이에 북이 지나듯 빨리 지나가
꽃같이 아름다운 얼굴 어디 두고 흉한 모습 되었구나.
내 얼굴 내 보건대 어느 임이 날 사랑하겠는가.
스스로 부끄러워하니 누구를 원망할 것인가.
여러 사람이 떼지어 다니는 술집에 새 사람이 나타났단 말인가?
꽃 피고 날 저물 때 정처 없이 나가 있어
백마(白馬) 금편(錦鞭)으로 어디어디 머무는고.
원근(遠近)을 모르는데 소식이야 더욱 알겠는가.
인연을 끊었다고 해도 생각이야 없겠는가.
얼굴을 못 보거든 그립기나 말 것이런만.
(하루)열 두 때 길기도 길구나 한 달 서른 날 지루하다.
창가에 심은 매화 몇 번이나 피었다 졌는가.
겨울 밤 차고 찬 때 자국눈 섞여 내리고,

여름 날 길고 길 때 궂은비는 무슨 일인가.

삼춘화류(三春花柳) 호시절(好時節)에 좋은 경치도 아무 생각 없다.

가을 달 방에 들이비치고 귀뚜라미 침상에 울 때

긴 한숨 떨어지는 눈물 속절없이 생각만 많다.

아마도 모진 목숨 죽기도 어렵도다.

돌이켜 하나하나 생각하니 이렇게 살아서 어찌할 것인가.

청등(靑燈)을 돌려 놓고 녹기금(綠綺琴) 비스듬히 안아

벽련화(碧蓮花)[1] 한 곡조를 시름에 싸여 타니

소상(瀟湘)[2]강 밤비에 댓잎 소리가 섞여 들리는 듯,

화표(華表)[3] 천 년에 별학(別鶴)이 우는 듯,

옥수(玉手)에 타는 수법 옛 소리 있다마는

부용장(芙蓉帳) 적막하니 뉘 귀에 들리겠는가.

간장(肝腸)이 구곡(九曲)되어 굽이굽이 끊어졌도다.

차라리 잠을 들어 꿈에나 보려 하니

바람에 떨어지는 잎과 풀 속에 우는 짐승

무슨 일 원수로서 잠조차 깨우는가.

천상(天上)의 견우직녀 은하수 막혔어도

칠월칠석(七月七夕) 일년에 한 번씩 때를 어기지 않거든

우리 임 가신 후는 무슨 약수(弱手)[4] 가리었기에

오거나 가거나 소식조차 그쳤는가.

난간에 비겨서서 임 가신 곳 바라보니

---

1) 거문고 곡의 하나.

2) 소상강. 소상은 동정호로 흘러들어가는 소수(瀟水)와 상강(湘江)을 이름인데, 그곳에
내리는 밤비의 정경이 매우 아름다워 '소상강의 밤비'를 '소상 팔경(瀟湘 八景)의
하나'로 친다.

3) 화표주(華表柱) 위에서 천 년만에 돌아온 학이 우는 듯.

4) 중국의 전설로 내려오는 강. 기러기의 털도 가라앉기 때문에 도저히 건너지 못한다고
하는 전설적인 강.

풀에 이슬이 맺혀 있고 저녁 구름이 지나갈 때
대수풀 우거진 푸른 곳에 새 소리 더욱 섧다.
세상에 서러운 사람 수없다 하려니와
박명(薄命)한 홍안(紅顔)이야   나 같은 이 또 있을까.
아마도 이 임의 탓으로 살동말동하구나.

2-3. 속미인곡(續美人曲) : 정 철

저 가는 저 각시 본 듯도 한저이고
천상 백옥경을 어찌하여 이별하고
해 다 저문 날에 누굴 보러 가시는고
어와 네 여이고 내 사설 들어 보오
내 얼굴 이 거동 임 괴암즉 하냐마는
어쩐지 날 보시고 네로다 여기실새
나도 임을 믿어 군뜻이 전혀 없어
이래야 교태야 어즈러이 구돗던지
반기시는 낯빛이 예와 어찌 다르신고
누워 생각하고 일어 앉아 혜어하니
내 몸의 지은 죄 뫼같이 쌓였으니
하늘이라 원망하며 사람이라 허물하랴
설워 풀쳐 혜니 조물의 탓이로다
글란 생각 마오 맺힌 일이 있어이다
임을 뫼셔 있어 임의 일을 내 알거니
물 같은 얼굴이 편하실 적 몇 날인고
춘한 고열은 어찌하여 지내시며
추일 동천은 뉘라서 뫼셨는고
죽조반 조석뫼 예와 같이 세시는가
기나긴 밤의 잠은 어찌 자시는고
임다히 소식을 아무려나 아자하니
오늘도 거의로다 내일이나 사람올까
내 마음 둘 데 없다 어디러로 가잔말고
잡거니 밀거니 높은 뫼에 올라가니

구름은 커니와 안개는 무슨일고
산천이 어둡거니 일월을 어찌 보며
지척을 모르거든 천리를 바라보랴
차라리 물가에 가 뱃길이나 보자하니
바람이야 물결이야 어중정 된저이고
사공은 어데 가고 빈 배만 걸렸나니
강천에 혼자 서서 지는 해를 굽어보니
님다히 소식이 더욱 아득 한저이고
어와 허사로다 이 임이 어데 간고
결의 일어 앉아 창을 열고 바라보니
어여쁜 그림재 날 좇을 뿐이로다
차라리 싀어지어 낙월이나 되어 있어
님 계신 창밖에 번듯이 비치리라
각시님 달이야 커니와 궂은비나 되소서

2-4. 선상탄(船上嘆) : 박인로

늙고 병든 몸을 주사로 보내실 새
을사 삼하에 진동영 내려오니
관방 중지에 병이 깊다 앉았으랴
일장검 비끼 차고 병선에 구테 올라
여기진목하여 대마도를 굽어보니
바람 좇은 황운은 원근에 쌓여 있고
아득한 창파는 긴 하늘과 한 빛일세
선상에 배회하며 고금을 사억하고
어리미친 회포에 헌원씨를 애다노라
대양이 망망하여 천지에 둘렸으니
진실로 배 아니면 풍파 만리 밖에
어느 사이(四夷) 엿볼런고
무삼 일 하려하여 배못기를 비롯한고
만세천추에 가 없는 큰 페되어
보천지하에 만민원 길우나다
어즈버 깨달으니 진시황의 탓이로다
배 비록 있다하나 왜를 아니 섬기던들
일본 대마도로 빈 배 절로 나올런가
뉘 말을 믿어 듣고
동남동녀를 그대도록 들여다가
해중 모든 섬에 난당적을 기쳐 두고
통분한 수욕이 화하에 다 밋나다
장생 불사약을 얼마나 얻어 내어
만리장성 높이 쌓고 몇 만년을 사돗던고

남대로 죽어가니 유익한 줄 모라로다
어즈버 생각하니 서불 등이 이심하다
인신이 되어서 망명도 하는 것가
신선을 못 보거든 수이나 돌아오면
주사 이 시름은 전혀 없게 삼길렀다
두어라 기왕불구라 일러 무엇 하로소니
속절 없은 시비를 후리쳐 더져 두자
잠사 각오하니 내 뜻도 고집고야
황제 작주거는 윈 줄도 모라로다
장한 강동에 추풍을 만나신들
편주 곧 아니 타면
천청 해활하다 어느 흥이 절로 나며
삼공도 아니 바꿀 제일강산에
부평 같은 어부 생애를
일엽주 아니면 어데 부쳐 다닐는지
이런 일 보건대
배 삼긴 제도야 지묘한 듯하다마는
어찌한 우리 물은 나는 듯한 판옥선을
주야에 비끼 타고
임풍영월하되 흥이 전혀 없는게오
석일 주중에는 배반이 낭자터니
금일 주중에는 대검장창 뿐이로다
한 가지 배언마는 가진 배 다르니
그간 우락이 서로 같지 못하도다
시시로 머리 들어 북신을 바라보며
상시 노루를 천일방에 지이나다

오동방 문물이 한당송에 지랴마는
국운이 불행하여 해추 흉모에
만고수를 안고 있어
백분에 한가지도 못 씻어 바려거든
이 몸이 무상한들 신자가 되어 있었다가
궁달이 길이 달라 못 뫼압고 늙었은들
우국단심이야 어느 각에 잊을런고
강개 겨운 장기는 조당익장 하다마는
조그만한 이 몸이 병중에 들었으니
설분신원이 어려울 듯하건마는
그러나 사제갈도 생중달을 멀리 좇고
발 없는 손빈도 방연을 잡았거든
하물며 이 몸은 수족이 갖춰 있고
명맥이 이었으니
서절 구투를 적으나 저흘소냐
비선에 달려 들어 선봉을 거치며
구시월 상풍에 낙엽같이 헤치리라
칠종칠금을 우린들 못할 것가
준피도이들아 수이 걸항 하야사라
항자불살이니 너를 구테 섬멸하랴
오왕 성덕이 욕병생 하시니라
태평천하에 요순군민 되어 있어
일월 광화는 조부조 하였거든
전선 타던 우리 몸도 어주에 창만하고
추월 춘풍에 높이 베고 누워 있어
성대 해불양파를 다시 보려 하노라

2-5. 용부가(庸婦歌) : 작자 미상

흉보기도 싫다마는 저 부인의 거동보소
시집 간 지 석 달만에 시집살이 심하다고
친정에 편지하여 시집 흉을 잡아 내네.
게염할사[1] 시아버니 암상할사[2] 시어머니,
고자질에 시누이와 엄숙하기 맏동서라.
요악(妖惡)한 아우동서 여우 같은 시앗년에,
드세도다 남녀 노복 들며 나며 흠구덕에
남편이나 믿었더니 십벌지목(十伐之木)[3] 되었어라.
여기저기 사설이요 구석구석 모함이라.
시집살이 못하겠네 간숫병을 기울이며
치마 쓰고 내닫기와 보찜 싸고 도망질에
오락가락 못 견디어 승(僧)들이나 따라갈까?
긴 장죽(長竹)이 벗이 되고 들 구경 하여 볼까?
문복(問卜)하기 소일(消日)이라 겉으로는 시름이요,
속으로는 딴 생각에 반분대(半粉黛)[4]로 일을 삼고,
털 뽑기가 세월이라. 시부모가 경계하면
말 한 마디지지 않고, 남편이 걱정하면
뒷받아 맞넉수[5]요, 들고 나니 초롱군[6]에
팔자나 고쳐 볼까. 양반 자랑 모도 하며,

---

1) 시새워서 탐내다.
2) 남을 미워하고 새암하는 마음이 많다.
3) 열 번 찍어 안 넘어가는 나무 없음.
4) 엷은 화장.
5) 마주 대꾸함.
6) 초립(草笠)꾼. '초립(草笠)'은 지난날, 관례한 어린 남자나 별감, 서리, 광대 등이 썼던,
   매우 가는 풀줄기로 만든 누른 갓.

색주가(色酒家)나 하여 볼까. 남문 밖 뺑덕어미

천성이 저러한가, 배워서 그러한가?

본 데 없이 자라나서 여기저기 무릎맞힘7)

싸움질로 세월이며, 남의 말 말전주와8)

들면서 음식 공론, 조상은 부지(不知)하고

불공하기 위업(爲業)할 제, 무당 소경 푸닥거리

의복가지 다 내주고, 남편 모양 볼작시면

삽살개 뒷다리요, 자식 거동 볼작시면

털 벗은 솔개미라. 엿장사야 떡장사야

아이 핑계 다 부리고, 물레 앞에 선하품과

씨아 앞에 기재개라. 이집 저집 이간질과

음담패설 일삼는다. 모함 잡고 똥먹이기,

세간은 줄어 가고 걱정은 늘어 간다.

치마는 절러 가고9) 허리통이 길어 간다.

총10) 없는 헌 짚신에 어린 자식 들쳐 업고

혼인 장사(葬事) 집집마다 음식 추심(推尋)11) 일을 삼고,

아이 싸움 어른 쌈에 남의 죄에 매맞히기.

까닭없이 성을 내고 의뿐12) 자식 두다리며

며느리를 쫓았으니, 아들은 홀아비라.

딸자식을 다려오니 남의 집은 결딴이라.

두 손뼉을 두다리며 방성대곡 괴이하다.

무슨 꼴에 샛트집에 머리 싸고 드러눕기

---

7) 무릎맞춤. 대질(對質).
8) 말을 여기저기 옮기는 것.
9) 짧아 가다.
10) (짚신이나 미투리 따위의) 앞쪽의 두 편짝으로 둘러 박은 낱낱의 신올.
11) 챙겨서 찾아 갖거나 받아 냄.
12) 어여쁜, 귀여운.

간부(姦夫)달고 달아나기 관비정속(官婢定屬)[13) 몇 번인가.
무식한 창생(蒼生)들아, 저 거동을 자세 보고
그른 일을 알았거든 고칠 개(改)자 힘을 쓰소
옳은 말을 들었거든 행하기를 위업하소[14).

■ 연습문제 ■

1) '자연'을 소재로 한 가사를 정리해 보자.
2) 정철과 박인로의 가사를 비교해 보자.
3) <규원가>를 살펴 보자.
4) 서민가사 및 여성가사에 대하여 알아 보자.

---

13) 죄인을 관비(官婢)로 삼음.
14) 일삼으소.

3. 편지 : 송덕봉(1570년 6월 12일)[1]

엎드려 편지를 보니 갚기 어려운 은혜를 베푼 양 하였는데 감사하기가 그지 없소.

단 군자가 행실을 닦고 마음을 다스림은 성현의 밝은 가르침인데, 어찌 아녀자을 위해 힘쓴 일이겠소. 또 중심이 이미 정해지면 물욕이 가리우기 어려운 것이니 자연 잡념이 없을 것인데, 어찌 규중의 아녀자가 보은하기를 바라시오.

3, 4개월 동안 독숙을 했다고 고결한 체하여 은혜를 베푼 기색이 있다면, 결코 담담하거나 무심한 사람이 아니오. 안정하고 결백하여 밖으로 화채(華采)를 끊고 안으로 사념(私念)이 없다면 어찌 꼭 편지를 보내 공을 자랑해야 만 알 일이겠소.

곁에 지기의 벗이 있고 아래로 권속과 노복들이 있어 십목(十目)이 보는

---

1) <미암일기>에 나타난 송덕봉(宋德峯)의 편지. 조선조 전기의 대학자 유희춘(柳希春 : 1513~1577 : 호는 미암(眉巖)은 송덕봉의 남편.
송덕봉의 작품으로는 미암의 시에 대한 송씨의 차운시가 있고, 산문으로는 서신 한 편과 <촉석문>이 전해지는데, 실제로는 이보다 더 많은 작품이 있었을 것으로 보인다.
유희춘의 <미암일기>는 1567년에서 1577년까지 약 11년에 걸쳐 거의 매일 한문으로 기록한 개인일기이다. 미암은 26세에 과거에 급제한 뒤 홍문관 수찬, 무장 현감 등을 지냈으나, 35세에 제주도로 유배되었다가, 함경도 종성으로 이배되었다. 미암은 20여 년 동안 귀양살이를 하면서 많은 책을 읽었고, 『속몽구(續蒙求)』와 『육서부록(六書附錄)』 등의 책을 지었으며, 1567년 선조가 즉위하자 사면된 후 정5품 홍문관 교리에 제수되었다.
미암은 김인후, 기대승, 송 순, 이 황, 이 이, 허 봉, 정 철, 어숙권 등 당대 여러 문인, 학자들과 교유하였다. 미암의 부인 송덕봉은 다양한 소양을 갖춘 양반여성이자 대단한 시적 감각을 지닌 문인으로 평가되어, 최근에는 신사임당의 뒤를 잇는 인물로 새롭게 주목받고 있다. <미암일기>는 일기 10책과 미암과 부인 덕봉의 시문을 모은 부록 1책으로 이루어져 모두 11책인데, 이 일기는 비록 중간에 빠진 부분도 있으나 조선시대 개인일기 중 가장 방대하며, 『선조실록』편찬에도 중요한 사료가 된 것으로 알려져 있다.

바이니 자연 공론이 퍼질 것이어늘, 꼭 힘들게 편지를 보낼 것까지 있겠소

이로 본다면 당신은 아마도 겉으로 인의를 베푸는 척하는 폐단과 남이 알아주기를 서두르는 병폐가 있는 듯하오.

내가 가만히 살펴보니 의심스러움이 한량이 없소.

나도 또한 당신에게 잊지 못할 공이 있소. 가볍게 여기지 마시구려.

당신은 몇 달 동안 독숙을 하고서 붓끝의 글자마다 공을 자랑했지만, 나이가 60이 가까우니 만약 그렇게 한다면 당신의 건강을 유지하는 데 크게 이로운 것이지, 결코 내게 갚기 어려운 은혜를 베푼 것이 아니오. 하기사 당신은 귀한 관직에 있어서 도성의 만인이 우러러보는 처지이니, 비록 수개월 동안의 독숙도 사람으로서 하기 어려운 일일 것이오.

나는 옛날 당신 어머니가 돌아가셨을 때 사방에 돌봐주는 사람이 없고, 당신은 만리 밖에 있어서 하늘을 향해 부르짖으며 슬퍼하기만 했소. 그래도 나는 지성으로 예에 따라 장례를 치루면서 남에게 부끄럽지 않게 했는데, 곁에 있는 사람들이 "묘를 쓰고 제사를 지냄이 비록 친자식이라도 이보다 더할 순 없다"라고 하였소. 삼년상을 마치고 또 만리의 길을 나서서 멀리 험난한 길을 갔는데 이것을 누가 모르겠소. 내가 당신한테 한 이런 지성스런 일이 바로 잊기 어려운 일이오.

당신이 몇 달 동안 독숙한 공을 내가 한 몇 가지 일과 서로 비교하면 어느 것이 가볍고 어느 것이 무겁겠소.

원컨대 당신은 영원히 잡념을 끊고 기운을 보양하여 수명을 늘리도록 하시오. 이것이 내가 밤낮으로 바라는 바이오. 나의 뜻을 이해하고 깊이 살피기를 엎드려 바라오.

송씨 아룀.

4. 수필

4-1. 문장 공부 : 정약용

- 양덕 사람 변지의(邊知意)에게 주는 말[1] -

변지의(邊知意) 군이 천리 먼 곳으로 나를 찾아왔다. 내가 그 온 뜻을 물었더니, 문장을 공부하고자 함이라 했다. 마침 집의 아이들이 뜰에 나무를 심고 있었으므로, 나는 그 나무를 비유로 들어 그에게 문장 이야기를 해 주었다.

"사람에게 있어서의 문장이란 나무에 있어서의 꽃과 같은 것이라네. 나무를 심는 사람은 나무를 심은 뒤에 곧 그 뿌리를 북돋우고 그 가지를 편안하게 펴 주네. 그러면 머지 않아 그 줄기에 진액이 흐르고 가지에 잎이 나며 마침내 나무에 꽃이 핀다네. 그러니 꽃은 어디 다른 곳에서 빼앗아 올 수가 없는 것이라네. 그런고로 자네는 뜻을 참되게 하고 마음을 바르게 하여 그 뿌리를 북돋게 하고 행동을 독실(篤實)하게 하고 몸을 수양하여 그 가지를 편안하게 펴 주게나. 그리고 경전을 궁구(窮究)하고 예법을 연찬(研鑽)하여 그 줄기에 진액이 흐르게 하고, 견문을 넓히고 육예(六藝)[2]를 익혀서 그 가지에 잎이 나도록 하게.

이에 그 깨달은 바를 갈래지어 온축(蘊蓄)하고, 그 온축한 바를 펼쳐서 글로 쓰면, 사람들이 그것을 보고 문장이라 한다네. 문장이란 이런 것이라네. 다른 곳에서 빼앗아 올 수가 없는 것이지.

자네는 이제 돌아가 스스로 구하게나. 다른 스승이 있을 것이네."

- 『여유당전서』 -

---

1) 위양덕인변지의증언(爲陽德人邊知意贈言).
2) 예절, 음악, 활쏘기, 말타기, 글씨쓰기, 셈하기의 여섯 가지.

■ **연습문제** ■

1) 수필에 대하여 알아 보자.
2) 작가에 대하여 알아 보자.
3) 이 글의 주제를 살펴 보자.

4-2. 조침문(弔針文) : 유씨[1]

유세차(維歲次) 모년(某年) 모일(某日)[2]에 미망인(未亡人) 모씨(某氏)는 두어 자 글로써 침자(針子)에게 고하노니, 인간 부녀의 손 가운데 종요로운 것이 바늘이로대, 세상 사람이 귀히 아니 여기는 것은 도처에 흔한 바이라.

이 바늘은 한낱 작은 물건이나 이렇듯이 슬퍼함은 나의 정회(情懷) 남과 다름이라. 오호(嗚呼) 통재(痛哉)라! 아깝고 불쌍하다. 너를 손 가운데 지닌 지 우금(于今) 이십칠 년이라. 어이 인정이 그렇지 아니하리오. 슬프다, 눈물을 잠깐 거두고 심신을 겨우 진정하여 너의 행장(行狀)과 나의 회포를 총총(恩恩)히 적어 영결(永訣)하노라.

나의 신세 박명(薄命)하여 슬하(膝下)에 한 자녀 없고, 인명이 흉완(兇頑)하여 일찍 죽지 못하고, 가산이 빈궁하여 침선(針線)에 마음을 붙여 널로 하여 시름을 잊고 생애를 도움이 적지 아니하더니, 오늘날 너를 영결하니, 오호 통재라. 이는 귀신이 시기하고 하늘이 미워하심이로다.

이생에 백년동거(百年同居) 하렸더니, 오호 애재(哀哉)라, 바늘이여!

금년 시월 초십일 술시(戌時)에 희미한 등잔 아래서 관대(冠帶) 깃을 달다가 무심중간(無心中間)에 자끈동 부러지니 깜짝 놀라와라. 아야 아야 바늘이여, 두 동강이 났구나! 정신이 아득하고 혼백이 산란하여 마음을 빻아 내는 듯, 두골(頭骨)을 깨쳐 내는 듯, 이윽도록 기색(氣塞昏絶)하였다가 겨우 정신을 차려 만져 보고 이어 본들 속절없고 하릴없다.

오호 통재라, 내 삼가지 못한 탓이로다. 무죄(無罪)한 너를 마치 백인(伯人)이 유아이사(由我而死)[3]라, 누를 한(恨)하며 누를 원(怨)하리요 능란한 성

---

1) 순조 때의 여인. 자세한 것은 알 수 없음. 바늘을 의인화하여 글을 씀. 일명 제침문(祭針文)이라고도 한다. 이 글은 원문을 몇 부분 초역(抄譯)한 것임.
2) 해의 차례(간지)에 따라 아무 달 아무 날. 제문의 첫머리에 쓰는 말.

품과 공교한 재질을 나의 힘으로 어찌 다시 바라리요. 절묘한 의형(儀形)은 눈 속에 삼삼하고 특별한 품재(品才)는 심회가 삭막하다. 네 비록 물건이나 무심치 아니하면 후세에 다시 만나 평생 동거지정(同居之情)을 다시 이어, 백년고락(百年苦樂)과 일시생사(一時生死)를 한가지로 하기를 바라노라.

▧ 연습문제 ▧

1) <문장 공부>와 비교해 보자.
3) <조침문>의 미학을 살펴보자.
4) 작가의 정서에 대해 자신의 견해를 정리해 보자.

---

3) 진(晋)나라 백인(伯仁)은 왕도(王導)가 화를 입었을 때 애써 구했지만, 왕도는 백인이 화를 입었을 때 그를 구할 만한 힘이 있었는데도 구하지 않았다. 백인이 죽은 뒤에 알고 왕도는 백인이 자기 때문에 죽었다고 했다.

4-3. 역사와 낭만의 도시들 : 이금희

1. 상해의 역사 현장

청주에서 1시간 30분을 날아가니, 바로 중국 상해였다. 비행기에서 내려다본 공항 주변의 집들은 잘 정돈되어 있어서 좋은 인상을 주었고, 우리가 도착한 홍교(虹橋) 공항도 크게 붐비지 않아서 서두를 필요가 없었다.

상해는 그 면적이 서울의 10배 정도인데, 인구는 1,474만 명으로 13억 중국 인구의 1.1%를 차지하며, 연간 중국 인민들의 평균 임금은 23,834위안(우리 나라 돈으로는 335만원 ; 미국 달러로는 3100弗 정도 : 2000년 현재)이라고 한다. 또 상해에는 세계에서 제일 긴 다리가 있는데, 그 길이가 8,658m나 되어서 자동차가 시속 100km로 달려도 15분 남짓 걸린다고 한다.

상해에 있는 '임시정부 청사'는 생각보다 규모가 작아서, 마음이 몹시 아팠다. 좁다란 길가, 좁은 공간에서 나라 잃은 백성의 지도자들이 다시 나라를 찾기 위해 애쓴 역사의 현장이 너무나 초라하여, 일제 강점기의 실상을 조금이나마 되새겨볼 수 있었다. 이 역사의 현장에 우리 나라 관광객이 붐비고 있었으나, 지금 우리는 그때에 비해 너무나 풍요로워 지나간 세월, 간난(艱難)했던 시절을 전설의 세계 속으로 묻어버린 듯하여 안타까운 마음이었다.

나는 '임시정부 청사'의 좁은 층계를 힘겹게 오르내리면서 새삼 내 나라에서 우리말을 사용하면서 살아가고 있는 현실이 못내 고맙기만 했다. 아울러 당대를 살아가는 우리나 미래의 후손들에게 나라의 소중함을 깨닫게 하기 위해 우리 나라 서울에 있는 '정부 청사' 앞에 '상해 임시정부 청사' 모형을 만들어 정책을 입안하는 관리나 그 곳을 지나는 국민 모두가 그때의 일을 기억하며 살아간다면, 우리의 생활태도가 조금은 달라지지 않을까? 하고, 잠시 생각해 보았다.

'임시정부 청사'에서 나오니, 나의 마음을 가늠하는 듯 부슬비가 내렸다.

울적한 마음으로 차에 오르자마자 소나기가 세차게 차창을 두드렸다. 안내인의 말을 들으니, 중국에서는 귀한 손님이 올 때 미리 비를 뿌려 더위를 식히고 길을 깨끗하게 청소한다고 하면서 우리 일행을 귀하게 대접하기 위해 비가 오는 것이라고 하면서 우리 일행이 '홍구공원(일명 魯迅公園)에 도착하면 비가 멎을 것이라고 했다.

갑자기 내린 소나기임에도 자전거를 타고 가는 사람들은 대부분 어느 틈에 우비를 입고 부지런히 자전거 페달을 밟으며 달려갔다. 미처 우산이나 우비를 준비하지 못한 행인들은 웃옷을 벗어 머리에 쓰고 가거나 소나기를 맞으며 유유히 걸어가기도 했다.

아니나 다를까, 안내인의 말처럼 홍구(虹口)공원 앞에 차가 멎고 우리 일행이 차에서 내릴 무렵에는 정말로 비가 멎었다. 우리는 환성을 지르며 차에서 내려 공원으로 들어가 루쉰(魯迅)의 무덤과 동상이 있는 데로 갔다. 루쉰(1881-1936)은 중국의 대문호로 <광인일가>, <아Q정전>등의 작품으로 우리에게 알려진 작가이다. 그가 만년에 이 근방에서 살면서 집필에 전념한 것을 기념하여 그 공원 내에 그의 옛집이나 기념관을 두어 그를 기리고 있다고 한다. 우리 나라 관광객이 이 공원을 찾는 이유는 루쉰을 기억하기 위해서가 아니라, 일제 36년이라는 우리 나라 치욕의 역사현장과 관련이 있기 때문이다.

루쉰의 묘와 동상이 있는 그 곳은 1932년에 일본인들이 일본 천황의 생일인 천장절(天長節)과 겸하여 상해사변 전승기념식을 하던 단상이었다. 이때 윤봉길(尹奉吉 ; 1908-1932) 의사(義士)는 김구(金九)선생으로부터 폭탄을 받아 전승기념식을 행하던 홍구공원에 들어가 그 단상을 향해 폭탄을 투척하여 상해 일본 거류민단장 가와바따와 일본의 상해 파견군 사령관 시라까와 대장 등을 살해했다. 이러한 까닭으로 우리 나라 사람들이 홍구공원을 찾아 윤봉길 의사의 숭고한 뜻을 기리고 그의 애국정신에 경의를 표하기 위해 이 공원을 찾는 것이다. 우리 나라 사람의 눈으로 보면 마땅히 루쉰의 묘와 동상이 있는 그 곳에 윤봉길 의사의 묘와 동상이 있어야 하건만, 상해는 엄연히 우리 나라가 아니었다. 씁쓸한 심정으로 그 곳을 돌아 나오다 보면, 연못 옆으로 윤봉길 의사를 기념하는 조그마한 동산과 정자가 있어서 그나마 아쉬운 대로 위안이 되었다.

2. 서호(西湖)와 육화탑(六和塔)의 항주

항주는 2000년의 역사를 지닌 고도(古都) 중의 하나로 저장성(浙江省) 성소재이다. 항주는 <동방견문록>을 쓴 마르코 폴로가 항주를 둘러본 후 '세계에서 제일 호화롭고 부유한 도시'라고 했을 만큼 경관이 빼어날 뿐 아니라 풍요로운 도시이다. 특히 중국에서 시성(詩聖)이라고 불리우는 백낙천이나 소동파도 '서호'를 안고 있는 항주를 사랑하여 그들의 시에서 격찬했을 뿐 아니라 실제로 '서호'에는 백제(白堤 ; 총길이는 1km 정도이고 원래 이름이 백사제였으나 唐代 시인 백낙천이 항주 측사로 부임했을 때의 공적을 기리기 위해 백제라고 부름)와 소제(蘇堤 ; 北宋의 시인 소동파가 항주 태수로 부임했을 때 서호를 쳐내면서 만든 것으로, 이 제방은 서호의 남북을 관통하여 놓여 있으며 총길이가 3km에 가깝고 6개의 석교가 풍치를 더해 줌)라 하여 그 두 사람과 연관된 둑(堤)이 오늘날에도 남아 있어 '서호'가 그들에게 어떤 존재인지를 느끼게 해 주고 있다.

서호에 다가가니, 마침 환하게 핀 연꽃들이 우리를 반갑게 맞이해 주었다. 싱그러운 연꽃을 본 우리의 얼굴도 연꽃만큼이나 맑아지고 있었다. 군자의 꽃이라 불리는 연꽃! 많은 사람들은 부귀를 상징하는 모란을 좋아하고, 도연명은 은일 처사(隱逸 處士)를 지향하여 국화를 좋아했으며 주돈이(周敦頤)는 덩쿨지기를 싫어하고 진흙 속에서도 맑게 피어나며 줄기는 비어 대나무처럼 사심(私心)이 없고, 멀리서 바라볼 수는 있으나 사람들이 함부로 할 수 없는 그 품격을 사랑하여 연꽃을 좋아한다고 했다.

서울에서도 이렇게 좋은 연꽃을 제대로 볼 기회가 없었던 나로서는 예기치 않은 연꽃을 보며, 주돈이의 <애연설(愛蓮說)을 음미하고 또 음미하면서 '서호 유람선'에 올랐다. 오전 8시 30분, 이른 시간에 승선한 탓인지 승객은 예상

보다 많지 않아서 쾌적했다. 우리 일행이 승선한 곳은 북쪽으로 그 옆에는 백제(白堤)와 당나라 때의 시인 백낙천이 항주 측사로 부임했을 때 공부했다고도 하고 청나라의 강희 건륭(乾隆)의 행궁(行宮)이었다가 신해혁명 후 공원이 된 고산(孤山 ; 서호의 북쪽에 위치하는데, 높이 38m의 인공산)이 있었고, 멀리 소제(蘇堤)를 바라보며 가까이 삼담인월(三潭印月 ; 서호에 있는 작은 섬으로 그 안에 또 작은 호수와 더 작은 섬들이 아치형 다리로 연결되어 있고, 그 주위로 정자, 누각 등이 조화를 이루어 마치 수상 궁전과 같다고 함)이 있었으나, 안타깝게도 삼담인월은 지나가는 배 안에서 눈으로만 즐길 수밖에 없었다.

서호는 사철 아름답다고 했다. 백제(白堤)에는 봄이면 복숭아꽃이 피고, 그 꽃이 피었다가 지면 연꽃이 피어 사람들을 행복하게 하며 추석날 밤에는 달을 바라볼 수 있는 누각(樓閣)이 있어서 달빛에 비친 서호의 아름다움을 맘껏 즐길 수 있다고 했다. 그리고 서호는 40일마다 물을 간다고 하는데, 한 번에 다 가는 것이 아니라 조금씩 가는 기간이 약 40여 일이 걸리는데, 물이 오염되지 않도록 하기 위해 유람선도 기름을 쓰지 않고 밧데리를 사용한다고 한다. 서호를 아끼고 사랑하는 중국인들의 마음이 이처럼 자연환경보호에까지 심혈을 기울이는 것을 보니, 배를 타고 유람하면서도 생각하는 바가 많았다.

항주는 아열대지역으로 비가 많이 오기는 하지만, 벼농사를 이모작(二毛作)하기 때문에 농민들은 부유하다고 했다. 그러나 비가 많이 오게 되면 홍수가 따르기도 하여 항주인들은 예로부터 홍수 걱정을 많이 했다고 한다. 그래서 '육화(六和)'라는 스님이 홍수를 방지하기 위해 무던히 애썼다고 하는데, 후대인들이 그의 공덕을 기리기 위해 첸탄강(錢塘江 ; 시가지의 남쪽을 가로지르는 강. 만조 때가 되면 해수가 거슬러 올라와 파도를 일으키는데, 특히 음력 8월 18일이 가장 장관을 이룬다고 함. 이때에는 시속 25km에 3m가 넘는 파도가 몰려와 일대 장관을 이룬다고 함)가 월운산 기슭에 '육화탑(六和塔)'을 세워 놓았다.

중국은 땅덩어리가 워낙 큰 탓인지 모든 것이 크고 웅장했다. '육화탑'만 해도 평지에 있는 것이 아니라 월운산 기슭에 우뚝 솟아 있어서 고개를 위로 한참을 올려야 다 볼 수 있다. 이 탑은 북송(北宋) 개보 3년에 세워진 탑으로, 높이는 약 60m이고 외관상으로는 13층이지만 실제로는 7층 8각탑이다. 이 탑을 보기 위해 수많은 계단을 올라 숨을 고른 후, 오른 편을 바라보면, 육화(六和)가 홍수를 방지하기 위해 손에 돌을 들고 악룡(惡龍)을 누르고 있는 작은 동상이 있다. 탑만 바라보고 가다보면, 이 자그마한 육화상(六和像)을 놓치기 쉽다. 나도 안내인의 말을 듣지 않았다면 우람한 모습을 자랑스럽게 드러내 보이고 있는 탑만 올려다보았을 것이다. 육화탑 뒤의 언덕에는 <수호전>에 나오는 인물들이 첸탄강을 향해 물이 넘치지 못하도록 활을 들거나 주먹으로 위협하는 형상들이 있다. 이러한 위협적인 형상들을 바라보며 중국의 이름난 문학작품들이 일상생활과 동떨어진 것이 아니라 그들 생활의 한 부분을 차지하고 있는 것을 느낄 수 있었으며, 또한 작품 속의 영웅적인 인물들을 동원해서라도 홍수를 미연에 방지해야만 했던 이 고장 사람들의 절실했던 염원을 실감할 수 있었다.

육화탑 계단을 천천히 내려오면서 그 옛날 9년간의 홍수를 잘 다스려 큰 공(功)을 세워 성왕(聖王)이라고 칭송을 받았던 하(夏)나라의 창업자 우(禹)를 떠올렸다. 이 우왕(禹王)은 요순(堯舜)과 더불어 태평성대를 상징하는 군주들로 우리 나라 사람들에게는 친근한 이름이다. 첸탄강의 상황과 승려 육화, 육화탑과 <수호전>의 인물들, 물이 넘치는 중국과 치수(治水)에 성공하여 성왕(聖王)이 된 우(禹)를 머릿속에 그려보며, 중국은 물(水)과 뗄 수 없는 나라임을 재삼 실감했고 더 나아가 자연의 무서운 힘에 대한 인간의 무한한 능력을 다시 생각해보는 기회가 되기도 했다.

항주에는 또 용정차(龍井茶)와 견직물, 민물진주가 유명하다고 하는데, 먼저 차(茶) 박물관을 방문했다. 항주, 아니 전 중국(全 中國)을 통해서도 유명

하다고 자랑하는 용정차, 우리 나라 어느 스님인가도 이 용정차를 선물받고
기뻐했다는 글귀를 떠올리며 여러 등급의 용정차를 차례로 음미해 보았다.
직원의 말대로라면 이 용정차야말로 거의 만병통치에 가깝다고 해야 할 것이
다. 우리 일행은 시원한 곳에서 배불리(?) 용정차를 마신 후 민물진주 전시장
으로 갔다. 이 곳의 민물진주는 서호에서 나는 것이란다. 직원이 직접 살아
있는 조개를 깬 다음, 그 속에 자잘하게 들어 있는 연분홍 진주를 꺼내어
보여주기도 했다. 진주가 조개 속에서 자란다는 것을 알면서도 막상 눈앞에서
진주를 내 손바닥에 놓아주니, 신기하기까지 했다.

　항주에서 빼놓을 수 없는 것으로는 운하(運河)를 들 수 있다. 6세기 말
수나라 때, 이 곳을 항주라 명명했다고 하고, 수나라 양제가 양자강 남부의
산물을 북으로 운송하기 위해 사람들을 동원하여 땅을 파서 대운하를 개통했
다고 하니, 입이 벌어지지 않을 수 없었다. 중국이라는 나라가 아무리 세계
인구의 1/4을 차지한다고 해도 항주와 북경(北京)과의 거리는 지도상으로만
보아도 만만한 거리가 아니다. 그러나 수나라 양제는 이 엄청난 일을 해내어
남부의 풍부한 물산을 북으로 옮기는 대작업을 이미 그 옛날에 해낸 것이다.
어느 시대를 막론하고 인간의 지혜, 인간의 능력이란 쉽게 가늠할 수 없는가
보다.

3. 서시(西施)와 무릉도원의 소주

　항주를 떠나 소주(蘇州)에 도착하니, 저녁 무렵이었다. 안내인의 일성(一
聲)인즉, "상유천당(上有天堂) 하유소항(下有蘇杭)" 즉 '위로는 천당이 있
고, 아래에는 소주(蘇州)와 항주(杭州)가 있어서 이 지상에서 소주와 항주가
가장 아름답다는 것과 또 이 아름다운 풍광에 걸맞게 이곳에는 미인이 많기로
도 유명하다'고 자랑이다. 이 말은 항주에서도 여러 번 들었으므로 소주도
항주만큼 아름다운 도시일 것이라고 짐작했다.

　'동방의 베니스'라 불리는 소주는 북으로는 양자강(長江)과 남쪽에는 항주,
동쪽은 상해로 통하고 서남쪽으로는 태호와 맞닿아 있다. 소주(蘇州)라는 지

명(地名)에서도 알 수 있듯, 소주는 '어미지향(魚米之鄕)'이어서, 먹고 입는 데에는 근심이 없다고 했다. 기후도 항주와 마찬가지로 온화해 농사가 잘되며, 중국의 이름난 도시 가운데 '하얼빈이 얼음 도시', '광주가 꽃의 도시'라면 '소주는 물의 도시'로 유명하여 '동방의 베니스'라는 별명(別名)을 얻었다고 했다.

그 옛날, 소주를 다녀간 마르코 폴로의 기록에는 '소주에는 다리가 6,000여 개 있다.'고 했다 하나, 오늘날에 남아 있는 다리는 '306개'인데도 "삼보이교(三步二橋)"라는 말이 말해주듯, 거리거리에는 수많은 다리가 놓여 있다. 그런데 재미있는 일은, 그 다리마다에 많은 사람들이 모여 있어서 장이 서는 줄 알았더니, 날씨가 너무 덥기 때문에 사람들이 집안에 들어앉아 있지 못하고 더위를 식히기 위해 다리에 나와 앉아 있거나 서서 더위를 달래고, 심지어는 신문지를 깔고 드러눕기도 한다고 했다.

소주 거리의 가로수들은 인상 깊다. 넓지 않은 도로에 오랜 세월을 묵묵히 지켜온 가로수들은 인자한 할아버지가 손자의 더위를 덜어주려는 듯 따가운 햇살을 몸으로 막아주고 있었다. 뜨거운 햇볕을 대신 받으면서도 우리 인간들에게 생색내지 않는 그 가로수들은 도대체 얼마나 오랜 시간을 한곳에만 있어 왔을까?

장자(長者)의 기품을 지닌 고목(古木)들을 바라보며 2,500여 년이나 되었다는 소주의 역사를 떠올려본다. 소주는 남쪽에 있는 항주를 빼놓고는 얘기할 수 없다고 한다. '오월동주(吳越同舟)'라는 고사(故事)가 말해주듯, 지리적으로 가까우면서도 심정적으로 원수지간(怨讐之間)일 수밖에 없는 오(吳)나라와 월(越)나라, 두 나라의 수도였던 소주와 항주, 그러면서도 한 배를 타지 않으면 안되었던 그 지난날을 생각하며 창 밖을 바라보니, 도로에 자전거행렬이 꽉 들어차 있지 않은가! 어쩌다 T.V.의 뉴스시간에 자전거 행렬을 보기는 했으나, 막상 자전거를 타고 출근하는 무수한 남녀 행렬들을 보니, 50년 전, 6.25 때 중공군이 물밀 듯이 쏟아져 내려왔다는 말에 수긍이 갔다. 이들이 탄 자전거에는 대부분 핸들 앞에 작은 바구니가 달려 있는데, 이는 퇴근 후 시장에 들러 저녁 반찬거리를 사서 담아오기 위해서라고 한다.

1,500여 년의 역사를 지닌 한산사(寒山寺)는 남조시대 양나라 때 세워진 고찰(古刹)로 여러 차례 화재로 인해 소실되었다가 청대 말에 재건된 절(寺刹)로, 당나라 때 명승인 한산(寒山)과 습득(拾得)이라는 승려가 이 절에 있었던 것을 기념하기 위해 '한산사'라고 부르게 되었다고 하는데, 지금도 한산사에는 두 명승을 기리기 위해 그들을 형상화해 놓았다.

한산사는 두 명승으로도 유명하지만, 당나라 때의 시인 장계(張繼)라는 사람의 "풍교야박(楓橋夜泊)"이라는 시로써 더 유명해졌다고 한다. 이 "풍교야박"이라는 시는 장계가 장안으로 과거를 보러 갔다가 낙방을 하고 돌아오는 길에 마침 이곳을 지나다가 쓴 시로, 그 내용은 다음과 같다.

달 지고 까마귀는 울고 찬 서리는 하늘에 가득한데
강에는 단풍이 들고 고깃배에는 불이 켜 있어 잠을 이룰 수 없구나.
짐짓 소주성 밖 한산사에서
한밤중에 들려오는 종소리는 나그네의 배에까지 들려오는구나.

과거에 시험에 낙방한 장계가 어느 가을날, 배 안에서 잠을 이루지 못하고 있을 때, 한밤중에 울려 퍼지는 한산사의 종소리를 듣고 더욱 잠을 이루지 못하는 심정을 쓴 것으로, 장계의 쓸쓸하고도 외로운 마음과 고요한 밤의 정취가 잘 드러나 있는 시이다.

그 후 한산사의 종소리를 들은 효험으로 장계가 과거에 합격했다고 하자, 후대인들은 소원성취를 하기 위해 너나없이 한산사의 종소리를 들으려고 이 절로 모여든다고 하는데, 한산사에는 '청종석(聽鐘石)'이라는 돌까지 세워 놓고 이곳을 찾는 사람들의 마음을 흐뭇하게 해준다. 한 해를 다 보낸 밤, 달도 없는 섣달 그믐날 밤에 이 절에서는 108번의 종을 친다고 하는데, 이 종소리를 들으면 일상사의 모든 번뇌에서 벗어날 뿐 아니라 '벽사진경(辟邪

進慶)'의 효험이 있다고 하니, 오늘이 섣달 그믐이 아닐지라도 '청종석(聽鐘石)' 앞에 잠시 발길을 머물어 본다.

종소리를 가슴에 안고, 사철 잎이 지지 않는다는 향당나무 가로수를 바라보며 호구산(虎丘山)으로 향했다. 호구(虎丘)는 오(吳)나라의 왕 부차(夫差)가 그의 아버지인 합려(闔閭)를 이곳에 묻었는데, 장사 후 3일째 되는 날 흰 호랑이가 나타나 무덤을 지켰다 하여 이곳을 호구(虎丘)라고 불렀다 한다. 호구산 정상에는 높이 47m의 8각 7층으로 된 호구탑(虎丘塔)이 있는데, 이 탑이 약간 기울어져 있어 중국판 피사탑이라고도 불린다. 이 탑은 현존하는 중국의 탑 가운데 가장 오래된 벽돌탑인데, 961년에 완성되었다고 한다.

탑을 보며 올라가는 입구 근처에 오왕(吳王) 합려(闔閭)가 명검(名劍)을 시험해 보기 위해 칼로 내리쳐서 두 조각이 난 '시검석(試劍石)'이 있고, 좀더 올라가면 1,000여 명이 둘러앉아 설법을 들었다는 넓게 펼쳐진 '천인석(千人石)'이라는 바위가 있다. 그런데 이 '천인석'에 대해서는 부차(夫差)가 비밀 유지를 위해 아버지의 무덤을 조성했던 인부 1,000여 명을 이곳에서 죽인 후 매장했다는 설이 있다. 그러한 까닭으로 이곳의 돌이 붉은 색을 띈다고도 한다.

개울물이 흐르는 돌다리를 건너다보면 돌다리에 두 개의 둥근 구멍이 뚫려 있는데, 이 원형의 구멍은 거울이었다고 한다. 부차(夫差)의 마음을 사로잡아 오(吳)나라를 망하게 했던 서시(西施), 그 서시(西施)가 그 둥근 구멍을 통해 다리 밑으로 흐르는 물을 내려다보며 머리를 빗으며 자신의 아름다움을 비추어보았다는 거울!

부차(夫差)는 월왕(越王) 구천(勾踐)이 3년간이나 얼굴모습과 걸음걸이를 훈련시켜 보낸 아름다운 서시(西施) 앞에 맥없이 무너져 버렸다. 지난날 '와신(臥薪)'하면서 아버지의 원수를 갚았던 일을 잊어버리고, 서시(西施)를 위해 '고소대(姑蘇臺)'를 지어 함께 놀며, 충신 오자서(伍子胥)마저 의심하여 칼을 내려 죽게 했던 부차(夫差)! 억울하게 죽어야 했던 오자서(伍子胥)가 죽으면서 부하를 시켜 자기 눈을 빼어 동문(東門) 위에 걸어 후에 월(越)나라가 쳐들어올 때 보게 해달라고 했다고 하자, 오자서(伍子胥)의 무덤을 파 시체를 술을 담는 가죽 자루에 담아 묶어서 바다에 던져버릴 정도로 서시(西施)에게 빠져버렸던 부차(夫差)!

회계산(會稽山)에서 부차(夫差)에게 항복했던 구천(勾踐)은 그 치욕을 씻기 위해 '상담(嘗膽)'하며 결심을 굳게 다지고, 한편으로는 미녀 서시(西施)를 부차(夫差)에게 보내 손쉽게 오(吳)나라를 무너뜨려 승자(勝者)가 된 구천(勾踐)!

오(吳)나라가 망하자 조국을 위해 그녀의 역할을 마친 서시(西施)는 다시 월(越)나라의 범려(范蠡)에게로 돌아가, 그와 함께 편주(扁舟)를 타고 오호(五湖)를 건너 제(齊)나라로 들어가서 큰 부자가 되었다고 한다. 한 여인의 아름다움에 혹(惑)하여 '와신(臥薪)'했던 시절도 망각해버린 부차(夫差)는 나라를 잃은 후, 충신 오자서(伍子胥)를 볼 낯이 없다고 하면서 얼굴을 가리고 자살했다고 한다.

나는 황가공원(皇家公園)이라고 하는 이 호구산(虎丘山)에서 '와신(臥薪)과 상담(嘗膽)', '거울과 고소대(姑蘇臺)', '오자서(伍子胥)와 범려(范蠡)'를 생각하고, 깊은 상념에 잠겼다. 그리고 서로 원수지간이지만 한 배를 탔다는 '오월동주(吳越同舟)', 서시(西施)가 범려(范蠡)와 타고 간 '편주(扁舟)' 등에서 보듯 강남지역에서 '배(舟)'가 시(詩)나 전설의 소재로 많이 등장하는 것도 곳곳에 강과 운하가 일상생활과 밀접한 관계를 갖고 있기 때문이라는 것도 저절로 알게 되었다.

소주에는 현재 크고 작은 개인 별장이 100여 개나 된다고 한다. 곳곳에 아름다운 정원이 산재해 있어서 '원림지성(園林之城)'으로도 이름을 날릴 뿐만 아니라 예로부터 수많은 문인들이 명작을 산출해내던 명작의 산실로도 유명하여 지금도 문학에 관심 있는 이들이 많이 찾는다고 한다.

명(明)나라 정덕 연간(1502-1521)에 지었다고 하는 '졸정원(拙政園)'은 중국 4대 명원(名園) 중의 하나이며, 개인 정원으로서는 최대의 규모를 자랑한다고 한다. 이 정원을 처음 만든 사람은 어사를 지낸 왕헌신(王獻臣)이라는 사람인데, 그가 관직에서 추방되어 고향으로 돌아온 후 19년에 걸쳐 이 정원을 꾸몄다고 하는데, 정원의 이름을 진대의 시 구절 중 "졸자지위정(拙者之爲政)"에서 따왔다고 한다.

황가공원(皇家公園)으로 유명한 북경(北京)의 '이화원'에는 못(池)이 적은 반면, 전체 면적이 5ha이나 되는 '졸정원'은 부지의 반 이상이 연못이다. 이 연못들을 중심으로 여러 누각과 정자들이 곳곳에서 자태를 뽐내고 있는데, 연못에 한창 피어 있는 연꽃들에 나의 눈과 마음이 온통 빼앗겨, 한동안 벌어진 입을 다물 수가 없었다. 연꽃이라면 이미 '서호'에서도 감탄했던 터이나, '졸정원'의 연꽃은 정자와 누각, 그 주변을 둘러싸고 있는 정원수들과 조화를 이루어 '환상' 그 자체였다. 그 뿐 아니라 연못에 떠 있는 다리들도 배(舟)의 형상을 하고 있어, 이곳을 방문하는 사람들을 선유(船遊)의 세계로 이끌었다.

정원 안은 동, 서, 중원으로 나누어져 있는데, 중원에 있는 건물로 들어서기 위해서는 연못에 떠 있는 배다리(舟橋)를 건너야 한다. 이 배다리(舟橋)를 취한 듯 건너가면, '졸정원' 안에서도 가장 아름답다는 건축물, 곧 '정(亭), 대(臺), 누(樓), 각(閣)'이 한데 다 모여 있는 별세계(別世界)로 들어가는데, 이 무릉도원(武陵桃源)을 밖에서만 바라보아도 어느 누구인들 신선세계에서 노니는 행복감을 맛보지 않을 수 있겠는가! 어부가 무릉도원(武陵桃源)을 육로(陸路)가 아니라 뱃길에서 찾았다는 것도 우연만은 아닐 것이다.

정원의 4요소로는 '연못과 가산(假山), 수목(樹木)과 건축'이라 하는데, '졸정원'은 이 요소들을 완벽하게 갖추어 명원(名園) 중에서도 으뜸가는 명원(名園)이라고 한다. '졸정원'에 있는 건물 가운데에는 중국 소설 <홍루몽>의 무대가 되었다고 하는 '원향당(遠香堂)'이 있다. 이 건물도 연못 속에 잠기듯 떠 있는데, '원향당(遠香堂)' 안에서 생활했던 여성들이 창(窓)을 통해 연꽃과 정원수들을 즐길 수 있도록 섬세하게 설계되었다. 이 건물은 '원앙청' 등의 건물들과 더불어 청나라 중엽에 재건되었다고 하는데, 그래서인지 건물 내부에 청나라 풍이 강하게 느껴지기도 했다.

떨어지지 않는 발걸음을 옮기며 '졸정원'을 나서는데, 왕헌신이 19년간이나 공들여 만든 이 아름다운 정원을 후손이 하룻밤의 도박으로 날려버렸다고 한다. 이 일을 두고, 후세의 사람들은 '부정한 재물은 오래 가지 못한다'고 교훈 삼아 말한다고 한다. 신해혁명 후 '졸정원'은 국가가 소유하여 일반인들이 마음놓고 드나드는 명소가 되었고, 국가에서는 이 '졸정원'을 보호하기 위해 이 부근에 7층 이상의 건물은 짓지 못하도록 규제하고 있다고 한다.

현재 소주에는 100만 정도의 인구가 사는데, 유구한 역사가 살아 숨쉬는 소주를 지키기 위해 다른 지역에서 인구가 유입되는 것을 억제한다고 한다. 얼마 전까지만 해도 소주의 풍물 중의 하나가 이른 아침에 운하(運河)에다 요강(똥)을 버리는 일이었다고 하는데, 이 일은 주로 할머니들이 배를 타고 다니면서 했다고 한다. 오늘날에는 이 일이 금지되었다고 하지만, 오래된 관습을 하루아침에 바꾸는 것은 쉽지 않아서 근자에도 간혹 이러한 풍경을 목격한다고 한다. 그리하여 날로 오염되어가고 있는 운하를 걱정하는 소주시장이 맑은 운하를 되찾기 위해 때때로 T.V. 앞에 나와 국민들에게 운하에다 오물을 버리지 않도록 호소할 정도라 한다.

중국은 원래 비단이 유명하지만, 그 중에도 소주의 비단이 품질 면에서 단연 우수하다고 자랑을 늘어놓으며 안내인은 우리를 비단공장으로 데려갔다. 비단공장에는 누에가 옷감이 되는 과정을 알 수 있게 정돈해 놓았다. 그런데 그 공장을 둘러보는 중에 모든 누에가 다 비단옷감이 되는 것이 아니라는 것을 알 수 있었다. 한 마리로 된 누에만이 비단옷감으로 사용되고, 두 마리가 엉켜 있는 것은 옷감으로는 부적절하다하여 명주이불감으로 쓰여졌다.

견물생심(見物生心), '아는 것이 힘'이라고, 매장을 둘러보는 내 마음은 예전과는 달리 비단이 더 귀하게 느껴졌다. 한 마리, 한 마리 정선된 누에로 만든 비단! 나는 이곳에서 흰 스카프를 발견했다. 이 희고도 긴 스카프는 마음에 들었다.

스카프를 펼쳐 놓고 바탕에 새겨진 은은한 무늬를 들여다볼 때마다, 나는 영조(英祖)를 떠올린다. '무수리'라는 천한 출신의 어머니를 둔 영조(英祖)는 일생동안 검박하게 생활한 임금으로 유명하다. 평소에 잡수시는 '수라상'에도 반찬 가짓수를 줄이고, 의복도 행사나 의례 때가 아니면 무명옷을 즐겨 입으셨다는 영조(英祖)는 당시의 호화, 사치스러운 분위기를 쇄신하기 위해 비단 사용을 자제하라고 명했고, 특히 비단 중에도 무늬 있는 비단 사용을 엄금함으로써 검소한 생활을 적극 권장했다고 한다. 그 뿐 아니라 영조(英祖)는 여성의 의복도 세심하게 살펴 옷감을 줄이기 위해 허리까지 내려온 '저고리'의 길이를 짧게 해서 입으라고 할만큼 절제된 생활을 강요했다고 하니, 어느 시대이고 지도자란 범상(凡常)한 인물일 수 없는가 보다.

4. 감로수와 삼국성의 무석

작지만 아름다운 도시, 역사가 살아 숨쉬는 소주에서 더 머무르고 싶었지만, 아쉽게도 발길을 무석(無錫)으로 돌려야 했다. 소(小) 상해라고도 불리는 무석은 청(淸)나라 건륭(乾隆) 황제와 관련이 깊다고 한다.

무석에서의 첫코스는 '오중제일산(吳中第一山)'이라는 현판이 걸려 있는 곳이었다. 이 산은 현판에서도 말해주듯, 오(吳)나라 때부터 이름난 산이어서 후대에 청나라 건륭 황제가 자주 찾곤 했다고 한다. 특히 이 산에서 나오는 샘물은 그 맛이 뛰어나서 매일 몇 통씩의 샘물을 북경까지 운하로 운송할 만큼 명성이 자자했다고 하나, 지금은 그 옛날의 우물의 형태만 갖추었을 뿐 행인들의 목을 적실 감로수(甘露水)는 그 어디에도 남아 있지 않았다.

오늘날 무석의 자랑거리인 '삼국성(三國城) 세트장'은 영화촬영을 하기 위해 1984년도에 만들었다고 하는데, 차를 타고 가는 중에 보이는 것만도 거대한 성(城)을 연상할 정도였지만, 막상 가서 보니 '대륙의 기질'이 어떠한 것인지를 대변해 주고 있었다. 세트장 안으로 들어가면 오른쪽에, '삼국성'이라고 쓰여진 1인용 마차가 있다. 그 마차 뒤로 약간 경사진 언덕이 있는데, 그

언덕의 제일 높은 중앙에는 유비와 관우, 장비 등이 늠름한 자세로 떡 버티고 있고, 그보다 약간 아래의 좌우에는 조조와 손권 등의 무리가 서 있다. 이들 세 나라는 그 당시 서로 세력확보를 위해 치열하게 싸운 나라들로, 나중에 유비의 세력이 가장 강성했기 때문에 오늘날에도 유비의 무리들이 더 영웅시 된다.

마차를 중심으로 오른쪽 길로 한참을 걸어가다 보면, 유비 등이 결의 형제를 맺었다는 '도원(桃園)'이 있다. 그 '도원(桃園)'에서 미처 상상의 나래를 펴기도 전에 빨리 나오라고 재촉이 성화다. 이곳은 '세트장'이라고 해도 워낙 넓어서 자칫하면 길을 잃을 우려가 있다는 것이다, 더욱이 무석에서는 우리 일행만이 아니고 몇 팀이 함께 행동하다 보니, 개인적으로 감상에 빠질 여유가 없었다.

안내인을 따라 부지런히 숲 속으로 나 있는 길을 걸으며 당도한 곳이 '감로사(甘露寺)'였다. 중국에는 물이 많으면서도 마음놓고 마실 수 있는 물은 흔하지 않은 모양이다. 예로부터 중국인이 생수보다 뜨거운 물로 차(茶)를 우려 마시는 것도 수질(水質)과 관계가 있을 것이다.

우리 나라 고전작품 중, 중국을 배경으로 한 문학작품들에 '수토(水土)'가 사나운 곳으로 죄인을 귀양보내, 저절로 죽게 만들려고 하는 음모들을 보게 된다. 서포(西浦) 김만중(金萬重)의 작품 <사씨남정기>에도 유연수를 '수토(水土)가 사나운 곳'으로 귀양보내, 그를 직접 죽이지 않고도 죽이는 효과를 가져오려고 했으나, 청의동자(青衣童子)가 꿈속에서 가져다 준 물-이것이 현실에서는 감로수을 마시고 유연수가 병이 낫듯, '감로수'는 곧 '생명수(生命水)이다.

<삼국자>에도 제갈량이 남방을 치기 위해 내려갔을 때, 제갈량의 군사들이 물로 인해 고통을 겪는다. 군사들 대부분이 물이 맞지 않아서 토하거나 설사를 하여 제갈량을 당황하게 만들었는데, 그 때 '감로수'를 마시고 기운을 회복한 제갈량의 군사들이 결국 남방을 정복하는 이야기가 나온다. 이처럼 한 개인이

나 나라의 운명을 좌우하는 '감로수'를 영원히 기억하기 위해 '감로사'까지 만들었다.

'감로사' 계단을 내려와 걸어가다 보면, <삼국자>에서도 유명한 '적벽 전투 현장'을 만나게 된다. 물에서의 싸움을 재현하기 위해 물위에 장난감처럼 작은 배들을 여러 개씩 묶어 놓았다. 수전(水戰)을 할 때 여러 척의 배들을 묶어 배다리(舟橋)로 사용하는데, 이러할 경우 장단점이 따른다고 한다. 적군(敵軍)이 쳐들어왔을 때 배다리(舟橋)를 육지로 삼아 싸울 수 있는 장점이 있으나, 적군의 군사가 아군(我軍)의 배다리(舟橋)에 불을 지르면, 배가 묶여 있기 때문에 위험을 피해 뿔뿔이 도망가지 못하고 그 자리에서 떼죽음을 당할 수밖에 없는 불운을 맛본다고 한다. 안내인은 낯선 이국인들 앞에서 자기네나라 작품의 현장을 설명하느라 더위도 잊은 채 온 힘을 다했다.

'적벽 전투현장'을 지나면, 60여 만 명의 무석 주민들이 보물로 여기는 '태호(太湖)'의 한 귀퉁이를 보게 된다. '태호'는 이름 그대로 워낙 커서 바다와 같다고도 하며, 여기에는 72개나 되는 섬이 있어서 일대의 장관을 이룬다고 한다. 일정상으로는 이 거대한 '태호'를 바라보며 잠시 휴식을 취하는 시간이 있었으나, <삼국성>을 설명하는 중국인의 열정이 우리의 자유시간까지 다 차지해 버려 우리는 피곤한 다리를 다시 차에 올려놓지 않으면 안되었다.

5. 장강대교와 <홍루몽>의 남경

무석에서 고속도로로 남경(南京)까지 가는데, 또 비가 쏟아지기 시작했다. 원래 남경은 무덥기로 유명한 곳, 더위를 제일 겁먹었던 곳이 이 남경이었다. 그런데 가는 길에 비가 쏟아지니, 이것은 분명 길조(吉兆)였다. 아니나 다를까, 남경은 강소성(江蘇省)의 수도답게 우리를 환대해주었다.

늦은 시간에 남경에 당도한 우리를 황홀하게 맞아준 것은 '중산성벽(中山城壁)'이었다. 이 성벽은 원래 33km이었는데 지금 남아 있는 것은 10여km 정도라고 한다. 우리가 '중산문(中山門)' 앞에 이르자 이 성벽을 띠로 두른 네온사인이 마치 한낮의 차일(遮日)처럼 잔치 집의 분위기를 풍겨 피곤에 지친 우리의 마음을 들뜨게 해주었다. 눈을 크게 뜨고 '중산문' 안으로 들어서니, 성밖의 어두운 풍경과는 달리 여기저기 휘황한 불빛들이 서로 다투며 우리의 눈길을 끌려고 했다. 우리는 금세 생기가 나서 차안에서나마 주위를 둘러보는 여유를 갖기도 했다.

'중산문'을 들어서자마자 오른쪽으로 '남경박물관'이 있었다. 눈으로 위치를 확인하고 시내로 들어가니, 붉은 신호등이 켜지면 자동적으로 대기시간(초 단위)을 알리는 전광판이 카운트 다운되어 우리의 눈길을 잡아끌었다. 이러한 전광판이 우리 나라 도시에서도 사용된다면 운전자나 행인 모두 느긋한 마음이 되어 교통사고를 줄일 수 있지 않을까?

남경을 맡은 안내인이 차에 올라타자마자, 우리에게 행운이 있는 사람들이라고 했다. 전날까지만 해도 날씨가 섭씨 38도여서 많은 사람들이 밤낮으로 더위에 시달리느라 애를 먹었는데, 이날은 비가 와서 5-6도 정도 기온이 내려갔으니 보통 행운이 아니라고 했다. 그 말을 듣고 우리는 어린아이들처럼 기뻐하며 네온사인들이 휘황찬란한 남경의 야경을 차창 밖으로 보느라 여념이 없었다.

남경은 중국의 5대 도시 가운데 하나로 양자강의 남쪽에 위치한다. 이곳은 기원 전 472년 월나라 때 세워져 2,500여 년의 역사가 살아 숨쉬는 도시이며, 또한 <삼국지>에 나오는 영웅호걸 중 손권이 이곳의 지형을 보고 외세를 막을 수 있는 방어진지 구축의 적지라 생각하고 '동오'라는 나라를 세우면서 축성했다고 한다.

오늘날 남경이 유명해진 것은 태평천국 11년(1853-1864)간의 도읍지로서 성장해왔다는 것과 쑨원 등이 중심이 되어 청왕조를 무너뜨리고 중화민국 임시정부(1912년)를 두었던 곳이기 때문이라고 한다. 뿐만 아니라 1937년 일제가 무차별 만행을 저지른 남경 대학살 사건의 현장이기도 하여, 남경은 고전과 현대를 아우르고 있는 역사적 도시이기도 하다.

생산물이 풍부하고 공업도 상당히 발달되어 있는 남경의 아침거리는, 마치

1960년대의 우리 나라를 연상할 정도로 버스 정류장에는 버스를 타려는 인파들로 일대 혼잡을 이루고 있었다. 대로변에는 대체로 옷이나 자전거 부속품, 술을 파는 음식점들이 즐비해 있어서 이 도시에서는 먹고 입는 것이 풍족할 뿐 아니라, 중국의 다른 지역에서와 마찬가지로 교통의 수단으로서는 자전거가 큰 몫을 차지하고 있다는 것을 증명하고 있었다.

우리는 장강(長江)의 하류를 보기 위해 '장강대교'로 갔다. '장강대교' 위에는 차들이 다니고, 차로(車路) 밑에는 기차 선로가 있어서 다리가 2층으로 되어 있다. 또 선로 밑으로는 배들이 왕래하여 주교(舟橋)라 부르는데, 남경 사람들은 이 '장강대교'를 '차로(車路), 기차로, 주로(舟路)'가 있는 다리라 하여 자랑거리로 여긴다고 한다.

총 길이가 6,772m인 '장강대교'는 중국과 소련이 우호적인 관계였을 때 모택동과 스탈린이 함께 건설하기로 합의했었으나, 중국과 소련이 냉전상태로 들어가자 중국이 스스로의 힘만으로 8년(1950-1958년)간에 걸쳐 만든 다리라고 한다. 이 때문에 중국인들은 외부의 힘을 빌지 않고 자력(自力)으로 만든 다리라 하여 자긍심이 대단하다고 한다. 남경 사람들이 자랑하는 '장강대교' 아래에는 몇 척의 어선(漁船)이 떠 있었다. 강폭(江幅)이 가장 좁은 데가 2.2km라는 이 장강! 멀리에서 바라보는데도 이 강은 낭만을 꿈꿀 수 있는 강이 아니라 거대한 현실이었다. 강이라면 내심 낭만을 먼저 떠올리는 버릇이 있는 나는 누런 물결이 꿈틀거리는 이 강물을 보고 날아가 버린 낭만을 주워 담을 새도 없이 대하(大河) 앞에서 현실을 천천히 되새김해 보았다.

현실의 장강을 뒤에 남겨 두고, 시간을 거슬러 도자기와 옥(玉) 등의 유물들을 소장하고 있는 '남경박물관'으로 향했다. 북경, 상해와 더불어 중국의 3대 박물관에 속하는 '남경박물관'은 현재 중국에서 제일 많은 소장품을 지니고 있다고 한다. 이 박물관은 1933년 국민당 시기에 '중앙 박물원'의 준비처로 생겨났다고 하는데, 이곳에는 기원 전 5,000년경의 석기시대 유물로부터 청대(淸代)의 공예품까지 다양하게 전시되어 있었다.

명(明)나라의 황제 주원장(朱元璋)의 능(陵)이 있는 '명효릉(明孝陵)'으로 가는 길가의 가로수들은 넓은 잎들로 터널을 이루어 행인들의 뜨거운 몸을 식혀주고 있었다. '명효릉' 입구에는 거대한 석상(石像)들이 줄지어 서 있는데, 문무대신들과 기린, 코끼리 등이 묵묵히 자리를 지키고 있다. 멀리서 이들의 모습을 바라보노라면, 그들은 하늘에서 천둥 벼락이 쳐도 그 자리에서 꼼짝도 하지 않을 기세여서, 보는 이로 하여금 미더움을 주는 미소를 짓게 한다.

'명효릉' 근처 매화 밭이 펼쳐져 있는 동산에는 조설근이 <홍루몽>을 집필했다는 '암향각'이 있는데, 이 '암향각' 마당에는 조설근을 기리어 그의 동상(銅像)이 아담하게 세워져 있다. 그뿐 아니라 '암향각' 가까운 곳, 드넓은 매화 밭에 또 '홍루예문원(紅樓藝文院)'이라는 공간을 따로 만들어 <홍루몽>을 쓴 작가를 기리고 예우(禮遇)해 주었다.

오늘날 <홍루몽>의 집필실인 '암향각'에는 그 주인은 간 데 없고, '<홍루몽> 박물관'으로 그 명맥을 유지하고 있다. '인생은 짧고 예술은 길다'는 평범한 진리를 다시 한번 음미해 보는 시간이었다. 아! 은은한 향(香)을 풍기는 매화여! 추위를 겁내지 아니하는 매화여! 네 이름대로 영원할진저! 매화 밭을 떠나며 보이지 않는 그 향을 가슴에 품어본다.

남경을 떠나 다시 상해로 이동하는 중에 몹시 무덥고 피곤했지만, 가슴은 벅찼다. 이번 여행에서 '<홍루몽>'의 무대와 집필실을 볼 수 있었다는 것은 나에게 무척 행운이었다. 소주에서의 '졸정원'과 남경에서의 '암향각' 그리고 '홍루예문원', 드넓은 매화 밭 속의 아늑하고도 조용한 집필실, 작가가 충분히 고요해질 수 있고 명상에 잠길 수 있는 곳을 나는 단번에 두루 보아 미안한 생각마저 들었다.

6. 상해의 야경

상해에 도착한 후, 늦은 밤의 야경(夜景)을 보기 위해 시내로 나갔다. 상해에서 가장 화려하다는 외탄으로 가는 곳곳에 마치 크리스마스 때와 같은 화려한 장식조명을 보고 감탄했더니, 우리가 가는 외탄에 비하면 이곳은 아무 것도 아니라고 안내인은 자신 있게 말했다. 드디어 우리의 목적지인 외탄! 외탄은 나의 상상을 뛰어넘었다. 흔히 상해에는 인구가 많아서 앞사람의 뒤통수만 보고 걸어야 한다고 했는데, 이곳에서야말로 많은 관광객과 일반인들이 뒤섞여 우리 일행은 손을 꼭 잡고 다니지 않으면 안되었다.

황푸강을 사이에 두고, 영국 등 이국풍의 건물들과 그 건너편에 솟아 있는 현대식 건물들, 황푸강에는 유람선들이 북적이고, 강 너머 88층의 건물을 포함한 여러 건물들이 화려하고도 아름다운 조명등으로 관광객들의 탄성을 자아내기에 충분했다. 또 그곳에 밀집되어 있는 건물들은 단지 밋밋한 빌딩으로만 솟아오른 것이 아니라, 건축물의 아름다움을 최대한 고려하여 도시의 미관을 한껏 두드러지게 했다.

시간이 허락하면, 이 황푸강에서 유람선을 타고 상해의 강가를 눈으로나마 즐길 수 있었겠으나 우리의 일정으로는 이 외탄에서의 밤 경치가 마지막이어서 무척 아쉬웠다. 그러나 여행의 끝은 언제나 아쉬운 법, 외탄을 뒷꼭지에 두고, 차와 비단의 나라, 강남의 아름다움을 가슴에 새기며 마지막 밤을 행복하게 보냈다.

■ 연습문제 ■

1) 제목이 시사하는 바는 무엇인가?
2) 여행 경로와 고사를 정리해 보자.
3) 여행지와 우리 문학과의 관계를 생각해 보자.
4) <문장 공부>와 <조침문>과 <역사와 낭만의 도시들>의 특성을 비교해 보자.

1. 사씨남정기 : 김만중

이때 사씨 나이 23세라. 성혼한 지 거의 10년이 되도록 남녀를 두지 못한지라. 마음에 근심하여 시시로 이르되, '내 기질이 허약하니 생산하기 어렵다' 하고, 조용한 때를 타 한림을 권하여 첩을 들이라 하니, 한림이 그 실정 아님을 의심하여 웃고 대답하지 아니 하거늘, 사씨 가만히 매파를 불러 양가 여자 중 생산할 자를 구하고자 하니, 비복 등이 서로 전하여 말이 두부인 귀에 가니, 두부인이 크게 놀라 사씨에게 와서 말씀하시기를,

"들으매 낭자가 한림을 권하여 첩을 구한다 하니 참말이냐?"
하니 사씨가 말씀드리기를,

"맞습니다."
하였다. 이에 두부인이 말씀하시기를,

"가내에 첩을 둠이 실로 화근이라. 고어에 말하기를, '한 말에 두 안장이 없고, 한 그릇에 두 수저 없다' 하였으니, 장부가 비록 얻고자 하나 만류함이 마땅하거늘, 부인이 실로 구함은 무슨 뜻이냐?"
하니 사씨가 말씀드리기를,

"첩이 존문에 들어온 지 10년이 되도록 1남1녀도 없으니, 법을 말할진대 내침이 마땅한지라. 어찌 투기지심이 있사오리까."
하니 두부인이 말씀하시기를,

"남녀생산이 조만지수(早晚之數)라. 천수(天數)인데 어찌 인력(人力)으로 하리오 유씨 문중에 혹 30세 후에 생산한 이도 있고, 혹 40세 후에 시산(始産)한 이도 있는데, 남녀를 그때 기르는 이도 있으니, 어찌 낭자가 심려를 이다지 하느뇨."
하니 사씨가 말씀드리기를,

"첩이 몸이 허약하여 기쇠지년(氣衰之年)이 아니로되 기질이 오히려 20세

전만 못하오니, 어찌 생산하기를 바라겠습니까. 1처 2첩[1]은 인지상사(人之常事)라. 첩이 비록 관저규목(關雎樛木)[2]의 덕은 없사오나, 결단코 시속(時俗) 여자의 투기하는 마음은 본받지 아니하오리이다."

하였다. 이에 두부인이 웃으시며 말씀하시기를,

"낭자는 내 말을 믿지 아니하도다. 관저규목은 비록 태사(太姒)의 불후(不朽)한 덕이나, 문왕이 또 호색하지 아니하신고로 은택을 펴서 여러 첩으로 하여금 원망함이 없게 한 것이요. 만일 문왕이 미색을 탐하였더라면 태사는 비록 투기하는 마음이 없었다고 해도, 여러 첩들은 어찌 원망하는 말이 없으리오."

하고 만류하자, 사씨가 말씀드리기를,

"첩이 어찌 옛 성인에게 비하리요마는, 근래 부녀들은 인륜을 알지 못하고 성인을 멸시하고, 구고(舅姑)의 뜻을 순종하지 아니하고 다만 투기만 일삼아, 사람의 집을 요란케 하고 사람의 종사를 그치게 한 지라, 첩이 실로 부끄럽게 여깁니다. 첩이 비록 폐단을 폐하고 풍속을 변하게는 못하오나 어찌 그 과람(過濫)[3]을 따라 그 허물을 본받으리오. 장부 만일 몸을 버리고 부정한 색(色)에 빠지면, 첩이 비록 지극히 용렬하나 마땅히 도(道)와 예(禮)로써 혐의를 피하지 아니하고 간하리이다."

하고 뜻을 밝히자, 두부인이 굴(屈)하지 아니함을 알고 탄식하여 말씀하시기를,

"신인(新人)이 만일 현순(賢順)한 사람이라면 다행이거니와 그렇지 아니하면 어찌 가도(家道)를 보전하리오. 낭자가 후일에 반드시 내 말을 생각하리

---

1) 다른 이본들에서는 일반적으로 1처 1첩임.
2) 관저지화(關雎之化). 『시경』의 '관저편(關雎篇)'은 문왕(文王)과 그 후비(后妃)의 성덕(盛德)을 읊은 시이므로, 임금의 금슬이 좋은 덕이 자연히 아랫사람에게 미침을 이름. 또 '요조숙녀(窈窕淑女)는 군자의 좋은 짝이라는 뜻'임. 규목(樛木)은 『시경』주남(周南)의 편명(篇名)으로, 질투하지 않는 문왕 후비의 부덕(婦德)을 읊은 시.
3) 분수에 넘침.

라.”

하고 슬퍼하면서 돌아가더라.

그 이튿날 매파가 사씨에게 말씀드리기를,

“한 여자가 있으되 부인께서 구하는 사람보다 너무 과하더이다.”

하니 사씨가 말하기를,

“무슨 말인가?”

하고 묻자, 매파가 말씀드리기를,

“부인이 상공을 위하여 첩을 구함이 상공의 호색함이 아니라, 반드시 사대부집 여자로 유순하고 생산할 자를 구함이어늘, 이 여자는 자색과 재주가 세상에 뛰어나 꺼릴 것이니, 부인의 뜻에 합당하지 아니할까 하나이다.”

하니 사씨가 말하기를,

“매파는 나를 희롱하느냐? 과연 어떤 사람이냐? 네가 자세히 말하라.”

하니 매파가 말씀드리기를,

“하간 땅 사람이라. 성은 교요 이름은 채란이오니, 본래 사대부집 여자로서 일찍 부모를 잃고 형을 의지하여 살며 나이는 16세라. 당장 혼처를 가리니, 처녀가 때때로 일러 말하기를 ‘우리집 문호 쇠잔함이 이렇듯하니 내 사대부의 아내가 되기 보다 차라리 재상가의 첩이 되리라’ 하니, 이는 만나기 어려운 인연이라. 그 이름이 한 고을에 자자하고, 옛글을 읽고 옛행실을 본받고 여공 등절에도 무불통행하니, 부인이 만일 가인(佳人)을 구하고자 하신다면, 이보다 더한 사람이 없을까 하나이다.”

하니 사씨 기뻐하며 말하기를,

“진실로 사대부집 여자라면 그 성행이 반드시 천인(賤人)과 다르리니, 내 뜻에 합당하도다. 상공께 고하여 처치하리라.”

하고 여가(餘暇)를 타, 매파의 말로 한림께 고하니, 한림이 말하기를,

“내 소실을 둠이 급한 일이 아니로되, 부인의 뜻을 어길 수 없음이로다. 여자가 만일 현철하다면 내 길일(吉日)을 택하고 친척을 모와 교녀를 맞으

리라."

하였다.

이날 교씨를 맞아오니, 교씨는 한림과 부인 전에 절하고 나와 앉으니, 아름다운 안색과 민첩한 말이 완연히 해당화 꽃이 이슬을 머금고 바람을 흔드는 듯한지라. 보는 사람들이 칭찬하지 않는 사람이 없고, 한림과 사부인이 다 희색이 있으되 오직 두부인은 심중에 크게 기뻐하지 아니하더라.

이날 밤 한림이 교씨를 데리고 화원 별당에 거처하니, 두부인이 사씨와 함께 조용히 담화하다가, 두부인이 말씀하시기를,

"낭자가 비록 소실(小室)을 구할지라도 성행이 정순한 사람을 구하는 것이 마땅하거늘, 교씨를 보니 단지 자색만 있는지라. 두려워하건대 낭자에게 이롭지 아니하고 조상께도 이롭지 아니할까 하노라."

하니 사씨가 웃으면서 말씀드리기를,

"비록 용모를 가지고 사람을 취하지 못하나, 만일 용색이 장부의 눈에 들지 아니하면 어찌 장부가 가까이하여 자녀를 탄생하겠습니까. 위(衛)나라 장강(莊姜)은 아름다웠사오나 현숙한 이름이 고금(古今)에 자자하니, 어찌 절색가인이라고 다 어질지 않다고 하겠습니까."

하자 두부인이 말씀하시기를,

"장강은 비록 어질지만, 자식은 없었다."

하고 두 사람이 다 웃더라.

한림이 교씨의 집 이름을 '백자당(百子堂)'4)이라 하고, 시비 납매 등 네 사람을 정하여 사환을 시키더라. 반 년이 못되어서 교씨가 태기(胎氣)가 있으니, 한림 부부 다 기뻐한지라. 교씨가 남자를 낳지 못할까 여겨 대단히 마음을 쓰더니, 시비 납매가 교씨에게 말하기를,

"첩의 집 곁에 한 여인이 있는데 그 이름이 십낭이라 하는 자가 남방으로부

---

4) 자식 백 명을 두는 집이라는 의미.

터 와 기이한 술법이 있으니, 이 사람을 불러 물으면 남녀를 알 것입니다.”
하니 교씨 곧 이 십낭을 불러 물어 말하기를,
  “네 능히 부인의 남녀 태를 분별하느냐?”
하니 십낭이 말하기를,
  “맥법으로 말하오면 반드시 여아(女兒)로소이다.”
하자 교씨가 억울함을 이기지 못하여 말하기를,
  “상공이 나를 취하심은 꿈5)만 위함이 아니라 후사를 위함이니, 만일 여아를
낳는다면 오히려 낳지 않는 것만도 못하리로다.”
하니 십낭이 말하기를,
  “소첩이 일찍이 이인(異人)을 만나 여아를 바꿔 남아로 만드는 법을 배워
그것으로 시험해 본즉 한 번도 틀린 적이 없었사오니, 낭자가 만일 남아를
원한다면 어찌 시험하지 않으십니까.”
하자 교씨 대희하여 말하기를,
  “말과 같다면 천금으로 사례하리라.”
하니 십낭이 괴이한 글을 써 교씨 침석에 가만히 넣고 말하기를,
  “마땅히 후일 아들을 낳으신 후에 와 뵈오리이다.”
하고 가거늘, 교씨 한편으로는 믿고 한편으로는 의심하더니, 십삭이 지나매
과연 남자를 낳으니, 그 미목(眉目)과 피부가 옥(玉) 같은지라. 한림이 기뻐하
여 이름을 장주(掌珠)라 하고, 교씨 대접하기를 더욱 친애하고, 아이 사랑하기
를 수중보물 같이 하니, 사씨와 교씨도 무애하기를 간격 없이 하니, 보는 사람
이 누구의 몸에서 난 줄을 알지 못하더라.

  이때는 춘삼월이라 백화만발하니, 정원에 있는 꽃들은 지천으로 피었더라.
이때 한림이 천자를 모시고 서원(西苑) 잔치에 참여한지라. 사부인이 혼자
서안을 의지하고 예기(禮記)를 보더니, 시비 춘방이 부인에게 말씀드리기를,

----

  5) 유달리 귀엽게 여겨 사랑함. 총애.

"화원 소정(小亭)에 모란이 만발하였으니, 부인은 구경하심이 어떠하십니까."

하니 부인이 그 말을 좇아 시비 대여섯 명을 데리고 정자에 이르니, 버드나무 그늘은 인간을 떨치고 꽃향기는 옷에 가득하여, 진실로 아름다운 경치였다.

시비에게 명하여 교씨를 청하고자 할 때, 홀연 바람결에 거문고 소리가 들리거늘, 부인이 귀를 기울이고 들으니 곡조가 유양(悠揚)[6]하고 성음(聲音)이 처절하여 완연히 구슬이 옥반에 궁글고, 이슬이 꽃잎에 떨어지는 듯한지라. 부인이 정자의 시비에게 말하기를,

"아름답다, 이 소리여! 누가 능히 이 곡조를 하느뇨?"

하자 시비가 말씀드리기를,

"교낭자의 수재(手才)로소이다."

하니 부인이 말하기를,

"교낭자가 자주 타느냐, 마침 오늘 타느냐?"

하고 묻자 시비가 말씀드리기를,

"백자당이 내당으로부터 소원하여 부인은 비록 듣지 못하오나, 교낭자가 음률을 좋아하는고로 한가할 때면 매양 타나이다."

하였다. 부인이 묵묵히 다시 들으니 이윽고 거문고 소리가 그치고 인하여 가사를 읊으니, 당나라 명사(名詞)라. 그 한 시에 가로되,

> 대월서상하(待月西廂下:서쪽 행랑에서 달을 기다리다가)하니
> 영풍호반개(迎風戶半開:바람 맞으려 문을 반쯤 열었네)라.
> 불장화영동(拂墻花影動:울타리 흔들리어 꽃 그림자 움직이니)하니
> 의시옥인래(疑是玉人來:임이 오신 것인가?)라.[7]

---

6) (태도가) 듬직하고 느긋한 모양.
7) 이 시는 당나라의 원진(元稹)이 지은 전기소설(傳奇小說) <앵앵전>에 나오는 '명월삼오야(明月三五夜)'임.

또 한 시에 가로되,

수국노하야유상(水國蒹葭夜有霜:강가 갈대에 밤 서리 내리니)하니
월광산색공창창(月光山色共蒼蒼:달빛과 산색이 한가지로 푸르네)이라.
수언천리자금시(誰言千里自今時:어느 누가 천리를 지금부터라 했던가?)오
이몽묘여관새장(離夢杳如關塞長:이별의 꿈 아득한 것이 관새가 먼 것과
같구나)이라.[8]

하였더라.

　이런 맛은 양진(兩陣)을 떨치고 유문(幽門)을 헤치는 곡절이더라.
　부인이 모두 들은 후 머리를 나직히 하고 한동안 말이 없다가, 춘방을 시켜
교씨를 청하기를,
　"마침 일이 없어 화원에 왔으니, 낭자는 함께 구경함이 어떠하뇨?"
라 하니 교씨가 명을 받아 곧 오거늘, 부인이 함께 앉아 꽃을 구경하고 차(茶)
를 마시다가, 부인이 말하기를,
　"낭자가 음률에 공부 있는 줄을 뜻하지 아니하였더니, 이제 거문고 소리를
들으니 족히 옛적 채문희(蔡文姬)[9]와 이름을 나란히 하리로다."
하니 교씨가 사례하며 말하기를,
　"첩의 재주 어찌 능하리오, 다만 때때로 즐길 따름입니다. 부인이 들으시었
으니 참괴하오이다."
하자 부인이 말하기를,
　"낭자의 거문고 소리가 극히 기묘하니 다시 말할 것이 없거니와, 내가 낭자
에게 어찌 말 아니하리요"
하니 교씨가 말하기를,

8) 이 시는 당나라의 시인 설도(薛濤)의 '송우인(送友人)'임.
9) 후한대(後漢代)의 인물로 채옹(蔡邕)의 아내인데, 음률에 정통하였다고 함.

"진실로 가르치심이 있으시면 만행이로소이다."

하니 부인이 말하기를,

"낭자의 거문고 곡조는 <예상우의곡(霓裳羽衣曲)>10)이라. 이 곡조가 비록 시인들이 숭상했다고는 하나, 만일 그 때를 의논하면 당나라 명황(明皇)11)이 번화함을 지극히 즐기다가 마침내 안록산(安祿山)12)의 난을 만나 만리 밖으로 쫓겨났고, 양태진(楊太眞)13)은 금강기롱(錦襁譏弄)14)을 면치 못하고, 또 마외(馬嵬)언덕에서 죽는 변을 당하였으니, 이는 망국지음(亡國之音)이라 족히 숭상할 것 없고, 또 낭자 손 쓰는 법이 경망하고 성음이 처량하여 사람의 마음을 방탕케 하고, 사람의 기운을 화평케 못하고 또 낭자가 읊던 시는 앵앵, 설도의 시라. 앵앵은 절개를 잃고 설도는 창녀라. 그 시(詩)가 비록 공교롭다고 하나 그 행실이 심히 비천하니, 다른 곡조 많건마는 낭자가 어찌 이러한 곡조에 빠졌느뇨?"

하니 교씨가 그 말을 듣고 참괴함을 이기지 못하여 주저하다가 사례하여 말하기를,

"향곡간의 여자가 음률에 귀가 없어 그른 것을 알지 못하다가 부인의 하교하심을 듣자오니, 마땅히 골수(骨髓)에 새기고 어기지 아니하오리이다."

하니 부인이 그 무참함을 위로하여 말하기를,

"내 낭자를 사랑하기로 이런 말을 하지, 타인 같으면 어찌 개유(開諭)하리오. 이후에는 나도 부족한 것이 있거든 낭자도 은휘(隱諱)치 말라."

하고 조용히 말하다가 각각 돌아오더라.

-조동일 교수 소장본-

---

10) 당나라 악곡의 명칭. 당나라의 현종(玄宗)이 꿈에 천상의 월궁(月宮)에 가서, 그 곳의 노래와 춤을 보고 난 후에 지은 것이라고 함.
11) 당나라 현종의 시호(諡號).
12) 당나라 현종 때의 절도사(節度使)였는데, 재상 양국충과의 반목(反目)으로 반란을 일으켰다.
13) 양국충의 사촌 누이였던 양귀비(楊貴妃). 곧 당나라 현종의 비(妃).
14) 비단 포대기. 양귀비가 비단옷을 입은 것을 야유함.

1) 17세기의 문학적 환경을 살펴 보자.
2) <사씨남정기>와 <구운몽>을 비교해 보자.
3) <사씨남정기>의 주제와 사상을 살펴 보자.
4) <사씨남정기>에 나타난 득첩관(得妾觀)과 음률관을 살펴 보자.

2. 열녀춘향수절가 : 작자 미상

　도련님 거동보소 옥안선풍(玉顏仙風) 고운 얼굴 전판(剪板) 같은 채머리 곱게 빗어 밀기름에 잠재워 궁초(宮綃)[1] 댕기 석황(石黃) 물려[2] 맵시 있게 잡아 땋고, 성천 수주(水紬) 겹동배[3] 세백저(細白苧)[4] 상침(上針) 바지[5] 극상세목(極上細木) 겹보선에 남갑사 대님[6]치고 육사단(六絲緞) 겹배자(褙子) 밀화단추 달아 입고, 통행전[7]을 무릎 아래 넌지시 매고, 영초단 허리띠 모초단 도리낭[8]을 당팔사(唐八絲)[9] 갖은 매듭 고[10]를 내어 넌지시 매고 쌍문초 긴 동정 중치막[11]에 도포(道袍)[12] 받쳐 흑사띠를 흉중에 눌러 매고, 육분당혜(肉粉唐鞋)[13] 끄으면서 ‘나귀를 붙들어라’ 등자(鐙子)[14] 딛고 선뜻 올라 뒤를 싸고 나오실 제, 통인 하나 뒤를 따라 삼문(三門) 밖 나올 적에 쇄금부채 호당선(胡唐扇)으로 일광을 가리우고, 관도 성남 넓은 길에 생기 있게 나갈 제, ‘취래양주(醉來楊州)하던 두목지(杜牧之)의 풍채일런가’[15],

---

1) 얇은 비단의 한 가지. 흔히 댕깃감으로 쓰임.
2) 누런 빛의 석웅황(石雄黃) 무늬를 놓음.
3) 두 겹으로 지은 웃옷.
4) 빛깔이 하얗게 누인 모시. 눈모시.
5) 바느질법의 한 가지. 실밥이 겉으로 드러나게 하는 박음질. 가장가리를 겉에서 눌러 박는 일.
6) 한복 바지를 입은 뒤, 바짓가랑이 끝을 접어서 졸라매는 끈.
7) 아래에 귀가 없고 통이 넓은 예사 행전(行纏). 행전은 바지 가랑이를 가뿐하게 하고자 무릎 아래에서 발목까지 싸서 매는 번듯한 헝겊으로 만든 것.
8) 둘레를 둥글게 만든 주머니.
9) 여덟 가닥으로 꼰 노끈.
10) (옷고름이나 끈 따위를 서로 잡아맬 때) 매듭이 풀리지 않게 하기 위하여, 한 가닥을 고리 모양으로 잡아 뺀 것.
11) 소매가 길고 넓으며 옆이 터지고 앞은 두 자락, 뒤는 한 자락으로 된 웃옷.
12) 예복으로 입는 겉옷.
13) 울이 깊고 코가 작은 가죽신의 한 가지(앞뒤에 당초문 따위를 새김).
14) 말을 탔을 때 두 발을 디디는 제구(안장에 달아서 말의 양쪽 옆구리로 늘어뜨리게 되어 있음).

'시시오불(時時誤拂)하던 주랑(周郎)의 고음(顧音)이라'16). '향가자맥춘성내(香街紫陌春城內)요 만성견자수불애(滿城見者誰不愛)라'.

광한루 살짝 올라 사면을 살펴보니 경개가 아주 좋다.

적성(赤城) 아침 날에 늦은 안개 띠어 있고

녹수(綠樹)에 저문 봄은 화류동풍(花柳東風) 둘러 있다.

자각단루분조요(紫閣丹樓紛照耀)요

벽방금전상영롱(璧房錦殿相玲瓏)은 임고대(臨高臺)를 일러 있고,

요헌기루하최외(瑤軒綺樓何崔嵬)는 광한루를 이름이라.

악양루 고소대와 오초동남수는 동정호로 흘러지고

연자(燕子)17) 서북에 팽택이 완연한데,

또 한 곳 바라보니, 백백홍홍 난만 중에 앵무공작 날아들고, 산천 경개 둘러보니 에구분 반송솔 떡갈잎은 아주 춘풍 못이기어 흐늘흐늘, 폭포 유수 시냇가의 계변화는 뺑긋뺑긋, 낙락장송 울울하고 녹음방초승화시(綠陰芳草勝花時)라.

계수자단모란벽도(桂樹紫檀牧丹碧桃)에 취한 산색(山色), 장강 요천에 풍등슬 잠겨 있고, 또 한 곳 바라보니, 어떤 한 미인이 봄새 울음 한가지로 온갖 춘정 못이기어 두견화 질끈 꺾어 입에 함숙 물어보고, 옥수나삼(玉手羅杉) 반만 걷고 청산유수 맑은 물에 손도 씻고 발도 씻고, 물 머금어 양치하며 조약돌 덥석 쥐어 버들가지 꾀꼬리를 희롱하니, '타기황앵(打起黃鶯)' 이 아니냐.

버들잎도 주루룩 훑어 물에 훨훨 띄어보고, 백설 같은 흰나비 웅봉자접은 화수(花鬚) 물고 너울너울 춤을 춘다. 황금 같은 꾀꼬리는 숲숲이 날아든다.

---

15) 만당기(晚唐期)의 시인으로 성격이 호방하고 풍채가 늠름하였음. 두목지가 술에 취해 수레를 타고 양주를 지날 때, 기생들이 그 풍채를 흠모하여 귤을 던져 수레에 가득 찼다는 이야기가 전함.
16) 주유(周瑜)의 돌아봄을 얻기 위하여 일부러 곡조를 잘못 연주함.
17) 팽성에 연자루(燕子樓)가 있는 고사(故事).

광한진경 좋거니와 오작교(烏鵲橋)가 더욱 좋다. 방가위지(方可謂之) 호남의 제일성(第一城)이로다.

오작교 분명하면 견우 직녀 어데 있나. 이런 승지에 풍월이 없을소냐!
도련님이 글 두 귀를 지었으되,

고명오작선(高明烏鵲船)이요 광한옥계루(廣寒玉階樓)라
차문천상수직녀(借問天上誰織女)요   지응금일아견우(知應今日我牽牛)
라

이때 내아(內衙)에서 잡술상이 나오거늘 일배주 먹은 후에 통인 방자 물려주고, 취흥이 도도하여 담배 피어 입에다 물고 이리저리 거닐 제, 경처(景處)에 흥을 겨워 충청도 곰뫼 수영 보련암을 일렀은들 이 곳 경처 당할소냐.

붉을 단, 푸를 청, 흰 백, 붉을 홍, 고물고물이 단청(丹靑), 유막황앵환우성(柳幕黃鶯喚友聲)은 나의 춘흥 도와낸다. 황봉백접 왕나비는 향기 찾는 거동이라. 비거비래춘성내(飛去飛來春城內)요, 영주·방장·봉래산이 안하(眼下)에 가까우니, 물은 본래 은하수요, 경개는 잠깐 옥경이라. 옥경이 분명하면 월궁항아 없을소냐.

이 때는 3월이라 일렀으되, 5월 단오일이었다. 천중지가절(天中之佳節)이라.

이 때 월매 딸 춘향이도 또한 시서음률이 능통하니 천중절을 모를소냐. 추천(鞦韆)을 하려 하고 향단이 앞세우고 내려올 제, 난초 같이 고운 머리 두 귀를 눌러 곱게 땋아 금봉차(金鳳釵)를 정제하고, 나군(羅裙)을 두른 허리 미앙(未央)[18]의 가는 버들 힘이 없이 기운 듯, 아름답고 고운 태도 아장거려 흐늘거려 가만가만 나올 적에, 장림 속으로 들어가니 녹음방초 우거져 금잔디 좌르륵 깔린 곳에 황금 같은 꾀꼬리는 쌍거쌍래 날아들 제, 무성한 버들 백척

---

18) 미앙궁. 한(漢)나라의 궁궐명. 양귀비와 당현종과의 고사가 있음.

장고 높이 매고 추천을 하려 할 제, 수화유문(水禾有紋) 초록장옷 남방사 홑단 치마 휠휠 벗어 걸어두고, 자주 영초 수당혜를 썩썩 벗어 던져두고, 백방사 진솔속곳 턱밑에 훨씬 추고, 연숙마 추천줄을 섬섬옥수 넌지시 들어 양수(兩手)에 갈라 잡고, 백능 버선 두 발길로 살짝 올라 발 구를 제, 세류 같은 고운 몸을 단정이 노니는데, 뒷단장 옥비녀, 은죽절과 앞치레 볼 작시면 밀화장도 옥장도며 광원사 겹저고리 재색고름에 태가 난다.

"향단아 밀어라."

한 번 굴러 힘을 주며 두 번 굴러 힘을 주니, 발밑에 가는 티끌 바람 좇아 펄펄, 앞뒤 점점 멀어가니 머리 위의 나뭇잎은 몸을 따라 흐늘흐늘 오고갈 제, 살펴보니 녹음 속의 홍상자락이 바람결에 내빛치니, 구만장천 백운간에 번개불이 쐬이는 듯, 첨지재전홀언후(瞻之在前忽焉後)라.

앞에 얼른 하는 양은 가벼운 저 제비가 도화 일점 떨어질 제 차려하고 쫓는 듯, 뒤로 번듯하는 양은 광풍에 놀란 호접 짝을 잃고 가다가 돌려치는 듯, 무산 선녀 구름 타고 양대상에 내리는 듯, 나뭇잎도 물어보고 꽃도 질끈 꺾어 머리에다 살근살근,

"이애 향단아, 그네 바람이 독하기로 정신이 어질하다. 그네줄 붙들어라."

붙들려고 무수히 진퇴하며 한창 이리 노닐 적게, 시냇가 반석 위에 옥비녀 떨어져 '쟁쟁'하고,

"비녀, 비녀!"

하는 소리 산호채를 들어 옥반을 깨치는 듯, 그 태도 그 형용은 세상 인물 아니로다. 연자 삼춘 비거래라.

이도령 마음이 울적하고 정신이 어질하여 별 생각이 다 나겄다. 혼자말로 섬어(譫語)하되,

"오호에 편주 타고 범소백을 좇았으니 서시(西施)도 올 리 없고,

해성월야에 옥장비가로 초패왕을 이별하던 우미인(虞美人)도 올 리 없고,

단봉궐 하직하고 백용퇴 간 연후에 독류청총(獨留青塚) 하였으니 왕소군(王昭君)도 올 리 없고,

장신궁 깊이 닫고 백두음을 읊었으니 반첩여(班婕妤)도 올 리 없고,
소양궁 아침날에 시측하고 돌아온 이 조비연(趙飛燕)도 올 리 없고,
낙포 선녀인가, 무산 선녀인가!"

도련님 혼비중천하여 일신이 고단이라, 진실로 미혼지인이로다.
"통인아."
"예."
"저 거너 화류 중에 오락가락 희끗희끗 얼른얼른 하는 게 무엇인지, 자세히 보아라."
통인이 살펴보고 여쭙되,
"다른 무엇 아니오라, 이 고을 기생 월매 딸 춘향이란 계집아이로소이다."
도련님이 엉겁결에 하는 말이,
"장히 좋다. 훌륭하다."
통인이 아뢰되,
"제 어미는 기생이오나 춘향이는 도도하여 기생 구실 마다하고 백화초엽에 글자도 생각하고 여공재질이며 문장을 겸전하여 여염처자와 다름이 없나이다."
도령 허허 웃고 방자를 불러 분부하되,
"들은즉 기생의 딸이라니, 급히 가 불러오라."

■   연습문제   ■

1) 판소리계소설에 대하여 알아 보자.
2) 각 인물의 성격을 살펴 보자.
3) <춘향전>의 문학적 성과는 무엇인가?
4) <춘향전>의 현대적 의의를 정리해 보자.

3. 김인향전 : 작자 미상

　좌수 또한 가사에 주장 무인(無人)하여 재취(再娶)를 얻고자 한즉, 자식의 설움과 양씨 유언을 생각하고 난처하여 하더니, 인형의 남매 그 부친의 서러워하심을 보고 여쭙되,

　"부친임은 우리를 근심하여 재취를 아니 하려 하시니, 속설(俗說)에 하였으되 '열 중 한 당신'이라 하였사오니, 이제 모친 아니 계시기로 부친 서러워하옵시니 자식되온 바에 모친이 기세(棄世)하였사오니 살아 계신 부친임 서러워하심을 차마 뵈옵지 못하겠사오니, 부친은 우리를 염려치 마옵고 계모를 얻으면 지성으로 섬기오리다."

한즉 좌수 이 말을 듣고 눈물을 흘리며 이르되,

　"너희 아직 미성(未成)하여 가사를 맡기지 못하니 재취코자 하나 만약 계모 순치 못하여 너희 슬퍼함이 있은즉 네 죽은 모친의 혼백이라도 슬퍼할 듯하니, 차마 취실치 못하겠다."

하니 이때에 인형의 나이는 미거하나 효성 있는 고로 그 부친의 마음을 위로하여 수차 지극히 권하던 차에, 정주 사는 사람 이생이 마침 왔다가 재취하기를 권하여 가로되,

　"대장부 세상에 처하여 늙지도 젊지도 아니하여 어찌 홀로 있으리오."

하고,

　"나 사는 곳에 정씨 있어 가합(可合)¹⁾하되 인물이 색범하고 영민함이 과인하다."

한즉 좌수 그 말을 옳게 여겨 언급하고 정씨를 취하매, 전실 자식 삼 남매 지성으로 섬기되 정씨 천성이 포악하여 좌수 보는 데는 순한 체하여 뜻을 평안 체하고, 좌수 나간즉 허물없이 인형 삼 남매 미워하니, 그런 흉측(凶測)

---

1) 마음에 합당함.

한 심사는 고금(古今)에 없는지라.

삼 남매 본래 효성이 있는 고로 이런 말을 부친에게 고하면 집안 요란하고 부친이 걱정하실까 하여, 저의 삼 남매 빈 방 찬 자리에 구석구석 모여 앉아 부르는 이 모친이요, 한하는 이 팔자로다. 행여 계모 우리 서러워하는 눈치 알면 도리어 해가 미칠까 하여, 계모 자취가 있으면 각각 흩어져 낯빛을 온화하여 계모의 안목을 살펴보며 꾸지람 날까 저어하여 날로 조심하며 시키는 대로 수화(水火)를 불폐(不廢)하고 정성껏 하되 점점 날로 더하나, 계모의 눈에 날까 저어하여 밤낮으로 일시도 놀지 못하고 죽을 힘을 다 하여 지극히 하되 일호도 회과(悔過)함이 없고, 일은 어른 일을 다 하되 밥은 하루 일종을 주며 그 중에 어질지 못한 심술이 나면 밥은 커니와 죽도 배부를 적이 없으니, 새옷 커니와 헌옷도 살을 감추지 못하고, 인향2)은 배고픔을 견디지 못하여 치마끈으로 허리를 잘려 매고 빈 방 찬 자리에 어린 동생 인함이 배고프고 추워할까 염려하여 자지 못하고 어루만지며 장우단탄(長吁短歎)3)으로 세월을 보내나, 인함은 어린것인고로 배고프면 참지 못하고 그 형 인향을 붙들고 울며 '언제나 밥을 싫도록 먹을꼬' 하며 하는 말이,

"새어머니더러 인함의 밥을 많이 주라 하오."

보채는 형상을 차마 보지 못하여 달래어 이르되

"내가 밥을 임의로 계모에게 밥을 구청하여 먹일 터이면 너를 배고프도록 할 리가 있느냐."

동생 우는소리가 계모에게 들릴까 저어하여 낯빛을 한데 대고 눈물만 흘리니, 그 경상 어찌 형언하리요.

그럭저럭 여러 해 되매 정씨 또 딸 하나를 낳으매 더욱 구박이 자심하기는 '전실들이 영민 초출(超出)4)하여 장래에 귀히 되면 제 자식에게 거리낌이 있을까 하여, 겉으로는 순한 체하며 내심에는 해할 뜻을 두어 매양 간계를

----

2) 원본에는 '인형'으로 잘못되었음.
3) 긴 한숨과 짧은 탄식.
4) 매우 뛰어남. 원문에는 '초취'로 되어 있으나, 잘못된 것임.

생각하더니, 일일은 돌아다니는 무당할미 왔거늘 정씨 간악한 흉계를 묻고자
하여 제 방으로 조용히 청하여 극진히 대접하며 이르되,

　"나는 팔자 기박하여 남의 재취되었더니, 전실자식이 많기로 날마다 마음이
편치 아니한즉, 할미는 기특한 계교를 내어 나의 심회를 편케 하면 은혜를
후히 갚으리라."
한즉 할미 대왈,

　"신청하올 것이오니 염려 마옵소서."
한즉 정씨 크게 기뻐 가로되,

　"할미는 이 말을 누설치 말라. 만약 누설되면 할미와 나와 죽기를 면치
못할 것이니 부디 조심하여 은근히 하라."
한즉 할미 듣고 이르되,

　"고총 무덤의 메밀을 얻어 떡을 하여 먹이면 살이 찌고 숨결이 높고 얼굴에
기미가 끼며 배가 불러 흡사 아이밴 모양 될 것이니, 다른 사람이 보아도
자식 밴 줄로 알 것이요. 그 병은 편작이라도 알 길 없을 것이니, 양반댁
규중처자가 태기(胎氣) 있다 하면 실양한 소문은 자연 파다할 것이니, 그때
틈을 얻어 죽이소서."

　정씨 이 말을 듣고 즐겨 왈,

　"할미 곧 아니면 이런 기특한 계교를 생각하리오. 내 인향을 데리고 목화밭
에 갈 것이니 할미는 떡을 가지고 목화 동냥 다니는 체 하고, 할미는 나를
모르는 체 하고 떡을 바로 먹이라."
하고 값을 많이 주어 보내더니, 이럭저럭 그 약속한 날이 다다르매 인향을
불러 이르되,

　"인함은 집에 두고 너만 나와 한 가지로 목화밭에 가자."
하며 달래어 데리고 가니, 그때 과연 무당할미 떡을 가지고 와 드리거늘, 정씨
언약한 일이라 떡 하나는 제가 먹고 약한 떡은 인향을 주니, 인향은 이런
간계를 모르고 의심 없이 주려든 간장에 받아먹다가 동생 생각을 하고 눈물을

지으며 목이 매여 차마 먹지 못하고 치마귀에 싸거늘, 무당할미 왈,

"아기씨 시장한데 먹지 아니하고 어찌 싸시나이까?"

인향이 눈물을 머금고 이르되,

"어린 동생이 있으니, 평생 좋아하기로 떡을 본즉 차마 혼자 먹을 길이 없어 갖다가 주고자 하노라."

무당할미 듣고 왈,

"이미 먹던 떡을 마저 먹고 다른 떡을 갖다가 주옵소서."

하고 또 떡 하나를 주거늘, 이미 먼저 먹던 떡은 마저 먹으니, 그 계모 값을 많이 주어 보내니라.

인향이 집에 돌아와 떡을 내어 인함을 주니, 인함이 종일토록 그 형을 기다리다가 그 형 왔음을 보고, 죽었던 형 만남 같이 반기고 눈물을 씻으며 받아먹고 이르되,

"이후에 또 목화밭에 가옵거든 나도 함께 가세."

하거늘 인향 더욱 비감하여 눈물이 비오듯하더라.

각설이라. 인향의 효행이 부모에게 지극하고 인후 영민(仁厚 英敏)하다는 말을 듣고 유수만 댁에서 매파를 보내어 청혼하거늘, 좌수 기뻐 허혼하여 즉시 그 달 십 오일로 택일 성례하려 하더니, 신랑이 과거를 보고자 하거늘 그 부모 혼인 택일을 물려 정하고 과장을 차려 보내더니, 그 왕환(往還)이 이미 일 삭(一 朔)이 되었으매, 인향이 점점 숨결이 높아지고 얼굴에 기미가 끼며 인함의 손을 잡고 이르되,

"향자(向者)5)에 목화밭에 가 떡을 먹은 후로 이 병을 얻어 죽을 지경이 되니, 필연 곡절이 있으나 형지 없는 말을 누구더러 하잔 말인가. 모친은 우리를 두고 이다지 섧게 하는고! 모친임 계실 때에는 옷이 없으면 불일(不日) 내로 지어달라 하여 신청대로 하여 주며, 입던 이 헌옷을 임의로 입지 못하고, 밥을 한 번 싫도록 먹지 못하고, 행실을 임의로 못하며 죽을 번 살 번하여

---

5) 향일(向日). 접때. 지난번. 저번 날.

일심 전력으로 해 놓은 일을 계모 보기 곧 하면 필경 탈을 잡아 그르다 하고 꾸지람하시니, 아무리 계모라도 남의 자식된 바에 발명하여 그르고 옳은 대답할 길 없어 내염(內念)에 일어난 말을 누구더러 하잔 말고 옛글에 하였으되 '부수부자(父雖不慈)나 자불가이불효(子不可而不孝)'라 하였으니, 계모 그른 말을 다 못할지라."

하고 혼자말로,

"모친 생시에는 틈을 타서 노는 날이 있어도 시약 심상(尋常)하여 꾸지람이 없고 날마다 사랑하시더니, 계모 칠 팔년을 지내되 하루를 놀지 못하고 불 때어 화로를 들고 부모 양친 계신 방에 들어가 방이 차고 더운 것을 물어 춥다 하시면 옷을 불에 쬐어 덥게 하여 차례로 받들어 드리고, 그 모친이 추운데 나오실까 염려하여 먼저 간하여 그 부모 하실 일을 남매 의논하여 일호라도 착란 없게 하여 음식을 맛보아 드리며, 그 부모께 정성을 바치어 섬겨도 그 좌수에게 간악한 말로 인향의 삼 남매 불쌍타 아니 하리오. 일월성신은 하감하옵소서. 모친은 우리를 데려다가 황천의 외로운 혼백을 위로하고, 생시 같이 만단 설움을 모친 전에 하여 보면, 만 번 죽어도 한이 없사오리다. 소녀는 미구에 출가하면 '여필이종부(女必而從夫)'라 하오니 반리(反理)6)치 못하온즉, 인형 인함을 누구에게다 부탁할꼬. 이 일을 장차 어찌 하리오" 하며 언미필(言未畢)에 삼 남매 뺨을 한데 대고 하늘을 우러러 탄식하며 멀고 먼 모친 산소를 바라보며 나며 들며 울다가 정신이 혼미하여 졸더니, 천륜(天倫)이 무심치 아니 하여 비몽사몽간에 슬픈 울음소리 나며 모친 혼령이 생시 같이 들어와 손을 잡으며,

"불쌍하다 내 딸이야, 나 죽은 후에 너의 설움을 뉘게다 설원하며 날 보고픈 정에 어찌 견디었느냐. '도망키 어려운 것은 사람의 팔자라' 팔자를 기이지 못하여 너희를 두고 죽어 황천에 돌아간 어미 고혼인들 (어찌) 눈을 감겠으며",

인형을 불러 이른 말이,

---

6) 도리에 어긋남. 이치에 맞지 않음(背理).

"너의 두 누이는 출가하면 계모를 면하려니와 너는 평생을 면치 못하고 구박을 받아 일구월심에 평안할 날이 없을 듯하여도, 영귀(榮貴)히 될 날이 있을 것이니, 너의 부친은 오래지 아니하여 기세할 것이니 부모에게 효성을 다하여 효칙(效則)7)을 입게 하라"

하고,

"필경 대환(大患)이 있을 것이니 부디 명심하여 조심하라"

하고 낭군을 원망하는 말이,

"나 죽을 때에 너의 부친더러 전부 애원한 말을 누누이 부탁하였더니, 구태여 간악한 후처를 얻어 평생 사랑하던 너희를 섧게 하니, 어찌 슬프지 아니하랴. 나는 팔자 기박하여 너희를 두고 속절없이 고혼(孤魂)되어 지하에서도 용납지 못할 귀신이 되리로다. 너희는 부모 잘못함을 괘념(掛念)치 말고, 전보다 더하여 계모의 눈에 나지 말라."

하며,

"잘 있거라"

인함의 손을 이끌어 젖을 물리고,

"나 죽은 후에 젖 먹고파 어찌 견뎠느냐?"

하며,

"마지막 젖 먹어보아라."

하며 말하기를,

"이것이 도시 천정(天定) 팔자라, 나는 죽은 혼백이라도 귀히 되었으니 염려 말고 부디부디 잘 있거라."

하고 인함을 물리치며,

"인명 달라 갈 길이 바쁘다."

하고 문밖으로 나가거늘, 삼 남매 일시에 내달아 울며,

"모친은 또 어디로 가려 하오."

---

7) 본받아 법으로 삼음.

하며 대성통곡하며, 피차 울음소리에 깨니, 한 꿈이라.

- 중 략 -

각설, 이때에 신랑이 장원 급제했다 하고 방목(榜目)을 좌수에게 드리니, 좌수 방목을 보고 기쁨을 이기지 못하여 그 길로 인향의 방에 들어가 칭찬하시며, 신랑의 의복을 지으라 하며 이르되,

"신랑이 장원 급제 했다 하니 늦게야 귀한 영화를 보리로다."
하니 인향이 이 말을 듣고 내염(內念)에 생각하되, 부친은 좋아하시나 신세를 생각하니 비감하여 슬픔을 금치 못하는 중에, 좌수 인향 얼굴을 보고 물어 가로되,

"네 얼굴이 전만 같지 못하니, 무슨 일로 저다지 상하였느냐?"
하니 인향이 대답하여 가로되, 어진 마음에 차마 심중에 있는 말 못하고,
"우연히 병이 되어 점점 초췌하여이다."

부친 앞에 무슨 말못할 것이 아니로되, 계모의 간악한 계교로 약을 먹어서 그러하다 하면 형지 없는 말인즉, 미구(未久)에 계모의 구박이 더 할까 함구무언하고 눈물만 흘리니, 좌수 그 곡절을 모르고 아마 제 몸이 피곤하여 그러한가 하고 '방이나 덥게 하여 조리나 착실히 하라'하고 신랑 옷 수품을 가르쳐주니, 인향이 받아 놓고 인함을 붙들고 이르되,

"부모 자식을 길러 출가하는 법은 사람마다 하는 바요, 또한 여자 되어 부모가 시키면 첫째는 부모를 지성으로 섬기고, 둘째는 낭군을 공경하여 섬기며 일가친척을 화순(和順)케 한 연후에 유자생녀하고 선조 향화(香火)를 받들게 함은 인륜의 떳떳한 일이거니와 나 같은 서러운 인생이야 세상에 처하여 일개 동생을 구제치 못하고 이 몸이 병이 들어 이같이 고단하니, 전생의 무슨 죄로 이러한고 우리 팔자 이러하니 부친을 한한들 무엇하랴!"

- 중 략 -

정씨 (인향의)신랑이 급제하여 귀히 되었단 말을 듣고 더욱 시기하여 좌수더러 이르되,

"이간 인향의 방에 외인이 출입하는 자취가 있으니 자세히 살피소서."
한대, 좌수 어찌된 곡절인지 알지 못하고 정씨의 말만 듣고 의심을 말지 아니하더라.

각설, 이때에 또 무당할미 왔거늘, 정씨 뇌물을 많이 주며 이르되,

"그 기특한 약으로 계교를 얻었으니, 할미 즉시 읍촌으로 다니며 '김좌수의 딸이 실행했다' 하고 전파하고, 할미는 아직 오지 말고 남의 물론(物論)[8]을 들으라."
하매 할미 하직하고 나와 이날부터 무당할미 다니며,

"좌수 김영국 딸 인향이 실행하여 자식 밸 시 분명하니라."
하니 읍촌 간에 이 말이 낭자하였더라.

이때에 좌수 읍에 갔다가 이 말을 듣고 집에 돌아와 불안한 의심이 만단(萬端)할 즈음에, 좌수의 눈치를 살피며 발연 변색 왈,

"간밤에 인향의 방 뒷담에 외인이 출입한 자취 있다."
하고 또 편지를 만들어 가지고 인향의 방에 들어가 바느질 광주리를 보는 체 하다가 가만히 편지를 내어놓고 거짓 놀라는 체하고 대책 왈,

"이 편지가 웬 것이냐?"
하며 가지고 들어갔거늘, 인향은 규중 처자라 이런 흉계를 모르고 있더니, 정씨 좌수더러 하는 말이,

"아무리 토반(土班)[9]의 집이나 이런 괴변이 있으며 또한 신랑집에서 이런 낭패가 있사오리까."

---

8) (이러쿵저러쿵하는) 여러 사람의 논의나 세상의 평판. 물의(物議).
9) 여러 대(代)를 두고 그 고장에서 살고 있는 양반.

괴탄을 무수히 하며,

"남이 알면 계모 잘못하여 이러하다 할 것이니, 어찌 낯을 들고나서리요. 저번 밤에도 괴이한 일을 보고 간밤에도 수상한 일을 보았는지라. 이 글씨 쓴 종이가 웬 것인지 모르되 바느질 광주리에 있기로 가져왔으니 자세히 보옵소서. 며칠 전일에 외인을 붙들어 금단하였다면 아는 이는 알고 모르는 이는 모를 것을, 남의 계모 된 탓으로 금단치 못하였으며, 저는 모르는가 하여도 남이 보건대 제 몸 꼴을 보아도 짐작이 있으며, 얼굴을 보아도 새알 기미 끼며 배가 불러 자식 밸 시가 분명한 즉, 저번 '병들었다' 하고 칭탁하기는 제 죄가 있어 한 일이라. 이제 읍촌이 다 아는 바라."

하며,

"의붓어미 할 말은 아니거니와 이를 장차 어찌 하려 하옵는지 모르거니와, 방금 인향을 잡아내려 형초하여 없이 하는 것이 가장 영행이라."

한즉 좌수 이 말을 듣고 편지와 몸 꼴을 보고 분명히 위기(違欺) 없다. 일변 분하고 일변 양씨 유언을 생각하니 흉중이 막혀 정신 아득하여 아무리 할 줄 모르더니, 이윽하여 장자 인형에게 물은즉, 인형 여쭙되,

"천지간에 이런 일이 어데 있으리까. 소자는 남매 간이라도 처소가 달라 밖에 있어 주야로 일에 잠심(潛心)되어 누이를 살피지 못하다가 이런 변을 당하니, 소자는 어찌해야 좋을는지 부친은 깊이 심량(深諒)하옵소서."

좌수 대노(大怒) 왈,

"인향을 잡아내라."

하니 인향은 이런 괴변을 모르고 바느질만 하더니, 이때에 오라비 인형이 들어와 누이를 본즉 얼굴이 변하고 몸이 부대하였은즉 '태기 있는가' 하고 이르되,

"인향아 인향아, 전생의 무슨 죄로 세상에 나서 어려서 모친을 여의고 간악 안 계모를 만나 한숨과 눈물로 세월을 보내더니, 이렇듯 몸을 버리니 망극하고 원통할사 뉘 있으랴. 어떤 사람을 보아 연(緣)하였더냐? 부친이 너를 잡아내라

하시니 어찌해야 모면하려느냐. 이런 변을 당하고 어찌 사자느냐?"

하거늘 인향이 이 말을 듣고 천지가 아득하여 넋이 없어 아무리 할 줄 몰라, 남매 서로 붙들고 울더니, 좌수 술을 대취하여 호령을 높이 하여 인향더러 이르되,

"네 듣거라"

하니,

"아무리 의붓어미라 하기로 흉(恤)을 내고자 한들, 너더러 구태여 실행하라더냐? 양반의 자식은 고사하고 상한(常漢)[10]의 자식이라도 그렇지 못할 것이거든 너는 양반의 규중 처자 뿐더러 사부(士夫)집과 결혼하려는데, 만약 신랑 집에서 (알면) 이런 낭패가 있으며, 또 관가에 고하면 필연 대환(大患)을 면치 못할 듯하니, 네가 차라리 죽어 후환(後患)을 면함만 같지 못하니 이를 어찌 하리오."

하거늘 정씨 곁에 있다가 이르되,

"아무리 인정간에 참혹하여도 정리(情理)를 생각지 말고 바삐 죽여 후환이 없게 하옵소서."

좌수 이 말을 듣고 옳게 여겨 즉시 '죽이라' 하다가 차마 못하여 대성통곡하고, 인형을 불러 왈,

"네 누이를 데리고 심천동 깊은 물에 넣어 종적을 없이하라."

인형이 울며 여쭙되,

"소자는 차마 동기간에 못할 일이오니 노복을 불러 분부하옵소서."

한즉 좌수 고성 대책 왈,

"너는 다른 일이라도 아비 영(令)을 거역치 못할 것이거든 하물며 규중 처자가 되어 집안을 망케 하는 동생을 죽이라 하는 일을 이렇듯 거역하니, 당당히 너의 삼 남매를 다 죽여 분을 씻으리라."

호령이 서리 같거늘, 인형은 본디 지극한 효자라 부명(父命)을 거역치 못하

---

10) 상놈.

여 환도를 빼어 들고 인향더러 이르되,

"누이야, 부명이 이같이 급하시니 어서 바삐 나서거라."

재촉하니, 백옥 같은 얼굴에 진주 같은 눈물이 비오듯하여 목이 메어 말을 분명히 못하고 이르되,

"산천은 변하려니와 매 마음이야 변하오리까. 옥 같은 나의 몸에 이같이 망측한 누명을 발명 무로(發明 無路)[11]하여 죽게 되니, 일생일사(一生一死)는 남들도 하거니와 나 같은 초로(草露)[12] 인생인들 와석종신(臥席終身)[13] 못하오니, 이런 원악한 일이 또 어데 있으리까. 백 번 죽기는 섧지 않거니와 모친을 어려서 여의고 부친과 간악한 계모를 지성으로 섬기면서 어린 동생을 데리고 주야로 한숨으로 세월을 보내며 언제나 이 설움을 면할까 바라더니, 오늘 날 부친과 동생을 영별(永別)함을 당하니, 유유창천(悠悠蒼天)[14]은 살피소서. 기험할사 내 팔자야, 세상 난 지 십 오 년에 일년 열 두 달, 한 달 서른 날, 한숨과 눈물로 볕을 삼아 설운 때 무궁하되, 행여나 계모 알까 낯을 화순(和順)히 하고 주야로 울고 싶은 때 있을지라도 소리날까 울지도 못하고 남 모르는 설움 뉘가 알까? 간악한 계모는 겉으로 좋은 체 하고 속마음에 눈을 바로 뜨지 아니하고 좋은 얼굴에 우리 곧 보면 낯을 찡그리고 순(順)히 할 말이라도 순히 아니하고, 포악한 마음에 우리를 해할 날이 몇 날인고"
하며,

"이미 죽어 세상을 이별하고 고락(苦樂)을 모를 바에 원통한 말을 못하오리까. 계모 날더러 실행하였다 하거니와 일월성신(日月星辰)이 짐작하고 지토신령(地土神靈)이 감응할뿐더러 남의 번거로운 눈이 있는데 이 같은 험한 말을 하옵나이까. 배가 부르기는 향자(向者)[15] 떡 먹은 탓이오니, 뉘라서 옥

---

11) 죄가 없음을 밝힐 길이 없음. 무죄를 변명할 방법이 없음.
12) (풀에 맺힌 이슬이란 뜻으로) '사물의 덧없음'을 이르는 말.
13) (자리에 누워 신명을 마친다는 뜻으로) 제 명을 다 살고 편안히 죽음.
14) 까마득히 멀고 푸른 하늘.
15) 향일(向日). 접때. 지난번. 저번 날.

석(玉石)을 분별하오리까. 내 몸에 깊은 병이 들어 만신(滿身)이 부은 바온데,
계모 여차지설(如此之說)로 모함하오리까. 소녀 배 부른 것을 어찌하여 자식
밴 줄 분명히 아옵나니까. 이제 나를 세워두고 배를 갈라 네 거리에 걸어두면
내왕하는 사람들이 소녀의 유무죄를 알 것이오니, 계모인들 무슨 빛으로 나서
리오.. 죽어도 한이 없고 눈을 감고 죽겠소이다."
하니 정씨 발연 변색하여 대책 왈,
　"네 나를 이다지 수욕(受辱)하는가?"
하며 이르되,
　"좌수는 보옵소서. 사랑하던 정리를 생각지 아니하고 이제 죽을 죄를 짓고
죽는 터인데, 나를 이다지 무류(無類)[16]케 하니……"
　좌수를 돌아보아 왈,
　"저를 죽이지 아니하면 차라리 나를 죽이옵소서."
하며 손뼉을 치며 앙큼을 부리는지라. 좌수는 속음을 모르고 인향의 말이
설설하고 양씨 유언을 생각하니 기세 양난이라.
　좌수 후처에게 요혹한 바 되어 보고 들은 것이 있는고로 의아 만단한 중에
정씨 거짓 죽으려 하는 것을 보고 행여 죽을까 하여, 장자 인형을 재촉하여
인향을 잡아내라 하며 심천동으로 바삐 가서 죽이어 종적을 없이 하고 오라
하며, 통곡하여 왈,
　"세상에 자식을 죽이는데 있으리요마는 사세 부득하여 이 같은 지라."
　이때에 인향이 발명할 길이 없어 인형을 따라 나오면서 이르되,
　"하늘이 높다 하여도 이슬이 내린다 하옵는데, 나는 무슨 죄로 발명을 못하
는고"
하며,
　"부친은 소녀의 배를 갈라보오면 나의 애매한 일을 자연 알리이다. 죽기는
섧지 않커니와 악명 쓰고 어린 동생을 두고 죽사오니 어찌 옳은 귀신이 되리요

---

16) 유례가 없음. 비길 데 없음.

세세한 사정을 어찌 형언할꼬. 어린 동생 인함이 배고프고 추우면 날 부르고 울더니, 나 죽은 후에 눌더러 밥달라고 하려느냐? 나 죽으러 가는 줄 알면 제가 반드시 잡고 놓지 아니할 것이요, 나도 저를 곁에 두고는 차마 죽지 못할레라.”
하고,

“인함이 날 찾거든 붙들어 두옵시고, 인함이 날 부르고 우는 듯 귀에 쟁쟁, 눈에 암암, 어찌 두고 가자 하오. 오라버니, 부디 나 죽은 후에 인함이 날 찾거든 죽었다 마옵시고 ‘박천 외가에 갔으니 오래지 아니하여 오리라’고 속여 주옵고 나 죽은 줄 제가 알면 기어이 좇아 죽을 것이니 부디 잘 달래여 울리지 말고 박천 외가에 데려다 주옵소서. 외조모님이 전에는 편지를 자로 하옵더니 어찌하여 계모 들어온 후로 편지 한 장 없었으니, 조모님 안부를 청탁이오니, 조모님께 영결서를 부치고자 하오니 부디 진작 전하옵소서.”
하고 인하여 긴 치마폭을 떼어 영결서를 써 주며 대문 밖에 나서며,

“부친은 합내(閤內)[17) 거느리시고 만수무강하옵소서.”
하고 한 걸음에 엎드려지며 두 걸음에 집을 돌아보며,

“뒷동산 피는 꽃은 명년 봄 돌아오면 너는 다시 피련마는 나 한 번 죽어지면 다시 오시 망연하다. 앞 남산 우는 새는 무엇 죽은 정령인지 날마다 우는 소리 무엇을 원하여 우짖느냐? 나도 죽어 네 몸 되어 이화도화(梨花桃花) 황국단풍(黃菊丹楓)에 한없이 놀아볼까. 유유창천은 조림하옵소서. 나의 유무죄를 알랴마는 이내 한 번 죽어지면 꽃이라 피어오며, 잎이라 돌아올까. 전생에 죄가 많아 부친 별세(別世)시에 종신보은(終身報恩) 못하게 되니 이런 설움 또 있는가.”
하며 슬피 통곡하니, 옥 같은 얼굴에 진주 같은 눈물이 방울방울 솟아나 나삼(羅衫)을 적시는지라.

“내 동생 어데 가고 마지막 가는 길에 잠자느라 못오느냐. 성음(聲音)이나

---

17) (편지글에 쓰이는 문어투의 말). 상대방을 높이어 그의 ‘가족’을 이르는 말.

들어보고 얼굴이나 다시 보자. 나 한 번 죽어지면 어데 가 보랴느냐. 좌우고면
(左右顧眄)하여 돌아보며 일가친척 동리사람 부디부디 무양(無恙)[18]하오
나 죽어 돌아간 후에 우리 부친 괄세 마오.”

인형 남매 서로 붙들고 울고 가는 형상은 사람커니와 산천초목 금수(禽獸)
다 설워하는 듯 하더라.

이때에 서산에 지는 해는 해상에 걸려 있고, 잘 새는 햇빛을 좇아 우짖고
인적은 그쳤는데, 달빛은 명랑하여 송풍은 소슬한데, 초목은 무성하여 인적
좁은 길로 적막공산 넘어가 남매 서로 붙들고 태산 준령 넘어가서 심천동
다다라 사면을 살펴보니, 창창한 물결은 바람을 좇아 일어나고 소소한 나뭇잎
은 이리 날고 저리 날아 슬픈 심회를 돕는지라. 비창한 눈물이 쌍쌍이 흘러
하염없이 떨어지니, 철석 간장이라도 슬퍼하더라.

인형이 천지를 부르며 통곡 왈,

“인향아 인향아 무슨 죄로 이 심산 궁곡에 외로운 혼백이 되려느냐’
하며 울며 앉으니, 인향이 인형을 돌아보아 가로되,

“오라버니 동생의 정리를 생각지 말고 어서 바삐 죽여주오 나를 더디 죽이
면 계모 또 부친에게 모함하여 오라버니까지 환을 면치 못할 것이니, 동생을
생각지 말고 빨리 죽여 신체나 감장(勘葬)[19]하여 주고 돌아가라.”
하니 인형이 환도를 던지며 이르되,

“불쌍할사 누이야, 전생에 무슨 죄로 이생에 나와 속절없이 죽으려느냐?”
하며 우니, 인향이 또 이르되,

“오라버니, 나를 죽이지 아니 하여도 나는 이미 죽을 사람이라. 내 목을
베어 피가 아니 나거든 죄가 없는 줄 알고, 피가 나거든 죄가 있는 줄 알고
돌아가옵소서.”
하며 찼던 장도를 빼거늘, 인형이 장도를 뺏어 던지고 울며 이르되,

18) 몸에 탈이 없음.
19) 장사지내는 일을 끝냄.

"누이야 죽지 말고 아무 데나 달아나면 내 돌아가 부친에게 '너를 죽여 심천동에 넣었노라' 하고 여쭈리라."

하되 인향이 울려 이르되,

"일생일사 남들도 하거니와, 그런 말은 동기간 정이거니와 계모에게 그런 누명을 쓰고 살아서 무엇에 쓰리요. 이미 부명(父命)이 계시니 자식된 바에 부명을 어기지 못할지라."

하고 섬섬옥수로 치마를 펼쳐 옥안(玉顏)을 가리고 심천동 깊은 물에 묘연히 뛰어드니, 수운(水雲) 적막하고 월색(月色)이 희미한지라.

인형이 인향 죽음을 보고 인형이 옷입은 채로 뛰어들어가 총망(恩忙)[20]히 건져내니, 벌써 죽었는지라. 신체를 붙들고 울며 자주 기절하였다가 겨우 인사를 차려 깨달으니 밤이 이미 삼경이라. 자탄으로 하는 말이,

"슬프다 누이야, 이런 애매한 죽음을 하였구나."

땅을 두드리며 무수히 애통하며 신체를 깊이 감장한 후에 집에 돌아올 때, 천지가 아득하여 갈 길이 망연하여 뒤를 연하여 돌아보며,

"누이야 누이야 나를 두고 어디를 갔느냐, 올 제는 둘이 오고 갈 제는 혼자 가니, 이런 답답한 일도 또 있는가? 차라리 나도 죽어 혼백이라도 너를 따라 모친의 혼령을 위로코자 하되, 부친이 계시고 또 누이가 있으니 이를 어이 하잔 말고"

하며 집으로 돌아와 인향 죽던 전후수말(前後首末)을 낱낱이 고한대, 좌수이 말 듣고 눈물을 흘리며 가로되,

"인향이 설사 불측한 죄를 지었던들 세상에 제 자식 죽이는데 또 어데 있으리오."

애통하니, 정씨 곁에 있다가 이르되,

"너무 과도히 서러워 마옵소서. 그런 불측한 죄에 죽은 자식을 생각하여 무엇 하리오."

---

20) 매우 급하고 바쁨.

하거늘 좌수 왈,

"이제 제 자식을 죽이고 살아 쓸 데 없으되 원명을 차마 자결치 못하여 살았거니와 차마 낯을 들고 어느 세상에 나서리오."

하며 장자의 손을 잡고 통곡하니, 인함이 혼자말로 이르되,

"오라버니 형을 데리고 눈 주어 수군수군하더니, 밤이 깊도록 어디를 가고 아니 오는가."

하며 적적한 빈 방 찬 자리에 등불은 휘황한데, 부르느니 형이로다.

"우리형은 뉘를 믿고 어데 갔노?"

나며 들며 눈물을 흘리면서 형을 부르니, 뉘라서 불쌍타 아니하리오. 형을 기다리다가 할 일 없어 형을 보고 싶은 정에, 형이 벗어 놓은 홍상(紅裳)을 끌어 앉고 흔연히 잠을 들었더니, 계명성(鷄鳴聲)에 깨어 일어 앉으니 밖으로부터 울음소리 들리거늘 깜짝 놀라 형이 들어오는가 하여 빨리 나가보니, 형은 아니 오고 부친과 오라비 서로 붙들고 울거늘, 급히 물어 가로되,

"형은 어데 가 아니 오고 이다지 통곡하시옵니까?"

오라비는 차마 대답지 못하고, 정씨 곁에 있다가 이르되,

"네 형이 불측한 행실로 아이를 배었으매 죽었거니와 네 미거(未擧)한[21] 것이 참여(參與)가 무엇이냐?"

하며 좌수더러 이르되,

"저다지 슬퍼할 양이면 차라리 죽이지 말고 망신을 당하옵지."

하거늘 인함이 그 말을 듣고, '우리형이 분명 죽었구나'하며 기절하였다가 겨우 인사를 차려 이르되,

"오라버니, 형은 어디가 죽었나이까?"

하며 애통하니, 좌수 인함을 안고 왈,

"내 딸 인함아 우지 마라. 네 형이 내일은 들어오리라."

한데 인함이 곧이 듣지 아니하고,

---

21) 사리에 어둡고 철이 없다.

　"형이 정녕 죽었으면 신체 있는 곳을 가르쳐 주옵소서."

　무수히 울거늘, 정씨 인함을 꾸짖어 왈,

　"네 형의 신체를 보려 하거든 심천동을 찾아가 보고 만단 설원하고 싫도록 울고 와서 너의 부친을 너무 조르지 말아라."

하니 인함이 울다가 그 말을 듣고 내념에 헤오되 '형이 일정 심천동에 가 죽도다' 하고 아무쪼록 심천동 찾아가며 '형과 한 가지로 죽으리라' 하고 제 방에 들어가 보니, 형이 쓰던 세간이며 차던 노리개는 의구히 있다마는 '형은 어디를 갔는고?' 하며 '산북골 목화밭에 목화 따러 갔는가? 박천 외가에 가 아니 오는가? 망극하고 슬프도다. 우리형을 어데 가 다시 볼꼬! 불쌍한 우리형이야, 애매히 죽은 신체나 다시 보지' 하고 무수히 통곡하거늘, 인형이 가로되,

　"누이야 네 형이 죽을 제 유언하던 말이 '인함이더러 죽은 줄로 이르지 말라' 하고 천 만 번 부탁하던 것을 구태여 뉘라서 이르더냐? 이렇도록 성화케 하니 이를 장차 어찌 할꼬! 인함아 네 형은 이미 죽었으니 너무 우지 마라. 형이 죽을 제 말하기를 네 몸이 지접(止接)[22]할데 없어 설워할 것이니, 데려다가 외가에 두고 평생을 평안케 하라 하였으니, 외가에나 가자."

하니 인함이 더욱 설워하여 왈,

　"형이 죽으러 갈 제 나는 어이 몰랐는고? 오라버니 심천동 가는 길을 가르쳐 주옵소서."

하며 밤새면서 애걸하니, 인형이 왈,

　"죽은 신체는 보아 무엇 하리오 이미 감장하여 묻은 신체를 해체부절이라."

하며 달래니, 인함이 제 방으로 들어가 생각한즉 '나도 혼자 살았다가 계모의 손에 죽느니 차라리 형 죽은 곳에 가서 형과 한 가지로 죽어 혼백이라도 한데 모여 모친 혼령이나 위로하자' 하고, 모친 생전에 지어주던 의복을 내어 입고, 형이 찼던 패물을 내어 차고, '오라버니 내가 심천동 가는 줄을 알면 필경 붙들 것이니 모르게 가리라' 하고 총망히 대문밖에 나서니, 천지가 아득하여

---

22) 한데 몸을 의지하여 삶.

심천동을 어디로 갈 줄 몰라 이리저리 바장이다[23]가 생각하고, '심천동이라 하니 동편으로 행하리라' 하고 차츰차츰 찾아가니, 두어 령을 넘어가니, 소상강 떼기러기 남천으로 행하면서 끼룩끼룩하고, 소슬한 찬바람은 꾀꼬리를 흩날려서 사람을 놀래면서 정신을 새롭게 하고, 두견 접동 날새 등은 이리로 펄쩍 저리로 펄펄 날아들 제, 슬픈 심회를 금치 못하고, 섬섬 약질이 태산 준령 들어가니 갈 길이 아득하여 길가에 앉아 형을 부르며 '다리 아파 못가겠네. 형님아 형님아 날 데려가오. 형님은 어데 가고 날 찾은 줄 왜 모르노? 기력이 쇠진하여 졸더니 비몽사몽간에 형이 와 손을 잡고,

"인함아 인함아, 이것이 웬일이냐? 나는 이미 죽었거니와 너조차 죽으려 하느냐? 어서 바삐 들어가서 부친님 봉양하고 어진 낭군을 만나 유자생녀(有子生女)하여 생전을 동락(同樂)하면 죽은 고혼(孤魂)이라도 눈을 감을까 하였더니, 오늘날 이 경상을 보니 어찌 아니 비창하랴. 뉘라서 심천동을 가르치더냐?"

하며 '부질없는 의양말라' 하며 통곡하는 소리에 놀라 깨달으니 남가일몽이라.

- 중 략 -

각설, 이때에 그 고을 관원이 내려오면, 연하여 병이 들어 공사(公事)를 못하고 연하여 죽는지라. 이는 인향 형제 원혼이 되어 원정(原情)[24]을 아뢰고자 하면 관원이 가끔 병들어 죽으니, 조정이 모이어 걱정하되 '일 알고 어진 사람을 간택'하여 내려보내더라.

신관이 내려와 도임하고 삼경(三更)은 되어 하인을 물리고 서안(書案)을 의지하여 졸더니, 비몽(非夢)간에 밖으로부터 슬픈 울음소리 나며 처자 아이 둘이 들어오거늘 자세히 보니, 작은아이는 치마끈으로 목을 매고 큰아이는

---

23) 부질없이 같은 길이나 가까운 거리를 오락가락 거닐다.
24) 사정을 하소연 함.

구름 같은 흐트러진 머리에 옥 같은 얼굴을 나삼으로 가리고 섬섬옥수(纖纖玉手)로 홍상을 걷어 앉고 이윽히 주저하다가 울며 여쭙되,

"우리는 과연 사람이 아니옵고 지원절통한 혼백이옵더니, 원정(原情)을 아뢰고자 하옵나이다. 소녀는 본읍 좌수 김영국 딸이옵더니 불측한 계모를 만나 애매히 모함하여 악명을 쓰고 죽었사오니, 천지가 개벽한들 지극한 원혼이야 슬프지 아니하리요. 구관 사또 과정시에도 우리 애원을 알리고자 하온즉 유명(幽明)25)이 달라, 우리를 보면 죽사온즉 해원(解冤)을 못하옵고 중로(中路)에 바장이옵더니 명정(明正)하옵신 사또를 만났사오니, 바라옵건대 소녀의 원악한 정을 참상(慘狀)히 여기사 우리 원수를 갚아 주옵소서. 비록 지하에 있어 백골이 진토(塵土)26)되어도 태산 같은 은혜를 만분지일이라도 갚을까 하나이다."

하고 말을 마치며 두 아이 눈물을 흘려 옷깃을 적시며 두 번 절하고 다시 여쭙되,

"명정하옵신 사또는 우리 애원한 사정을 세세히 통촉하옵소서. 포악한 계모의 소작한 일이려니와 '일시라도 모녀라' 말이 있사오니, 소녀 입으로는 차마 죽여달라지 못할 터이오니, 사또 처분이옵고 무당년은 잡아들여 원수를 갚아 주옵소서."

연하여 절하고 통곡하다가 문득 바람이 일어나며 간데 없거늘, 관원이 놀라 깨달으니 남가일몽이라. 촛불은 명명한데 두 아이 형용(形容)이 눈에 암암하여27) 말하는 소리 귀에 쟁쟁하여 생시나 다름없어 일변 괴이하고 놀라 즉시 형방(刑房)28)을 불러 왈,

"이 고을의 좌수 김영국이가 있느냐?"

---

25) 어둠과 밝음. 저승과 이승.
26) 먼지와 흙.
27) 잊혀지지 않고 가물가물 보이는 듯하다.
28) (조선 때) 승정원과 지방 관아의 六房의 하나. 刑典에 관한 일을 맡아보았음. '형방의 아전'을 줄여 일컫던 말.

한대, 형방이 여쭙되,

　"과연 있습니다."

　관원이 왈,

　"그 사람이 딸이 있느냐? 자세히 아뢰라."

　형방이 고하되,

　"김영국이가 딸 형제를 두었삽더니 맏딸 인향은 실행하여 죽삽고, 그 동생 인함이 또 제 형을 좇아 죽었다 합니다."

한대 관원이 문 왈,

　"김영국이가 분명하냐?"

한대 형방이 아뢰되,

　"위기 없습니다."

하거늘 관원이 그 아이들이 너무 천연히 아뢰기로 가련히 여겨 비창한 마음을 억제치 못하여, 그 신체를 보아 허실을 알고자 하여, 이튿날 몇 명의 하인을 영솔(領率)하여 데리고 심천동을 찾아가니, 험악한 산중에 새 무덤이 있거늘, 향촉(香燭)을 갖추고 한 잔 술로 위로하고 무덤을 헤쳐본즉, 과연 두 아이 신체 조금도 변치 아니함을 보고, '분명한 원혼이로다' 하고 즉시 회관하여 장교를 불러 분부하되,

　"김영국의 계집 정녀를 결박하여 잡아 들이라."

한대 장교 영을 듣고 단각 내에 잡아바치니, 사령을 호령하여 정녀를 계하(階下)에 꿀리고 내려다본즉, 그 위인이 포악하고 살기(殺氣) 가득하여 '사람을 많이 해할 계집이라' 하고, 호령하여 가로되,

　"네 전실 딸 인향 형제는 무슨 죄로 죽였느냐? 바로 아뢰오면 죄를 용서하여니와 만약 기망(欺罔)하면 죽기를 면치 못할 것이니, 바른대로 아뢰어라."

하고 대하는 소리 추상(秋霜) 같거늘, 정녀 꾀를 내어 발명코자 하거늘, 관원이 증(症)[29]을 내어 좌우 형방 나졸에게 분부하되,

---

29) (주로 '증나다'·'증내다'의 꼴로 쓰이어) '화증(火症)' 또는 '싫증'이나 '짜증'의 뜻을

"저 계집에게 안서(安舒)[30]함이 있으면 중치(重治)할 것이니, 착념(着念)[31] 거행하라."

하고 고성(高聲) 대매(大罵) 왈,

"네 죄를 알 것이니 세세히 아뢰라."

하며 노자(奴子)[32]를 호령하여,

"각별 거행하여 첫 매에 물고(物故)[33]를 올리라."

하며 매매 고찰하니, 정녀 간사한 마음으로 처음은 발명코자 하더니 형장(刑杖)에 죽게 되니, 종시 기이지 못할 줄 알고 간악한 말로 아뢰되,

"소녀의 심술이 불행하여 매일 불평하던 차에 돌아다니는 무당을 만나오니, 그 무당이 이르되 '이리이리 하라' 하옵기로 흉한 계교를 듣고 애매한 인향 형제를 모함하여 죽였사오니, 소녀의 죄는 만사무석(萬死無惜)이옵거니와 도시 무당년의 계교로소이다."

하거늘 관원이 이르되,

"이런 변이 또 어데 있으리요."

하고 사령에게 분부하여 무당을 성화 착래(捉來)[34]하여 잡아 들이라 하니, 즉시 무당년을 결박하여 잡아 들이거늘, 관원이 호령하여 묻되,

"일호라도 기망하여 아뢰면 일장(一杖) 분부에 죽기를 면키 어려우리니, 바른대로 직고(直告)하면 너는 어떤 심술로 흉악한 계교를 가르쳐 무죄한 사람을 둘씩 죽게 하느냐? 바로 아뢰라."

무당이 여쭙되,

"이는 도시 소녀의 죄는 아니오라, 모년 모월 모일에 정녀의 집에 가온즉 인향 형제를 해코자 하여 값을 많이 주며 계교를 묻거늘, 미련한 마음에 값을

나타냄.
30) 편안함.
31) (무엇에) 생각을 둠.
32) 노복(奴僕).
33) 죄인의 죽음. 죄인을 죽임.
34) (사람을) 붙잡아 옴.

중히 여겨 '이리이리 하라' 이르고 왔을 따름이오니, 도시 정녀의 죄로소이다."

하거늘 관원이 정녀에게 분부하되,

　"너는 애매한 전실 자식을 모함하여 죽였으니, 천지간에 용납지 못하리라."

하며,

　"이후 사람을 징계하고 차후에는 이런 일이 없게 당당히 너의 사지를 찢어

죽이리라."

하고 무당을 호령 왈,

　"너는 값을 중히 여겨 흉한 계교를 가르쳐 어린아이를 애매히 모함하여

죽였으니, 네 죄는 정녀나 다름없는지라."

하며 정녀와 무당년을 일시에 잡아내어 그 오라비 인형을 불러 보는데 사지(四

肢)를 각각 찢어 읍촌간에 구경하는 사람을 징계하니, 뉘 아니 상쾌타 하리요.

　이날 밤 삼경에 인향 형제 관원 앞에 들어와 여쭙되,

　"소녀가 애매히 죽은 원혼이 되었더니 천우신조(天佑神助)하여 명정하신

사또를 만나 각골(刻骨)한 원수를 갚아 주옵시니, 은혜 백골난망(白骨難忘)

이로소이다."

　말을 마치며 간데 없더라.

　각설, 유장원이 천은(天恩)을 입어 금안준마(金鞍駿馬)를 타고 어전(御

殿) 풍악(風樂)과창부(倡夫)35) 무당을 쌍쌍이 세우고 완완(緩緩)36)히 나오

니, 뉘 아니 칭찬하리요. 삼일 유가(三日遊街)37) 후 임지(任地)38)에 돌아와

숙(宿)이더니, 이날 삼경에 촛불을 물리고 서안(書案)을 의지하여 졸더니,

어디로부터 청조(靑鳥) 한 쌍이 날아와 앉으며 슬피 울거늘, 지음(知音)하여

---

35) 사내 광대. 무당 굿 열두거리의 한 가지.
　　창부타령(倡夫打令) : 경기 민요의 한 가지(무당이 굿거리에 부르던 노래가 대중화한
　　것임).
36) 동작이 느릿느릿함.
37) 지난 날, 과거에 급제한 사람이 사흘 동안 시관(試官)과 선배, 친척 등을 방문하던
　　일.
38) 관원이 부임하는 곳.

들으니 한 청조는 '무당일레, 무당일레'하고, 또 한 청조는 '계모일레, 계모일레' 하고 슬피 울고 가거늘, 놀라 깨달으니 남가일몽(南柯一夢)이라.

몽사(夢事) 수상하며 심신이 산란(散亂)하여 잠을 이루지 못하여 밤을 새어 도문(到門)[39]을 재촉하여 집으로 내려올 때 중로(中路)에서 본댁 하인이 서간(書簡) 들이거늘, 떼어보니 부친의 서간이라. 그 서(書)에 하였으되,

"너는 천은(天恩)을 입어 장원급제(壯元及第)하였으니 영화 극진하거니와 너를 정혼하고 과거에 격하여 전안(奠雁)[40]을 못하고 너 내려오면 전안코자 하였더니, 조물(造物)이 시기하여 신부가 계모의 모함으로 애매히 죽어 육례(六禮)[41] 전에 원혼(冤魂)이 되었으니, 그런 가련한 일이 어데 있으랴."

하거늘, 보기를 다 하고 애연한 마음을 정치 못하고 이르되,

"그전 밤에 청조 한 쌍이 날아와 울더니 과연 소저의 원혼이로다."
하며 과거에 가서 전안(奠雁) 못한 것을 뉘우치더라.

길을 재촉하여 도문(到門)하고 부모에게 영화를 뵈니 기쁨이 측량없을 것이로되, 소저의 죽음을 생각하니 일변 애연한지라. 그날로서 산소에 소분(掃墳)[42]하고 부모께 여쭙되,

"소저 비록 육례(六禮)에는 가보지 못하였으나 유가집 사람이라. 나의 박복(薄福)함으로 이렇듯이 되었으니, 명일(明日)에 소자가 몸소 가 한 잔 술로 소저의 원혼을 위로코자 하나이다."
한대 그 부모 기특하게 여겨 여간(如干)[43] 주찬(酒饌)을 차려 보내니라.

- 중 략 -

---

39) 과거(科擧)에 급제하여 홍패(紅牌)를 가지고 집으로 돌아옴.
40) (구식 결혼에서) 신랑이 신부집에 기러기를 가지고 가서 상 위에 놓고 절하는 예.
41) 우리 나라의 재재식 혼례(婚禮)에서의 여섯 가지의 의식. 곧, 납채(納采)·문명(問名)·납길(納吉)·납폐(納幣)·청기(請期)·친영(親迎).
42) 경사(慶事)가 있을 때, 조상의 산소에 가서 무덤을 깨끗이 하고 제사를 지내는 일.
43) 보통의 것. 웬만한 것. 어지간한 것.

(유장원이) 제(祭)를 필한 후 수일을 유숙(留宿)하여 발원하다가 집으로 왔더니, 이적에 심천동 신령님은 인함44)이 죽으로 갈 제 낚시질하던 노인이라. 인향 형제를 불쌍히 비명횡사(非命橫死)함을 중간하였는지라, 인향 형제를 가긍(可矜)45)히 여길뿐더러 유장원의 정성에 감동하여 지부왕(地府王)께 설원(雪冤)46)하고 인향 형제를 지부왕께 인도하여 원정(原情)47)으로 설원하더라.

이때에 인향이 지부왕께 들어가 아뢰되,

"소녀는 곽산 땅 김영국의 딸이옵더니, 팔자(八字)48) 기박(奇薄)49)하여 포악한 계모를 만나 애매히 악명을 쓰고 죽었기로, 백년 연분을 맺어 필(畢)치 못하고 절통(切痛)50)한 원혼이 되었사오니, 낭군이 소녀의 원통함을 가긍히 여기사 정성으로 수륙(水陸) 발원하오니, 지하의 혼백(魂魄)이라도 어찌 감격지 아니하리요. 이러함으로 지부왕 전에 서러운 원정을 발하옵나이다. 아무쪼록 원통한 혼백을 환생하여 연분을 정하옵소서."

하며 무수히 절하고 간절히 애걸함에, 지부왕이 감동하여 왈,

"너의 일을 이미 통촉하더니!"

불쌍함을 생각하고 인하여 신체를 흔들거늘, 형제 놀라 일어 앉으니, 무덤이 자연 갈라졌는지라. 형은 아우를 붙들고, 아우는 형을 붙들고 서로 목이 메어 울다가 사면을 바라보니, 험악한 산천과 무성한 초목이 한 조각 꿈 같더라.

이러할 즈음에 인형이 부모 동생을 다 여의고 혈혈단신(孑孑單身)51)이

______

44) 원문에는 '인형'으로 되어 있음.
45) 불쌍하고 가엾음.
46) 원통함을 풂.
47) 사정을 하소연함.
48) [태어난 해, 달, 날, 시의 간지(干支)인 '여덟 글자'란 뜻으로] 사람의 평생 운수.
49) 운수가 사나우며 복이 없음.
50) 몹시 원통함.
51) 의지할 곳 없는 홀몸.

울기만 하더니, 누이 형제를 생각하고 심천동에 가 '무덤이나 보자' 하고 막대
에 의지하여 근근(僅僅)52)이 걸어가니, 무덤이 갈라지고 누이 형제가 노송(老
松) 나무 아래에서 울다가 인형이 옴을 보고 놀라며 억색(臆塞)53)하여 말을
못하거늘 인형이 여취여광(如醉如狂)하여,

"이것이 생시(生時)인가 꿈인가? 너희가 죽기가 분명하거든 천연히 살았으
니, 일정 원혼이 나를 기롱(欺弄)54)하는도다."
하며 의아(疑訝)55)하기를 마지아니하거늘, 인향이 그제야 인사를 차려 일변
반기며 일변 비창하여 왈,

"부친도 평안히 계시며 오라버님 표악한 계모 시하(侍下)56)에 오죽 고생하
였으리이까? 나는 지하에 가서 '여차여차(如此如此)'57)하여 애매한 청원을
지부왕께 설원하고 환생하였나이다."
하거늘 인형이 또 이르되,

"나는 너 죽은 후로 인함을 데려다가 외가에 길러 동생지청을 다하기만
바라더니, 인함이 너조차 죽으매 만만(滿滿)한 설움을 진정치 못한 중에, 오래
지 아니하여 부친이 성화(成火)58)하여 애통이 터져 또 기세(棄世)하심에 고
적한 몸이 의탁할 곳이 없어 울기만 하더니, 천행(天幸)으로 명명하신 성주를
만나 네 애매한 악명을 설원하고 정녀와 무당년을 다 죽여 설치(雪恥)는 하였
거니와, 또한 죽었던 동생을 다시 만나 이렇듯이 정답하니 어찌 반갑지 아니하
리요."

서로 붙들고 집으로 돌아오니, 일가친척과 상하노복이 뉘 아니 반가워하리
요. 즉일로 신랑집에 (기별)59)하니라.

---

52) 겨우. 가까스로.
53) 원통하여 가슴이 답답함.
54) 속이어 농락함.
55) 의심스럽고 괴이쩍음.
56) 부모나 조부모가 살아 있어 모시고 있는 처지.
57) 이러저러하다.
58) 몹시 번민함.

유장원이 정성으로 수륙하고 집에 돌아와 종단(終端)60)을 기다리더니, 낭자 환생한 기별을 듣고 '신기한 일도 세상에 있도다' 하며 기쁨을 측량치 못하여 다시 택일 성례(成禮)하니, 동방화촉(洞房華燭)61)에 금슬(琴瑟)62)을 희롱하니, 원앙(鴛鴦)이 녹수에 놀고 비취(翡翠) 연리지(連理枝)63)에 깃들임 같더라. 관광하는 사람들이 모두 이르기를,

"신랑은 소년에 장원급제하고, 신부는 환생하여 끊어진 연분을 다시 잇고 백년동락하게 되니, 하늘이 어찌 무심타 하리요."
하며 정녀를 향하여 무수히 욕하더라.

각설, 유장원이 연유를 다하여 나라에 표(表)64)를 올릴 때, 그 표에 하였으되,

"신방급제 유장원은 돈수 백배하옵고 글월을 올리나니, 복원(伏願) 전하(殿下)는 하감(下鑑)65)하옵소서. 소신이 곽산66) 땅 김영국의 딸과 정혼하옵고 전안(奠雁) 날을 북과 십 여일을 격하여 과거되옵기로 관광코자 하여 전안을 물리옵고 과거에 갔삽다가, 천은을 입사와 장원급제(壯元及第)하옵고 집에 내려온즉, 정혼한 낭자 계모의 모함을 입어 죽사온즉, 발명치 못하다가 천행으로 명관을 만나 설원하옵고……"

계모 죽인 말이며, 인향 형제 죽은 말이며, 낭자 지부에 가 설원하고 환생하여 다시 연분(緣分)67)이룬 말씀을 낱낱이 기록하였는지라.

---

59) 원문에는 빠져 있음.
60) 맨 끝. 마지막.
61) 혼례 후, 신랑이 신부 방에서 첫날밤을 지내는 의식.
62) 거문고와 비파.
63) 한 나무의 가지와 다른 나무의 가지가 서로 붙어서 나뭇결이 하나로 이어진 것. 부부 또는 남녀의 애정의 깊음을 비유하여 이르는 말.
64) 소회(所懷)를 적어 임금께 올리는 글.
65) (문어투의 편짓글에 쓰이어) '자기가 올린 글을 윗사람이 읽어 봄'을 높이어 이르는 말.
66) 원문에는 '박천'으로 되어 있음.
67) 서로 관계를 가지게 되는 인연. 부부가 될 수 있는 인연.

상(上)이 표를 보시고 놀라시며 만조백관(滿朝百官)을 보이어 칭찬하시고, 유장원으로 한림학사를 제수하시고 낭자로 정렬부인 직첩(職牒)[68]을 내리오며 금은채단(金銀綵緞)을 무수히 상사(賞賜)하시니, 한림과 부인이 직첩 채단을 받고 북향사배(北向四拜)하며 천은(天恩)을 축수하더라.

세월이 여류(如流)하여 인함의 나이 십 육 세라. 부인이 인함을 데리고 사생(死生)을 한 가지로 하고 싶되 '부창부수(夫唱婦隨)는 인륜의 떳떳한 일이라 가히 피(避)치 못할지라. 어진 배필을 구하여 백년동락하고 유자생녀(有子生女)하여 귀히 됨을 보리라.' 하고 구혼하더니, 이때 박천 원(貝)이 정녀를 죽여 부인의 원수를 갚아주니, 읍촌간에 애민(愛民) 선정(善政) 송성(頌聲)이 날로 성하여 명망(名望)이 조정(朝廷)[69]에 제일이라.

점점 벼슬을 돋우어 판서(判書)[70]에 거하매, 어찌 적선(積善)한 집에 경사(慶事) 없으리오. 부귀 극진하고 슬하(膝下)에 일남 일녀 두었으되, 딸은 좌의정의 자부(子婦)되고 아들은 시년(是年)이 십 육 세라, 얼굴은 관옥(冠玉)이요, 문장은 이태백(李太白)[71]이라. 인물과 재주는 초출(超出)[72]하매, 매일 사랑하여 배필(配匹)[73]을 구할 즈음에, 마침 나라에서 유장원을 한림학사 대제학을 제수하시고, 낭자로 정렬부인 직첩을 내리심을 듣고 문득 생각한즉, 이전 그 고을 관원으로 있을 제 부인 동생이 처자(處子)로 있으되 현철(賢哲)[74]한 줄 이미 알거니와, 또한 제 형이 효행이 지극하매 그 동생이 분명 형을 닮았을 것이니 '구혼하리라' 하고, 매파를 보내어 청혼하거늘, 한림이

---

68) 지난날, 조정에서 벼슬아치에게 내리던 임명 사령서.
69) 임금이 나라의 정치를 집행하던 곳. 조당(朝堂).
70) 조선 때, 육조(六曹)의 으뜸 벼슬. 품계는 정이품.
71) 이 백(李 伯) 자 태백(太白), 호 청련거사(靑蓮居士). 당나라 때의 시인. 두보(杜甫)와 함께 이두(李杜)로 병칭되는 중국 최대의 시인이며 시선(詩仙)이라 불림. 현재 1,000여 수 이상의 작품이 전해짐. 불우한 생애를 보내었으나 43세 경 현종(玄宗)의 부름을 받아 장안(長安)에 들어가 환대를 받았던 1~2년이 그의 영광의 시기였다고 함.
72) 매우 뛰어남.
73) 부부로서의 짝. 배우(配偶).
74) 어질고 사리에 밝음. 또는 그 사람.

기뻐하여 안으로 들어가 부인과 의논하여 허락하고 즉시 택일하여 치행(治行)할 때, 한림의 형세와 판서의 위권(威權)으로 기구 찬란(器具 燦爛)하여 각색 풍류와 우수한 시녀(侍女)는 좌우에 벌였으니, 낭자는 금정을 타고 풍류 속으로 완완히 나아오니, 그 거동이 '서왕모(西王母)[75] 요지연(瑤池蓮)[76]에 노는 듯', '무산 선녀(巫山 仙女) 양대에 즐김'과 다름 없더라.

관광하는 사람들이 우러러보며 칭찬하여 왈,

"전일 심천동에서 형과 같이 원혼이 되었더니 환생하여 이렇듯 영귀(榮貴)할 줄 뜻하였으리오."

부인 형제 아무리 영귀하였은들 떠나는 정이 결연(缺然)하여[77] 백 리 밖에 나와 전송하더라.

이때 인형이 그 누이의 후행(後行)[78]으로 경성에 올라가니 마침 과거를 뵈거늘, 판서에게 청하되,

"매형(妹兄)과 한 가지로 장중(場中)에 들어가 구경코자 하옵나이다."

판서 기특히 여겨 아들을 불러 이르되,

"너는 세상에 짝 없는 이[79]임에 이번 과거를 아니하여도 미구(未久)에 할 것이니, 네 처남(妻男)이 멀리 와 구경코자 하니 첫 장은 네 처남을 주어 착실히 보라."

하고 장중(場中) 제구(諸具)를 준비하여 주거늘, 한 가지로 장중(場中)에 들어가니, 글제를 걸었거늘, 바라보니 평생 좋아하던 글제라.

용연(龍硯)에 먹을 갈아 시지(試紙)를 펼쳐 놓고 황모필(黃毛筆) 덥석 무쳐 왕희지 필법(筆法)으로 조맹부의 체를 받아 일필휘지(一筆揮之)[80]하여 일천(一喘)[81]에 선장하고, 한 장은 '내가 보리라' 하고 자작 자필하여 이천(二

---

75) 중국 신화에서, 곤륜산(崑崙山)에 산다는 반인 반수(半人半獸)의 여자 선인.
76) 주(周)나라 목왕(穆王)이 서왕모와 만났다는 선경(仙境). 곤륜산에 있음.
77) 모자라서 서운하다.
78) 혼인 때 신부나 신랑을 데리고 감. 또는 그 사람.
79) 사람.
80) 글씨를 단숨에 힘차고 시원하게 죽 써 내림.

天)82)에 바치니, 상(上)이 글을 보시고 좌우 제신(諸臣)을 돌아보아 왈,

　"세상에 인재 또 있도다."

하시고,

　"이런 글과 이런 글씨는 고금(古今)에 없는 문필이라"

하시고 대찬(大讚)하시고, 시흥(詩興)을 돋우어 무수히 비점(批點)83)하시고 만장(滿場) 중에 휘장(揮場)84)하시며 가라사대,

　"창방(唱榜)85) 후에는 이 두 사람 호명하여 보려니와 일정 치국(治國)할 사람이라."

하시고 크게 기뻐하시더라.

　인하여 즉일로 창방(唱榜)하니, 남매 동반급제(同伴及第)하였으매 상이 진퇴 후에 인견(引見)하시고 어주(御酒) 삼 배(三 杯)씩 상사(賞賜)86)하신 후 가라사대,

　"경(卿) 등 남매가 충성을 다하여 짐(朕)을 섬기라."

하시며 각각 벼슬을 제수(除授)하시니, 차시(此時)는 춘 삼월 호시절(好時節)이라. 각색 화초는 만발하며 청새 황새는 반공(半空)에 떠오고, 창부 무동은 쌍쌍이 벌려 서서 저87)를 불며 장안(長安) 대로(大路) 상의 춘풍을 희롱하여 오거늘, 두 신선이 백운(白雲)을 타고 옥경(玉京)에 노니는 듯하더라. 판서 방목(榜目)을 보고 크게 기뻐 왈,

　"저의 남매가 동반(同伴)하단 말이 고금(古今)에 희한하다."

---

81) 한 번 숨을 쉬는 시간. 곧 매우 짧은 시간.
82) 지난 날, 과거나 백일장을 보는 자리에서 한시(漢詩) 따위를 지을 때, 둘째로 지어 바치던 일.
83) 과거 등에서, 시관(試官)이 응시자가 지은 시나 문장을 평가할 때, 특히 잘 지은 대목에 찍던 둥근 점.
84) 지난 날, 과거(科擧)에 합격하였다고 금방(金榜)을 들고 과장 가운데를 돌아다니며 외치던 일.
85) 방목에 적힌 과거 급제자의 이름을 부름.
86) 임금이 상으로 줌.
87) 가로 대고 부는 피리를 통틀어 이르는 말. 적(笛).

하더라.

각설, 한림이 직첩과 채단을 받자와 성은(聖恩)을 감축(感祝)하여 즉시 경성에 이르러 탑전(榻前)88)에 뵈온대, 상이 한림을 보시고 기뻐 가라사대,

"거번(去番)89) 경(卿)의 표를 봄에 '죽은 사람이 환생하여 백년 가약(佳約)을 이루었다' 하기로, 이런 일은 만고(萬古)에 처음이라 자세히 듣고자 하였더니, 자세히 아뢰어라."

하신대, 한림 사은숙배(謝恩肅拜)90)하고 자초지종(自初至終)을 주달(奏達)91)하온대, 한림 부인이 애매히 악명을 쓰고 죽었던 말씀을 들으시매 측은히 여기사 용루(龍淚)를 흘리시며 못내 비창(悲愴)하시다가, 또 계모를 죽여 설원 환생하여 연분된 말씀을 들으시고 크게 기뻐하시며 용상(龍床)을 치고 가라사대,

"이런 희한한 일을 또 어찌 보리요."

하시며 한림의 벼슬을 이조판서(吏曹判書)를 제수하시니, 한림이 사은숙배하고 물러와 부인으로 더불어 국은(國恩)을 축수(祝手)92)하더라. 이러하므로 부인과 은근한 정이 비할 데 없더라.

이때 한림의 나이 삼십 오 세요, 부인의 나이는 삼십 삼 세라. 자연 부귀 극진하고 슬하에 아들 팔 형제를 낳으니, 개(皆)히 영민초출(英敏超出)하여 가문(家門)이 거족(巨族)함으로 일국(一國)에 진동하니, 세상 사람 모두 이르기를 '팔통문'이라 하더라.

팔 형제 점점 자라매 문무겸전(文武兼全)하여 들면 정승(政丞)93)이요 나면 대장이 되어 국정(國政)을 임의로 하거늘, 판서 마음에 즐겨 아니 하고 가로되,

---

88) 임금의 자리 앞.
89) 지난번.
90) 임금의 은혜에 감사하며 공손히 절함.
91) 임금에게 아룀. 주품(奏稟).
92) 두 손을 모아 빎.
93) 조선 때, 의정부(議政府)의 영의정, 좌의정, 우의정을 일컫던 말. 대신(大臣).

"조정에 간신(奸臣)이 많아 우리 권세 중함을 혐의(嫌疑)하는지라, 미구(未久)에 환(患)을 면치 못하리라."
하고 표를 올려 벼슬을 하직하고 고향에 돌아와 운무(雲霧) 중에 밭 갈기와 달 아래 고기 낚기를 일삼으며, 부인과 자식들을 데리고 늦도록 즐기며 상산사호 바둑 두고 적송자(赤松子)와 술 먹기로 세상 공명을 꿈 밖으로 보내니, 여차 지식은 고금에 없는지라. 뉘 아니 효칙(效則)94)하리요.

고사(故事)를 생각하니, 하향 좌수 딸로서 죽었다 환생하여 백년동락했단 말이 실언(失言)인가 꿈인가. 전후에 보지 못하고 또한 듣지도 못하고, 보던 바 처음이더라.

- 국립중앙도서관 소장본 : 필사본 -

▓ 연습문제 ▓

1) 계모형 소설에 대하여 조사해 보자.
2) <김인향전>과 <장화홍련전>을 비교해 보자.
3) '공안(公案)소설'의 특성은?
4) '효'에 대하여 각자의 생각을 정리해 보자.

---

94) 본받아 법으로 삼음.

4. 홍계월전 : 작자 미상

화설 대명(大明) 성화(成化)[1] 연간에 형주 구계촌에 한 사람이 있으되, 성은 홍이요 명은 무라. 세대 명문거족으로 소년급제하여 벼슬이 이부시랑에 이르러 충효강직하기로 천자 사랑하사 국사를 의논하시더니, 만조백관이 시기하여 모해하매, 무죄히 삭탈관직하고 고향에 돌아와 농업을 힘쓰매, 가세는 부요하나 슬하에 일점 혈육이 없어 매양 슬퍼하더니, 일일은 부인 양씨로 더불어 추연 탄왈,

"우리 나이 사십에 남녀간 자식이 없으매 우리 죽은 후라도 후사를 뉘게 전하며, 지하에 돌아가 조상을 어찌 뵈오리오."

부인이 피석(避席) 대왈,

"불효삼천(不孝三千)에 무후위대(無後爲大)라 하오니, 첩이 존문(尊門)에 의탁하온 지 이십여 년이라. 한낱 자식이 없사오니 하 면목으로 상공을 뵈오리까. 복원(伏願) 상공은 다른 가문의 어진 숙녀를 취하여 후손을 볼진대, 첩도 칠거지악을 면할까 하나이다."

시랑이 위로 왈,

"이는 다 나의 팔자라. 어찌 부인의 죄라 하오리오. 차후는 그런 말씀 말으소서."

하더라.

이때는 추구월 망간(望間)이라. 부인이 시비를 데리고 망월루에 올라 월색을 구경할새, 홀연 몸이 곤하여 난간을 의지하여 졸더니, 비몽사몽간에 천문(天門)이 열리며 한 선녀 날아와 재배하고 왈,

"소녀는 상제 시녀옵더니 상제께 득죄하고 인간에 내치시매 갈 바를 모르더니, 세존(世尊)[2]이 부인댁으로 지시하옵기로 왔나이다."

---

1) 명나라(1368-1641) 헌종의 연호로, 이 시기는 1465-1487년에 해당함.

하고 품속으로 들거늘, 놀라 깨달으니 평상대몽(平床大夢)이라. 부인이 대희(大喜)하여 시랑을 청하여 몽사(夢事)를 이르고 귀자(貴子) 보기를 바라더니, 과연 그 달부터 태기(胎氣) 있어 십삭이 차매, 일일은 집안에 향내 진동하며 부인이 몸이 곤하여 침석에 누웠더니 아이를 탄생하매 여자라. 선녀 하늘로부터 내려와 옥병에 향수를 기울여 아이를 씻겨 누이고 왈,

"부인은 아기를 잘 길러 후일 복을 받으소서."

하고 나가며 왈,

"오래지 아니하여서 뵈올 날이 있으오리다."

하고 문득 간 데 없거늘, 부인이 시랑을 청하여 아이를 보이니 얼굴이 도화 같고 향취 진동하니 진실로 월궁항아(月宮姮娥)³⁾러라.

기쁨이 측량 없으나 남자 아님을 이에 한탄하더라. 이름을 계월이라 하고 장중보옥 같이 사랑하더니, 계월이 점점 자라매 얼굴이 화려하고 또한 영민한지라. 시랑이 생각하되 계월이 행여 단수(短壽)할까 염려하여 강호 땅에 곽도사라 하는 산림(山林)⁴⁾을 청하여 계월의 상을 보이니, 도사 이윽히 보다가 왈,

"이 아이의 상을 보오니 오 세에 부모를 이별하고 십팔 세에 부모를 다시 만나 공후작록(公侯爵祿)을 누릴 것이요, 명망(名望)이 천하에 으뜸이 될 것이니 가장 길하도소이다."

하거늘 시랑이 그 말을 듣고 놀라 왈,

"명백히 가르쳐 주옵소서."

도사 왈,

"그 밖에는 아는 일이 없고 천기를 누설하지 못하기로 대강 설화(說話)하

₂₎ 석가세존(釋迦世尊). 석가모니(釋迦牟尼)의 존칭.
₃₎ 달나라의 선녀. 원래 중국의 요(堯)임금 때 활을 잘 쏘던 제후인 예(羿)의 아내였는데, 예가 서왕모에게서 얻어 둔 불사약(不死藥)을 훔쳐 먹고 달나라에 가서 선녀가 되었다고 함. 흔히 미인을 비유하는 말.
₄₎ 은사(隱士).

나이다."

하고 하직하고 가는지라.

시랑이 도사의 말을 듣고 도리어 아니 들음만 같지 못하여 부인을 대하여 이 말을 이르고 염려 무궁하여 계월을 남복을 입혀 초당에 두고 글을 가르치니 일람첩기(一覽輒記)5)라. 시랑이 차탄 왈,

"네가 만일 남자 되었던들 우리 문호를 빛낼 것을, 애닯도다."

하더라.

세월이 여류하여 계월의 나이 오 세가 당한지라. 이때 시랑이 친구를 심방할 차로 정도사를 보려 하고 찾아갈새, 원래 정도사는 황성에서 한가지로 벼슬할 때 극친한 벗이라. 소인의 참소를 만나 벼슬을 하직하고 호계촌에 돌아온 지 수십여 년이라. 시랑이 이날 떠나 양주로 향하여 호계촌을 찾아갈새 삼백오십 리라. 여러 날 만에 다다르니 정사도 시랑을 보고 당에 내려 손을 잡고 대희과망(大喜過望)하여 좌를 주어 정한 후에 적년(積年) 회포를 위로하며 왈,

"이 몸이 벼슬을 하직하고 이곳에 돌아와 초목을 의지하여 세월을 보내되 다른 벗이 없어 매양 적막하더니, 천만의외에 시랑이 불원천리(不遠千里)하고 이렇듯 버린 몸을 찾아 위로하니 도리어 감격무지하여이다."

하며 즐겨하더니, 시랑이 삼일 후에 하직하고 떠날새 섭섭한 정회를 어찌 측량하리오.

시랑이 이날 여람 북촌에 와 자고 이튿날 계명(鷄鳴)에 떠나려 하더니 멀리서 징, 북소리 들리며 고각함성이 진동하며 땅이 울리거늘, 시랑이 놀라 바라보니 여러 백성이 쫓기어 오거늘 급히 물은즉 답 왈,

"북방절도사 장시랑이 양주목사 주도와 합력하여 군사 십만을 거느리고 성주 구십여 성을 항복받고 기주자사 장기덕을 베고 지금 황성(皇城)을 범하여 작란(作亂)이 자심하여 백성을 무수히 죽이고 가산을 노략하매 살기를

---

5) 한 번 보기만 하면 기억할 정도로 총명함.

도모하여 피난하는 자 불가승수이로소이다."

하거늘 시랑이 그 말을 듣고 정신이 아득하여 산중으로 들어가며 부인과 계월을 생각하며 슬피 우니, 사세 가련하더라.

이때 부인은 시랑 돌아오기를 기다리더니 이날 밤에 문득 들리는 소리 요란하거늘 놀라 깨달으니 시비 양윤이 고왈,

"북방 도적이 천병만마를 몰아 들어오며 백성을 무수히 죽이고 노략하니, 이 일을 어찌 하리이까."

부인이 대경하여 계월을 안고 통곡 왈,

"이제는 시랑이 중로(中路)에서 도적의 모진 칼에 죽었도다."

하며 자결하고자 하니, 양윤이 위로 왈,

"아직 시랑의 존망(存亡)을 모르옵고 이렇듯 하시니이까."

부인이 그러이 여겨 진정하여 울며 계월은 양윤의 등에 업히고 남방으로 향하여 가더니, 십 리를 가매 큰 강이 막았거늘 부인이 망극하여 앙천 통곡 왈,

"이제 도적이 급하니 차라리 이 강수에 빠져 죽으리라."

하고 계월을 안고 물에 뛰어들려 하니, 양윤이 붙들고 통곡하던 차에 문득 북해상으로부터 처량한 소리 들리거늘 바라보니, 한 선녀 일엽선(一葉船)을 타고 오며 왈,

"부인은 잠깐만 참으소서."

하며 순식간에 배를 대고 오르기를 청하거늘, 부인이 황감하여 양윤과 계월을 데리고 바삐 오르니 선녀 배를 저으며 왈,

"부인은 소녀를 알아보시나이까. 소녀는 해복(解腹)하실 때에 구완하던 선녀로소이다."

부인이 정신을 수습하여 자세히 보고 그제야 깨달아 왈,

"우리는 인간 미물이라. 눈이 어두워 몰라 보았도다."

하며 치사 왈,

"그때에 누지에 왔다가 총총히 이별한 후로 생각이 간절하여 잊을 날이 없더니, 오늘날 이에 만나보니 만행이오며 또한 수중고혼을 구하시니 감사 무지하와 은혜을 어찌 다 갚으리오."

선녀 왈,

"소녀는 도빈 선생을 뫼시려 가옵더디 만일 더디 왔던들 구하지 못할 뻔하였도소이다."

하고 능파곡(凌波曲)6)을 부르며 저어가더니 빠르기 살 같은지라. 순식간에 강변에 대고 내리기를 재촉하니, 부인이 배에서 내려 치사가 무수하매 선녀 왈,

"부인은 삼가하여 천만 보중하옵소서."

하고 배를 저어가니, 그 가는 바를 알지 못할러라.

부인이 공중을 향하여 무수히 사례하고 갈밭 속으로 들어가며 살펴보니 초수는 만곡(萬谷)이요 산은 천봉(千峰)이라. 양윤이 계월을 시냇가에 앉히고 두루 다니며 갈근도 캐어 먹고 버들가지도 훑어 먹고 겨우 인사를 차려 점점 들어가더니 한 정자가 있거늘, 나아가 보니 현판에 새겼으되 엄자릉의 조대(釣臺)라 하였더라.

그 정자에 올라가 잠깐 쉴새 양윤은 촌가로 밥을 얻으러 보내고, 부인은 계월을 안고 홀로 앉았더니 문득 강상(江上)에 한 대선(大船)이 정자를 향하여 오거늘, 부인이 놀라 계월을 안고 대수풀로 들어가 쉬더니, 배 점점 가까이 와 정자 앞에 매고 한 놈이 이르되,

"아까 강상에서 바라보니 여인 하나가 앉아 있더니 우리를 보고 저 수풀로 들어갔으니 급히 찾으라."

하고 모든 사람이 일시에 내달아 밭 속으로 달려들어 부인을 잡아갈새, 부인이 정신이 아득하여 양윤을 부르며 통곡한들 밥 빌러 간 양윤이 어찌 알리오. 도적들이 등을 밀치며 잡아다가 뱃머리에 꿇리고 무수히 힐난하는지라. 원래

---

6) 배를 타고 파도를 가르며 강을 건너는 모습을 담은 노래.

이 배는 수적(水賊)의 배라. 수상으로 다니며 재물도 탈취하고 부인도 겁칙[7]
하더니, 마침 이곳을 지나다가 부인을 만났는지라. 수적 괴수(魁首) 양맹길이
라 하는 놈이 부인의 화용월태(花容月態)를 보고 마음에 흠모하여 왈,

　"내 평생에 천하일색을 얻고자 하였더니 하늘이 지시하심이라."
하고 기뻐하거늘, 부인이 앙천 탄왈,

　"이제 시랑의 존망을 알지 못하고 목숨을 보전하여 오다가 이곳에 와 이런
변을 만날 줄 알았으리오."
하며 통곡하니, 초목금수(草木禽獸) 다 슬퍼하는 듯하더라.

　맹길이 부인의 슬퍼함을 보고 제적(諸賊)에게 분부하여 왈,

　"저 부인을 수족을 놀리지 못하게 비단으로 동여매고 계월을 자리에 싸서
강물에 넣으라."
하니 부인이 손을 놀리지 못하매 몸을 기울여 계월의 옷을 입으로 놓지 아니하
니, 맹길이 달려들어 계월의 옷을 칼로 베고 계월을 물에 던지니, 그 불쌍하고
민망한 일을 어찌 다 측량하리오.

　계월이 물에 떠가며 울며 왈,

　"어머니 이것이 웬일이오. 어머니 나는 죽소 바삐 살려주옵소서. 물에 떠가
는 자식을 만경창파에 고기밥이 되라 하나이까. 어머님, 어머님 얼굴이나 다시
보옵시다. 죽어도 눈을 감지 못하겠소."
하며 울음소리 점점 멀리 가니, 부인이 장중보옥 같이 사랑하던 자식을 목전에
물에 죽는 양을 보매 어찌 정신이 아득하지 아니하리오.

　"계월아, 계월아! 나와 함께 죽자."
하며 앙천통곡 기절하니, 주중(舟中) 사람도 비록 도적이나 낙루하지 않는
이 없더라. 슬프다. 양윤이 밥을 빌어 가지고 오다가 바라보니 정자 앞에 사
람이 무수한데 부인의 곡성이 들리거늘 바삐 가보니 부인을 동여매고 분주
하거늘, 양윤이 이 거동을 보고 얻은 밥을 그릇째 던지고 부인을 붙들며 대

---

7) 겁간(劫姦). 강간(强姦).

성통곡 왈,

"이것이 웬일이오. 차라리 올 때에 그 물에 빠져 죽었던들 일을 아니 당할 것을, 이 일을 어찌 하리오. 아기는 어디에 있나이까."

"아기는 물에 빠져 죽었다."

하니 양윤이 이 말을 듣고 가슴을 두드리며 물에 뛰어들려 하니, 맹길이 또한 제적(諸賊)을 호령하여,

"저 계집을 마저 동이라."

하니 적당이 달려들어 양윤을 마저 동여매니, 죽지 못하고 앙천통곡할 뿐이러라.

맹길이 적당을 재촉하여 부인과 양윤을 배에 싣고 급히 저어 제 집으로 돌아와 부인과 양윤을 침방에 가두고, 계집 춘랑을 불러 왈,

"부인을 데려왔으니 네가 좋은 말로 달래어 부인의 마음을 안유(安諭)하라."

하니 춘랑이 부인께 들어와 문 왈,

"부인은 무슨 일로 이곳에 왔나이까."

부인이 답 왈,

"주인 부인은 죽게 된 인생을 살리소서."

하며 전(前)의 수말(首末)을 다 이르거늘, 춘랑 왈,

"부인의 경색(景色)을 보니 참혹하여이다."

하고 왈,

"주인놈이 본래 수적으로서 사람을 많이 죽이고 또한 용맹이 있어 일행천리(一行千里)하오니 도망하기도 어렵고 죽자 하여도 못할 것이니, 아무리 생각하여도 불쌍하고 도리어 가련하외다. 첩도 본래 이놈 도적의 계집이 아니라 대국 번양 땅에 사는 양각로의 여식으로 일찍이 상부(喪夫)하고 있더니, 이놈에게 잡혀 와서 목숨을 도모하여 이놈의 계집이 되었으나 모진 목숨이 죽지 못하고 고향을 생각하면 정신이 아득하여이다. 그러하오나 잠깐 생각하온즉

한 묘책이 있으되 천행으로 그 계교대로 되면 첩도 부인과 한가지로 도망하려 하오니 의심치 마옵소서.”

하고 즉시 나와 적당 모인 곳에 가보니, 등촉을 밝히고 적당이 좌우로 갈라 앉아 잔치를 배설하고 주육으로 즐기더니, 각각 잔을 들어 맹길에게 치하 왈,

“오늘날 장군이 미인을 얻었사오니 한잔 술로 위로하나이다.”

하고 각각 한 잔씩 권하니, 맹길이 대취하여 쓰러지매 모든 장수도 다 자는지라. 춘랑이 바삐 들어와 부인에게 일러 왈,

“지금 도적들이 잠이 깊이 들었으니 바삐 서문을 열고 도망하사이다.”

하고 즉시 수건에 밥을 싸가지고 부인과 양윤을 데리고 이날 밤에 도망하여 서쪽으로 향하여 갈새 정신이 혼미하여 촌보(寸步)가 어려운지라. 동방이 벌써 밝았는데 강상에 외기러기 우는 소리가 슬픈 마음을 돕는지라. 문득 바라보니 한편은 태산이요 한편은 대강이라. 바라보고 갈밭 속으로 들어가며 부인은 기운이 쇠진하여 춘랑을 돌아보며 왈,

“날은 이미 밝고 기운이 진하여 갈 길이 없으니 어찌하잔 말인고”

하여 앙천통곡하더니, 문득 갈밭 속으로 한 여승이 나와 부인께 절하고 여쭈오되,

“어떠한 부인이온데 이런 험지(險地)에 왔나이까.”

부인 왈,

“존사(尊師)는 어디에 계신지 잔명(殘命)을 구하소서.”

하며 전후 수말을 이르고 간청하니, 그 여승 왈,

“부인의 경상(景狀)을 보니 가긍(可矜)하여이다.”

하고 고하되,

“소승은 일봉암에 있삽더니 한 산사(山寺)에 가 양식을 싣고 오는 길에 처량한 곡성이 들리기로 묻고자 하와 배를 강변에 매고 찾아왔사오니, 소승을 따라 급한 화를 면하소서.”

하고 배에 오르기를 재촉하니, 부인이 감사함을 이기지 못하여 춘랑과 양윤을 데리고 배에 오르니라.

이때 맹길이 잠을 깨어 침방에 들어가니 부인과 춘랑 양인(兩人)이 간 곳이 없거늘 분을 참지 못하여 제적을 거느리고 두루 찾다가 강상을 바라보니 여승과 삼 인이 배에 앉았거늘, 맹길이 소리를 크게 질러 제적을 재촉하여 따라오거늘, 여승이 배를 바삐 저어가니 빠르기 살 같은지라. 맹길이 바라보다가 할 일 없어 탄식만 하고 돌아가더라.

이때 여승이 배를 승문(僧門)[8) 밖에 대고 내리라 하니, 부인이 배에서 내려 여승을 따라 고소대로 올라가 좌승에게 절하고 앉으니, 그 중에 한 노승이 문왈,

"부인은 어디에 계시며 무슨 일로 이 산중에 들어오시나이까."

부인이 답왈,

"형주 땅에 사옵더니 명산에 피신하여 지향없고 후생 길이나 닦고자 하나이다."

노승이 그 말을 듣고 왈,

"소승에게는 상좌(上佐)[9)가 없사오니 부인의 소원이 그러하시면 원대로 하사이다."

하고 즉시 목욕재계하고 삭발위승하여 부인은 노승의 상좌되고 춘랑과 양윤은 부인의 상좌되어, 이날부터 불전(佛典)에 축수하되,

"시랑과 계월을 보게 하옵소서."

하며 세월을 보내니라.

각설. 이때 계월은 물에 떠가며 우는 말이,

"나는 이미 죽거니와 어머님은 아무쪼록 목숨을 보전하와 천행으로 아버님을 만나 알게 하옵소서."

---

8) 불가(佛家). 절.
9) 사승의 대를 이을 여러 제자 가운데 높은 사람.

하며 슬피 울고 떠나가더니, 이적에 무릉포 사는 여공이라 하는 사람이 배를 타고 서(西)에 가다가 강상을 바라보니 어떤 아이가 자리에 싸여 떠나가며 우는 소리가 들리거늘, 그곳에 이르러 배를 머무르고 자리를 건져보매 어린 아이라. 그 아이 모양을 보니 인물이 준수하고 아름다운 아이가 정신을 차리지 못하거늘 여공이 약으로 구호하니, 이윽하여 깨어나며 모친을 부르는 소리 차마 듣지 못할러라.

차설(且說). 여공이 그 아이를 데리고 집에 돌아와 물어 왈,

"네 어떤 아이인데 만경창파 중에 이런 일을 당하였느냐?"

계월이 울며 왈,

"나는 어머님과 한가지로 가옵더니 어떤 사람이 어머님을 동여매고 나는 자리에 싸서 물에 던지기로 죽게 되었삽더니, 천행으로 살았나이다."

여공이 그 말을 듣고 내심에 헤아리되, '필연 수적을 만났도다' 하고 다시 문 왈,

"네 나이 몇이며 이름이 무엇인가?"

답 왈,

"나이는 오 세이옵고 이름은 계월이로소이다."

"살던 지명은 어디이뇨?"

계월이 답 왈,

"아버님 이름은 모르옵거니와 남이 부르기를 홍시랑이라 하나이다."

하니 '이 분명한 양반의 자식이로다' 하고 왈,

"이 아이는 내 아들과 동갑이요, 또한 얼굴이 비범하니 잘 길러 장래에 영화를 보리라."

하고 친자식같이 여기더라. 그 아들 이름은 보국이라. 상모 또한 비범하고 기남자(奇男子)라. 그 아들의 이름을 지은 후 애지중지하다가 계월을 보고 보국이 친동기같이 여기더라.

세월이 여류하여 두 아이 칠 세에 이르매 모든 일이 비범하고 능히 칭찬

않을 이 없더라. 여공이 그 아이를 글을 가르치고자 하여 강호 땅 월호산 명현동에 곽도사가 있다는 말을 듣고 두 아이를 데리고 명현동을 찾아가니 도사 초당에 앉았거늘, 여공이 당상에 올라 예필(禮畢) 좌정 후에 여쭈오되,

"생은 무릉포에 사는 여공이옵더니 늦게야 자식을 두었으되 영민하기로, 도사의 덕택으로 사람이 될까 하여 왔삽나이다."

도사 답 왈,

"아이를 부르라."

하니 여공이 두 아이를 불러 뵈오니, 도사 이윽히 보다가 왈,

"이 아이 상을 보니 친동기가 아니니, 그러할시 분명한지 기이지[10] 말고 바로 이르소서."

하니 여공이 그 말을 듣고,

"선생의 지인지감(知人知鑑)은 귀신 같도소이다."

도사 왈,

"이 아이를 잘 가르쳐 이름을 죽백(竹帛)[11]에 빛나게 하리라."

하거늘 여공이 칭사(稱謝) 하직하고 돌아오니라.

각설. 이때 홍시랑은 산중에 몸을 감추고 있더니, 도적이 그 산중에 들어와 백성의 재물을 노략하고 사람을 붙들어 군사를 삼더니, 마침 홍시랑을 얻은지라. 위인이 비범하매 차마 죽이지 못하고 제적과 의논하되,

"이 사람을 군중(軍中)에 둠이 어떠하뇨?"

제적이 낙락(諾諾)하니, 장시랑이 즉시 홍시랑을 불러 왈,

"우리와 한가지로 동심합력하여 황성을 치자."

하니 홍시랑이 생각하되. '만일 듣지 아니하면 죽기를 면치 못하리라' 하고 마지 못하여 거짓 항복하고 황성으로 행하니라.

이때 천자 유성으로 대원수를 삼고 군사를 거느려 임치 땅에서 도적을 파하

---

10) (어떤 일을) 바른 대로 말하지 않고 숨기다.
11) (중국 고대에 종이가 발명되기 전에 대쪽이나 명주에 글을 적던 데서) '책', 특히 '사서(史書)'를 이르는 말.

고 장시랑을 잡아 앞세우고 황성으로 갈 새, 홍시랑도 진중에 있다가 잡혔는지라. 천자 장원각에 전좌(殿座)하시고 반적(叛賊)을 다 수죄(數罪)하여 벨 새 홍시랑도 죽게 되었는지라. 홍시랑이 크게 소리하여 여쭈오되,

"소신은 피난하여 산중에 있삽다가 도적에게 잡혔노라."

하며 전후 수말을 낱낱이 고하니, 이때 양주자사 하였던 정덕기가 이 말을 듣고 복지(伏地) 주(奏) 왈,

"저 죄인은 시랑 벼슬하던 홍무로소이다."

상이 그 말을 들으시고 자세히 보시다가 왈,

"너는 일찍 벼슬을 하였으니 차라리 죽을지언정 도적의 무리에 들리오. 죄를 의논하면 죽일 것이로되 옛일을 생각하여 원찬(遠竄)하노라."

하시고 율관(律官)을 명하여 '즉시 홍시랑을 벽파도로 정배(定配)하라' 하시니, 리수(里數) 일만팔천 리라. 시랑이,

"고향에 돌아가 부인과 계월을 보지 못하고 만리타국으로 정배를 가니, 이런 팔자가 어디 있으리오."

하며 슬피 통곡하니, 보는 사람이 다 낙루 아니할 이 없더라. 길을 떠난 지 팔 삭만에 벽파도에 다다르니, 그 땅은 오초지간이라. 원래 벽파도는 인적이 부도처(不到處)라. 이곳에 보내시기는 홍무를 주려 죽게 하심이라. 율관이 시랑을 그곳에 두고 돌아가니라.

- 중 략 -

각설. 이적에 계월은 보국과 한가지로 글을 배울 새 한 자를 가르치면 열 자를 통하고 행동이 비상하니, 도사 칭찬불이 왈,

"하늘이 너를 내신 바는 명제(明帝)를 위함이라. 어찌 천하를 근심하리오"

용병지계와 각색 술법을 가르치니 검술과 지략이 금세에 당할 이 없더라. 세월이 여류하여 두 아이의 나이 십삼 세 되었는지라. 도사 두 아이를 불

러 왈,

"용병지사는 다 배웠으니 풍운변화지술을 배워라."

하며 책 한 권을 주거늘, 받아 보니 이는 천고에 없는 술법이라. 평국과 보국이
주야불철하고 배우니, 평국은 삼삭 만에 무불통지하고 보국은 일 년을 배워도
통치 못하니, 도사 왈,

"평국의 재주는 당세에 제일이라."

이때에 국가 태평하매 백성이 격양가를 일삼더라. 천자가 어진 신하를 얻고
자 하사 천하에 행관(行關)하여 태평과(太平科)를 보이실 새, 이때에 도사
이 말을 듣고 즉시 평국, 보국을 불러 왈,

"지금 황상(皇上)이 만과(萬科)를 보이신다 하니, 부디 이름을 빛내라."

하시고 여공을 청하여 왈,

"이번 만과에 두 아이 과행(科行)을 차려 주라."

하니 여공이 즉시 과장을 차려 주매 천리준마 두 필과 하인을 정하여 주거늘,
두 아이 이에 하직을 고하고 길을 떠나 황성에 다다르니, 천하 선비 구름
모이듯 하였더라. 과일(科日)을 당하매 평국과 보국이 대명전에 들어가니,
천자 전좌하시고 글제를 지어 일필휘지하니 용사비등(龍蛇飛騰)한지라. 평
국은 선장(先場)에 바치고 보국은 이천(二天)[12]에 바치고 주인의 집에 돌아
와 쉬더니, 이때에 천자 글을 보시니,

"그 재주를 가히 알리로다."

하시고 비봉(秘封)을 개탁(開坼)하시니, 평국과 보국이 다 장원에 뽑힐새,
평국으로 장원을 시키시고 보국으로 부장원을 시키시고 황경문(皇京門)의
방에 붙여 호명하거늘, 노복 등이 문밖에서 대망(待望)하다가 급히 돌아와
여쭈오되,

"도련님 두 분이 지금 참방(參榜)하여 바삐 부르시니 급히 가사이다."

---

12) 지난 날, 과거나 백일장을 보는 자리에서 한시(漢詩) 따위를 지을 때, 둘째로 지어
    바치던 일.

하고 평국과 보국이 대희하여 급히 황경문으로 들어가 옥계하(玉階下)에 복
지하니, 천자 두 신원을 인견하시고 두 사람의 손을 잡으시고 칭찬 왈,
　"너희를 보니 충심이 있고 미간에 조화를 가졌도다."
　말 소리가 옥을 깨는 듯하니, 천자 가로되,
　"사대 천하에 영웅이로다. 짐이 이제는 천하를 근심치 아니하리로다. 진심
갈력하여 짐을 도우라."
하시고 평국으로 한림학사를 시키시고 보국으로 부제후를 시키시고 어사화
를 주시며 천리총(千里驄) 한 필씩 사급하시니, 한림과 부제후가 사은숙배하
고 나오니, 하인들이 문밖에 대후(待候)하였다가 시위하여 나올새, 홍포(紅
袍)13) 옥대(玉帶)에 청홍쌍기(靑紅雙旗)를 받쳐 일광을 가리고, 앞에는 어
전풍류에 쌍옥저를 불리며 뒤에는 태학원 풍류며 금의(錦衣) 화동(花童)이
며 꽃밭이 되어 장안 대도(大道) 상으로 뚜렷이 나오니, 보는 사람이 칭찬하
여 왈,
　"천상선관이 하강하였다."
하더라. 삼일유가(三日遊街)한 후에 한림원에 들어가서 명현동 선생과 무릉
포 여공 댁에 기별을 전하고, 한림 왈,
　"그대는 양친이 계시니 영화를 보이려니와 나는 부모 없는 사람이라 영화를
뉘에게 뵈리오."
하며 슬피 체읍하니, 보는 사람이 뉘 아니 낙루하리오. 이적에 한림과 부제후
가 탑전(榻前)에 들어가 부모에게 영화 뵈일 말씀을 주달하니, 천자 가라사대,
　"경 등은 짐의 수족이라. 일시라도 조정을 떠남이 불가하나 말리지 못할지
니, 즉시 돌아와 짐을 도우라."
하니 한림과 부제후가 계수(稽首)14) 하직 숙배하고 집으로 돌아갈새, 열읍(列
邑)이 지영지송(祗迎祗送)15)하더라.

---

13) 높은 벼슬아치가 입는 붉은 빛깔의 도포나 예복.
14) (남을 공경하는 태도로) 머리를 조아림.
15) 공경하여 맞이하고 공경하여 보냄.

　차설. 한림과 부제후가 여러 날 만에 무릉포에 득달하여 여공 양위(兩位)께 뵈오니, 그 즐거움을 측량치 못하며 보는 사람이 뉘 아니 칭찬하리오 보국은 희색이 만면하나 평국은 희색이 없고 눈물 흔적이 마르지 아니하거늘, 여공이 위로 왈,

　"이는 막비천수(莫非天數)라. 전사(前事)는 너무 슬퍼 말라. 하늘이 도우사 일후 다시 부모를 만나 영화를 볼 것이니 어찌 서러워하리오."

하니 평국이 부복(俯伏) 체읍 왈,

　"해상 고혼을 거두어 이처럼 귀히 되었으니 양육하신 은혜 각골난망이라 갚을 바를 알지 못하나이다."

　여공과 모든 사람이 칭찬불이하더라.

　이튿날 명현동에 가 도사께 뵈오니, 도사 대희 과망하여 평국과 보국을 앞에 앉히고 원로(遠路), 영화로 돌아옴을 칭찬하시고, 고금 역대와 나라 섬길 일의 말씀을 경계하더라. 일일은 도사가 천기를 살펴보니 북방도적이 강성하여 주성(主星)16)과 모든 익성(翼星)17)이 자미성(紫微星)18)을 둘렀거늘, 대경하여 즉시 평국과 보국을 불러 천문(天文) 말씀을 이르며,

　"급히 황성으로 올라가 천자의 위태하심을 구하라."

하고 봉서(封書) 한 장을 평국을 주며 왈,

　"전장에 나가 만일 죽을 지경을 당하거든, 이 봉서를 떼어 보라."

하며 바삐 가기를 재촉하니, 평국이 체읍 왈,

　"선생의 애휼(愛恤)19)하신 은혜 각골난망이나, 잃은 부모 어느 곳에 가서 찾으리이까. 복원(伏願) 선생은 명백히 가르쳐 주옵소서."

　도사 왈,

---

16) 연성(連星) 가운데서 가장 밝은 별.
17) 이십팔수(二十八宿)의 하나. 남쪽의 여섯 째 별자리. 경칩에 해가 돋을 때와 질 때 정남쪽에 보임.
18) 고대 중국의 천문학에서 이르던 자미원(紫微垣)에 딸린 별. 북두(北斗)의 북쪽에 있으며, 천제(天帝)에 비유됨.
19) 불쌍히 여기어 은혜를 베풂.

"천기를 누설치 못하니 다시는 묻지 말라."
하거늘 평국이 다시 묻지 못하고 두 사람이 도사께 하직하고 필마로 주야 행하여 황성에 올라가니라.

- 중 략 -

이때 홍시랑은 부인과 더불어 계월을 주야로 생각하고 매일 슬퍼하더니, 뜻밖에 들리는 소리가 나거늘 놀라 즉시 초막 밖에 나서 보니, 무수한 도적이 둘렀거늘, 시랑이 부인을 데리고 천방지방(天方地方)으로 도망하여 산곡(山谷)으로 들어가 바위 틈에 몸을 감추고 있더니, 원수 벽파도에 다다르매 배를 강변에 매고 진을 치며 호령 왈,
　"서달 등을 바삐 잡으라."
하니 제장이 일시에 고함하고 벽파도를 둘러싸니, 서달이 할 일 없어 자결코자 하더니 원수의 장졸에게 잡혔는지라. 원수 장대에 높이 앉아 서달 등을 대하에 꿇리고 호령 왈,
　"이 도적을 차례로 원문 밖에 내어 베라."
하니 무사 일시에 달려 들어 철통골을 먼저 잡아 내어 베고, 그 남은 장수는 차례로 베니라. 이때 군졸이 원수께 여쭈오되,
　"어떤 사람이 여인 삼 인을 데리고 산중에 숨었기로 잡아 대령하였나이다."
하거늘 원수 잠깐 머무르고 '그 네 사람을 잡아들이라' 하니, 무사 내달아 결박하여 대하(臺下)에 꿇리고 죄목을 물으니, 네 사람이 넋을 잃었더라.
　원수 서안(書案)을 치며 왈,
　"너희를 보니 대국(大國) 복색이라. 적병이 너희를 응하여 동심합력하였던가 바로 아뢰어라."
하니 시랑이 황겁하여 정신을 진정하여 왈,
　"소인은 전일 대국에서 시랑 벼슬하옵다가 소인의 참소를 만나 고향에 돌아

가 농업을 일삼다가, 장시랑의 난에 이리 잡혀 와 이 모양이 되어 이곳으로
정배 온 죄인이오니 죽어 마땅하여이다.”
하거늘 원수 이 말을 듣고 대질 왈,
　“네 천자의 성은을 배반하고 역적 장시랑에게 부탁하였다가 성상(聖上)이
어지사 죽이지 아니하시고 이곳으로 정배하였으니 그 은혜를 생각하면 각골난
망이어늘, 이제 또 적장의 내응(內應)이 되었다가 이렇듯 잡혔으니 어찌 발명
(發明)하리오.”
하고 잡아 내어 베라 하니, 양부인이 앙천 통곡 왈,
　“에고, 이것이 어인 일인고! 계월아, 계월아! 너와 한가지로 강물에 빠져
죽었더면 이런 일을 아니 볼 것을, 하늘이 밉게 여기사 모진 목숨이 살았다가
이런 화를 보는도다.”
하며 기절하니, 이때 원수 그 말을 듣고 문득 선생이 이르시던 말을 생각하고
대경하여 좌우를 다 치우고 앞에 가까이 앉히고 가만히 물어 왈,
　“아까 들으니, 계월과 한가지로 죽지 못함을 한하니, 계월은 뉘며 그대 성명
은 뉘라 하느뇨?”
　부인 왈,
　“소녀는 대국 형주 구계촌에 사옵고 양처사의 여식이오며 가군(家君)은
홍시랑이옵고, 저 계집은 시비 양윤이요, 계월은 소녀의 딸이로소이다.”
하며 전후 수말을 낱낱이 아뢰니, 원수 이 말을 들으매 정신이 아득하고 세상
사가 다 꿈속 같은지라. 급히 뛰어내려 부인을 붙들고 통곡 왈,
　“어머님, 내가 물에 떠가던 계월이로소이다.”
하며 기절하니, 부인과 시랑이 서로 붙들고 통곡 기절하니, 천여 명 제장과
팔십만 대병이 이 광경을 보고 어찌된 일인지 알지 못하고 서로 돌아보며
공론하여 혹 눈물이 흐르며 천고에 없는 일이라 하며, 영 내리기를 기다리더라.
보국은 이왕 평국이 부모 잃은 줄을 아는지라. 원수 정신을 진정하여 부모를
장대에 뫼시고 여쭈오되,

　　"그때 물에 떠내려가다가 무릉포 여공을 만나 건져 집으로 돌아가 친자 같이 길러 그 아들 보국과 한가지로 어진 선생을 만나 동문수학하와, 선생의 어진 덕택으로 황성에 올라가 둘이 다 동반급제하와 한림학사로 있다가, 서달이 반하오매 소자는 대원수 되옵고 보국은 중군이 되어 이번 싸움에 적진을 파할 새, 서달 등이 도망하여 이곳으로 오기에 잡으러 왔삽더니, 천행으로 부모를 만났나이다."

하며 전후 수말을 낱낱이 고하니, 시랑과 부인이 듣고 고생하던 말을 설화하며 슬피 통곡하니, 산천초목이 다 함류(含淚)하는 듯하더라. 원수 정신을 진정하여 부인의 젖을 만지며 새로이 통곡하다가 양윤의 등을 어루만지며 왈,

　　"내가 네 등에 떠나지 아니하던 정곡(情曲)과 내 물에 떠갈 제 네 애통하던 일을 생각하면 칼로 살을 베는 듯하도다. 너는 부인을 뫼시고 죽을 액을 여러 번 지나다가 이렇듯 만나니 어찌 즐겁지 않으리오."

- 중 략 -

　　이적에 천자 백관을 거느리시고 원수를 맞을새, 위공과 원수 말에서 내려 복지하니, 천자 반기사 왈,

　　"짐이 밝지 못한 탓으로 위공이 적년 고생을 하였으니, 짐이 도리어 부끄럽도다."

하시며 일변 한 손으로 위공의 손을 잡고, 또 한 손으로 원수의 손을 잡으시고 보국을 돌아보아 왈,

　　"짐이 어찌 수레를 타고 경(卿) 등을 맞으리오."

하시고 천자 삼십 리를 걸어가시니 백관이 또한 걸어올새, 모든 백성이 옹위하여 대명전까지 들어오니, 보는 사람들이 뉘 아니 칭찬하리오. 천자 전좌하시고 원수로 좌승상 청주후를 봉하시고, 보국으로 대사마 대장군 이부시랑을 시키시고, 그 남은 제장은 차례로 공을 쓰시고 원수더러 분부 왈,

"경이 오 세에 부모를 잃었다 하니 뉘 집에 가 의탁하여 자랐으며, 병서는 뉘게 배우며 경의 모친은 뉘에게 가서 십삼 년을 고생으로 지내다가 벽파도에서 위공을 만났느뇨? 실사(實事)를 듣고자 하노라."

하시니 원수 전후곡절을 세세히 주달하니, 천자 칭찬하시고 왈,

"이는 고금에 없는 일이로다."

하시더라.

- 중 략 -

이적에 평국이 전장에 다녀온 후로 자연 몸이 곤하여 병이 침중하니, 가내 경동하여 주야 약으로 치료하니, 천자께서 이 말을 들으시고 대경하사 명의를 보내어,

"병세를 자세히 보고 오라. 만일 위중하면 짐이 친히 가보리라."

하시고 어의를 명하여 보내시니, 어의 황명을 받자와 평국의 침소에 와 병세를 진맥하니 병세 위중치 아니한지라. 약을 가르쳐 쓰라 하고 돌아와 천자께 주하더라.

차설. 어의 돌아와 천자께 주하되,

"평국의 병세는 위중치 아니하옵기로 약을 가르쳐 쓰라 하옵고 왔사오나, 또한 괴이한 일이 있어 수상하여이다."

천자 놀라 문왈,

"무슨 연고가 있느뇨?"

어의 복지 주왈,

"평국의 맥을 보오니, 남자의 맥이 아니오매 이상하여이다."

천자 그 말을 들으시고 왈,

"평국이 여자면 어찌 적진에 나가 적진 십만대병을 소멸하고 왔으리오."

하시며,

"평국의 얼굴이 도화(桃花)색이오. 체신(體身)이 잔약하니 혹 미심하거니와, 아직은 누설치 말라."

하시고 자주 문병하시니라.

이적에 평국이 병세 점점 나으매 생각하되, '어의가 나의 맥을 보았으니 필시 본색이 탄로날지라. 이제는 할 일 없이 되었으니 여복(女服)을 개착(改着)하고 규중(閨中)에 몸을 숨어 세월을 보냄이 옳다' 하고 즉시 남복을 벗고 여복을 입고 부모 전에 뵈어 느끼며 양협(兩頰)에 쌍루(雙淚) 종횡하거늘, 부모 또한 눈물을 흘리며 위로하더라.

계월이 비감하여 우는 거동은 추구월(秋九月) 연화(蓮花)가 세우(細雨)를 머금은 듯, 초생(初生) 전월이 수운에 잠긴 듯하며, 요요(夭夭)[20]한 태도는 당세의 제일이라.

이적에 계월이 천자께 상소하였거늘, 상이 보시니 하였으되,

"한림학사 겸 대원수 좌승상 청주후 평국은 돈수백배하옵고 한 장 글월을 올리옵나이다. 신첩이 미만 오세에 장시랑의 난에 부모를 잃었삽고, 수적 맹길의 난을 만나 수중고혼이 될 것을 여공의 은덕으로 살아 왔사오나, 일념(一念)에 생각하온즉 여자의 행실을 하여서 규중에 늙어서는 부모의 해골을 찾지 못하게 되옵기로 여자의 행실을 버리고 남자의 복색을 하여 황상을 속이옵고 조정에 들어왔사오니, 신첩의 죄 만사무석(萬死無惜)이옵기로 감수대죄(甘受大罪)하와 유지(諭旨)[21]와 인신(印信)[22]을 올리옵나니, 첩의 기군망상지죄(欺君罔上之罪)를 쓰사 속히 처참(處斬)하옵소서."

하였더라.

천자 보시고 용상(龍床)을 치사 좌공을 돌아보아 왈,

"평국의 행동을 누가 여자로 보았으리오 고금에 없는 일이로다. 비록 천하 광대하나 문무겸전하고 갈충보국하여 충효 상장지재(上將之才)는 남자라도

---

20) 나이가 젊고 아름답다.
21) 임금이 신하에게 내리던 글.
22) 도장. 관인(官印).

미치지 못하리로다. 비록 여자나 벼슬을 어찌 거두리오."

환자(宦者)에게 명하여 유지와 인신을 도로 환송하시고 비답(批答)23)하였거늘, 계월이 황공 감사하여 받아 보니, 하였으되,

"경의 상소를 보고 놀랍고 일변 장하나 충효를 겸전하여 반적(叛賊)을 소멸하고 사직을 안보하기는 다 경의 산하(山河) 같은 은덕이라. 짐이 어찌 여자를 혐의하리오. 유지와 인신을 도로 보내나니 추호도 괘념치 말고, 경은 갈충보국하여 짐을 도우라."

하였더라.

계월이 사양치 못하여 여복을 입고 그 위에 조복(朝服)을 입고 부리던 제장 백여 명과 군사 천여 명을 갑주를 갖추어 승상부 문밖에 진을 치고 있게 하니, 그 위엄이 엄숙하더라.

일일은 천자 위국공을 입시하라 하사 가라사대,

"짐이 원수의 상소를 본 후로 사념이 많은지라. 평국이 규중에 홀로 늙으면 홍무의 혼백이 의지할 곳이 없을 것이니 어찌 슬프지 아니하리오. 또한 평국의 혼인은 짐이 중매되고자 하니 어떠하뇨?"

위공이 복지 주왈,

"신의 뜻도 그러하오니 소신이 나아가 의논하려니와 평국의 배필은 뉘와 정하시려 하나이까?"

천자 가라사대,

"평국과 동학하던 보국과 정혼코자 하나니, 경의 마음이 어떠하뇨?"

위공이 주왈,

"신의 뜻도 그러하오니, 하교 마땅하니이다. 평국이 물에 빠져 죽을 목숨을 여공의 덕으로 살았삽고, 친자식같이 길러 영화부귀를 누리고, 이별하였던 부모를 만나게 하고, 또한 보국과 동문수학하여 동반급제하와 폐하의 성덕으로 작록(爵祿)을 받아 만리 전장에 사생고락을 한가지로 하옵고, 돌아와 한집

---

23) 신하의 상소(上疏)에 대한 임금의 하답(下答).

에서 처하오니 천정연분인가 하나이다.”

하고 물러 나와 계월을 불러 앉히고 천자 하교하시던 말씀을 낱낱이 전하니, 계월이 여쭈오되,

“소녀의 마음은 평생을 홀로 늙어 부모 슬하에 있삽다가 부모 만세 후에 죽어 다시 남자되어 공맹의 행실을 배우고자 하였삽더니, 근본이 탄로하여 천자 하교 여차 하옵시니, 부모 슬하에 다른 자식이 없어 비회(悲懷)를 품고 선영(先塋) 봉사(奉祀)를 전할 곳이 없사오니, 자식이 되어 부모 영을 어찌 거역하오며 천자의 하교를 어찌 거역하오리까. 하교를 좇아 보국을 섬겨 여공의 은혜를 만분지일이나 갚사올까 하오니, 부친은 이 사연으로 천자께 상달하옵소서.”

하며 낙루하고 남자 못됨을 한탄하더라.

- 중 략 -

차시 위공이 택일단자를 가지고 계월의 침소에 들어가 전하니, 계월이 대왈,

“보국은 전일 중군으로서 수 년을 수하로 부리던 사람으로, 내가 그 사람의 아내 될 줄 어찌 알았으리오 다시는 예를 못 쓸까 하오니, 이제 마지막 군례를 차리고자 하오니, 복원 부친은 이 뜻으로 천자께 상달하옵소서.”

위공이 즉시 궐내에 들어가 천자께 주달하니 천자 대소하시고 즉시 군사 오 천과 장수 백여 명으로 갑주와 기치를 가지고 원수에게 보내니, 차시 계월이 여복을 벗고 갑주를 갖추고 용봉황월(龍鳳黃鉞)과 수기(手旗)를 잡아 행군하여 별궁에 좌기(坐起)하고, 군사로 하여금 보국에게 전령(傳令)하니, 보국이 전령을 보고 분함이 측량 없으나 전일에 위풍을 보았는지라, 군령을 거역지 못하고 갑주를 갖추고 군문에 대령하니라.

이적에 원수 좌우를 돌아보아 왈,

“중군이 어찌 이다지 거만하뇨. 바삐 현신(現身)하라.”

호령이 추상 같거늘, 군졸의 대답 소리에 장안이 끓는 듯하더라. 중군이 그 위풍을 황겁하여 갑주를 끌고 국궁(鞠躬)24)하여 들어오니 얼굴에 땀이 흐르는지라. 바삐 나가 장대 앞에 복지하니, 원수 정색하고 꾸짖어 왈,

"군법이 지중하거늘 중군이 되었거든 즉시 대령하였다가 영 내리기를 기다릴 것이어늘, 장령(將令)을 중히 아니 여기고 태만한 마음을 품어 군령을 만홀히 하니 중군의 죄는 만만무엄한지라. 즉시 군법 시행할 것이로되 십분 짐작하거니와 그저는 두지 못하리라."

하고 군사를 호령하여,

"중군을 빨리 잡아 내라."

하는 소리 추상 같은지라. 무사가 일시에 고함하고 달려 들어 장대 앞에 꿇리니, 중군이 정신을 잃었다가 겨우 진정하여 아뢰되,

"소장이 신병이 있어 치료하옵다가 미처 당치 못하였사오니, 태만한 죄를 생각하오면 만사무석이오나 병든 몸이 중장(重杖)을 당하오면 명을 보전치 못하겠삽고, 만일 죽사오면 부모에게 불효를 면치 못하리니, 복원 원수는 하해 같은 덕을 내리사 전일 정곡을 생각하시와 살려주시면 불락(不樂)을 면할까 하나이다."

하며 무수히 애걸하니, 원수 심내(心內)에는 우스우나 겉으로는 호령하여 왈,

"중군이 신병이 있으면 어찌 영춘각에서 애첩 영춘으로 더불어 주야 풍류를 즐기느뇨. 그러나 사정이 없지 못하여 용서하거니와, 차후는 그리 말라."

분부하니 보국이 백배사례하고 물러나니라.

원수 이렇듯 종일 즐기다가 군사를 물리고 본궁으로 돌아올새, 보국 원수에게 하직하고 돌아와 부모 전에 욕본 사연을 낱낱이 고하니, 여공이 그 말을 듣고 대소하여 칭찬하여 왈,

"내 며느리는 천고에 영웅 군자로다."

하고 보국더러 왈,

---

24) 존경하는 뜻으로 몸을 굽힘.

　　"계월이 너를 욕보임이 다름 아니라. 어명으로 배필을 정하시매 전일 중군으로 부리던 연고라. 마음에 다시는 못 부릴까 희롱함이니, 너는 추호라도 허물치 말라."
하더라.

- 구활자본고소설전집 16, 인천대 민족문화연구소, 1983. -

■　연습문제　■

1) 영웅소설에 대하여 조사해 보자.
2) 여성영웅소설의 특징을 살펴 보자.
3) <홍계월전>에 나타난 여성의식을 살펴 보자.
4) <이학사전>, <방한림전>과도 비교해 보자.

5. 열녀함양박씨전 : 박지원

　제(齊)나라 사람의 말에 "열녀불경이부(烈女不更二夫)"라 하였으니, 이는 저 『시경』의 백주(柏舟)[1]와 같음을 이름이었다.

　그러나 우리의 국전(國典)[2]에는 '개가한 여자의 자손은 정직(正職)[3]을 주지 말라' 하였으니, 이것이 어찌 모든 평민을 위해서 설정한 것이겠는가. 그럼에도 불구하고 우리 나라 400년 이래로 백성들은 벌써 오랫동안 내려오는 교화(敎化)에 젖어서, 여자들은 귀천도 없이, 겨레의 높낮음도 없이 절개를 지키는 것이 풍속을 이루어, 옛날에 '열녀'라고 칭해지던 것이 오늘날의 과부인 셈이 되었다.

　심지어 농사짓는 젊은 아가씨나 여염집의 젊은 과부들은 부모가 억지로 개가시키지도 않고 또 자손의 맑은 벼슬길이 막히는 것도 아니지마는, 그들은 '과부로 늙는 것만으로는 절개될 것이 없다'는 생각에서 종종 광명한 햇빛을 싫어하고 남편을 따라 저승길 걷기를 원하여 물불에 몸을 던지거나, 또는 짐술을 마시거나, 끈으로 목을 졸라매거나 해서 마치 극락의 땅을 밟는 듯이 하니, 그들의 모진 것이야말로 더할 나위 없이 모질건만 어찌 너무 지나치지 않으랴.

　옛날 어떤 사람 형제가 높은 벼슬에 있어서 장차 어떤 사람의 맑은 벼슬길을 막으려 하여 그 어머니에게 말씀을 드렸다. 그 어머니는,

　"무슨 더러운 일이 있기에 그의 벼슬 길을 막으려는 거냐?"

했다. 아들은,

　"그의 선조에 과부가 있었답니다. 바깥 소문이 제법 소란스럽더군요."

---

1) 편명(篇名). 위(衛)의 세자(世子) 공백(共伯)이 일찍 죽으매 그 아내 공강(共姜)이 수절하여 개가(改嫁)를 거절한 시.
2) 나라의 전장(典章)과 제도.
3) 실제로 업무를 맡아보는 문무관의 벼슬.

했다. 어머니는 깜짝 놀라며,

"그런 규방에 숨은 일을 어떻게 안단 말이냐?"

했다. 아들은,

"그저 풍문(風聞)에 들었지요."

하니 어머니는,

"바람이란 소리만 들리지 아무런 형태가 없어서 눈을 뜨고 살펴도 보이지 않고, 손을 벌려 잡아도 얻을 수 없이 저 공중에서 일어나 온갖 물건으로 하여금 부동(浮動)케 하나니, 어찌 이런 형체 없는 일로써 남을 부동하는 가운데에 두고 논평할 수 있다는 말이냐. 뿐만 아니라 너희들도 과부의 아들이니, 과부의 아들로서 무슨 과부를 논할 수 있겠느냐. 너희들 조금 있거라. 내가 너희들에게 보여 줄 것이 있다."

하고 품속에 간직했던 동전 한 닢을 꺼내 보이며,

"이 돈이 윤곽이 있느냐?"

"없습니다."

"그럼, 이에 글자가 있느냐?"

"보이지 않습니다."

어머니는 눈물을 흘리며,

"이것이야말로 네 어미가 죽음을 참은 부적이다. 내 이걸 10년 동안이나 손으로 더듬어서 다 닳았구나. 대저 사람의 혈기는 음양에 근본되고, 정욕은 혈기에 심어졌으며, 사상은 고독에 나고, 슬픔은 사상에서 나는 법이다. 과부란 고독한 데 처하여 슬픔이 극진하니라. 그리고 혈기는 때를 따라 왕성한즉 어찌 과부라 해서 정욕이 없겠느냐. 가물가물한 등불이 외로운 그림자를 조상하는 듯이 고독한 밤은 새지도 않더구나. 또는 저 처마 끝에 빗방울 소리가 처렁처렁할 때나, 창에 비치는 달이 흰빛을 흘리거나, 오동잎 하나가 뜰에 나부끼거나, 외기러기 먼 하늘에서 낄낄 울거나, 먼 마을에 닭 우는 소리 없고, 어린 종년은 코를 깊이 고는데 가물가물 졸음도 없는 그 길은 밤에 누구에게

나의 고충을 하소연하려고

내 그제야 이 돈을 끄집어내어 굴리기 시작하여 두루 방안을 모색해 보면 둥근 놈이 잘 달음질친다 하더라도 가장자리를 만나면 그치곤 하는 거야. 내 이를 찾아서 다시 굴려 하룻밤에 늘 대여섯 번이나 굴리고 나면 날도 역시 먼동이 트더구나. 그리하여 10년 사이에 해마다 그 번수가 감해졌고, 10년 이후에는 혹 닷새 밤을 걸러 한 번씩 굴리기도 하고, 혹은 열흘 밤을 지나 한 번씩 굴리기도 하다가, 혈기가 이미 쇠진해지매 나는 다시금 이 돈을 굴리지 못했던 거란다. 그러나 나는 오히려 이 돈을 열 번이나 싸서 간직한 지도 벌써 스무 남은 해를 지난 것은, 그 공을 잊지 않을뿐더러 역시 가끔 이것으로써 스스로 깨우치곤 하는 것이란다.”

말을 마치자 모자가 함께 서로 껴안고 울었다.

군자(君子)들은 이 이야기를 듣고,

“이야말로 ‘열녀’라고 이를 수 있겠군요.”

했다.

아, 슬프다. 이러한 청수(淸修)·고절(苦節)이 이 세상에 없지 않건마는 당시에 그 소문이 드러나지 않고, 그 이름은 인멸된 채 뒷 세상에 전하지 않았음은 무슨 까닭인가. 과부가 절개를 지킨다는 것은 곧 온 나라 사람의 보통 있는 일인 만큼, 한 번 죽지 않는다면 뛰어난 절개가 과부의 집에선 나타나지 않은 까닭이라 하겠다.

내 일찍이 안의(安義) 고을 일을 보살피던 그 다음 해인 계축4) ○월 ○일 이었다. 밤이 샐 무렵 내가 잠이 약간 깨어 들은즉, 청사 앞에 몇 사람이 목구멍 속말로 속삭이곤 한다. 그들은 또 슬퍼 탄식하는 소리를 낸다. 아마 무슨 급한 일이 있으나 나의 잠을 깨울까 두려워하는 듯 싶다. 나는 그제야 소리를 높여,

“닭이 울었느냐?”

---

4) 정조 17년(1793년).

했다. 곁에 있던 사람이,

"예, 벌써 서너 홰나 쳤습니다."

한다.

"그런데, 바깥에 무슨 일이 생겼느냐?"

"예, 통인5) 박상효의 조카딸이 함양으로 시집가서 과부가 되었답니다. 지아비의 삼년이 나는 날, 바로 약을 먹고 죽게 되었기로 급히 와서 구해 달라 하나, 상효가 방금 숙직 당번이었으므로 황공하여 맘대로 가지 못한답니다."

나는 '빨리 가라'고 명령하고 날이 늦어서,

"함양 과부가 살아났느냐?"

하고 곁에 있는 사람에게 물었다. 그는,

"들은즉 벌써 죽었답니다."

한다. 나는,

"아, 모질도다, 그 사람이여!"

하고 위연(喟然)히 탄식했다. 그리고 모든 아전을 불러서,

"함양에 열녀가 났다지. 그는 애초 안의(安義) 사람이라니 그 열녀의 나이는 몇 살이며, 함양 뉘 집에 시집 갔으며, 어릴 때부터 행실이 어떠했던가, 너희들 중에 잘 아는 이가 있느냐?"

하고 물었다. 여러 아전들이 한숨을 내쉬며,

"박씨의 집은 대대로 이 고을 아전이었으며, 그 아비의 이름은 '상일'이라 합니다. 그는 일찍이 세상을 떠나고 다만 이 딸이 있었으며, 그의 어미도 역시 일찍 죽었으므로 그는 어릴 때 그의 할아비와 할멈의 손에 자랐으며, 또 효도가 극진했고, 나이 19세에 함양 임술증의 아내가 되었답니다. 술증도 역시 함양의 아전으로서 일찍부터 몸이 여위고 약했더니, 그와 한 번 초례(醮禮)6)를 치른 뒤 돌아간지 반 년이 채 못되어 사라져 버렸답니다. 박씨는 그

남편의 초상에 예법대로 다하고 시부모를 섬기되 며느리 도를 다했으므로,
두 고을 친척과 이웃이 그의 어짊을 칭찬하지 않은 자 없더니, 이제 과연
그의 행실이 나타났습니다."
한다.

그 중 늙은 아전 하나가 감격한 어조로,
"그녀가 시집 가기 몇 달 전 일입니다. 어떤 이가 전하기를 '술증의 병이
골수에 들어 살 길이 만무한즉, 어찌 혼인날을 물리지 않느냐'고 했답니다.
그리하여 그의 할아비와 할멈이 가만히 그녀에게 말했더니, 그녀는 묵묵히
대답이 없었답니다. 기일이 박두하자 신부의 집에서 사람을 보내어 술증을
본즉, 술증이 비록 얼굴은 아름다우나 폐병이 들어 기침하며, 마치 버섯이
서 있는 듯, 그림자가 걸어 다니는 것 같았답니다. 그 집에선 크게 두려워하여
다른 중매인을 초대하려 했더니, 그녀는 얼굴빛을 가다듬고 '앞서 마른 옷은
누구의 몸에 맞게 한 것이며, 또 누구의 옷이라 불렀습니까? 전 처음 지은
옷을 지키렵니다' 하기에, 그 집에선 그의 뜻을 알아채고 약속대로 사위를
맞이했으니, 그는 '비록 합근(合巹)[7]을 했다고 하지만, 그 실은 빈 옷만 지켰
을 뿐이었다'는 것입니다."
한다.

얼마 안 되어 함양 군수 윤광석이 밤에 이상한 꿈을 꾸고 느껴서 <열부전(烈
婦傳)을 지었고, 산청 현감 이면제도 역시 <전>을 지었고, 거창에 살고 있는
신돈항은 글을 쓰는 선비였는데, 박씨를 위해서 그 절의(節義)를 서술했다.
그는 정말 그 마음이 시종 한결 같았으니, 어찌 스스로,
"이다지 나이가 어린 과부로서 오래도록 이 세상에 머문다면 끝 없이 친척
들의 불쌍함을 입기도 하겠지만, 이웃 사람들의 망령된 생각도 면치 못할지니
빨리 이 몸이 없어져야 되겠다."
하고 생각하지 못했으리오.

---

7) 결혼식. 전통 혼인 예식에서 신랑 신부가 서로 잔을 주고 받는 일.

아, 슬프다. 그 성복(成服)[8]이 끝나도 죽음을 참은 것은 장사(葬事)가 앞에 있는 까닭이요, 장사가 끝난 뒤에 죽음을 참은 것은 소상(小祥)이 있는 까닭이며, 소상이 끝나고도 죽음을 참은 것은 대상(大祥)이 앞에 있는 까닭이로되, 이제 대상이 끝나서 상기(喪期)가 다하자, 곧 지아비의 죽은 것과 같은 날, 같은 시에 마침내 그 처음의 뜻을 이룩했으니, 그는 어찌 열녀가 아니겠는가!

▨ 연습문제 ▨

1) 박지원 소설의 특징을 살펴 보자.
2) 이 작품과 가정소설과를 비교해 보자.
3) 박지원 소설에 나타난 여성관을 살펴 보자.
4) 열녀의 현대적 의미를 생각해 보자.

---

8) 초상이 났을 때 상복(喪服)을 처음 입는 일.

VI. 궁중문학과 인간의 삶

궁중문학작품은 우리의 문학사에서 희귀하다. 절대 왕권 하에서 왕과 관련된 불미스러운 일들이 작품들을 통해서 폭로되거나 비판되어 절대권자의 권위가 실추되기도 하고, 때로는 이들 작품 속에 역사적 사실이 과장되고 왜곡된 면들도 없지 않다. 그러나 이 작품들은 암흑 속에 묻힐 뻔한 당대 역사의 이면을 드러내줄 뿐 아니라, 평소 접하기 어려운 궁중어와 궁중풍속 등을 살필 수 있는 자료를 제공해 주고 있다. 더욱이 이들 작품은 당대 역사와 궁궐과의 관계, 당대의 절대권자와 그 주변인물과의 관계 및 갈등 요인 등을 알려주는 사료(史料)로서도 유용하다.

먼저 조선조의 궁궐을 살펴 보자.

조선조의 궁궐

1. 경복궁(景福宮)

조선은 1392년에 개성에서 나라를 세우고 1393년에 한양으로 수도를 옮겼다. 경복궁은 조선의 정궁(법궁)으로 태조 4년(1395)에 창건된 후, 이 궁을 중심으로 한양의 도시계획과 도로망이 형성되었다. 또한 경복궁은 서울의 북쪽에 위치하고 있어 '북궐(北闕)'이라는 별칭이 있고, 이 궁은 정궁이므로 외전, 내전의 배치가 남북으로 정연하고 동서남북에 네 궁궐문(건춘문, 영추문, 광화문, 신무문)이 있다.

흥례문

근정전

국가의 의식을 행하는 정전은 근정전(勤政殿)이고, 평소 정치를 하는 편전
은 사정전(思政殿)이며, 왕의 침전은 강녕전(康寧殿), 왕비의 침전은 교태전
(交泰殿)이다. 그리고 대비의 침전은 자경전(慈慶殿), 세자의 동궁은 비현각
(丕顯閣)이다.

교태전의 후원인 아미산과 자경전 후원에 있는 십장생 굴뚝, 그리고 향원정
주변은 자연과 인위가 적절히 조화되어 궁중 후원의 아름다움을 보여주고
있고, 근정전과 경회루 및 연못은 그 웅장한 규모와 함께 궁궐의 건축미를
한껏 드러내 보이고 있다.

경복궁은 선조 25년(1592) 임진왜란 때 소실되어 그 후 273년간 복구되지
못하다가, 고종 2년(1865)에 복원되기 시작하여 고종 5년(1868)에는 처음
지었을 당시보다 크게 중창되어 330여 동의 크고 작은 전각과 부속 건물을
갖춘 화려하고 장엄한 궁궐로 재건되었다. 그러나 고종 32년(1895) 명성황후

근정전의 내부

가 건청궁(乾淸宮)에서 시해 당하자, 고종은 경운궁(현재의 덕수궁)으로 거처를 옮겨 경복궁은 정궁으로서의 기능을 사실상 상실하고 말았다.

1910년 일제에 의해 국권이 강탈당하자, 경복궁의 궁궐 전각 200여 동이 파괴되어 경회루와 근정전 등 10여 동만 남았다. 또한 1917년에 창덕궁의 침전이 불에 타자 1920년에 경복궁의 강녕전과 교태전 등을 헐어다가 창덕궁의 대조전(大造殿)과 희정당(熙政堂)을 복구하는데 사용하였다. 그리고 1926년에는 경복궁의 정전인 근정전 앞에 조선총독부 청사를 건립함으로써 우리 나라의 민족적 자주성을 말살하려 했다.

경복궁의 복원은 1990년부터 추진되기 시작하여 그 동안 강녕전, 교태전, 비현각 등이 복원되고, 1996년에는 일제의 잔재인 조선총독부가 철거되었으며, 2001년에는 흥례문도 복원되었다. 따라서 오늘날에는 광화문, 흥례문, 근정문을 통하여 근정전으로 들어갈 수 있게 되었고, 앞으로도 경복궁 복원사업은 계속 추진될 전망이다.

교태전

아미산(교태전 후원)

아미산의 굴뚝

강녕전의 우물

교태전의 우물

자경전의 꽃담

자경전의 굴뚝

자경전 굴뚝의 십장생

2. 창덕궁(昌德宮)

창덕궁은 태종 5년(1405) 경복궁의 이궁(離宮)으로 지은 궁궐이다. 태종 12년(1412)에 창덕궁의 정문인 돈화문을 세움으로써 궁궐다운 면모를 갖추게 되었는데, 이 돈화문에는 태종의 공덕을 새긴 15,000근(斤)의 대종(大鐘)을 달았다.

원래 궁의 정문은 궁궐 정전(正殿)의 정남전면(正南前面)에 배치되는 것인데, 창덕궁은 조선의 이궁으로 자연의 산세에 따라 조화롭게 배치된 궁궐이므로, 창덕궁의 정문인 돈화문은 궁의 서남쪽으로 치우쳐 있으며, 지금의 돈화문은 선조 41년(1608)에 재건된 것이다.

세조 8년(1463)에는 후원(後苑)을 넓혀 그 규모가 150,000여 평에 달했으나 현재는 궁궐 전체 넓이가 135,212평 규모이다.

임진왜란 때에 창덕궁이 불에 타 소실된 것을 선조 40년(1607)에 다시 짓기 시작하여 광해군 2년(1610)에 완공했다. 1623년 인조반정 때 인정전을

인정문

제외한 대부분의 건물이 다시 불에 타 버린 후, 인조 25년에야 복구가 완료되었다.

그 후에도 여러 번 화재가 있었는데 1917년에 대조전을 비롯한 내전(內殿)이 불에 타 소실되자 경복궁의 교태전과 강녕전을 헐어다 옮겨 지은 것이 현재의 대조전과 희정당이다.

창덕궁은 광해군 때부터 순종 때까지 약 270년간 조선 왕조의 중심 궁궐로 사용되었다. 창덕궁에는 인정전과 낙선재, 부용정, 주합루 등 주요 전각들이 남아 있어 조선시대 궁궐의 원형이 비교적 잘 보존되어 있고, 후원은 누각과 정자, 수목이 어우러져 우리 나라 전통 조경의 특성과 아름다움을 보여 주고 있다.

창덕궁은 1991년부터 숙장문, 진선문, 인정전 외행각 등이 복원되고, 창덕궁과 후원은 1997년 12월 유네스코(UNESCO)에 세계문화유산으로 등재되었다.

인정전

대조전

부용정

3. 창경궁(昌慶宮)

창경궁의 원래 이름은 수강궁(壽康宮)으로, 이 궁은 1418년 세종대왕이 왕위에 오른 후 상왕(上王)인 태종을 편안히 모시기 위하여 지어졌다. 그 후 성종 15년(1484)에 세조의 비 정희왕후, 덕종의 비 소혜왕후, 예종의 비 안순왕후 등을 모시기 위해 명정전, 문정전, 통명전 등을 지어 궁궐의 규모를 넓히고 창경궁이라고 이름을 고쳤다.

창경궁은 임진왜란 때에 불에 타 소실되었으나 광해군 8년(1616)에 다시 지었다. 그 후 순조 30년(1830)에 또 화재가 나서 많은 전각들이 소실된 것을 순조 34년(1834)에 대부분 다시 지었으나, 정전인 명정전은 광해군 8년(1616)에 중건된 이래 원형대로 보존되어 조선 왕궁의 정전 중 가장 오래된 건물이다.

일제는 순종 융희(隆熙) 3년(1909) 창경궁 안에 동물원과 식물원을 만들고 일반인들에게 개방했고, 또 1911년에는 창경궁 안에 박물관을 설치하면서 동·식물원을 포함하여 창경원(昌慶苑)이라 이름을 고쳐 창경궁의 격을 떨어뜨렸다.

1983년 12월부터 1986년 8월까지 창경궁을 복원하여 궁의 이름도 다시 창경궁으로 바로잡고, 궁 안에 있던 동물원과 놀이터 시설을 철거한 후 궁의 전각들을 보수하고 조경공사를 하여 왕궁으로서의 모습을 되살렸다.

4. 덕수궁(德壽宮)

덕수궁은 원래 성종의 형인 월산대군 후손의 집이었는데 임진왜란 때 경복궁이 모두 불에 타서, 선조가 피난했다가 환도하여 1593년부터 임시로 거처하는 행궁(行宮)으로 16년간 사용하다가 승하한 곳이다. 1608년 광해군은 이 행궁에서 즉위한 후 광해군 3년(1611)에 이 궁을 경운궁(慶運宮)이라 이름 짓고 왕궁으로 사용했다.

광해군 7년(1615)에 왕궁을 창덕궁으로 옮기면서, 광해군은 이 곳에 선왕인 선조의 계비인 인목대비를 유폐하여 외인의 출입을 금하였다. 그 후, 광해군 10년(1618)에 유생과 백관과 종친이 연합하여 인목대비의 10죄를 열거하고 폐비를 청하자, 광해군은 인목대비의 존호를 폐하여 서궁(西宮)으로 강등시켜, 경운궁을 서궁(西宮)으로 낮추어 부르기도 했다. 광해군 15년(1623)에 인조반정으로 광해군이 폐위되자, 인목대비는 광해군을 석어당 앞마당에 꿇어 앉혀 죄를 책했고, 인조는 이 궁 즉조당에서 즉위했다.

1897년 고종황제가 러시아 공관에 있다가 환궁하면서 이곳을 다시 왕궁으로 사용했는데, 그때부터 다시 경운궁이라 부르고 규모도 넓혔다. 1907년 고종황제는 순종에게 황제위를 물려주자, 순종은 경운궁을 덕수궁으로 고쳐 불렀다. 고종황제는 1919년 1월 21일 덕수궁 함녕전에서 승하하셨다.

덕수궁은 대한제국 때 고종황제가 일제에게 양위를 강요당하고 일제의 억압 속에 살다가 돌아가셔서, 3·1 독립운동의 직접적인 계기가 되었던 곳이다.

현재 덕수궁의 정문인 대한문(大漢門)은 원래 이름이 대안문(大安門)이었고, 궁궐의 동문이었다. 1904년 화재로 인해 대안문이 불에 타 소실되자, 1906년에 다시 지으면서 대한문이라고 고쳐 불렀다.

덕수궁 내의 석조전(石造殿)은 우리 나라의 궁궐양식이 아니라 서양식 건물이다. 이 석조전은 조선왕조에서 마지막으로 지은 큰 규모의 건물로, 대한제국 때 외국 사신들을 접견하던 곳이다. 이 석조전은 10여 년간의 공사 끝에 순종 4년(1910)에 준공했다. 석조전의 설계는 영국인 하딩(G. R. Harding) 등이 했고, 공사 감독은 궁내부(宮內府) 기사 심의석, 러시아인 사바틴(Sabatine), 일본인 오가와(小川), 영국인 데이비슨(M. H. Davison) 등이 했으며, 시공은 일본의 오구라(大倉) 토목회사에서 했다.

석조전의 외관은 19세기 초 유럽에서 유행했던 신고전주의 양식을 따랐고, 전체는 3층인데 1층은 접견 장소로, 반지하층은 시종인들의 대기장소로 사용되었고, 2층에는 황제가 거처했다. 8·15 광복 후에는 미소 공동위원회 회의장, 국립 박물관, 국립 현대미술관 등으로 사용되다가, 지금은 궁중유물전시관으로 사용하고 있다.

덕수궁 내의 또다른 서양식 건물로는 정관헌을 들 수 있다. 이 정관헌은 석조전보다 10여 년 전에 건립된 건물인데, 고종이 다과를 즐기시던 연유처(宴游處)로 사용하던 곳이다. 이 건물 남쪽에는 철제 난간이 설치되어 있는데, 이 철제 난간에는 사슴, 소나무, 박쥐, 당초 등의 문양을 장식하여 다소 전통성을 살렸다고는 하나, 기둥머리의 로마네스크 장식과 내부의 벽돌벽 등은 전통성과는 거리가 먼 서양풍의 건물이다.

따라서 덕수궁 내의 석조전과 정관헌은 우리 나라 고유의 궁궐 양식에서 벗어나, 점차 서양의 건축 양식으로 변화되어 가는 것을 보여 주고 있는데, 이는 당시 우리 나라의 실상을 상징적으로 드러내고 있다.

5. 경희궁(慶熙宮)

경희궁은 원래 선조의 다섯째 아들인 정원군(후에 元宗으로 추존)의 개인 저택이었다. 광해군이 새문동(塞門洞) 궁에 왕기(王氣)가 있다는 말을 듣고 정원군의 집을 빼앗아 그 터에다 궁궐을 세워 경덕궁(慶德宮)이라 하였다.

인조반정 후 인조가 광해군을 추방하고 광해군이 지은 인경궁(仁慶宮)과 자수궁(慈壽宮)을 헐어버릴 때, 경희궁만은 자기 친부인 정원군의 옛 저택이기에 헐지 않고 그냥 두었다. 경덕궁이 경희궁(慶熙宮)으로 이름이 바뀐 것은 영조 때의 일이다.

경희궁은 서궐(西闕)이라고도 하며, 창건 이후에 역대 왕들이 거처로 이용하였다. 특히 조선 후기에는 동궐(東闕)인 창덕궁·창경궁과 함께 궁궐로서의 기능에 손색이 없었다. 고종 38년, 즉 광무(光武) 5년(1901)에는 도로 건너에 있는 경운궁(덕수궁)과 구름다리로 연결되었다.

그러나 경희궁은 일제 강점기에 폐허화되었다. 광복 후에도 경희궁터는 공립학교로 사용되어 궁궐로서의 면모는 찾아볼 수 없게 되었다. 1974년 학교를 이전한 후 복원사업을 하고 있기는 하지만, 민간 기업에 매각된 부지로 인해 본래의 궁터가 크게 위축된 상태에서의 복원은 한계를 지닐 수밖에 없다.

경희궁의 정문인 흥화문(興化門)은 광해군 8년(1616)에 세운 것이다. 그러나 일제가 경성중학교를 세우고자 경희궁 안의 수많은 전각들을 헐어버렸다. 그 후 일제는 만주 하얼빈 역에서 안중근 의사에 의해 죽은 이토 히로부미의 사당인 박문사(博文祠)를 짓고, 이 흥화문을 그 사당의 정문으로 옮겨 사용하였다. 8·15 광복 후 박문사는 폐사되고, 흥화문은 장충동에 있는 신라호텔 영빈관의 정문으로 사용되다가, 1988년에 서울시가 경희궁 복원 계획의 일환으로 흥화문을 다시 현 위치에 이전하여 복원하였는데, 경희궁터에서 오직 이 흥화문(興化門)만이 당시의 목조 건축미를 느끼게 해주고 있다.

경희궁 복원 사업의 일환으로 경희궁의 정전인 숭정전은 1985년부터 5차례에 걸쳐 발굴 조사를 한 후 이를 토대로 1989년부터 6년여에 걸쳐 복원되었다. 그러나 숭정전 주변에 중앙기상대, 서울시립박물관, 서울시교육위원회, 서울시립현대미술관 등 현대식 건물이 들어서 있어, 숭정전은 복원되었어도 경희궁은 그 주변과 조화를 이루지 못하고 있다.

1. 계축일기[1]

만력(萬曆)[2] 임인(선조 35년, 1602)년에 중전이 아기 계오시다[3]는 말을 듣고 유가(柳哥)가 낙태하실 일을 하노라 놀라시게 하되, 궐내에 팔매질도 하고 액정(掖庭) 사람을 사다 내인 측간에 구멍을 뚫고 나무로 쑤시며 여염처(閭閻處)에 명화강도(明火强盜) 났다 소문내니, 이때에 궁중에서도 유가를 의심하더라.

계묘(선조 36년, 1603년)년에 공주를 탄생하오시니 분발(分撥)을 가져 간 자가 오전(誤傳)하여 대군이라 듣고 유가가 대답하지 아니하다가, 공주를 낳으셨다는 말을 듣고 무엇 주더라 하니, 더불어 미워함을 알겠더라.

그 후 병오(선조 39년,1606)년에 대군 나시다 듣고 유자신(柳自新)은 집에서 머리를 싸매고 용심하며, 적자(嫡子)가 나셨으니 동궁의 자리가 위태하면 어찌 하나 하여, 동궁 권신(權臣)과 정인홍을 사귀어서,

"아무려나 동궁을 위하여 꺾을 술책을 하라."

하며 일변 말을 내되, '임해군(臨海君)이 자식이 없으니 임해군을 세자를 삼아 대군(大君)을 전케 하려 하신다' 하고 헛소문을 내어 <선므데 만므데>란 동요를 지어내어 천조주청(天朝奏請)을 재촉하니, 갑진(선조 38년,1604)년에 광해군(光海君)을 세자로 봉할 일을 표문(表文)을 간측(懇側)히 지어 올리니, 천조가 그 때는 뇌물을 행하지 못하여 조정이 정의롭고 황제 엄하신지라, 성지(聖旨)가 무한 엄하시고 숙연해서,

"대례상(大禮上) 입차자(立次子)는 가국(家國)이 상망(相亡)하는 일이니, 천조는 사해는 법을 펴고 한 조정을 위해 못할 것이니라."

---

1) 작자에 대해서는 인목대비를 모시던 궁녀설과 기타 다른 학설이 있음.
2) 만력(萬曆)은 명나라 14대 임금 신제(神帝)의 연호.
3) 임신하다.

엄지 준절하시니, 그 후에 표를 올리오면 크게 면책을 당하게 되고 봉세자(封世子) 하는 일도 장래조차 막힐까 하여, 그 때에 예부관과 각료를 갈거든 자주 지청하리라 정침(停寢)한다고 들었더니, 유가의 무리가 하되,

"적자가 나셨으니 봉세자 주청을 아니 한다."

하더니 대왕께서 편찮으실 때에 정인홍·이이첨 등 대엿 사람이 상소하되,

"유영경이 임해군을 위하여 광해군 봉세자 주청을 아니 하오니, 수상 유영경의 머리를 주소서."

하며 성의(聖意)에 내도한[4] 주사(奏辭)를 불패무상[5]한 구불가도(口不可道)의 말로 상소하오니, (선조께서는) 해포 병환이 계속되는 증세에 침식을 못하오시고 실 같자오신 기운에 상소를 보옵시고,

"제 어찌 군부(君父)를 협칙(脅飭)하는 일을 하리."

하오사 분완(憤惋)하오심을 참지 못하오셔 침식을 전폐하오시고,

"인홍 등을 정배(定配)하라."

겨우 전교하오시고 드디어 훙(薨)하시거늘, 즉시 멈추지 아니하고 세자와 빈을 침전에 들여 계자(啓字)와 새보(璽寶)와 마패 등 이렇듯 중대한 것들을 즉시 돌려보내고, 세자와 제자(諸子)에게 하오신 유교(遺敎)를 후궁이 하되,

"대군 향하여 하오신 유교를 내어 이 때에 한가지로 내오소서."

하거늘 중전께서 불성인사하오사,

"그 유교는 이제 가(可)치 아니하다."

만 하시되 중에 세워 내되 제자(諸子)를 먼저 뵈고 조정으로 내닫더라.

이러한 것을 이 유교를 냈다 하고 큰 허물을 삼으니, 진실로 대군을 세우려 하면 대권(大權)이 손안에 있을 때 올리지, 새보(璽寶)를 내어 베풀 사이 없이 세자의 전(殿)으로 즉시 보내시며 또 유교에,

"참모(讒謀)가 있어도 믿지 말고 대군을 어여삐 여기라."

---

4) 거슬리는, 반항하는.
5) 광포(狂暴)함이 그지없음.

하오신 말씀이거늘 어찌 유교대로 대군 세울 일이 있으리오.

정미(선조 40년, 1607)년 시월 대왕께서 편찮으셨을 때도 동궁이며 빈을 즉시 불러 시측에서 시약하옵게 하며, 불민하여 성의(聖意)를 어기온 일이 있어도 내전께서 사이에서 좋도록 꾸려가니 그 때에는,

"내전 상덕(上德)이 지중하여라."

기뻐하더니, 점점 내외 이간질할 사람이 있어 임해(군)부터 없이할 모책을 내어 불의의 일로 영흉(獰兇)하여 마침내 소장(訴狀)의 대환을 붙여내니, 그런 간인(奸人)이 어디 있으리오.

대개 아시(兒時)적부터 불민히 여기오시나 임진왜란 때에 갑자기 정하오신지라 상시 교훈하여 뉘우치게 하는 전교 내리시나, 일절 습순(襲順)하지 아니하고 이르오시는 족족 원수로이 여겨만 하니 이르오시되,

"자식이 어버이 향하여 하는 도리가 저렇듯 할 것이리오."

하오시고 그르게 여기오시더니, 후궁의 조카를 의인왕후(懿仁王后) 빈전(殯殿) 때에 들여다가 첩 삼아 가려 하거늘,

"못하리라. 어찌 부덕의 일을 하려 하느냐."

하오셔 허(許)치 아니하오시는 일을 깊이 한(恨)하다가 병오년의 대화를 내어 큰 힘을 얻고자 크게 욕심을 내어 대왕을 속이옵고 데려가랴 후궁을 위협하되,

"이리하는 일을 여쭙거나 조카를 아니 주거나 하면 타일에 족멸하리라."

위협하고 협칙하여 내인을 보내어 앗아 가니 대왕께서 그 일을 듣자오시고 크게 사오나이 여기오사 이르시되,

"옛 조종조(祖宗朝)에 소헌왕후(昭憲王后)를 그 아버님 일로 태종이 폐하려 하시니, 세종께서 '그리하리이다' 하시되, '여덟 대군을 어찌 처치하리이까' 하시니, 태종이 그제야 '말라' 하신 일이 있거늘, 한 어린 계집이 무엇이 귀하여 어버이를 속이고 데려가니 흉악한 뜻이로다."

하오시고 이 후부터 마땅히 여기시지 않더라.

대개 대군을 향하여 병오년부터 회심을 조장하여 안중정(眼中釘)과 대자[6]

같이 여기다가, 대군이 자라가매 큰 변을 빨리 일으켜 급거(急遽)히 없이할
일을 유가와 날로 꾸며대니. 저 인사도 모르는 대군이 애연히 불쌍하고 측은하
리오마는, 상시 대소사에 반드시 쉬운 일도 순종치 아니하고 뜻을 거슬러
박대함이 심하더라.

　　정인홍 등은 적소(謫所)에 채 가지 아니하여서 대왕께서 홍서(薨逝)하오신
날 즉시 궐하(闕下)에 불러 불차(不次)로 용지(用之)하고, 빈천(賓天)[7]하오
신 두 주일만에 형을 외척으로 두 대간(臺諫)[8]으로 하여금 논계(論啓)[9]하게
하여 놓고, 임해(臨海)를 보고 계사(啓辭)[10]를 보여주며 왈,
　　"이제 나가면 죄를 벗고 궐중에 있으면 죄 더할 것이니, 내가 몰라
　　　서 일러줄까, 수이 나가소."
하고 군병을 포열은복(布列隱伏) 하였더라.

　　임해군이 꾀에 넘어가 즉시 나가니, 일시에 군사가 내달아 두루 싸매어
비변사(備邊司)[11] 구류(拘留)하여 두었다가 교동에 보내어 위리안치(圍籬
安置)[12] 하였더니, 어사 당인(唐人)[13]이 오니 임해더러 이르되,
　　"전신불수(全身不遂)한 체하여야 처자와 한데 두고, 만약 이른 대로 아니
하면 죽이리라."
하고 공빈(恭嬪)[14] 사촌 오라비 김예직을 보내어 은근히 달래니, 곧이듣고 이른 대로
　　하였지만, 당장(唐將)이 돌아간 후 즉시 심복 의원을 보내어 치독(置毒)하여 죽이
　　니라.
　　임해(臨海) 죽일 제, 대군(大君)을 함께 잡으려고 한 번에 소계(疏啓)에

----

6) 의붓아들(?).
7) 승하,(昇遐) 홍서와 같은 뜻.
8) 사헌부와 사간원을 가리킴.
9) 신하가 임금에게 그 잘못을 간하여 논함. 여기서는 임해군에 대한 논계임.
10) 논죄에 관하여 임금에게 올리는 글.
11) 군(軍)의 사무를 맡아서 처리하는 관청. 임진왜란·정유재란 이후 의정부를 대신하여
　　정치의 중추기관이 됨.
12) 귀양 보낸 죄인을 가시 울타리를 둘러쳐서 외부와 차단시키는 벌.
13) 중국사신.
14) 선조의 후궁. 임해군과 광해군의 생모(生母). 광해군 등극 후 공성왕후(恭聖王后)로
　　추존됨.

없으니, 조정이 혹 시비하되,

"지금 강보(襁褓)에 있고 신정(新政)을 하매 형제 둘을 함께 없애기 어렵다."

하니 도로 대군을 건드리지 아니하더라.

삼시(三時) 문안을 자주 드는 체하더니 점점 (하여) 삭망(朔望)으로 들고, 그도 연고 있으면 궐(闕)하고, 든 때도 예사 말씀이나 혹시 속말씀이나 일가에 은휘(隱諱) 아녀 하오시면 말씀을 차라리 듣도 아니하고,

"아모란 하여지라."[15]

하오시는 말씀을 의논하오시면 손 내어 헤저으며 자교(慈教)[16]란 듣지 아니하고 벌떡 일어나며, 그 후엔 문안을 오랜만에 와서 머무르지도 아니하고 앉는 듯 일어나니, 무슨 정답고 화(和)한 말이 있으리오.

대왕께서 빈천하오신 후 삼칠일 만에 문안 드니, 상시, 벗의 조상(弔喪)도 처음 만나면 곡읍(哭泣)함이 예사이거늘, 위[17]께서 애곡하오시니 들이달으며 손 내어 헤저으며 시위인더러,

"울지 마시게 하라."

하고 투덜거리며, 곡(哭)함은커녕 조금도 애척지용(哀戚之容)이 없으니, 인자(人子) 정은 없거니와 척인(戚人)인들 상가(喪家)에 와 마음이 무심할 것이랴, 크게 비인정이러라.

대왕 묘호(廟號)[18] 하올 제 위께서 이르오시되,

"임진왜란의 중흥지공은 헤아리지 않더라도 조종 망극 피무 개능지공(祖宗罔極彼誣改能之功)[19]은 막대하니, 창업지주(創業之主)보다 떨어지시리이까? 묘(廟)를 심상히 마르시고 헤아려 하소서."

---

15) '무엇을 해 주었으면 좋겠다'는 부탁의 말.
16) 자전(慈殿 : 왕의 모친)의 말씀. 여기서는 인목대비의 말씀.
17) 위(上). 여기서는 인목대비를 말함.
18) 왕의 시호(諡號).
19) 이태조(成桂)의 부친 이름이 명나라에 잘못 알려져 내려왔던 것을 선조대에 와서야 바로잡은 일을 말함.

하오시니 오래 생각하다가 여쭙되,

"비록 공이 있으시나 임진왜란으로 조종(祖宗)이 편안히 못 지내셨으니 어찌 공이 있으시다 하리이까? 다시 의논을 못할소이다."

하니 위께서 의논하오셔 다시금 개유(開諭)하오사 이르오시되 듣지 아니하올 뿐 아니라 대하오되,

"종자(宗字)를 가지셔도 나을 것이 없습니다."

하니 그 불효함을 가히 알지라.

자고로 자전(慈殿)이 초상(初喪)에 배능(拜陵)하오시는 예가 있으매, 위께서,

"가고 싶다."

하오시니 대하여 말하기를,

"가심이 불가하나이다. 하 가고자 하시면 소상(小祥)에나 가소서."

하거늘 겨우 기다리오셔 또,

"가고 싶다."

하오시니 또 말하되,

"조정이 하 막으니 못 가시리이다. 대상(大祥)에나 가소서."

또 그때 다다르니 하되,

"이미 다 지났으니 이제 가셨다 해 무슨 유익함이 계시리이까. 옛 왕후네 가심도 예(禮)의 일이 아니니이다. 폐 있을 따름이요, 보실 일이 없으니 결연히 못 가시리이다."

하더라.

삼 년을 두고 간측히 빌다가 못하고, 달래다가 못하오시니 그런 불쌍하오신 일이 없더라.

"혼전(魂殿)에나 가고 싶다."

하오시니 그도 여러 번 막거늘, 위께서 내전(內殿)에 애긍(哀矜)히 비오시니, 대왈,

"본디 대전(大殿)이 변통이 없어 그러하오시니 지극히 하여 가오시게 하오리다."
하더니 내전 지휘로 허하니라.

날을 급히 택일하니, 내인을 보내어 유희분더러 날을 물리라 하는지라, 우리 전에서는 급급히 제전(祭奠)의 차반[20]을 장만하였더니, 내전은 심상히 여겨 제전을 아니하려 하였다가 불의에 생각하여 하노라, 남의 폐를 보지 아니하고 대사를 내히[21] 편토록 할지언정 이렇듯이 한들, 어디 가 '민망하여라' 하리오. 숙설(熟設)[22]하온 후, 여러 날 물리매 우리 전에서는 장만한 것을 모조리 버리고 새로 장만하니라.

내전에서 행여 진지하여도 공주는 받잡고[23] 대군은 아니 받잡더라. 대전이 이르되,
"웃전에 문안 가면 대군의 소리 듣기 싫더라."
하며 하루는 대군이 하,
"대전 형님 보고 싶소."
하시거늘 공주와 대군 두 아기씨를 문안 오신 때에 앉혀 뵈오니,
"공주는 나아오라."
하여 만져 보고,
"하 영민(穎敏)하니 어여쁘이다."
하고 대군은 본 체도 아니 하고 말도 아니하니 어려워 하시거늘, 위께서 하오시되,
"너도 나아가 보라."
하오시니 일어나 대전 앞에 서시되, 본 체도 아니하니 대군이 나가 우시며,
"대전 형님이 누님은 어여삐 하고 나는 본 체도 않으시니 나도 누님이나

---

20) 제사에 올리는 음식.
21) 우리 쪽에
22) 음식을 차림.
23) 받들어 올리다.

될 것을 무슨 일로 사나이가 되었던고”
하시고 종일토록 우시니, 보매 불쌍하더라.

　대전이 상시에 이르되,

　“내 있을 때는 열 대군이 있으나 두렵지 아니하려니와, 세자는 대군과 조카이니 조종(祖宗)조에도 조카를 해하고 섰으니, 이런 일이 있을까 저어하노라. 내 부디 대군을 없이하고 세자를 편히 살게 하렸노라.”

　이렇듯 들렸기에 세자가 대군 보기를 싫어하여 두려운 것 보듯 하더라.

　빈천하오신 석 달 만에 대전이 수라를 못 자시거늘, 위께서 육선(肉饍)을 권하오시니 권육(勸肉)한 두 번 만에 자시다. 양죽24)을 하여 갔더니, 자시고 물려 근신(近臣)으로 당부하되,

　“이 죽이 가장 좋으니 차게 해 두었다가 훗때에 달라.”
하니 내인이 야붓거려 이르되,

　“하루 소선(素膳)25)도 못하오시는데 하절(夏節)에 서너 달을 하오시니, 그도 가장 잘 하여 계오시더니, 웃전이 권하오시니 하 귓사와 잡사왔으니, 이도 웃전이 계오시매 두었다가 달라 하오신다.”
하니 듣는 이 불쌍히 여기고 웃더라.

- 중략 -

　위께서 것마라26) 죽어 계시다가 인사를 차리오셔 곁내인27) 우두머리 너덧 사람을 들어오라 하오셔 이르시되,

　“너희도 사람이니 설마 나의 애매하고 서러워하는 줄을 모르겠느냐. 내 무신년(戊申年)에 죽지 아니하고 살았기는 대전이 선왕자(先王子)이신가 하

---

24) 소의 내장 양을 고은 국물. 보신용.
25) 고기를 쓰지 않은 야채만의 반찬.
26) ‘졸도(卒倒)하여’의 옛말.
27) 곁에서 부축하는 내인. 여기서는 광해군전의 내인.

여 두 어린아이를 의탁하여 평안히 살게 해줄까 하였더니, 여러 해를 두고
하루도 편할 날이 없이 백 가지로 근심하며 살았더니, 흉적을 만나 천지간에
용납 못할 대역(大逆)의 말을 내게로 뒤집어씌우니, 하늘이 무지하시어 이리
애매할 줄을 말 아니하니 무슨 말을 하리오. 이제 '날을 다 하다'[28] 하고
밖으로는 아버님과 동생을 없이하였고 안으로는 근시내인을 다 내어 죽였으
니, 이 어린 것의 몸에는 죄 미칠 일이 아니로되, 또 '대군을 내라' 하니 내
너희 앞에서 고대 죽어 보이어 차라리 이런 망극하고 서러운 말을 듣지 말고자
싶되, 대전 말과 내전 말이 내 귀에 있고 내인이 증인이 되었으니, 임금이
설마 국모(國母)를 속이며, 범인(凡人)에 비길 바 아니라, 여러 번 정녕(丁
寧)[29] 한 말이 있으니 백 번 믿고 대군을 내어 보내려니와, 두 젊은 동생을
놓아주시거든 어머님을 뫼시어 선조(先祖)의 제사나 잇게 하고, 대군을 내어
보내려 하노라. 이 말대로 대전과 내전께 전하라."
하오시고 애통하오시니, 사람이 어이 차마 들으리오마는 그년들은 험한 말을
쾌히 하되,
　"이렇게 말씀 아니하오셔도 대전이야 어련히 하오시리이까. 수이 내어 보내
오소서."
하더라.
　내어 보내오시기를 차마 못하오사 무한 통곡하오시더니, 두 아기씨는 곁에
서 우옵시고 위께서 하옵시되,
　"하늘아, 내 무슨 죄를 지었관대 하늘이 이리 섧게 하시는고."
하오사 하 설러워 우옵시니, 비록 철석(鐵石) 같은 마음인들 어찌 눈물이
나지 아니하리요마는 장정 내인들이 겹겹이 앉아서,
　"너희들이 울어 들리오면 대군을 아니 내어 주오실 것이니, 좋은 낯으로
들어가 여쭈어야 망정이지 행여 설운 낯으로 가면 다 죽게 하리라."

---

28) '날더러 다 했다' 하고.
29) 틀림없이. 꼭.

위협하니 각각 눈물을 감추고 들어가 여쭙되,

"벌써 범에게 듦을 벗지 못하게 되었사오니 병 드오신 본곁30)이 지금 살아 계심은 위를 전혀 믿어 살아 계오시니, 부원군 뼈도 잘못 간사하여 계실 것이요, 두 오라버님이나 살려 주시거든 제사나 잇게 하오시고 섧사오심을 잠깐 참사오셔 내어 보내오소서."

날은 늦어가고 '어서 내라' 곰배님배31) 재촉하고, 또 안에서 내인이 나와 재촉하니, 하늘을 깨뜨릴 힘이 있다 한들 어찌 그 때에 이길 수 있으리오.

저근덧 늦어가니 우리 시위인을 각각 꾸짖으며,

"너희가 이리하여서는 못할 것이니, 우리 들어가 대군을 앗아 데려오리라. 너희가 하나라도 살까 보냐."

하고 들이닥치려 하는데, 나이 많은 변상궁이 다시 들어가 여쭙되,

"안팎이 장정을 보내었고, 밖에는 금부(禁府) 하인이 쇠사슬을 들고 위립하였고, 내인 데려가려 의녀 대령하였으니, 우리 죽음은 섧지 아니하오되, 위께서 믿자오실 이 없이 이 늙은 것을 믿어 계오시고 소신도 위를 믿자와, 실 같자오신 옥체(玉體)를 행여 불행한 일을 보아도 소인이 살아삽다가 정으로 하옵고자 바라와 죽지 아니하고 살아삽더니, 대군 아기씨를 저리 아니 내어 주오시니, 이제야 죽을 곳을 아옵소이다."

위께서 이르오시되,

"너희는 내인인 전차로 자식의 정을 모르는도다. 정에 차마 내어 주기를 못할노라."

하오시더라.

일변 대군 뫼시는 내인들이 대군 아기씨를 달래되,

"사나흘만 피접났다가 올 것이니, 버선 신고 옷을 입고 날 좇아 나가옵사이다."

---

30) 왕비의 친정. 여기서는 친정 어머니.
31) 자꾸자꾸. 앞뒤 계속하여.

하니 이르시되,

"죄인이라 하고 죄인 드나드는 문으로 내어가라 하니, 죄인이 버선 신고 웃옷 입어 쓸데 없다."

하시거늘,

"누가 그리 이르옵더이까?"

대답하시되,

"남이 일러 알까. 내 다 알았네. 서소문(西小門)은 죄인 드나드는 문이니, 나도 죄인이라 하고 그 문밖에다 가두려 한다."

하고,

"나와 누님이 함께 가면 가려니와 내 혼자는 못 갈노라."

하시니 위께서는 더욱 천지망극히 우오시더라.

어서 내라 재촉하며,

"아니 내어 주거든 내인을 다 잡아내라."

별별 사람을 부리더라.

대군 모시는 김상궁을 곁내인이 잡아내어,

"더욱 울고 아니 뫼셔 내니 하옥하라."

하신다 하니,

"아무리 달래어 '나가사이다' 이대로록 하되 저리 우오시고, '죄인 나드는 서소문으로 나가랴?' 하시니, 어찌 아무리 아기씨낸들 이렇듯 하거든 어찌 이리 핍박하여 보채는고 내 뫼셔 나갈 것이니 저근덧 물러서라."

하니라.

날은 늦어가고 하 민망하여 힐난하다가 못하여 위는 정상궁이 업삽고, 공주 아기씨는 주상궁이 업삽고, 대군 아기씨는 김상궁이 업사왔으니, 대군이 하시되,

"웃전과 누님은 먼저 서시고, 나는 뒤에 서게 하라."

하시거늘,

"어찌 그리 서라 하시는고?"

하니,

"내 먼저 서면 날만 내가고 다 아니 나오실 것이니, 나 보는 데서 가압사이다."

하시더라.

위는 짓의대32)에 짓보33) 덮삽고 두 아기씨는 남빛 보를 덮사와 각각 상궁들이 업사와 자비문34)에 다다랐더니, 내관 이십여 명이나 엎드려,

"어서 내옵소서."

보채더니 위께서 내관더러 이르시되,

"너희도 선왕녹(先王祿)을 오래 먹고 살았으니 설마 어이 참측(慘惻)한 마음이 없으랴. 사십여 년을 정위(正位)의 자식을 못 보아 계오시다가 병오년에 처음으로 대군을 보오시고 기쁘고 사랑하오심이 가이없사오시니, 당시 강보에 싸인 것을 무슨 뜻을 두셨으리. 한갓 자라는 이름만 듣고자 하오시다가 귀천하오시니, 내 기시(其時)에 재궁(梓宮)35)을 좇아 죽었던들 오늘날 이 설운 일을 보랴. 이것이 내 죽지 아니하고 살았던 죄라. 어린아이 동서도 알지 못하는 것을 마저 잡아내니 조정이나 대간(臺諫)이나 선왕을 생각하오면 이리 섧게 하랴!"

하오시고 하 애통하오시니, 내관이 눈물을 씻으며 입을 열어 말을 못하고 한갓,

"어서 내옵소서. 우리라고 모르리이까마는 이럴 일이 아니라."

하더라.

---

32) '생무명의 거상(居喪)옷'의 옛말. 의대(衣襨)는 임금의 옷. 주로 겉에 입는 평복을 이름.
33) 생무명의 보.
34) '차비문(差備門)'의 변한 말. 차비문은 편전(便殿 : 임금이 평소에 거처하던 궁전)의 앞문.
35) 임금, 왕대비, 왕비, 왕세자들의 유해를 모시는 관(棺). 옛날 중국에서 가래나무로 만들어 썼으므로 이렇게 일컬음.

저집 내인 연갑이는 위 업사온 내인의 다리를 붙들었고, 은덕이는 공주 업사온 주상궁 다리를 붙들어 발걸음을 옮겨 디디지 못하게 하고, 대군 업사온 사람을 앞에서 끌어내고 뒤에서 밀쳐 대문 밖으로 내고 우리만 다 밀어들이고 자비문짝을 닫으니, 그 망극함이 어떠하리오.

대군 아기씨만 문밖에 업혀 나서서 업은 사람의 등에 머리를 부딪쳐 울으시며,

"마마 보세."

하다가 못하여,

"누님이나 보세."

하시고 하 애를 타 서러워 하오시니, 곡성이 내외에 천지 진동하며 눈물이 땅에 가득하니, 사람들이 눈이 어두워 길을 모를러라.

아기씨를 문밖에 내어 호위하여 환도(還刀) 화살 찬 군장(軍將)이 위립(圍立)하여 가니, 그제야 울기를 그치고 머리를 숙여 자는 듯이 업혀 가시더라.

위께서 도로 들어와 계오사 하늘을 우러러 애통하오셔 여러 번 기절하오시고 사람 없는 때에 결항(結項)도 하오시며 자경(自剄)[36]도 하려 하오셔 사람을 치랴 하오시니, 변상궁이 아옵고 주야로 떠나지 아니하고 서로 대면하여 앉아서 각색으로 위로하여 여쭙되,

"본곁께서나 위께서나 본대 적선의 뜻을 먹사오셔 사람을 하나도 해하오심이 없사오시나, 하늘이 무슨 허물을 보오신지 이런 설운 일을 보게 하시니, 이 설움을 반드시 벗자오실 것이요. 대군이 지금 열 살도 못 되셨으니 설마 이제 죽이오리이까? 문을 열면 자주 안부나 아니 듣자오실 것이며, 위께서 살아 계셔야 본곁 제사며 우리를 아니 거느리오시리이까. 늙삽신 본곁이 누구를 믿고 살아 계시리이까. 아드님 위하여 고대 죽고자 하오시나 부모게 차차 불효가 되니, 어머님을 돌아 보오셔 손수 죽고자 하오심을 풀어 먹사오사, 저근덧 견디어 문이나 열거든 본곁을 만나오사 애매하고 설운 말씀도 통하오

---

36) 스스로 목을 찔러 죽는 일.

시고, 공주 아기씨도 일변 자손이오시니 비록 따님이오시나 버리고 죽사오시면 어디 가 누구를 의지하여 사시며 이 ×××에 가 붙여 의지하여 살으시면 당신이 자라신들 그 섧기를 어디 가 말하시며, 어진 사람이라도 동생의 살을 일을 잘 못 하거든 하물며 위를 잡아 없이하옵고 대군을 죽이옵고 누님을 언제 좋이 살게 할까 싶으니이까. 이제 반드시 사특(邪慝)한 일로 잡아 마저 없이할 것이니, 위께서 국모되어 계셔서 두 자손을 두어 계오시던 일은 묻히고 가슴 사이에 '방정과 역모하오시다가 발각하여 죽사오시다' 사책(史册)에 쓰이올 것이니, 인간의 견디기 어렵사온 추추(啾啾) 섧사온 일이 다시 없사오나 훗이름이나 아니 생각하오시리이까. 이 어리석고 미혹한 짐승 같자온 소견에도 이러하오니, 애통을 참사오셔 적이 눅어 생각하오소서."

하니,

"낸들 무슨 헤아림이 없으며 더러운 이름을 씻고자 아니 하랴마는 하 설워 애를 써 타는 듯 간장이 졸고 심간(心肝)이 불이 붙는 듯하니, 후일 생각 없고 이 인간 세상을 어서 여의고자 하여 손수 죽고자 하노라."

하오시고, 촌각도 곡읍을 그치지 아니 하오시며 식음을 들지 아니 하오사 한갓 냉수와 얼음만 마시오시고, 날마다 어머님 안부와 대군 안부를 문 열어 주거든 '알아지라' 보채오시되, 대군은 좋은 말로 하 달래어 내어 갔으매 하루 한 번씩 내수사(內需司)37)로 문안만 알아 '자주 이르라' 하고, 자실 음식이나 내어 주면 금군(禁軍) 군사들이 아울러 낱낱이 펴 뒤적여 보고, 대전 내전이 가져다가 수문(搜聞)을 본 후라야 대군께로 가져가더라.

이러한 한 달만에 대군을 강화로 옮기되, 이르도 아니하고 늦도록 안부사람도 오지 아니하거늘, 가장 수상히 여겨 새로이 근심하고 아기씨께 보낼 실과(實果)며 고기를 싸고 담아 침실에 놓고, 즐기던 실과란 종이 자루에 넣어 곁에 놓아 두고,

"어찌 오늘은 지금 안부도 아니하는고 필연코 연고 있도다. 아무려나 높은

---

37) 조선 때, 궁중에서 쓰는 곡식, 피륙, 잡물 및 노비에 관한 사무를 맡아보던 관아.

데 올라 길이나 알고 오라."

하오시거늘 전에 침실하였던 다락에서 서쪽을 바라보니 사람이 새문성[38])을 둘렀고, 성 위에 올라 구경하는 자가 수를 모르게 섰고, 화살 차고 햇빛 같은 창·환도 가진 이 수도 없고 길가는 거동으로 말 탄 사람이 많더라.

　바라보고 하 가이없어 눈물이 나는 줄을 몰라, 마침내 보려 하되 종적을 알지 못하였더니, 이윽고 검은 발로 정[39]) 같은 것을 메고 내인 두엇이 말 타고 ×× 쓰고 오는 소리가 전에 듣던 소리거늘, 그제야 일정 '죽이압는다' 여기고 내려와,

　"아무데 온통 종적을 알지 못할노이다."

　이리 여쭈우나 서러운 사색을 차마 참지 못할러라.

　궁 밖 사람 통로(通路)하는 데가 있더니 거기에 가 가만히 들으니,

　"대군을 강화로 옮기니 불쌍하더라."

하거늘 그제야 강화로 옮긴 줄 아니라. 수일이 지나되 안부도 오지 아니하고 강화로 옮겼단 말도 이르지 아니하더라.

　위에서 내인을 무한 보채오셔,

　"어서 안부나 얻어 이르라."

하오신들 어디 가 들으리오. 내관더러 이르오시되,

　"안부는 염려 말고 들으리라 하더니, 이제 수일이로되 안부를 모르니 어디 가셨으며 어찌 언약과 다르니이까. 먹을 것일랑 마음 족족 보내라 하셨기에 들었더니 인쥬(人主)가 되어 설마 속이랴 믿었더니, 이제야 속였으니 간 곳이나 이르라."

하오시되 대답도 아니 하더라.

- 중략 -

---

38) 돈의문(敦義門)의 속칭.
39) 귀한 분이 타는 가마.

달포가 되었으되 강화로 옮겼다는 말을 아니 하거늘, 기별 들을 길이 없어 더욱 망극히 여겨 서러워하더라.

본결이 죽어 계오신 둥 살아 계오신 둥 알지 못하여 문안내관더러,

"문 열어 노모의 죽사리[40] 기별이나 듣고 죽게 하라."

하오시니 백 번이나 하여도 대답도 아니 하다가 여러 번 하니 내관을 꾸짖되,

"역적의 집이라 하는 것은 족멸하고 그 집에 못을 파고 못 살게 하는 것을 내 견집하여 그대로 있고 수사(需司)의 양식과 마무 들여 지내게 하였더니, 이리 어지러이 문 열어 기별 들어지라 하시게 하느냐. 너희 내인들 꿋꿋이 앉아서 어버이 기별 들어지라 전(殿)을 보채오니 이리하는도다. 다시 이런 말 하면 너희를 다 죽일 것이니 이르지 말라."

하더라.

또 이해 가을에 문 열어 달라 날마다 내관에게 일러 보채오시니 천 번에 한 번도 대답지 아니하다가 내관에게 전어하되,

그렇다고 한 해 두 해 닫아 두며 삼 년을 닫아 두랴. 못 잡은 죄인 박치와[41]를 마저 잡고 문을 열마."

하였더라.

- 중략 -

신유·임술년부터는 신인(神人)이 내려와 내인들의 눈에 거룩한 일이 많더라.

계죽년부터 겪던 서러운 일이며, 상시 내관을 보내어 위협하며 꾸짖던 일이며, 박대·부도불효지사(不道不孝之事)를 이루 다 기록지 못하며 만분의

---

40) 생사(生死).
41) 조정에서 은(銀) 상인 타살사건을 일으킨 도적의 한 사람.

한 말이나마 기록하노라.

다 쓰려 하면 남산의 대를 다 베어 온들 어찌 다 이루 쓰며, 다 이르랴 하면 선천지(先天地)가 진(盡)하고 후천지(後天地)가 흥한들 다 이야기 삼아 보랴.

내인들이 잠깐 기록하노라.

■ 연습문제 ■

1) 이 작품의 역사적 배경을 살펴 보자.
2) 이 작품과 관련된 궁궐을 조사해 보자.
3) 이 작품에 등장하는 인물들의 성격을 비교해 보자.
4) 이 작품의 문학적 의의를 살펴 보자.

2. 인현왕후전[1]

경신(庚申 : 숙종 6년, 1680) 동(冬)에, 인경왕후(仁敬王后) 김씨[2] 승하
(昇遐)하시니, 대왕대비[3]께오서 곤위(坤位) 비었음을 근심하사 간택(揀擇)
하는 영(令)을 내리오셔 숙녀를 구하시니, 청풍부원군 김공[4]이 후(后)의 덕행
을 익히 들었던 고로 대비께 주(奏)하고, 영의정 우암(尤庵) 송선생이 상전(上
前)에 아뢰되,

"국모는 만인의 복이라, 당금(當今) 병판(兵判) 민(閔)[5]의 여아(女兒)가
숙덕이 가작(佳作)함[6]을 신이 익히 아옵나니, 복망(伏望) 전하는 번거이 간
선(揀選)치 말으시고 대혼을 완정(完定)하소서."

상이 칭사(稱辭)하시고 대비께 아뢰시니, 대비 대열(大悅)하사 비망기(備
忘記)[7]를 내리어 민공께 전교하사 지실(知悉)[8]하라 하오시니, 민공이 황공
송률(悚慄)하여 즉시 상소하여 지극히 사양하니, 사의(辭意) 간절하되, 상이
이미 굳으신지라 허치 않으시고 세 번 상소에 도리어 엄지(嚴旨)를 내리오사
책하시고, 좌의정 노봉(老峯) 민공을 입대(入對)하사 국체불경(國體不輕)함
을 계칙하시니, 신자지도(臣子之道)에 사양할 말이 없어 퇴하여 집에 와 형제
자질이 서로 대하여 송황하고 천은(天恩)을 감축하여 충의(忠義)의 눈물이
절로 떨어짐을 깨닫지 못하더라.

중사(中使)[9]와 궁인을 보내오사 후(后)를 어의동 본궁[10]으로 뫼실새, 사처

---

1) 작자에 대해서는 궁인설, 인현왕후 친정일문설, 사대부설 등 몇 학설이 제기됨.
2) 숙종의 첫왕비 광산(光山) 김씨. 광성부원군(김만기)의 딸. 서포 김만중은 김만기의
   동생임.
3) 인조의 비, 대왕대비 조씨.
4) 현종의 비 명성왕후 김씨의 부(父) 김우명.
5) 여양부원군 민유중. 부원군은 왕이나 세자의 장인.
6) 잘 되어 있음. 훌륭함.
7) 왕명을 기록하여 승지에게 내리는 글.
8) 자세히 앎. 죄다 앎.

로 궁인이 상명(上命)을 받자와 후를 뵈옵고 놀랍고 탄복하여 부부인(府夫
人)[11]께 사뢰되,

"궁인이 천은(天恩)을 입사와 금궐(禁闕)에 들어 삼대대행(三代大行)[12]
성덕을 뫼옵고 열인안목(閱人眼目)이 팔십이 넘사오되, 이같으신 용광성덕
(容光聖德)[13]을 처음 뵈오니, 국가의 만행이올뿐더러 궁인의 오래 산 것이
영화이로소이다."
하니 부부인이 불감함을 손사(遜辭)하고 예용(禮容)이 법다우니, 상궁이 차
탄하고 입궐하여 본대로 아뢰니, 대비께서 크게 기뻐하여 길일(吉日)을 날로
기다려 더딘가 한(恨)하시더라.

길일이 임하매 민공이 위의(威儀)를 준비하여 대례(大禮)를 행하실새, 상
(上)이 이때 춘추 21세시라. 허다 위의를 거느리사 별궁에 거동하사 옥상(玉
床)에 홍안(鴻雁)[14]을 전하시고 후(后)의 상교(上轎)[15]를 재촉하사 황금 봉
연(鳳輦)[16]을 친히 봉쇄하여[17] 대내(大內)로 환궁(還宮)하실새, 이 문득 세
자빈 가례(嘉禮)와 달라 대전기구(大殿器具)[18]라, 용봉(龍鳳) 기치(旗幟)
와 절월(節鉞)[19]이며 만조백관이 시위하고 칠보응장(七寶凝粧)하고, 궁인
시녀 대도를 덮어 십리에 나열하고 향취 은은하고 가는 풍류소리 전차후옹(前
遮後擁)[20] 하였으니, 웅장 화려한 위의(威儀) 가히 측량치 못할러라. 만성(滿

---

9) 지난 날, 궁중에서 왕명을 전하던 내시(內侍).
10) 효종이 왕위에 오르기 전에 살았던 궁(潛邸). 본궁은 별궁의 잘못.
11) 정1품. 왕자의 아내 또는 왕의 장모.
12) 대행(大行)은 조선 때, 임금이나 왕비가 죽은 뒤, 시호(諡號)를 정하기 전에 이르던
    칭호. 여기서 '삼대대행'은 잘못 쓰인 것임. 대왕대비, 왕대비는 생존 중이고, 오직
    왕비(인경왕후)만이 돌아가셨을 뿐이므로.
13) 아름다운 용모와 성스러운 덕.
14) 큰 기러기와 작은 기러기. 여기서는 혼례의 풍속으로 쓰이는 목제 기러기.
15) 가마에 탐.
16) 왕비의 가마.
17) 가마문을 닫음.
18) 왕에 소속된 위의(威儀)의 기구들.
19) 왕이 거동할 때 앞장 서는 도끼 모양의 의장.

城) 인민이 길에 모여 천만세(千萬世)를 축원하더라.

- 중 략 -

납월(臘月)[21] 초 오일 인시(寅時)에 창경궁 저승전(儲承殿)에서 대비께서 승하하오시매, 춘추가 42세 시라. 신민이 진동하고 궁중이 경황하여 곡성이 흔천(掀天)[22]하고, 상과 후께서 애통하심이 지극하사 육선(肉饍)을 나오지[23] 아니하시니, 궁중이 상하가 그 성효를 탄복치 않는 이가 없더라. 이러구러 삼 년을 지내고 혼전(魂殿)을 파하매[24] 상과 후께서 새로이 영모(永慕) 애통하시더라.

궁인 장씨(張氏)가 비로소 후궁에 참예하여 희빈(禧嬪)을 봉하시니, 간교하고 민첩혜힐(敏捷慧黠)[25]하여 상의(上意)를 영합하니, 상이 극히 총애하시더라. 무진(戊辰 : 숙종 14년, 1688)년 정월에 상의 춘추가 삼십이 거의로되, 농장(弄璋)[26]의 경사를 보지 못하심을 근심하는지라, 후께서 염려하사 일일은 조용히 상께 고하여 어진 후궁을 뽑아서 자경(子慶) 보심을 권하신대, 상이 처음은 허치 아니하시더니 후께서 날마다 힘써 권하여 일여자(一女子)의 생산을 기다리고 막중 중사(重事)[27]를 가볍게 못할 줄로 간절히 아뢰니, 정정(貞靜)한 덕과 유화한 말씀이 혈심(血心)이라, 상이 감탄하시고 조정에 후궁 간택하시는 전지(傳旨)를 내리오시니, 명안공주(明安公主)[28]가 이 하

---

20) 여러 사람이 앞뒤에서 받들어 모심.
21) 음력 12월의 고칭(古稱). 여기서는 숙종 9년(1683) 겨울에 숙종이 두환증(頭患症)으로 미녕(靡寧 : 어른이 병으로 말미암아 몸이 편하지 못함)하자, 대비가 찬물에 목욕하고 후원에 단을 모아 주야로 축원하다가 병이 났다고 함.
22) 하늘에 높이 솟음.
23) '잡숫지'의 궁중어.
24) 왕과 왕비는 3년상이 지나면 신위(神位)가 종묘로 들어감.
25) 약삭 빠르고 교활함.
26) 아들을 낳은 경사. '농장지경(弄璋之慶)'의 준말.
27) 종묘와 사직. 지극히 중대한 나랏일.

교를 듣잡고 놀라 고모인 대장공주(大長公主)29)를 모시고 입궐하여 상과 후께 조현(朝見)30)하고 인하여, 중궁의 춘추가 정성(鼎盛)31)하시니 아직 생 산하심을 기다릴 것이요, 후궁을 뽑는 것은 불가함을 주(奏)하니, 후께서 좌 (座)에 계시다가 안색이 정정(亭亭)하여 가라사대,

　"박덕미질(薄德微質)로 곤위에 모첨(冒忝)32) 하였으나 주야로 여리박빙 (如履薄氷)하는 바는 웃전33)의 성덕을 갚삽지 못하고, 대전(大殿)의 분34)을 저버릴까 염려하였더니, 박덕하여 생산의 길을 열지 못하니, 이는 종사의 큰 염려가 아니리오."

　언파(言罷)에 안색이 정일(精一)하사 내외징청(內外澄淸)35) 하시니, 공 주 등이 감복하여 다시 간(諫)치 못하고 서로 성덕을 칭찬하고, 대왕대비께서 애중하심을 애중하심을 더욱 마지 아니 하시더라.

　드디어 숙의(淑儀)36) 김씨를 뽑아 후궁에 두시니, 후께서 예로 대접하시고 은혜로 거느리시니 덕택이 태임(太妊)·태사(太姒)와 일반이라, 궁중이 그 덕을 외우고 선(善)을 일러 탄복하지 않는 이가 없으나, 시운(時運)이 불행하 고 후의 명도(命途)가 기박하시니, 예부터 홍안박명(紅顔薄命)37)과 성인의 궁액(窮厄)은 인력으로 못할 바이라, 실로 천도(天道)를 의심하는 배라.

　무진 추(秋) 팔월에 인조 대왕대비 조씨가 창경궁 내반원(內班院)에서 승 하하오시니, 춘추가 65세시라. 상과 후께서 애통하사 조석 제전(祭奠)에 참례 하사 슬퍼함을 과도히 하시더니, 이 해 동(冬) 10월에 희빈 장씨 처음으로

28) 숙종의 단 하나의 누이.
29) 왕의 고모. 여기서는 효종의 공주들.
30) 왕을 뵙는 것.
31) 한창 왕성할 때.
32) 감히 욕되이 자리를 차지함.
33) 왕모(王母)나 왕의 조모. 여기서는 왕의 조모, 효종비인 대왕대비 조씨.
34) '기대'의 오기.
35) 안과 밖이 해맑음.
36) 왕의 후궁 중 종이품(從二品)인 내명부(內命婦)의 칭호.
37) 미인은 팔자가 나쁘다는 말. 미인박명(美人薄命).

왕자를 탄생하니, 상의 과애(過愛)하심은 이르지 말고 후께서 대열(大悅)하사 어루만져 사랑하심을 기출(己出) 같이 하시니, 장씨 지분(知分)하여 있은즉 영화가 가득할 바이로되, 문득 참람(僭濫)38)한 뜻과 방자한 마음이 불일 듯하니, 중궁(中宮)의 성덕과 용색이 일국에 솟아나고 인망(人望)이 다 돌아간 줄 시기하여 가만히 제거하고 대위(大位)를 엄습코자 하니, 그 참람한 역심(逆心)이 이러하여 날로 기색을 살펴 중궁전을 참소(讒訴)39)하되, '신생(新生) 왕자를 짐살(鴆殺)40)하려 한다' 하며, '희빈을 저주한다' 하며 궁모곡계(窮謀曲計)41) 아닌 것이 없어, 간악한 후빈들을 체결하여 말을 날리고 자취를 드러내어 상이 보시고 들으시게 하니, 예부터 악인이 의롭지 않으나 돕는 자가 있어 유유상종(類類相從)이라.

중궁전 간해(奸害)하는 말이 날로 치성(熾盛)하니, 상이 점점 의심하사 중궁을 아주 박대하시고, 장씨 요악한 정태로 천심(天心)을 영합하여 왕자로 협종(脅從)42)하여 권세가 중하니, 상이 점점 편백히 혹익(惑溺)하사 능히 흑백을 분변하지 못하시니, 전일에 엄숙 광명하오신 성도(性度)가 아주 변감(變減)하사 현량(賢良)은 다 물리치시고 간신(奸臣)을 내다가 쓰오시니, 조정이 그윽히 의심하고 후께서 깊이 근심하사 장씨란 위인이 반드시 변고를 낼 줄 아시나, 왕자의 당당한 상이 있는고로 지감(知鑑)하시고 만행(萬幸)히 여기사 사색(辭色)하지 아니하시고 갈수록 숙덕 성심을 행하시더니, 이듬해 기사(己巳)43)에 여양부원군이 졸(卒)하오시니 후께서 망극 애통하사 장례를 지내시되, 육찬과 사미지식(奢味之食)44)을 가까이 않으시고 애훼(哀毁) 과

---

38) 분수에 지나치게 함부로 함. 참월(僭越).
39) 거짓으로 중상모략하여 왕이나 관청에 고(告)함.
40) 독살. '짐새'의 독을 쓴 데서 연유함. '짐새'는 중국 남방에서 산다는 독조(毒鳥). 이 새는 뱀을 잡아먹기 때문에 온몸에 강한 독기가 있어, 사람이 이 새의 깃이 잠긴 술을 마시면 즉사(卽死)한다고 함.
41) 어거지 계책.
42) 위협에 눌려 복종함.
43) '정묘(丁卯)'의 잘못. 부원군 민유중이 졸(卒)한 해는 정묘(숙종 13)년임.
44) 맛있는 음식.

절(過節)하심을 마지않으시되, 상이 이미 결단하신 뜻이 계신고로 발설하지 않으시나 민간에 소설(騷說)이 일어나,

"중궁을 폐위(廢位)하신다."

하더니, 4월 23일은 중궁전 탄일(誕日)이시라, 각 궁과 내수사(內需司)에서 공상단자(供上單子)45)를 들이니, 상이 단자를 내치시고 음식을 다 묻으라 하시고, 대신과 이품(二品) 이상을 인견(引見)하사 폐비(廢妃)함을 전교하시니, 좌승지 이이만이 불가함을 간하니, 상이 진노하사 승지 이이만을 파직하시고, 또 수찬(修撰)46) 이만원이 실덕하심을 간하니, 상이 익노(益怒)하사 '원찬(遠竄)47)하라' 하시니, 이렇듯 대신 충신 40여 인을 원변(遠邊)에 정배(定配)하시고 또 비망기(備忘記)를 내리오시니, 조정이 진경하여 일시에 정청(庭請)48)을 배설하고 다투는 체하나 실정은 아니라.

이 때 후(后)의 부숙(父叔)과 종형제 입조거세(入朝擧世)49)하여 학문과 도덕이 조정에 미만(彌滿)50)하여 벼슬과 명망이 높고 이름이 세상에 가득하나, 후께서 입궐하심으로부터 긍긍(兢兢)51)함이 더하여 사업을 베풀지 못한 이가 많으되, 소인(小人)이 시기하여 기회를 얻고자 하던 배라. 그윽히 다행하여 색책(塞責)52)으로 하고 예조판서 민종도는 죄목을 베껴들이고, 대사헌 목창명은 정청을 역청(逆請)하여 물리치고, 간신의 간언(奸言)이 방성(方盛)하여 상의(上意)를 영합하고 부운(浮雲)이 옹폐하여 상총(上聰)을 가리오니, 충량(忠良)의 간언(諫言)이 효험이 있으리오.

이 때 응교(應敎)53) 박태보 시방 파직(罷職) 중에 있어 정청에도 참예하지

---

45) 궁내 각 전궁(殿宮)에 올리는 물품 목록을 적은 쪽지.
46) 홍문관 정6품 벼슬.
47) 먼 곳에 귀양 보냄.
48) 어떤 큰일에 즈음해서 세자나 백관들이 궁전에 엎드려 왕의 결재를 촉구함.
49) 조정에 들어와 벼슬을 하고 있음.
50) 널리 가득 참.
51) 두려워하고 조심함.
52) 책임만 모면하는 정도로 적당히 함.
53) 홍문관의 정4품 벼슬.

못하고 달리 간할 길이 없어, 이에 모든 파직 조사(朝士)들에게 통문(通文)[54]
을 놓아 한가지로 상소할새, 전 판서(前 判書)였던 오두인이 벼슬 품(品)이
높으매 소두(疏頭)[55]가 되고, 응교가 손수 짓고 조사(朝士) 여러 손이 합소
(合疏)하여 25일 정원(政院)[56]에 바치고 비답(批答)[57]을 궐하(闕下)에서
기다리더니, 상이 상소를 보시고 대노하사 즉지(卽地)[58]로서 추국(推鞫)[59]
하려 하시고 옥교(玉轎)를 타시고 무감(武監)과 여간(如干)[60] 내관(內官)을
데리시고 인정전(仁政殿)에 문죄어좌(問罪御座)하시니, 금부당상(禁府堂
上)[61]들과 대신(大臣) 삼사(三司)[62]들을 급히 불러 천지 진동하사 추국기구
(推鞫器具)를 일시에 차릴새, 횃불이 궐내에 조요(照耀)하고 일시에 내외에
지져대는[63] 소리가 진동하더라.

- 중 략 -

응교[64]가 고쳐 엎드려 정색하며 대 왈,
"전하, 어이 이런 말씀을 차마 하시나니이까. 군신부자일체(君臣父子一
體)라 하오니, 아비 성이 과하여 애매한 어미를 내치고자 하면 자식이 어이
살고 싶은 뜻이 있으리이까. 이제 전하가 연고 없이 무전과거(無前過擧)[65]를

---

54) 돌려보는 글. 요즈음 회람 같은 것.
55) 연명하여 올리는 상소에서 맨 먼저 이름을 적은 주동이 되는 사람.
56) 승정원(承政院)의 약칭. 승정원은 왕명을 관장하는 관청.
57) 신하들이 올린 상소에 대한 왕의 회답.
58) 즉석에서.
59) 의금부(義禁府 : 왕명을 받들어 죄인을 추국(推鞫)하던 일을 맡아보던 관청)에서
   중죄인을 잡아다가 국문(鞫問 : 중죄인을 국청에서 심문함)하던 일. 여기서는 왕이
   중죄인을 직접 다스림.
60) 약간 명.
61) 의금부(義禁府)의 당상관(堂上官).
62) 홍문관, 사간원, 사헌부의 총칭.
63) 화형(火刑)할 때 '살을 지지는'의 뜻.
64) 홍문관의 정4품 벼슬. 여기서는 박태보를 일컬음.

하오셔 곤위(坤位) 장차 평안치 못하시게 되오니, 의신66)이 망극하와 오늘날 죽사옴을 청하여 상소를 드리오니, 어찌 전하를 반(叛)하올 뜻이 있사오리이까. 중궁 위하온 일이 정히 전하를 위하온 일이오니, 전하께서 보은 중궁(中宮)이 아니시니이까?"

상이 익노(益怒) 왈,

"급급히 결박하라. 이놈아, 네 갈수록 나를 욕하느냐? 네 역률(逆律)67)을 쓰리라."

하시고,

"우선 형문(刑問)을 치려니와 압슬(壓膝)68) 화형(火刑) 기구를 차리라."

하신대,

응교가 아뢰되,

"다른 말씀은 하올 일 없사오나 의신들이 상소를 지었다 하시고 다스리면, 상소를 가지시고 문목(問目)69)을 내사, 묻자오시면 의신이 자세히 아뢰리이다."

상이 가라사대,

"네 그 중에 '침윤기강 상알상립 모수 등새'70)는 어찌된 말인고? 자세히 아뢰라."

하신대 응교가 그 상소를 두 줄을 외워서 낱낱이 여쭙되 이 말씀은 이리이리하온 일이요, 저 말씀은 저리저리하온 말씀이니,

"이는 다 무릇 여염의 일처일첩(一妻一妾)을 두는 사나이라도 가장(家長)

---

65) 전에 없던 실수.

66) 법관에게 자신을 낮춰 부르는 호칭.

67) 역적(逆賊)의 죄목.

68) 죄인을 고문하는 방법의 하나. 큰 돌을 무릎 위에 올려 놓고 괴롭힘.

69) 죄인을 심문하는 조목을 적은 것.

70) 정확한 기록이 아님. 『실록』에는 '浸潤念熟 不復之察則其禍之所流 可勝言哉'라고 되어 있음(『숙종실록』 권 20). 즉 '왕이 장희빈에 대한 사랑에 빠져 잘 살피지 않는다면 그 화의 미치는 바는 이루 헤아릴 수 없다'는 뜻.

노릇을 잘못하여 첩을 편애하는 일이 있으면 '가간침윤지간 상알상립하는' 일이 있어 가도(家道)가 괴이도는 이가 많사오니, 전하, 요사이 후궁에게 총(寵)이 계오신 후, 하오시는 일을 보오매 의신(矣臣)이 매양 그러하오신가 의심이 있삽더니, 이제 과거(過擧)를 하오시니 의신은 전혀 과연 그러하오신가 그리 아옵나이다."

상이 왈(曰),

"네 아주 자신 있게 저런 말을 하느냐. 그러면 나를 천첩의 거짓말을 곧이듣고 해거(駭擧)[71]하는 사람 같다 하느냐. 네가 나를 무고(誣告)[72]하기를 광한(狂漢)과 같다고 하느냐?"

하시고 이에 금부 나장에게 고의(故意)[73]죄를 명하사,

"매질하라."

하시고 그 목을 노끈으로 두어 번 얽어 무릎에 잔뜩 잘라 고개를 움직이지 못하게 하고, 추를 가슴에 닿게 동이고 개개이 고찰하여 각별 엄형하시니, 좌우 승지와 금부 당상들과 도사(都事)[74] 나장들이 일시에,

"매우 치라."

하는 소리 진동하니, 동궐(東闕)[75] 안 궐내에서 매질하는 소리가 천지 진동하여 향교동까지 들리더라.

피는 치 튀고 살이 헤어지되, 응교는 한 번 앓는 소리도 아니 하고 움직이지 않고 낯빛을 자약하게 하니, 마치 헛것을 치는 듯하더라. 상이 더욱 대노하사, 왈,

"이놈아, 네 '무상부도(無常不道) 지만(遲晚)'[76]을 아니 이르겠느냐? 홍

---

71) 해괴망측한 행동.
72) 없는 사실을 거짓으로 꾸며 남을 고발하거나 고소함.
73) 딴 뜻을 가지고 일부러 하는 일. 또 법률에서, 남에게 대하여 권리 침해 행위를 하고자 하는 의사. 범의(犯意).
74) 의금부의 벼슬. 처음에는 종5품이었다가 후에는 종9품까지 내려갔음.
75) 창덕궁과 창경궁을 '동궐(東闕)'이라 일컬었음.
76) 죄인이 자백하는 일. '너무 오래 끌어 죄송하다'는 뜻으로, 자기의 죄를 솔직히

치상[77]이 '무상부도'로 죽은 것을 네 잘 보았거늘 네 어이 아니 할꼬."

응교가 소리 낮추어 가로되,

"전하! 어이 신(臣)을 그리 모르시나이까. 홍치상은 제 가만히 하온 일이옵거니와, 의신의 상소는 공공지론(公共之論)으로 하였삽거늘, 어이 홍치상에게 비하시나니이까."

상이 익노 왈,

"음측한 계집을 위하여 저렇듯 강악하느냐?"

응교가 그 말씀을 듣고, 각별히 소리를 엄정히 하여 다시 기침하고 주(奏) 왈,

"전하, 어이 차마 이런 말씀을 하시나이꼬 '부부는 인륜지대사(人倫之大事)'요, '성(性)은 인륜지지(人倫之知)'라 하오니, 무릇 여염 사람도 부부의(夫婦義)를 중히 여기옵거늘, 중궁(中宮)이 누구의 배필이시라고 성노(聖怒)가 발하시기로 성인의 말씀을 가리지 아니하오셔 사어(私語)를 이렇듯 상스럽게[78] 하시나이까?"

상이 익익(益益) 대노 왈,

"네 과람(過濫)히 나를 공책(攻責)하느냐? 네가 일정 지만(遲晚)을 아니 하겠느냐?"

응교가 대 왈,

"전하께서 근래『주역』을 강(講)하시어 어찌 건곤(乾坤)의 의(義)를 알지 못하시리이꼬 중궁께서 혈사(血嗣)[79]할 허물이 계오시다 일러도 명성왕후께서 계오실 때에 극진히 사랑하실 따름이요, 과실이 계시다 함을 듣잡지 못하옵고, 어이 이제 원자 탄강(誕降)을 하오신 후 저렇듯이 허물을 아오시니, 의신은 칠년 침윤 엄숙지참을 듣자오실 줄 아오이다."

자백한다는 뜻.

77) 효종의 왕녀인 숙안공주의 아들.

78) 언행이 천하다.

79) 혈통을 이어가는 자손.

상이 숙노하사, 성음을 이루지 못하사 왈,

"이놈아, 그 말 또 하라. 무슨 말인고 네가 일정 '부도지만(不道遲晚)'을 아니 하겠느냐? 이놈의 강악이 김(金)보다 더하구나. 역률(逆律)로써 압슬(壓膝) 화형(火刑)을 하리라. 네 그놈 말하는 주둥이를 찢어라."

하시니 나장들이 차마 못하고 거짓으로 찢는 듯이 하니 그리 상하지 않게 하되, 능장(稜杖)[80]으로 옆을 쥐고 찌르니 점점 치라 하시더라. 형문(刑問)을 두 채[81] 맞은 데에 철퇴에 맞은 것, 세지 않은 것이 열 네 회(回)요, 물채찍에 헤지 않은 것이 아홉이니, 통계하면 세 채씩이니, 살이 찢어지고 피가 낯에 튀어 바지에 잠겨 짜게 되었는데도, 응교가 아픈 사색(辭色)을 아니 하더라.

상이 왈,

"급히 압슬하라."

하신대 응교 대 왈,

"의신은 오늘날 죽음을 정하였삽거니와, 전하께서 일을 이렇듯이 하오시면 후일 망국지주(亡國之主)되올 것이니, 그를 서러워하나이다."

상이 왈,

"내가 망국을 하여도 네 아랑곳 있으랴."

하신대 대 왈,

"전하는 저리 이르셔도 의신은 교목지신(喬木之臣)[82]이라, 나라와 더불어 휴척(休戚)[83]을 한가지로 하옥 몸이오니 서러워하나이다."

상 왈,

---

80) 지난 날, (출입을 막기 위하여) 대궐 문에 가로질러 세우던 둥글고 긴 나무막대. 위쪽 끝에는 울림쇠를 달고 아래에는 날카로운 창을 붙인 막대기.
81) (일부 명사에 붙어) 소리를 내게 하려고 또는 달리게 하거나 돌아가게 하려고 때리는 기구임을 나타냄. 북채, 장구채 말채, 팽이채 따위.
82) 교목(喬木)은 줄기가 굳고 굵으며, 높이 자라고 비교 적 위쪽에서 가지가 퍼지는 나무(소나무, 전나무 따위). 큰키나무. '교목지신'은 중요한 지위에 있어 나라와 운명을 같이 하는 신하.
83) 평안함과 근심 걱정.

"잔말 말고 압슬하라."

하시고 돌아 사관(史官)더러 이르시되,

"태보84)의 그런 말은 쓰지 말라."

하시더라.

- 중 략 -

갑술(甲戌 : 숙종 20년, 1694)년에 무옥(誣獄)을 다시 일으켜 천유(千儒)를 다 죽이고 폐비를 사약(賜藥)하려 하니, 변이 크게 나니, 상이 짐짓 그 하는 양을 보시고 궁중의 기색을 살피사, 망연히 간인의 흉모를 깨달으사 즉일 당장에 국옥(鞫獄)을 뒤치시니, 영신(佞臣)85)을 다 물리치시고 옛 신하를 내어 쓰실 새, 갑술 3월에 대전(大殿) 별감(別監)86)이 세 번이나 안동(安洞) 본결궁을 둘러보고 들어가더니, 4월 초9일 비망기(備忘記)87)를 내리오사 폐 중궁 무죄하심을 밝히시고 '별궁(別宮)으로 옮기시게 하라' 하시고, 어찰(御札)을 내리오사 상궁 별감과 중사(中使)88)를 보내시니, 후께서 사양하사 가라사대,

"죄인이 어찌 외인을 인접하여 감히 어찰을 받들리오."

하시고 문을 열지 않으시니, 연 삼일을 별감이 문밖에서 경야(經夜)하고 문 열기를 청하되 마침내 요동치 않으시니, 이대로 봉명(奉命)한대, 상이 어려이 여기시고 또한 답답하사 예조의 당상(堂上)으로 문 열기를 청한대, 종시 허(許)치 아니하시니, 예조와 승지가 국체(國體)가 그렇지 않음을 아뢰니, 듣지 아니하시는지라.

---

84) 박태보.
85) 간사하고 아첨하는 신하.
86) 나라에서 조사, 감독 등의 일로 지방에 보내던 임시 벼슬.
87) 임금이 명령을 적어서 승지에게 전하던 문서.
88) 궁중에서 왕명을 전하는 내시.

상이 민부(閔府)에게 엄지를 내리오사,

"차(此)는 임금을 원망하는 일이라. 빨리 문을 열게 하라." 하시니, 민부에서 황공하여 서간(書簡)을 올려 무수히 간하되, 종시 열지 아니하시는지라. 또 수일 후 일찍 이품(二品)을 보내셔서 '문을 열으소서' 하니, 중신이 말씀을 아뢰어 사체(事體)[89]가 그렇게 못하실 줄로 누누이 밝히고 개문(開門)을 청하니, 후께서 궁녀로 전어(傳語) 왈,

"죄인이 천은(天恩)을 입어 일명(一命)이 살았은즉, 이 집이 뼈를 감출 곳이라. 어찌 국명(國命)을 받자오며 번화히 사람을 인접하리오. 사명(使命)이 여러 번 내리시니 더욱 불안하여이다."

사관이 절하여 명을 받잡고 재삼 간청하여 민부께 두 번 엄지를 내리오시니, 후의 큰오라버님 판서 민공이 황율(惶慄)하여 간절히 권하니 겨우 '바깥문만 열라' 하시니, 4월 20일에야 비로소 대문을 여니, 초목이 무성하여 사람의 키와 같은지라. 상명으로 발군(發軍)하여 풀을 베어 들어가니, 풀 이끼가 섬돌 위에 가득하고 먼지가 창호를 분변치 못하니, 사관이 탄식하며 눈물을 흘리더라.

외당을 수소(修掃)하고 사관과 군사가 들어앉으니 일각에 황락하던 집이 번화한지라. 궁인들이 문틈으로 보고 일희일비하여 눈물을 흘리며 즐거워하되, 후(后)는 조금도 기쁜 사색(辭色)이 없어 불안히 여기시더라.

바깥문이 열리매, 민씨 일가에서 가마가 무수히 들어가고 바깥문이 열림을 봉명하니, 상궁 넷을 보내사 어찰을 내리오시니, 상궁이 왔음을 알리되 중문을 열지 아니하시니, 반일(半日)을 밖에 있는지라, 그 사이 별감이 길에 이어 연하여 어찰 보심을 청하는지라. 후의 오라버님네 민연(憫然)하여 국체불경(國體不敬)하심을 누누이 간권(諫勸)하시고 체면에 불안히 여기사, 잉구(仍舊)고[90] '문을 열라' 하오시니, 상궁이 대하(臺下)에서 고두청죄(叩頭請

---

89) 일의 이치와 체면.
90) 예전대로. 잉구관(仍舊貫).

罪)91)하고 눈물을 흘리며 우러러 뵈오니, 용모와 복색이 초췌 무색하신지라.
슬픔을 이기지 못하여 소리 남을 깨닫지 못하고 통읍하나, 후께서 쌍안(雙眼)
을 낮추어 못 보시는 듯하고, 어찰을 드리니 북향사배(北向四拜)하고 양구
(良久) 후 펴 보시니, 장(長)이 칠촌이요, 광(廣)이 삼척이라.

만지(滿紙)에 가득한 사연이 다 전과(前過)를 뉘우치고 시운을 슬퍼하시며 대내로 들
으심을 청하신지라, 후께서 간필(簡筆)을 궤에 놓으시고 묵연단좌(默然端坐)92)하오
셔 말씀을 않으시니, 상궁이 복지(伏地) 주 왈,

"성상이 신첩에게 전지(傳旨)하사 부디 낭낭의 답서를 맡아 오라 하신지라
회답을 청하나이다."

후께서 양구(良久)93)에 탄 왈,

"너희는 다만 돌아가 죄첩이 답서를 아룀이 불감하여 못하는 줄로 아뢰라."

상궁이 감히 청하지 못하고 하직하고 입궐하여 뵈온 대로 아뢰오니, 상이
추연감동하사 더욱 뉘우치사, 명일 아침에 또 어찰을 내리오시며 의복 금침
과 반상을 보내시니, 모든 상궁이 봉명하고 모두 옛말을 일컫고 체읍하되,
후께서는 반겨 하심도 없고 박절하심도 없어 왕왕히(汪汪)히94) 천경파와 같
으시더라.

상궁이 당에 올라 아뢰되,

"작일(昨日) 대전에서 신첩 등을 인견하사, 중궁전에 의복 금침과 반상(飯
床)95)이 있느냐? 하시니 대 왈, '하나도 없나이다' 하온즉 대전께서 노하오셔
가라사대, '내 일시 분결에 과거를 하였은들 일궁이 그 후(后)의 끝이 없게
하니, 가이 해완(懈緩)96)하다' 하시며, '즉각에 준비하라' 하시니 내수사가
주 왈, '의금(衣衾)은 즉일 내에 하려니와 반상 만들기는 금일 내로는 못하리

---

91) 머리를 조아리며 죄를 청함.
92) 아무말 없이 앉아 있음.
93) 한참 지난 후.
94) 물이 깊고 끝없이 넓은 모양.
95) 끼니 음식으로 밥과 반찬을 차린 상차림. '반상기(飯床器 : 격식을 갖추어 밥상 하나를
　　차리게 만든 한 벌의 그릇)'의 준말.
96) 게으르다.

로소이다' 대전께서, '능행적 은반상을 새로이 만든 것을 하라' 하사 친히 감(鑑)하시고 보내시며, 금침 만듦이 더디다 하사 대전 금침 새로 한 것을 감하시고, 베개의 수는 봉황수로 박고 왔사오며, 일야(一夜)에 의복을 짓삽는 데 치마의 빛이 무색하다 하오시고 진노하오셔 내수사를 가두시고, 다른 남초(藍綃)[97]를 바꾸어 식전에 급급히 지어 친감(親鑑)하시고 보내셨나이다." 주하고 은영(恩榮)이 호장하심을 외어 감루(感淚)가 종행하되, 후(后)께서는 소리 못 듣는 듯하시고 인하여 잠깐 몸을 굽혀 가라사대,

"천은이 망극하시니 어찌 감히 거역하리오마는, 천궁기물(天宮器物)을 여항(閭巷)에 둠이 불감하고, 더욱 대전의 반상과 금침(衾枕)을 일시인들 사가(私家)에 두리오. 외람하니 감히 받들지 못할지니 도로 가져가라."
하시니 상궁이 재삼 간청하오되 듣지 않으시고 들여보내시며,

"범사가 외람하니 분(分)을 온전케 하소서."
하시더라.

상궁이 할 일 없어 봉명하니, 상이 그 집례(執禮)함을 아름답게 여기시나 오래 고집하심을 답답히 여기사, 다시 어찰을 내리오사 후의 마음을 위로하고 국체가 그렇지 못한 줄을 밝히시고,

"차(此)는 위를 원망하며 조롱하여 과인으로 하여금 허물이 드러나게 한다."
하시고 도로 다 보내시며 상궁에게,

"죄 있으리라."
하시니 후께서 어찰을 받자와 거역 못하시는 줄 알으시고 불안히 여기사, 봉한 채 두라 하시고 답서를 않으시니, 형제 숙질이 간절히 권하고 궁인들이 빌어 청하니, 인하여 종이를 내어 쓰오시니 대엿 줄 되더라.

봉하여 상궁을 주니, 상궁이 봉명한대, 상이 반겨 급히 떼어 보시니, 말씀이 온공(溫恭)하여 무수히 청죄하심이라.

---

97) 남빛깔의 비단.

상이 추연 감탄하시고 이튿날 23일은 중궁전의 탄일인 줄 아오시고, 어찰과 수라를 내리시고,

"각 궁(宮)의 공상(供上)을 예와 같이 하라."

하시니 영공이 도로에 이었는지라. 인민이 열락(悅樂)하여 뛰놀며 즐기고 민씨 일문이 감읍하되, 후께서는 불안하사,

"죄인이 어찌 공상을 사가에서 받으리오."

하시고 물리쳐 받지 않으시니, 상이 재삼 권유하시고 조정이 다 청하나 마침내 받지 않으시니, 일국(一國)이 다 성행(性行) 처신하심이 예의 엄숙하심을 거룩히 여겨 흠송(欽頌)함을 마지 아니 하더라.

이때 부부인이 들어가시니 후께서 보시고 성효 가직하여 슬퍼하시며, 일가 부인네 가마가 날마다 들어오니, 이때 내관이 입번(入番)하고 액정 소속과 궁속이 호위하여 예절이 엄한지라. 문금(門禁)을 엄히 하니 후께서 명하사,

"들어올 이를 금하지 말라."

하시고 비로소 친척을 만나 반기시되, 한결같이 친소(親疎)가 없으시더라.

관상감(觀象監)98)에 '입궁 택일하라' 하시니, 4월 27일로 주달하니, 상이 명천 중사(中使)99)로 입궐하심을 권하시니, 후께서 대경하여 사양 왈,

"천은이 망극하여 천일(天日)을 보고 부모와 동생을 상접함도 바란 밖이어늘, 어찌 감히 궐내에 들어가 천안(天顏)을 뵈오리오."

굳게 사양하시고 예물을 받지 않으시니, 상이 엄지를 민부에게 내리오시고 대신이며 중신들이 문밖에 청대(請待)하고 어찰을 일일(一日) 4, 5 차씩 내리오시니, 후께서 그윽히 천리(天理)를 예도하사 입지를 세우지 못하실 줄 알으시고, 읍연 탄식하시고 마지 못하여 예복을 입으시고 입대하실 새, 작은 오라버님 민정자의 따님이 8세에 들어와 이미 13세 되니, 후의 교애를 받자와 언동과 성행이 아름다운지라. 차마 떠나지 못하사 손을 잡고 울으시니, 민소저

---

98) 천문, 지리 역수 등을 맡아보던 관청.
99) 궁중에서 왕명을 전하던 내시.

가 또한 엄읍하여 능히 참지 못하는지라. 좌우 다 눈물을 뿌려 위로하더라.

황금 채연(彩輦)을 들이니 물리치시고 상시의 교자를 들이라 하시니,

"상이 듣지 아니 하시더라."

하고 사관이 청대하고 모든 일가가 떠들어 권하니, 마지못하사 연에 드오시니, 허다 위의(威儀) 대로를 덮어 칠보 웅장한 궁녀가 쌍쌍이 벌였고, 각 군문 대장이 어림군(御臨軍)100) 수 천을 거느려 호위하고 대신과 백관이 시위하여 입궐하시니, 예모가 존중하여 복위하실 줄 알아 향취 웅비하고 광채가 찬란하여 천기 화창하여 혜풍(惠風)이 날며 일어나고 상운(祥雲)이 하늘에 일어나니, 장안의 백성이 영락(瓔珞)하여 굿 보는 이가 길에 메여 즐겨 뛰놀고, 일변 옛일을 생각하고 눈물을 흘리며, 재상 명사 부인네는 의막(依幕)101)을 잡고 굿 보니, 틈이 없어 도리어 가례(嘉禮) 하실 때보다 더하고, 향년(向年)102)에 가마에 흰보를 덮어 나오실 적에 궁인과 선비가 통곡하고 따라가던 일을 생각하고, 어찌 오늘날이 있을 줄 알았으리오.

이는 전혀 민후의 원려(遠慮)와 덕망으로, 덕을 본래 깊이 쌓으시고, 고초 중 처신을 아름다이 하사, 천의(天意)가 감동하심이라. 제(諸) 부인네 기쁘고 슬퍼 혹 울고 혹 웃더라.

후의 지밀(至密)103)과 상석기구(床席器具)를 갖추고 이날 아침부터 (이당 통?)에서 거니시며 전중(殿中) 고친 것을 고쳐 보시더니 내인을 불러 문 왈,

"어찌 소첩(梳帖)이 없느냐?"

궁인이 황공 대 왈,

"미처 생각하지 못하도소이다."

상이 진노하사 빨리 가져오라 하시니, 소첩 내인이 황망히 하여 속의 대가

---

100) 임금이 임석할 때 수비하는 군사.
101) 옛날 임금의 거동 같은 큰 구경이 있으면, 종로 좌우편의 상점을 빌어 재상집 부녀들이 가서 머무르며 구경하던 곳.
102) 지난 해. 과거에. 여기서는 인현왕후가 쫓겨났던 몇해 전을 말함.
103) 대전, 내전이 항시 거처하는 처소.

꺾인 것을 모르고 가져오니, 상이 손수 펴보시고 진노하사,

　"다른 것을 들이라."

하시고 소첩 내인을 궐내에 부과(附過)[104]하라 하시니, 좌우에서 상의(上意) 자상명찰하시니, 전혀 중궁을 위하신 진정이신 줄 감탄하더라.

　입궁 때 몸소 높은 누상(樓上)에 오르사 만민이 즐겨함을 보시고 천심이 흔열(欣悅)하사, 이미 봉연(鳳輦)이 궐문에 들어 지밀 앞에 놓자오니,

　상이 명하사,

　"난간 앞에 뫼시라."

하시니 궁녀가 연 아래 나아가 대전(大殿) 계오심을 아뢰니,

　후께서 가라사대,

　"죄인이 무슨 낯으로 전하를 감(鑑)하리요."

　정문[05] 밖에 즉시 나오지 않으시니, 상이 친히 정문을 열어 주렴을 걷으시고 쥐신 부채로 정속에 바람을 내고 물러서시니, 후께서 성은이 망극하여 정에서 나오시며 난간에 엎드려 청죄하온대, 상이 궁녀를 명하사,

　"빨리 뫼셔 전중에 드오시게 하라."

하시니 궁녀가 일시에 붙들어 전중에 모시되, 감히 방석에 앉지 않으시고 돗자리를 피하여 엎드리사, 예와 이제를 생각하시매 비회교집(悲懷交集)하사, 천산화미(天山畵眉)[106]의 슬픈 안개 일어나고, 효성쌍안(曉星雙眼)에 주루(珠淚)가 맺히시니, 안색이 처연하사 애원하신 거동이 만좌에 나타나시니, 상이 일변 반기시고 옛일을 생각하시고 감창(感愴)하심을 이기지 못하사 봉안에 용루(龍淚)가 떨어지사 용포 소매를 적시시니, 좌우가 일시에 눈물을 흘려 감히 우러러뵈옵지 못하더라.

　차시(此時)에 세자(世子)의 춘추가 7세 시라, 체지(體肢) 장성하여 어른 같더라. 이에 들어오셔 후께 사배(四拜)하고 슬하에 모셔 앉으니, 후께서 그

---

104) 잘못된 허물을 적어 둠.
105) 가마문. '정'은 공주나 옹주가 타는 가마.
106) 산을 그린 것 같은 눈썹. 즉 수려한 눈썹.

숙성함을 아름다이 여기시고 심히 비창하사, 그 손을 잡고 어루만져 희허장탄
(欷歔長歎)[107]하실 뿐이라.

상이 좌를 가까이하사 전일을 뉘우치시고 지금을 위로하사 말씀이 관유(寬
裕)하사 금석(金石)이라도 녹을 듯하시나, 후께서 불감함을 일컬으시고 조금
도 태홀(怠忽)함이 없어 한결같이 유순 정정하시니, 상이 더욱 경복(敬服)하
시고 좌우가 감탄하더라.

후께서 입궐하시매 심사가 불안하사 아무것도 진어(進御)치 못하신지라
수족이 궐냉(厥冷)[108]하시니, 상궁이 염려하여 수라를 재촉하여 올리니, 상은
진어하시나 후는 진어치 않으시니, 상궁더러 진어하심을 물으시니, 대 왈,

"낭낭이 전일 신기(身氣)가 불안하사 현명(賢命)[109] 후로는 진어하신 일
이 없나이다."

상이 놀라사 친히 보미를 들어 권하시니, 후께서 성은을 감사하사 마지못하
여 받자오셔 두어 번 진어하시고 상(床)을 물리매, 이적에 희빈이 오래 대위
(大位)를 찬탈하여 천만세나 누릴 줄로 알았다가, 홀연히 상이 일각에 변하여
국옥(鞫獄)을 뒤치고 폐후께 상명이 영락(瓔珞)하여, 즉일 복위하오셔 들어
오심을 듣고, 청천의 벽력이 일신을 분쇄(粉碎)하는 듯 놀랍고 앙앙분통(怏怏
憤痛)함이 흉중에 일 천 잔나비 뛰노니, 스스로 분을 이기지 못하여 시녀에게
전어(傳語) 왈,

"내 오히려 곤위(坤位)에 있거늘, 폐비 민씨 어찌 문안을 아니 하리오.
크게 실례하여 방자함이 심하도다."

궁녀가 이 말을 아뢴대, 후께서 어이없어 못 듣는 듯 사기(辭氣) 태연하시
고 안색이 정정하사 답언이 없으시니, 이때 상이 후와 더불어 병좌(並坐)하사
후의 기색을 살피시고 전일이 다 맹랑하여 스스로 혼암(昏暗)함을 부끄러워
하시고, 장씨의 방자함을 통한하사, 즉시 외전(外殿)에 나오사, 즉일 전지하사

---

107) 크게 한숨 쉬며 길게 탄식함.
108) 체온이 식을 때 생기는 모든 병증.
109) 윗사람을 높이어 그의 '명령'을 이르는 말.

후를 복위(復位)하시고 여양부원군[110]을 복관작(復官爵)하시고, 후의 삼촌[111] 좌의정이 벽동 적소(謫所)에서 졸(卒)하신고로 복작 추증(追贈)하시고, 그 자손에게 옛 벼슬을 주시고 새 벼슬로 부르시며, 장씨의 아비는 삭탈관직(削奪官職)하사 빈(嬪)의 옥책(玉冊)[112]을 깨치시고, '장희재를 제주 안치(安置)하라' 하시고, 내시로 전교하사 빈을 소당(小堂)으로 내리오고, '큰 전각을 수리하라' 하시니, 궁인과 중사(中使)가 전지를 전하고,

"바삐 내리라."

하니 장씨가 대노하여 고성대질(高聲大叱) 왈,

"내 만민의 어미요 세자 있거늘, 어찌 너희가 무례히 굴리요. 내 부득이 폐비의 절을 받고 말리라."

악독을 이기지 못하여 세자를 무수히 난타하니, 상이 들으시고 친림하시니, 바야흐로 장씨가 수라를 받았더니, 상(上)을 뵈옵고 독악이 요동하여 얼굴이 붉으락하여 가로되,

"하루라도 내 위(位)에 있거늘, 폐비 문안을 아니 하며 내 무슨 죄로 하당에 내리라 하시나니이꼬?"

상이 용안이 진열하사 가라사대,

"어찌 감히 문안 받으며, 또 어찌 이 위(位)를 길게 누리리오."

장씨 문득 밥상을 박차고 발악 왈,

"세자 있으니 내 이 위를 어찌 못 가지리요 내려도 부디 민씨의 절을 받고 내리리라."

수라상을 산산이 헤쳐서 방중에 흩어 놓으니, 좌우가 악착한담을 어이없어 여기고, 상이 해연(駭然) 대노하사,

"빨리 장씨를 끌어내리라."

하시니 궁중이 다 절분하던 차에 상의(上意)를 보고 황황히 달려들어 장씨를

---

110) 민씨의 친정 아버지, 민유중.
111) 민정중.
112) 제왕, 후비의 존호를 올릴 때에 송덕문을 새긴 간책.

끌어 업고 총총히 당에서 내려 소당으로 가니, 장씨 발악하여 중궁전 후욕(詬辱)[113]함을 마지 않으니, 상이 즉각에 내치시고 싶되 전후 일이 너무 편벽(偏僻)하고 세자의 낯을 보아 버려두시니라.

다시 양일(良日)을 택하여 예의를 갖추어 후를 청하여 곤위(坤位)에 오르시게 하니, 후께서 세 번 사양하시다가 마지못하여 법복을 갖추시고 남면(南面)하여 곤위에 오르신 후, 상(牀)에 내려[114] 상(上)에게 사은하오시니 법도가 숙연하시고 광채가 찬란하사 전보다 배승하시더라.

상이 용안에 회감 가득하사 붙들어 탑(榻)[115]에 오르사 한가지로 어좌(御座)를 이루시고, 비빈 궁녀의 조하를 받으시고 조정이 새로이 진하(進賀)하니, 화풍은 수막(繡幕)을 침노하고, 상운(祥雲)이 옥루(玉樓)를 둘러 화기 알연하고, 궁중이 환열(歡悅)하여 뛰놀며 즐기는 소리가 양양(揚揚)하고, 조정이 숙연하고 일국의 신민이 뉘 아니 열복(悅服)하리요.

대장공주와 명안공주가 들어와 조현하고 일희일비하여,

"도시 성상 융은(隆恩)이요, 중궁 성덕이라."

하고 못내 즐기며, 후는 천은을 감축할 뿐이시고 육년 고초를 일컫지 않으시니, 공주가 더욱 어렵게 알고 성상의 총명과 성덕이 장하심을 무수히 일컫고, 4, 5일 묵어 나가려 하니, 상이 각별히 명하사 중궁에 잔치하사 공주귀척(公主貴戚)들을 모아서 즐기시게 하니, 중궁에 화기(和氣) 가득하더라.

상이 성이 엄하시고 천위묵묵(天威默默)하시나 그윽히 살피시고 고집하사, 후께서 출궁하실 때 방자하고 박대하던 궁인들을 다 원찬하시고, 뫼시고 갔던 궁인은 벼슬을 높이고 녹을 후히 주어 평생 한가히 놀게 하니, 모든 궁녀가 도리어 부러워하더라.

폐비함을 간쟁(諫爭)하던 신하를 적소에서 역마로 불러 화직(華職)[116]을

---

113) 꾸짖고 욕설을 함.
114) 의자에서 내려.
115) 길고 좁은 평상.
116) 높은 벼슬.

주시니, 죽은 자는 정충(貞忠)[117]을 생각하사 감루(感淚)를 내리어 후회하시고, 복관작 추증(追贈)하시며 친히 제문을 지어 치제(致祭)하시며 서원(書院)을 지어 춘추로 제(祭)하여 그 충절을 포장(襃獎)하여 후세에 이름이 빛나게 하시고, 그 자손에게 승직을 주시고 녹봉(祿俸)을 주사 그 부모와 처자를 살게 하시고 수조(手詔)[118]로써 일문을 위로하시니 은혜 형특하신지라, 조야(朝野)가 감축하고 열복(悅服)하더라.

희빈의 간악 방자함을 절분하시되, 세자의 안면을 보사 희빈을 존봉(尊奉)하시고 무릇 공상범절(供上凡節)[119]을 정궁 버금으로 하고, 궐내 영숙궁(永肅宮)[120] 취선당(就善堂)[121]에 거처하게 하시니, 은영이 자못 호탕하시니 사갈시랑(蛇蝎豺狼)[122]이라도 제 죄를 짐작하고 지극 감격할 바로되, 장씨 외람이 곤위에 있어 일국이 추존하고 상총(上寵)이 온전하다가 졸지에 폐출하여 희빈에 내리니, 앙앙 분노하고 화심(火心)이 대발하여 전혀 원심(怨心)이 곤전에 돌아가니, 불순한 언사가 패악(悖惡)하고 불승분화(不勝忿火)하여 세자를 볼 적마다 무수히 난타하여 마침내 골병이 드니, 상이 대노하사 세자를 영숙궁에 가지 못하게 하시고 정전에서 놀게 하시니, 세자가 이따금 아뢰되,

"어이 어미를 보지 못하게 하시나이꼬?"

눈물을 흘리니, 상이 위로하사 놀 것을 주어 중전 슬하에 두시니, 후께서 심히 사랑하시는 고로 생각하지 아니하시더라.

장씨 세자로 유세(有勢)하다가 세자도 보지 못하고 대전의 자취가 돈절하시고 일인도 불쌍히 여겨서 들이밀어 보는 이가 없으니, 형세의 외롭고 고단함이 당연 민후보다 더 심하니, 슬프다! 복선화음[123]의 윤회보응이 분명하여

---

117) 절개가 굳고 충성스러움.
118) 임금이 손수 쓴 조서(詔書).
119) 진상하는 모든 절차.
120) 창경궁 춘당대 후원에 있던 궁.
121) 창경궁 안, 지금 낙선재 부근에 있었는데, 그곳에서 경종을 낳았음.
122) 뱀, 전갈, 승냥이, 이리. 즉 남을 해치는 사람을 비유하는 말.

하늘 높으시나 낮추어 들으시는지라.

민후를 폐출하실 때, 일국 만성(萬姓)이 다 청원하여 도리어 몸이 괴로우나 이름이 빛나셨거니와, 장씨는 폐출하매 만성이 다 '낙(諾)다' 하고 궁중이 쟁그러워 은은이 웃고 비소(鼻笑)하니, 더욱 분노하고 부끄러워 원망 악담이 공연히 중궁께로 돌아가니, 전후원(前後苑)에 배회하여 귀를 귀울여 들은즉, 중궁전 자비에서 즐기는 소리와 번화한 거동에 간담이 부서지는 듯, 의론(議論)으로 소문을 들으면 민씨의 일문은 혁혁히 조정에 벌어 상총(上寵)이 융중하시고 조야(朝野)가 축복하고, 제 오라비 형주가 죄인이 되어도 하나도 불쌍하다 하는 이 없으니, 보고 듣는 것이 다 가슴 가운데 영악(獰惡)[124]이 뛰노니, 주사야탁(晝思夜度)하여 불 같은 흉심이 구름 모이듯하니, 어찌 능히 끝을 누리리오.

- 중 략 -

병자(丙子 : 숙종 22년, 1696)년에 동궁이 9세시라, 행(行) 관례(冠禮)[125]하시고 세자빈을 간택하사, 상과 후께서 친히 보시고 뽑으시니, 재덕이 겸비하니 첨정(僉正)[126] 심호(沈浩)의 여(女)시라.

가례를 행하여 세자빈을 책봉하시니 연(年)이 12세시라. 덕성이 아름답고 슬기로우시니 상과 후께서 크게 사랑하사, 상이 조정국사의 여가에는 주야에 중궁을 떠나지 아니하오사 화언(和言)으로 한담하시고, 세자빈과 왕자를 앞에 두사 재미를 보시니, 이 때 숙의(淑儀) 최씨[127]가 왕자를 탄생하여 바야흐로 3세라. 기상이 비범하시니 상과 후께서 사랑하사 슬하에 무애(撫愛)[128]

---

123) 착한 사람에게는 복이 돌아가고, 악한 사람에게는 재앙이 돌아감.
124) 모질고 사나움.
125) 아이가 어른이 될 때에 올리던 예식. 남자는 갓을 쓰고 여자는 쪽을 쪘음.
126) 종4품의 벼슬.
127) 영조(英祖)의 생모(生母).
128) 쓰다듬어 사랑함.

하심이 기출(己出) 같으시더라. 빈(嬪)은 숙덕이 근하고 후께 지성이라.

- 중 략 -

차설(且說)129), 장희빈이 후의 병환 시 두어 번 뵈옵고 칭병하고 문후(問候)하지 않으니, 후께서 그 심정이 교화하지 못할 줄 아오시나 지이부지(知而不知)하시니, 후를 중궁전이라 아니 하고 민씨라 하며 언두(言頭)에 반드시 이를 갈며 '잡귀 요괴로 이 세상에 용납지 못하게 하리라' 하고 날마다 무녀와 술사(術士)로 축원하더니, 마침내 승하하시니 대희(大喜) 대락(大樂)하여 합수축천(合手祝天)하고 이수가 애애하여 양양자득하고, 신당을 즉시 없이할 것이로되 여러 해를 위하였으니 졸지에 거저 없이함이 세자와 빈에게 해롭다 하고 무녀·술사들이 상의하여 9월 초 7일 굿하고 파하려 그대로 두었더니, 이 또한 제 인력으로 못할지라.

이 시(時)에 상이 왕비를 생각하시고 모든 후궁을 찾지 아니하시고 과도히 슬퍼하사 조석으로 애통하사 천광(天光)이 환탈하시니, 제신이 간유하온즉, 추연 탄 왈,

"과인이 부부지정으로 슬퍼함이 아니라, 그 덕을 생각하고 선을 잊지 못하여 그러함이라."

하시니 제신이 다 감탄하더라.

9월 초 칠일 석전(夕奠)130)에 참례하시고 돌아오사, 추기(秋氣)는 서늘하고 초월(初月)이 희미한데 실솔성(蟋蟀聲)이 일어나니 심사가 더욱 처량하사, 촉(燭)을 대하여 용루를 내리오시다가 안석을 의지하여 잠깐 졸으시더니, 사몽비몽간에 죽은 넋이 앞에 와 아뢰되,

"궁중에 사질(邪疾)과 요얼이 성하와 중궁이 비명에 참화(慘禍)하시고 앞

---

129) 화제를 돌려 말할 때 첫머리에 쓰는 말.
130) 염습 때부터 장사 때까지 저녁마다 신위(神位) 앞에 제물을 올리는 의식.

에 대화가 불 일어나듯 하올 것이니, 복원(伏願) 성상은 살피소서."

하고 손을 들어 취선당을 가리키며 상을 모시고 한 곳에 이르니, 후의 혼전(魂殿)이라. 전중(殿中)에 중궁이 시녀를 거느리시고 앉아 계오신데 안색이 참담하사 애연히 통도(痛悼)하시며 상께 고(告) 왈,

"신이 명이 비록 단(短)하오나 독한 병이 생기어 올해에 죽을 때 아니로되, 장녀가 천백가지로 저주 방정하여 요얼의 해를 입어 비명 원사(寃死)하니, 장녀는 불공대천지수(不共戴天之讎)라. 원혼이 운간(雲間)에 빗겨 한을 품었으니 당당히 장녀의 목숨을 끊을 것이로되, 성상이 친히 분변하사 흑백을 가리어 원수를 갚아 주심을 바라고, 요사를 없이하여야 궁내가 평안하리이다."

상이 크게 반기사 옷을 잡아 물으랴 하시다가 놀라서 깨달으시니, 침상일몽이라. 촉영(燭影)은 휘황하고 좌우 환시(宦侍)들은 장(帳) 밖에 모셔 앉았으니 크게 슬퍼 일장(一場)을 통곡하시고, 좌우더러 때를 물으시니 초경이라.

이에 옥교(玉轎)를 내와 타시고 위의(威儀)를 다 떨으시고 인적과 훤화(喧譁)[131]를 내지 말라 하시고 영숙궁으로 가시니, 이 궁에 행하신지 칠팔 년이라, 누가 상(上)께서 행하실 줄 알았으리오.

이 날이 장빈(張嬪) 생일이라, 숙정이 들어와 하례하고 중궁 죽임을 치하하여 모든 궁인들이 공을 다투고 옛일을 이르며, 신당에서는 무녀·술사가 촉(燭)을 밝히고 설법하더니, 부지불각에 대전 옥교가 청사에 이르사 들어오시니, 궁녀들이 놀라 급급히 일어나 맞이하여 아무리 할 줄 모르더라.

상이 쟁공(爭功)하는 말을 들으시고 심중에 대노하사, 묵연히 관형찰색(觀形察色)하시니 궁녀들이 생각하되, '희빈의 생일이요, 중전이 아니 계오시니 오시다' 하여 야반 수라[32]를 성비(盛備)하여 들이니, 상이 냉소하시고 멀리 살펴보시매, 마침 전당(殿堂)에 등촉이 조요하더니 다 끄고 괴괴한지라, 의심이 동하사 몸을 이어나사 청사(廳舍)를 나오시니 맞은편에 병풍을 쳤거늘,

---

131) 지껄이어서 떠듦.
132) 임금의 끼니 음식.

"치우라."

하시니 궁녀 황겁하되 힐일없어 걷으니, 벽상(壁上)에 한 화상을 걸었는지라, 자세히 보시니 완연한 민후와 다름이 없는지라. 살을 맞은 구멍이 무수하여 다 떨어졌는지라, 문 왈,

"이것은 어인 것이뇨?"

좌우 황황하여 아무 말도 못하거늘, 장씨 내달아 고하되,

"이는 중궁전의 화상이라. 그 성덕을 감격하여 화상을 그려 두고 사시(四時) 곧 생각하나이다."

상이 비로소 진노하사 가라사대,

"후를 생각하여 그렸으면 저렇듯 살을 맞은 데 많으뇨?"

장씨는 대답지 못하거늘, 데려오신 내관을 명하사 촉(燭)을 잡히시고 서편당(西便堂)에 가보시니 흉악한 신당이라. 천노(天怒)가 진첩하사 청사에 앉으시고 궁노(宮奴)를 불러 모든 궁녀를 다 잡아내어 길에 결박하고 엄치(嚴治)하사 가라사대,

"내 벌써부터 짐작하고 알았으니 궁중의 요악한 일을 추호나 숨기면 경각에 죽이리라."

하시니 천노가 진첩하사 급한 뇌성 같고 엄하신 기운이 상설(霜雪) 같으시니, 어디가 감히 은휘(隱諱)하리오마는, 그 중 시영이 간악하여 처음은 모르노라 하더니, 피육이 떨어지며 제녀(諸女) 일시에 응명하여 주초(奏招)[133]하여 전후사를 역력히 다 아뢰니, 상이 새로이 모골(毛骨)이 송연하여 가라사대,

"범을 길러 화를 받는다는 말이 과연 이제 같도다. 내 장녀를 내치지 아니하고 두었다가 대화(大禍)를 자초하였으니, 이것도 불가사문어인국(不可使聞於隣國)[134]이라."

하시고 상궁 시녀 등을 금부(禁府)[135]로 내리와 명일(明日)로 친국하려 하시

----

133) 죄를 고백함.
134) 수치스러워 이웃 나라에 소문을 퍼지게 할 수 없음.
135) 의금부를 말함.

고 외전(外殿)에 나오사, 능히 잠을 이루지 못하시고, 이튿날 중외(中外)에 반포하사,

"중궁이 비명원사(非命冤死)하심과 장빈의 대역무도한 흉계 간악이 불가 사문어인국(不可使聞於隣國)이라. 제주로 안치한 죄인 장희재를 급급 몽두 나래(蒙頭拿來)136)하고, 역율(逆律) 죄인 정수를 한가지로 모역한 유(類)이 니 정형(正刑)137)하라."

하시고,

"내수사(內需司) 춘상·철향·시영 등을 금부에 가 잡아 인정문에서 친국 하라."

하시니 승지 윤이부 복두(伏頭) 왈,

"희빈의 죄악이 중하오나 세자를 보아 식노(息怒)하소서."

상이 대노 왈,

"장씨 처음에 중궁을 간해하되 세자의 낯을 보아 두었더니, 궁중에 신당을 만들고 저주를 묻어 국모를 모살(謀殺)하니, 궁흉극악한 대역부도는 천고에 없는지라, 내 친히 국문하여 죄를 밝혀 중궁 영혼을 위로하려 하거늘, 승지는 역적을 두호하여 금부로 추국하자 하니, 신자(臣子)가 국모를 모살한 원수를 어찌 이렇듯이 하리오. 극히 한심한지라. 윤(尹)을 삭탈관직하여 문외출송(門外出送)하라."

하시고 국청죄인인 철향은 형문삼장(刑問三杖)에 복초(服招) 왈, 을해(乙亥
: 숙종21년, 1695)년부터 신당을 배설하고 무녀, 술사로 축원하여 중궁이 망하 시고 장씨 복위하게 빌던 말과 화상을 걸고 쏘아 임렴(臨殮)하여 묻은 말이며 절절히 아뢰고,

"이 밖은 시향 등이 알고 소인은 모르나이다."

시향을 엄문하시니 연(年)이 23이라. 복초 왈,

---

136) 죄인의 얼굴에 해를 못보도록 물건을 씌워 잡아옴.
137) 사형(死刑).

"희빈의 오라비 장희재의 첩 숙정으로 서간 왕래하되 빈이 숙정의 편지를 본즉 소화(燒火)하니 그 연고를 모르고, 숙정을 불러들여 구구히 의논하고 작은 동고리를 치마 속에 싸 가지고 철향과 소인을 데리고 황혼에 통명전의 연못가에 곳곳에 묻고, 또 무엇인지 봉한 것을 봉봉이 만들어 상춘각 부중(府中) 섬 아래 곳곳에 묻고, 신은 돌아다니며 사람의 기척을 살피고, 신은 철향 등과 한가지로 다니오나 그 속에 든 것은 모르옵고, 일일(一日)은 취영이 빈께 고 왈, '행사를 다 하였나이다' 한즉, 빈이 답 왈, '시영, 철향이 다 그곳을 아느냐?' 대 왈, '한가지로 다니며 하였사오니 어찌 모르오며 철향 등이 심복이오나 명목이 다르오니 기(欺)이는 것이 좋지 아니 하오니 알게 하소서' 하던 말과, 신은 그 속을 모르오되 이 아이를 데리고 세(勢)를 두려워 모역한 것이 적실하오이다."

시영은 41세라. 요악하나 감히 은휘치 못하여 복초 왈, 해골에 오색 비단 옷을 입혀 중전의 성씨·생월·생시를 써 묻고, 의복 짓는 데 해골 가루를 솜에 뿌리고, 또 해골을 빻아서 염습하여 묻었다가 들여가니 중전이 받지 아니하시더니, 이듬해 탄일에 올리오니 또 받지 아니하시다가 춘궁저하(春宮邸下)138)의 낯을 보사 받으시던 일을 아뢰고,

"축사와 요얼을 만든 것은 모두가 숙정의 조화로소이다."

즉시 숙정과 무녀·술사를 잡아들이어 엄형국문하시니, 무녀·술사의 초사(招辭)에 왈,

"일찍 장희재를 사귀었삽더니 귀양갈 적에 은자(銀子)139)를 많이 주며 빈께 천거하니, 천인이 무지하여 보화를 탐하여 대역을 지었사오니 지만(遲晩)140)이로소이다.

숙정을 국문하시니 주초 왈,

"희빈이 매양 궁녀를 보내어 어린아이 옷을 지어 달라 하여 지었노라."

---

138) 왕세자의 별칭. 왕세자를 높이어 일컫던 말.
139) 은돈.
140) 죄인이 고백함. 너무 늦게 자백하여 죄스럽다는 뜻에서 나온 말.

하고,

"시시로 보물을 많이 보내고 또 이르되 '취선당이 절로 울고 희빈 병환이 계시니 굿을 하겠다'고 청하거든, 들어가오니 무녀·술사로 중전 망하심을 축수하는데 빈이 실정을 일러 모의하니 죽을 때라 동참하옵고, 중전 의대 지은 것도 신이 하고, 해골은 희재 청지기 철명이 얻어드렸나이다."

- 중 략-

궁녀가 명을 전하니, 장씨 발 구르며 손뼉 쳐 발악 왈,

"민씨 단명하여 죽음이 내 아랑곳이냐? 너희가 감히 나를 죽이고 후일 세자의 손에 살까 싶으냐?"

불순패악한 소리 악착하니, 상이 들으시고 분연하사, 좌우로 옥교를 가져오라 하사 타시고 영숙궁으로 친림하사 청사에 좌하시고 좌우를 호령하사, 장씨를 끌어내려 당에 내리고 꾸짖어 왈,

"네 중궁을 모살하고 대역부도가 천지에 관영(貫盈)141)하니 반드시 네 머리와 수족을 베어 천하에 효시(梟示)142)할 것이로되, 자식의 낯을 보아 특은으로 경형(輕刑)을 쓰거늘, 갈수록 태만하여 죄 위에 죄를 짓느뇨."

장씨 눈을 독히 떠 천안을 우러러뵈오며 고성 왈,

"민씨 내게 원망을 끼치어 형벌로 죽었거늘 내 무슨 죄 있으며, 전하가 정치를 아니 밝히시니 임금의 도리 아니라."

살기 등등하니, 상이 진노하사 용안을 높이 뜨시고 소매를 걷으시며 여성(厲聲) 왈,

"천고에 요악한 년이 어디 있으리오. 좌우로 빨리 약을 먹이라."

하시니 장씨 손으로 궁녀를 치며 몸을 부딪쳐 발악 왈,

---

141) 가득 참.
142) 목을 베어 높이 매달아 놓고 민중에게 경계하는 뜻으로 뭇사람에게 보임.

　"세자와 함께 죽이라. 내 무슨 죄 있느뇨."

　상이 익노(益怒)하사,

　"좌우로 붙들고 먹이라."

하시니 제녀(諸女)가 황황히 달려들어 팔을 잡고 허리를 안고 먹이려 하나 입을 다물고 뿌리치니, 상이 내리밀어 보시고 더욱 대노하사 분연히 일어나시며,

　"막대로 입을 벌리고 부으라."

하시니 제녀가 술총[143]으로 입을 벌리는지라, 장씨 이에는 위급한지라, 실성애통 왈,

　"전하, 내 죄는 보지 말으시고 옛날 정과 자식의 낯을 보아 일명(一命)을 용서하소서."

　상이 들은 체 않으시고 먹이기를 재촉하시니, 장씨 공교한 말로 눈물이 비같이 흐르며 상을 우러러 뵈오며 참연히 빌어 왈,

　"이 약을 먹여 죽이려 하시거든 자식이나 보아 구원(九原)[144]에 한이 없게 하소서."

　간악한 소리로 슬피 우니, 요악한 정태가 사람의 심장을 녹이고 처량한 소리 차마 듣지 못할 듯하니, 좌우가 도리어 불쌍한 마음이 있으되 상이 조금도 측은지심이 아니 계시고 '빨리 먹이라' 연하여 세 그릇을 부으니, 경각에 크게 한 소리를 지르고 섬 아래 거꾸러져 유혈이 샘솟듯 하니, 일기약(一器藥)으로도 오장이 다 녹으려든, 세 그릇을 함께 부으니 경각에 칠규(七竅)[145]로 검은 피가 솟아나 땅에 고이니, 슬프다, 조그마한 궁인의 몸으로서 천승국모(千乘國母)[146]를 모살하고 여러 인명이 다 검하에 죽게 되니, 하늘이 어찌

---

143) 숟가락의 자루.
144) 전국시대(戰國時代)의 진(晋)나라 경대부(卿大夫)의 묘지. 전(轉)하여 묘지, 황천(黃泉).
145) 사람의 얼굴에 있는 7개의 구멍. 귀, 눈, 코, 입.
146) '지존의 국모'라는 뜻. 주나라 때 큰 나라의 제후가 1000대의 병거(兵車)를 내놓은 데서 유래됨.

앙화를 내리오지 않으시리오.

상이 그 죽는 양을 보시고 외전으로 나오시며 신체를 궁에서 내라 하시고, 이튿날 하교 왈,

"장씨 죄악이 중하여 왕법을 행하였으나 자식은 모자지정이라. 세자의 정리를 보아 초초히[147) 예장(禮葬)하라."

하시고 장희재를 극형하여 육신을 이체하여 죽이시고 가재를 적몰(籍沒)하시니, 일국 신민이 상쾌하여 아니 즐거워한 이 없더라.

■ **연습문제** ■

1) 이 작품의 역사적 배경과 이 작품과 관련된 궁궐을 조사해 보자.
2) 각 인물의 성격을 비교해 보자.
3) <인현왕후전>의 문학적 의의를 살펴 보자.
4) <사씨남정기>와 비교해 보자.

---

147) 간략하게.

3. 한중록 : 혜경궁 홍씨

슬프다. 예질(睿質)[1]이 탁월하오시고 학문이 장진(長進)하시니 그 기상과 기품이 어디 아니 진취하여 계오실 것이 아니로되, 불행히 임계년(壬癸年)[2] 간에 병환(病患)점이 계시니, 내 그음 없는 근심과 우리 부모 심중 초박(焦迫)이 어떠하시리요. 선비(先妣)[3]께오서 주야로 초조하오셔 몸소 기도하오시고, 명산대천(名山大川)에 정성이 아니 미치오신 데 없으시며 밤이면 침수(寢睡)를 못하시고 손을 묶어 축천(祝天)만 하시니, 이 다 불초(不肖)를 두오신 연고라. 나라 위하신 지극한 정성이 아니시면 어찌 또한 이대도록 염려하시리요.

- 중 략 -

섧고 섧도다. 모년(某年) 모월일(某月日)[4]을 내 어찌 차마 말하리요. 천지합벽(闔闢)하고[5] 일월(日月)이 회색(晦塞)[6]하는 변(變)을 만나 내 어찌 차마 일시나 세상에 머물 마음이 있으리요. 칼을 들어 명(命)을 결(決)하려 하더니, 방인(傍人)의 앗음으로 인하여 뜻같이 못하고, 돌아 생각하니, 11세 세손(世孫)[7]에게 첩첩한 지통을 끼치지 못하겠고, 내 없으면 세손 성취(成就)를 어찌하리요. 참고 참아 완명(頑命)[8]을 보전하고 하늘만 울부짖으니, 그때 선인이

---

1) 세자의 근본.
2) 영조(英祖) 28년 임신(壬申)과 29년 계유(癸酉).
3) 돌아가신 어머니.
4) 임오화변(壬午禍變). 사도세자가 처형된 영조(英祖) 38년(壬午), 윤(閏) 5월 13일.
5) 맞붙는다.
6) 깜깜하게 아주 꼭 막힘.
7) 사도세자의 아들. 훗날 정조(正祖).
8) 모진 목숨.

엄교(嚴敎)를 만나오셔서 동교(東郊)9)에 병복(屛伏)하여 계오시더니, 일이 하릴 없은 후 들어오시니, 그 무궁한 지통이야 또 뉘 당하리요.

그날 혼도(昏倒)하셔 겨우 깨시니, 당신이 또한 어찌 생세지심(生世之心)이 계시리요마는 내 뜻과 같으셔 가즉이 세손을 보호하실 정성만 계오시니 따르지 못하시고, 이 열심 단충이야 귀신이 알 지 뉘 알리요. 그날 밤에 내가 세손을 데리고 사저(私邸)로 나오니, 그 망극하고 창황(愴怳)10)한 경상(景狀)이야 천지도 응당 빛을 변할 것이니, 이를 것이 어이 있으리요.

선왕(先王)11)께오서 선인(先人)12)께 하교(下敎)하오셔,

"네가 보전하여 세손(世孫)을 구호하라."

하오시니 이때 이 성교(聖敎) 망극지중(罔極之中)이나 세손을 위하여 감읍(感泣)하옴이 측량 없고, 세손을 어루만져,

"성은(聖恩)을 갚으라."

하고 경계하며, 내 설운 마음이 또 어떠하리요.

그 후 상교(上敎)로 인하여 새벽 들어갈 제, 선인이 내 손을 잡으시고 중정(中庭)에서 실성 통곡하시며,

"세손을 모셔 만년(萬年)을 누리사, 만경(晩境) 복록(福祿)이 양양(洋洋)하소서."

하시고 우시니, 그때 내 설움이야 만고에 다시 또 있으리요.

인산(因山)13) 전에 선희궁이 나를 와 보오시니, 가없이 원통하오신 설움이 또 어떠하시리요. 노친(老親)14)께서 애척(哀戚)이 하 과하시니, 내 도리어 지통(至痛)을 절억(節抑)하여 우러러 위로하되,

"세손을 위하오셔 몸을 버리지 말으소서."

9) 서울 동대문 밖.
10) 너무 놀라 넋이 빠짐.
11) 돌아가신 왕. 영조(英祖)를 일컬음.
12) 돌아가신 아버지.
13) 왕, 왕비, 왕세자 등의 관(棺)을 산(山)에 장사지내는 것.
14) 선희궁.

하옵더니 장례(葬禮) 후 올라가오시니[15] 내 혈혈(孑孑)한 자취 더욱 의지할
데 없더니, 8월에야 선대왕(先大王)께 뵈오니 내 설운 회포가 어떠하리요마
는 감히 베풀지 못하옵고,

　"모자(母子) 보전(保全)함이 다 성은(聖恩)이로소이다."
하고 체읍(涕泣)하며 아뢰니, 선대왕(先大王)이 집수(執手)하오셔 우시며,

　"네 저러할 줄 생각지 못하고 내 너 볼 마음이 어렵더니, 네 내 마음을
편케 하니 아름답다."
하오시니 이 하교(下敎)를 듣자오니 내 심장이 더욱 막히고 명완(冥頑)[16]함
이 갈수록 심한지라. 또 아뢰되,

　"세손을 경희궁(慶熙宮)으로 데려가오셔 가르치심을 바라옵나이다."
하니,

　"네 떠나 견딜까 싶으냐?"
하시기 눈물을 드리워,

　"떠나 섭섭하기는 작은 일이요, 우흘 뫼와[17] 배옵는 일은 큰 일이오이다."
하고 인하여 세손을 올려 보내려 하니, 모자(母子) 떠나는 정리(情理) 오죽하
리요.

　세손이 나를 차마 떠나지 못하셔 울고 가시니 내 마음이 베이는 듯하나
참고 지내더니, 성은(聖恩)이 가지록 지중(至重)하오셔 세손 사랑하오심이
지극하오시고, 선희궁께오서 아드님 정을 옮기오셔 세손에게 셜우신 마음을
쏟아 좌와 기거(坐臥 起居)[18]와 음식 범백(凡百)에 방심치 못하오셔, 한 방
에 머무오셔 새벽 깨셔 밝지 않아,

　"글 읽으라."
하오시고 나가실 제 칠십 노인이 한가지로 일찍 일어나서 조반(朝飯)을 부디

---

15) 웃대궐(慶熙宮)로 가시다.
16) 죽지 않고 모질게 붙어 있는 목숨.
17) 위를 모시고. 즉 임금님을 모시고.
18) 일상생활의 일거일동(一擧一動).

보살펴 드리니, 세손이 이른 음식을 못 진어(進御)하시되 조모(祖母) 지성을 위하여 강잉(强仍)하여 자시더라 하니, 선희궁 그때 정사(情事)를 또 어찌 생각하리요.

주상(主上)이 4,5세부터 글을 좋아하시니, 각 궐(闕)에 떠나 지내나, 글 아니할까 염려는 아니하였으되 내 못 잊어 하기는 날로 심한지라. 세손이 자모(慈母) 그리는 정사(情事) 간절하여 선대왕 뫼와 지내고 밤들게[19] 자고 새벽에 깨어 내게 봉서(封書)하여 서연(書筵)[20] 전에 회답을 보고야 마음을 놓으시니, 아기네 어미 못 잊는 인정은 자연 그러하려니와 3년을 상리(相離)하여 지내는데, 여일(如一) 그러하시던 줄이 이상 숙성하오시고, 내가 경력한 병(病)이 자주 나 3년 안에 병이 떠나지 아니하니, 외오셔[21] 의관(醫官)과 논증(論症)하여 약을 하여 보내시기를 어른 같이 하시니, 이 다 천성(天性) 지효(至孝)시어니와 10여 세 충년(沖年)에 어찌 그리 하시던고, 매사에 다 아니 숙성하시더냐.

그해[22] 9월에 천추절(千秋節)[23]을 만나니, 내 자취 움직염작지 아니하나 상교(上敎)로 인하여 부득이 올라가니, 내 거처한 집이 경춘전(景春殿) 남편 낮은 집이니, 선대왕(先大王)께오서 그 집 이름을 가효당(嘉孝堂)이라 하시고, 현판(懸板)을 친히 쓰오셔,

"네 효심(孝心)을 오늘날 갚아 써 주노라."

하오시니 내 눈물을 드리워 받잡고 감히 당치 못하고 또 불안하여 하더니, 선인이 들으시고 감축(感祝)하여 하오셔 집안 봉서(封書)에 매양 그 당호(堂號)를 써 다니게 하시더니라.

---

19) 밤이 깊어서.
20) 학자들이 왕세자에게 학문을 강론하던 일. 또는 그 자리.
21) 멀리서.
22) 영조(英祖) 38년(壬午).
23) 왕세자의 탄일(誕日). 여기서는 왕세손(正祖)의 탄일.

1) 이 작품과 관련된 역사적 배경과 궁궐을 조사해 보자.
2) <한중록>과 혜경궁 홍씨와의 관계를 살펴 보자.
3) 궁중풍속을 살펴 보자.
4) '가효당(嘉孝堂)'의 의미를 살펴 보자.

VII. 우리 문학과 전통

전통이 하루 아침에 이루어질 수 없듯, 오늘날까지 전해지는 우리 문학 역시 어느 한 순간, 어느 한 시대만의 산물일 수 없다. 마치 현대를 살아가는 우리가 조물주의 첫 창조물이 아니라 반만 년 역사의 흐름 속에 존재하듯, 현대에서 향유하는 문화나 문학 또한 면면히 흘러온 전통의 한 자락 속에 놓여져 있다.

우리의 전통 속에서 이야기문학의 뿌리는 설화이다. 설화는 구전되어 오다가 어느 시기에 문자화되어 전해지기도 하고, 오늘날에도 첨삭, 변이되어 끊임없이 전해지기도 한다. 그런데 문자화된 설화이든 혹은 변이된 설화이든, 모두 나름대로 의미가 있다. 다시 말하면, 문자화된 설화는 화석과 같이 굳어져버리기는 했으나 기술한 당대의 삶을 표출하여 그 시대의 삶을 보여주고 있고, 변이되어 전하는 설화는 여러 시대를 거쳐오면서 달라진 삶의 양상을 그대로 보여주기 때문이다.

문학작품들도 시대에 따라 그 흐름이 달라져 왔다. 곧 우리의 고유문자가 없었던 시대에는 노래와 이야기 등이 구전되어 오다가, 중국으로부터 한문이

전래되자 그 음과 훈을 이용하여 독특한 표기의 시가들이 창출되기도 하고, 당대 중국에서 성행하던 문학장르를 수용하여 우리의 문단에서도 새로운 문학 장르가 선보이기도 했다. 또한 일반인들의 삶을 노래한 민요가 시대를 초월하여 면면히 이어져 오면서도, 한편으로는 그 시대의 이념에 맞는 시가 형식들이 새롭게 등장하기도 했다.

산문 또한 시대나 작가에 따라 그 지향하는 바가 같지 않다. 표기문자의 차이라든지, 배경지 차이(우리 나라 혹은 중국)에 따른 내용의 차이 및 문체, 현실성 여부 등 작가가 중시한 바가 같지 않다. 따라서 작가의 이러한 다양한 서술방법이 결국 복잡다단한 인생의 삶의 폭과 사유의 깊이를 확장시켜 주고 있다.

문학의 소재도 시대에 따라 선호도가 바뀌어 왔다. 즉 종교나 죽음과 같은 고차원의 문제를 직면하다가도, 현실생활에서 지켜야 할 덕목들을 먼저 챙기기도 한다. 또 어느 시대에는 남녀간의 사랑이 중요한 소재로 중시되다가, 어느 시대에는 남녀간의 사랑보다 군신관계가 삶을 압두하여 남녀간의 사랑이 천박해지기도 한다. 그런가 하면 정상적인 사랑보다 일탈된 사랑을 희학적으로 부각시켜 삶의 혼란함을 보여주기도 한다.

이처럼 오늘날까지 전해지는 우리의 문학작품 속에는 소재나 장르의 다양함을 통해 당대의 복잡다단한 삶을 여러 측면에서 다양하게 담아내고 있다. 다시 말하면 면면히 이어져 온 우리의 문학작품 속에는 여러 시대를 거쳐 오면서 문학의 형식이 일정하지 않아도, 문학 소재의 선호도가 바뀌어도, 그 안에는 우리 민족의 총체적인 삶이 응축되어 전통으로 살아 숨쉬고 있다.

따라서 우리 고유의 삶이 배어 있는 문학작품들을 꼼꼼히 살피고 분석하여, 세계 속의 한국, 한국 속의 세계를 지향해야 할 것이다.

한국 문학과 전통

인쇄일 초판 1쇄   2004년 08월 20일
　　　　　2쇄   2011년 08월 20일
발행일 초판 1쇄   2002년 06월 05일
　　　　　2쇄   2011년 08월 23일

지은이 간행위원회
발행인 정 찬 용
발행처　국학자료원
등록일 1987.12.21. 제17-270호

서울시 강동구 성내동 447-11 현영빌딩 2층
Tel : 442-4623~4 Fax : 442-4625
www. kookhak.co.kr
E- mail : kookhak2001@hanmail.net

가 격 15,000원